中公文庫

幸村を討て

今村翔吾

中央公論新社

目次

幸村を討て

これほど胸が高鳴るのは初めてのことであった。ずっと欲しかった木彫りの玩具《おもちゃ》を貰《もら》った時も、初めて赤蜻蛉《あかとんぼ》を捕まえた時も、今の気持ちの高揚と比べれば劣るだろう。

「心配ございません」

あまりにそわそわとしてしまっているからであろう。傅《めのと》がそっと己の肩に手を添えた。

「でも……」

「きっと元気で生まれてこられます」

己はようやく兄となるのだ。母が産気づいたのは昨日の深夜のことである。それから陽が中天を越えた今まで、時折襲ってくる睡魔も払い除《の》け、一睡もせずにその時を待ち続けていた。

「男かな、女かな」

この問いも何度口にしたか判《わか》らない。生まれてくるまで答えが出ないことも知っている。それでもまた口にしてしまうのである。

「どうでしょうな。若はどちらがよろしいので？」

今まで傅はどちらでも大切にしてあげて下されと言うのみであったが、今日は己の想いを尋ねてきた。生まれるのが近いとあって、傅も緊張しているのかもしれない。

「男……がいいな」

「ほう。何故です」

「二人で遊べるから」

弟と共に野山を駆け回って遊ぶことを夢想していた。これが女ならばそうはいかないだろう。

――それに……。

ふと頭を過《よぎ》ることがあった。己の家にはある「哀《かな》しみ」が蔓延《まんえん》していることを知っていた。弟が生まれたならば、皆でその哀しみを乗り越えられるのではないか。ぼんやりとではあるがそう思っていたのだ。

「なるほど。しかし兄となれば、しっかりと弟御を守ってあげねばなりませぬぞ」

「解《わか》っている」

こくんと頷《うなず》くと、傅はふっと頰を緩ませた。

部屋は風を取り入れるために襖《ふすま》を開けてある。季節は間もなく春であるが、甲斐《かい》の風はまだ幾分冷たい。故郷の信濃《しなの》はさらに寒いというが、己にはよく判らなかった。生まれてほどなくこの甲斐に連れてこられ、以後一度たりとも戻ったことはないのだ。

まだかまだかとその時を待ち続け、肩に力が入り過ぎてくたびれ始めたその時である。屋敷中に快活な泣き声が響き渡った。

「生まれた！」

勢いよく立ち上がったせいで、足がもつれて畳の上に突っ伏してしまった。傅が慌てて己の躰《からだ》を持ち上げた時、女中の一人が足早に部屋に入って来た。

「若、お生まれになりましたよ」

「うん」

女中に誘《いざな》われて母の寝所に向かった。

——武家の子ならばもっと鷹揚《おうよう》に構えておらねばならぬ。

生まれてすぐには会わぬよう父に命じられたので、その時はがっくりと肩を落としたものである。しかし父の主《あるじ》、つまり御屋形様が、

——よいではないか。あれほど楽しみにしておるのじゃ。

と口添えしてくれたから、飛び上がって歓喜した。父も流石《さすが》に御屋形様に逆らう訳にはいかず、こうしてすぐに会うことを許されたのだ。

部屋に入ると布団の上で母が寝ており、己の姿を認めると微笑《ほほえ》みながら微《かす》かに頷いた。幾分疲れた顔をしているが、幸せに満ち溢《あふ》れた笑みである。

「母上……」

「男子《おのこ》ですよ」

「あっ——」

喜びが一気に込み上げてきて、雷が走ったかのように躰が震えた。母の視線の先に、布にくるまれて別の年増の女中に抱きかかえられている赤子の姿があった。

ふらふらと覚束《おぼつか》ない足取りで近づいて行く。まるで雲の上を歩いているような心地である。

「若」

女中は身を捩《よじ》って、己の目の前に弟を差し出した。赤らんだ顔はくしゃくしゃで、まるで猿のようだと思ったが口には出さなかった。誰もが初めはこのような顔つきで、長じると共に目鼻がしっかりしてくると事前に聞いていたからである。きっと己も生まれた時はこのような顔

だったのだ。

「小さな手……」

己もまだ子どもなのだから小さな手である。だがそれとも比べ物にならぬほど小さく、楓《かえで》の葉のように可愛《かわい》らしい手をしている。

「あ……」

そっと指を近づけて触れた時、弟がぎゅっと握りしめたのである。

「母上、力が強い。きっと私よりも大きくなります」

「貴方《あなた》が初めてですよ」

「それはよかった」

母はくすりと笑って応じた。

「何か……砂？」

弟の掌《てのひら》にざらざらとした砂のような感触がある。今、母は初めて手を握ったと言った。ならばこの砂は何時《いつ》握ったものなのだろうか。

「生まれた時、握っていることがあるのです」

これは年増の女中が答えてくれた。どうやら己はそうでなかったとのことで、母も初めて知ったらしく驚いていた。

「きっと天の砂だ」

そう言うと、母、二人の女中、傅、皆が一斉に軽く吹き出した。

——赤子は天から授かるものよ。

御屋形様は数いる家臣の子の中でも己を特に可愛がってくれているらしく、それに応えるべく武芸勉学に励めと父に言われている。数日前、その御屋形様は己の頭をぐしゃりと撫《な》で、そう教えてくれたのだ。

「天の砂を持って来るなんて凄《すご》い。凄い弟になる」

さらに言うと、皆は顔を見合わせて楽しそうに微笑んだ。

「名を呼んでおあげなさい」

母は目尻に皺《しわ》を寄せて優しい口調で言った。

弟にはすでに名がある。幼名、諱《いみな》の二つともである。父は熟考の末に、生まれる前から名を付ける人であった。己もまたそうであったらしい。

「兄だぞ」

まずそう呼びかけると、弟は握っていないほうの手で自身の目の辺りを擦《こす》った。まだ言葉が出ないので、手で応えてくれたのかもしれない。そう思うと、一層嬉《うれ》しくなって自然と口元が緩む。

「――」

すでに何度も口に出して練習した名で、弟に初めて呼びかけた。弟は消え入るような微かな声で唸《うな》り、己の指をさらに強く握りしめた。

家康の疑《ぎ》

慶長《けいちょう》十六年（一六一一）三月二十八日、徳川家康《とくがわいえやす》は馬に揺られながら大坂《おおさか》を目指していた。耳に心地よく鳥たちが囀《さえず》り、頭上を麗《うら》らかな春が通り過ぎていく。それなのに家康の心は重い雲が掛かったように晴れないでいる。

己は今年で齢《よわい》七十となる。すでに老境も極まっている年齢といえよう。だが若い頃から剣を振るって日々鍛錬を欠かさなかったことが功を奏したか、躰は人よりも遥かに丈夫で、今でもこのように駕籠《かご》を用いずに馬に乗ることもかなっている。加えて昨今では自ら薬研《やげん》で薬草を挽《ひ》いて調薬するなど、十分すぎるほど健康に気を遣ってもいた。

それでも近頃では流石に衰えを感じており、馬に乗れば翌日には節々に鈍い痛みが走る。明日もそうなることを思えば億劫《おっくう》になってきて、溜息《ためいき》の一つも漏れてしまう。では何故、家臣たちが駕籠を勧めるにもかかわらず馬に乗るかといえば、

——己はまだまだ壮健である。

と、いうことを世間に、家臣たちに示すためであった。

今から二十九年前の天正《てんしょう》十年（一五八二）、織田信長《おだのぶなが》が家臣の明智光秀《あけちみつひで》の謀叛《むほん》に遭って本能寺《ほんのうじ》で死んだ。当時の織田家と徳川家は同盟を結んでいた。いや、当初こそ対等に近い関係であったが、織田家はそこから凄《すさ》まじい勢いで膨張し、当時は実質的な天下人となっており、徳川家は従属しているといっても過言ではなかった。

織田家が天下を完全に統《す》べれば、大領を持った大名は警戒される。徳川家も走狗《そうく》が烹《に》らるるが如《ごと》く、いわれなき罪を着せられて取り潰されてもおかしくはなかった。何とか打開策をと頭を捻《ひね》っていた矢先に、信長が攻め滅ぼされたので、家康はその死を哀しむどころか、ほっと胸を撫でおろしたのをよく覚えている。

まだ安堵《あんど》していた己などは可愛いもの。家臣たちはこれまでの同盟者の死を飛び上がって喜び、

——今こそ徳川家が天下を窺《うかが》う時ですぞ！

などと嬉々《きき》として語った。

しかしことはそう簡単には運ばなかった。織田家の領地である甲斐、信濃を、混乱に付け込んで関東の北条《ほうじょう》家が狙っていると判明するや、家康は先んじてそれを押さえにかかった。ただでさえ大国の北条家にこれ以上力を付けさせる訳にはいかなかったし、家康としても天下を窺うならば地力を付けなければいけないと考えていたからである。

家康は急いで軍を興して甲斐を手中に収め、続けて信濃にも干渉を始めた。南信濃をおおよそ押さえた時、遂《つい》に刻限を迎えてしまった。

織田信長の重臣の一人で、当時は羽柴《はしば》と謂《い》う姓を名乗っていた秀吉《ひでよし》が、怒濤《どとう》の勢いで畿内に引き返してきて逆賊明智光秀を討伐。次いで織田家の他の重臣たちを次々に取り込み、あるいは撃破し、最後の一人ともいうべき柴田勝家《しばたかついえ》まで滅ぼしてしまったのである。天下を狙う秀吉の目は自然と己のほうへと向き、対決の避けられない事態へと発展した。

家康は信長の次男である信雄《のぶかつ》と手を結び、遂に秀吉とぶつかった。天正十二年（一五八四）

の小牧長久手《こまきながくて》の戦いでは大勝を収め、他にも局地戦では何度か勝つことがあった。だがその時点での秀吉との国力差は二倍以上に広がっており、いつかはこちらが疲弊して敗れることを悟った。ちょうどその頃、信雄が己に一言も相談せずに勝手に秀吉と和議を結んだことを契機に、秀吉と講和を進めることにした。

本能寺の変は天下を獲《と》れる千載一遇の機会であった。しかし秀吉が全て一枚上手《うわて》、いや実力は互角であったかもしれないが運は全てあちらに味方したのだ。

秀吉は関白に就任し、朝廷から豊臣《とよとみ》の姓を賜り、やがて天下を遍《あまね》く統べた。たまに己はこの時も牙を研ぎ続けていたなどと言う者もいたが、とんでもないことである。秀吉と講和した時をもって家康は、

——天下を諦めた。

のである。秀吉が先に死ねば、また機会は来るかもしれないとの思いが頭を過ったこともある。だがその度にそのような考えは振り払った。

先に死ぬという保証もなければ、死んでも世が乱れないかもしれない。そのような不確かな希望に縋《すが》っていては、知らず知らずのうちに全身から野心が滲《にじ》み出てしまう。家康は無用な大志は捨て、徳川家が生き残ることだけに神経を尖《とが》らせてきた。

——これは運が向いてきたかもしれぬ。

天下という二字がまた頭の片隅に現れたのは、十三年前の慶長三年（一五九八）のことであった。豊臣秀吉が没したのである。時に唐入《からい》りの最中であり、折角泰平が訪れたにもかかわらず、戦続きに不満を抱える武将も多かった。そのような諸将は、秀吉亡き後、五大老と呼ばれ

る豊臣家の家老で筆頭ともいうべき己を頼るようになったのだ。

それを快く思わぬ者もいた。秀吉子飼いの大名にして、豊臣家の五奉行の一人である石田三成《いしだみつなり》である。諸将が己のところにばかり集まることで、豊臣家の天下を簒奪《さんだつ》しようと企《たくら》んでいると考えたのだ。

実はこの時点での家康はまだ、天下を目指す心を固めてはいなかった。上手《うま》くことが運べばその機会はある。その程度に考えていたのだ。

慶長五年（一六〇〇）、石田三成は他の五大老である毛利輝元《もうりてるもと》、上杉景勝《うえすぎかげかつ》、宇喜多秀家《うきたひでいえ》らと家康を除くべく兵を起こし、己の軍勢と美濃国関ケ原《みののせきはら》にて激突した。

「あれは綱渡りであった……」

「はっ……」

思わず声が零《こぼ》れ出ていたらしい。傍《そば》を歩く近習《きんじゅ》が怪訝《けげん》そうにこちらを見る。

「いや、何でもない」

家康は手綱から片手を離し、軽く振ってみせた。

今では関ケ原の戦いなどと呼ばれるあの一戦は、まさに綱渡りであったのだ。小早川秀秋《こばやかわひであき》の内応を取り付けてはいたものの、戦場では何が起こるか判らないとよく知っている。小早川がこちらに寝返った時、家康は子どもの如く嬉々とした表情を浮かべたものである。

こうして家康は自身に敵対する者を一掃し、世に肩を並べる者はいなくなった。だからといってまだ豊臣家が滅んだ訳ではない。あくまで関ケ原の戦いは、

——豊臣家の内輪もめ。

であって秀吉の嫡男、秀頼《ひでより》は形の上では今も天下人ということになっている。家康は幕府を開いてこれに対抗しているものの、今も豊臣家に忠誠を誓う大名は少なからずいるのだ。そのため家康もそう簡単には手を出せず、秀吉が残した天下の名城、大坂城の中で秀頼はすくすくと育っていった。この秀頼の存在こそ、家康が鬱していた原因であった。

本日、京の二条《にじょう》城にて秀頼と面会をした。日を追う毎《ごと》に両家の緊張は高まっており、それを緩和させるべく豊臣恩顧の大名が動いて実現したのである。秀頼が大坂城の外に出るのは、慶長四年（一五九九）一月に伏見《ふしみ》城から移って以来、実に十二年ぶり。家康としても会うのは久しぶりのことであった。

対面が実現した瞬間、家康は、

——これはいかぬ。

と、息を呑《の》んだ。

秀頼は齢十九となっている。もともと秀吉に似ず大柄なほうであったが、最後に会った時から身丈がさらに伸び、六尺（約百八十センチメートル）を超える偉丈夫になっている。四肢に肉もしっかりとついており、大将としての風格も備わり始めている。

こうしてまだまだ馬に乗れるぞと虚勢を張ってはいるものの、一方の己はもう枯れていくばかり。あと数年もすれば足腰も立たぬようになるやもしれぬ。すでに息子《むすこ》の秀忠《ひでただ》に家督は譲っているものの、己が死ねば豊臣家が威勢を取り戻すことは大いに有り得る。

信長に従順にしてなお取り潰しの恐怖に苛《さいな》まれ、ようやく訪れた飛躍の機会を秀吉に打ち砕かれ、さらに頭を低くして耐え忍び、薄氷を踏む思いで石田三成を除いた。そしてようやくまた巡って来た天下の盃《さかずき》。あとは呑み干すだけというところまできて、取りこぼすようなしくじりには耐えられるはずもなかった。己に残された僅かな時が尽きる前に、

――豊臣家を潰す。

今までは豊臣恩顧の大名に気を配り、慎重にことを進めてきた。だがこうなってはなりふり構わず行く覚悟である。会見の後に大坂城へ、そして駿府《すんぷ》に戻った時には、家康の心はそう決まっていた。

家康は駿府に帰った翌日、自室に一人の男を呼び寄せた。

「お心が決まりましたか」

男は腰を下ろすなり、掠《かす》れた声で静かに言った。名を本多正信《ほんだまさのぶ》と謂う。当年で七十四と己よりもさらに歳《とし》を重ねており、髪は雪が積もったかのように白く、肌も艶を失って乾いている。

正信は初め己が抱える鷹匠《たかじょう》という低い身分であったが、その才知が人並みならぬことを見抜いて引き立てた。しかし熱心な一向《いっこう》宗徒であったため、三河《みかわ》で大規模な一向一揆《いっき》が起こった時に出奔してそちらへと身を投じた。そこから諸国を流浪していたところ、三十を過ぎて家康に声を掛けられ再仕官を許されたという経歴を持っている。宗派のことが理由とはいえ、一度は主君に叛《そむ》いたにもかかわらず、こうして招き寄せたことに正信は深く感謝してくれている。

もともと頭は頗《すこぶ》る切れたが、諸国を回って見識を深めたこともあり、老境を迎えた今、その智謀《ちぼう》は円熟を迎えて今が最も冴《さ》えているといってもよい。故に家康は正信を常に傍らに置いて、ことあるごとに相談するようになっていた。

「うむ。見たであろう」

家康は溜息を零して天井を見上げた。

「はい。思いのほか厄介そうです」

正信もまた二条城の会見に同席しており、秀頼の逞《たくま》しい成長ぶりはその目で見ている。己と同じ感想を持ったようである。

「四の五の言うている暇はなさそうじゃ。豊臣を滅ぼす」

「いかさま」

「何か良い手はないか」

「こうなれば些《いささ》か難癖と取られるような手でも仕方がないかと」

正信はすでに己の意志が固まったことを察していたらしい。それに応じる腹案を練っていたのだろう。間髪《かんはつ》を入れずに答えた。

「それは……」

「暫《しば》しお待ちを。その前に今少し、豊臣家の力を削っておく必要があるかと」

「削る……とは？」

「豊臣恩顧の大名を」

正信はそう言うと、皺の浮かんだ掌を掲げてぐっと拳を握り締めた。

「なるほど」

「なりふり構わぬならばいかようにも方法がございます」

「殺《や》るのか」

「それも一つかと」

正信は眉一つ動かさず平然と言い切った。

「ふむ……任せてよいか」

「当然でございます。上様が覚悟を決められたのが今でようござった。あと少し遅ければ、拙者は黄泉《よみ》へ旅立っていたかもしれませぬ」

どこか躰が悪いのかと訊《き》いたが、そういう訳ではないらしい。歳もこのくらいになると、常に死を考えながら生きるもの。それは己とて同じである。

「どうせあと数年の命。如何《いか》なる誹《そし》りも引き受けましょう」

正信は口辺に皺を浮かべつつ話を結んだ。


それから暫《しば》らくして豊臣恩顧の大名が相次いで死んだ。

その一人が、秀吉がまだ軽輩だった頃からの家臣で、豊臣家中の調整役である三中老の堀尾《ほりお》吉晴《よしはる》。

そして、それより遥かに世間に衝撃が走ったのは、加藤清正《かとうきよまさ》であろう。秀吉の小姓出身で股《こ》肱《こう》の臣ともいうべき男である。織田家の跡目を柴田勝家と争った天正十一年（一五八三）の賤《しず》ケ岳《たけ》の戦いでは、小姓ながら敵中に突貫して武功を挙げ、

——賤ケ岳七本槍《やり》。

などと呼ばれるようになった。その後、肥後《ひご》半国の領地を得て、唐入りでは二番隊を率いて大いに活躍を見せる。野戦司令官としての優秀さも際立っている。

さらに清正は武辺一辺倒の男ではなく、領国の経営にも手腕を見せ、おまけに築城にも長《た》け

ていて当代随一と称されている。関ケ原では三成との確執もあってこちらについたため、その結果として恩賞を与えねばならず肥後一国五十四万石を領するまでになっている。清正は才覚、国力の両面で豊臣恩顧の中で最も警戒すべき男であった。だがその清正は二条城会見の後、大坂に立ち寄り、領地である肥後熊本に引き上げる船中で倒れ、帰国後間もなく死んだ。

それから間が空き、豊臣家の親戚筋で秀頼との二条城会見を推し進めた浅野幸長《あさのよしなが》も死んだ。

「少しやり過ぎではないか」

それまで口を挟まなかった家康だが、自室に正信を呼び、そこで初めて苦言を呈した。特に清正の死は二条城会見から間もなく、世間の動揺が大きかったためか、己が毒殺したという噂《うわさ》が瞬く間に世に流れたのである。

「実は……加藤の件は拙者の行いではないのです」

「何だと」

「肥後守はもともと病に冒されていたようです。こちらが覚悟を決めたことで、僥倖《ぎょうこう》が舞い込んできたということです」

「いや、むしろあの男はそれを狙っていたのだろう」

清正は己の余命が幾ばくもないことを知っていた。故に己と秀頼との会見を実現させ、両家の融和に努めたのだ。加えて自らがその直後に死ねば、たとえ病であっても己の毒殺を世間が疑う。そうなればこちらは動きにくくなり、おいそれと豊臣家に手を出せなくなる。実際、そのような風説が流れたため、次の浅野に仕掛けるまで約二年の時を要してしまったという。そこまで考えていたとすれば、清正は豊臣恩顧の大名の中で最も恐ろしい男であったと言わざるを得ない。

「確かに有り得ますな。全く食えぬ男だ」

正信も感心しつつ舌を打った。

「あれを拙者の行いではないと申すなら、やはり他の二人は……」

「上様、それ以上は」

正信は腫れぼったい目をすぼめて首を横に振った。この件にはあくまで己を関わらせず、正信一人でやり切るということである。

外で雲雀《ひばり》が鳴いている。謀議には似つかわしくない早朝である。別にこの時刻を選んだ訳ではない。眠るにも体力がいるのか、歳を重ねると早くに目を覚ましてしまう。

家康は朝靄《あさもや》の掛かる庭にそっと目を移しながら言った。

「解った。だが、肥後守の暗殺の噂がなかなか消えぬ中、さらにもう一人舞台から下りたのだ。これ以上は少し控えねばならぬぞ……」

「あと厄介な男といえば福島《ふくしま》くらいでしょう。放っておいても差し支えないかと」

清正と同様、福島正則《まさのり》も秀吉の小姓出身で賤ケ岳七本槍の一人に数えられる。これも安芸《あき》広島四十九万八千石の太守であるが、清正に比べれば些か短絡的なところがあり煙《けむ》に巻きやすい。それに相手が一人くらいならば、幾らでも手の打ちようがある。正則の他には表立って豊臣に与《くみ》するような大名はもういないのである。

「よかろう。だがそれで豊臣家が起《た》つか？」

艶やかに靄に濡《ぬ》れる庭の草木を見つめながら家康は尋ねた。

ここからは豊臣家に難癖をつけて挑発する。だが一家も大名が味方しないと判っている中で、果たして立ち上がるかどうか。ぐっと耐えて時を稼がれては面倒なことになる。

「城内の様子は逐一報告があります。淀殿《よどどの》が我慢出来ますまい」

大坂城には下は足軽のような軽輩から、上は一手の大将のような者まで、こちら側の息が掛かった者が多数いる。所謂《いわゆる》、間者《かんじゃ》である。

大坂方の評定《ひょうじょう》で如何なることが議題に上がったのかといった重要な話だけでなく、女中の誰それがつまみ食いをしただの、誰と誰が恋仲だのといった、くだらない話まで筒抜けなのだ。

その間者たちの報告によると、大坂城で最も威勢を振るっているのは秀頼の生母である淀殿とのことであった。

「あの女は好かぬわ」

脳裏にその顔を思い浮かべて家康は口元を歪《ゆが》めた。淀殿はあの織田信長の妹であるお市《いち》の方の長女。つまり信長の姪《めい》に当たる。

天下一の美貌などと言われているが、その顔立ちが信長と実によく似ている。家康には、信長をそのまま女にしたようにしか見えない。長年に亘《わた》って信長の気分を害さぬように心配りをしてきた己からすると、あのよく似た相貌を見るだけで胃がしくしくと痛んでくるほどである。

さらに気位の高さと、気性の荒さも伯父《おじ》から見事に受け継いだようで、ことあるごとに徳川家を非難し、諸大名を糾合して打ち滅ぼしてしまえなどと宣《のたま》っているという。ただ信長と大きく異なるのは、大局を見る目を持ち合わせていないという点である。もし信長が今の淀殿の地位にいたならば、豊臣家を取り巻く状況を鑑《かんが》み、己が死ぬまでじっと息を潜めていることだろう。

「では浪人を集めるという流れになるな」

正信は尖った顎を小さく引いた。

関ケ原の後、石田三成に与した多くの大名を取り潰した。潰すまではいかずとも、毛利家や上杉家など領地を半分以下に削った大名もいる。そのことで世に大量の浪人が生まれているのだ。これら浪人が野盗化して村々に狼藉《ろうぜき》を働くような事件も多々起きている。

豊臣家は頼る大名がいなければ、これら浪人を集めることになる。今回の戦で浪人も一網打尽に出来れば、徳川家からすればまさに一石二鳥であろう。

「勇名のある士は、大名家から引く手あまたで、すでに仕官した者も多い。残っている浪人の殆《ほとん》どは大したことのない者ばかりです」

「殆どということは、幾らかはましな者もいるのか？」

家康が不安げに尋ねると、正信は苦々しげに頬を歪めた。

己は臆病な性質《たち》であると自認している。昔はそうではなかったが、ある時を境にそうなってしまったのである。

まだ織田家と同盟を結んでいた頃、甲斐の武田《たけだ》家が上洛を開始した。当時は武田信玄《しんげん》も存命であり、武田軍団の精強さは世に雷鳴の如く轟《とどろ》いていた。

——こんなものと戦えるか。

次元の違う強さであった。駿河《するが》から遠江《とおとうみ》へと武田軍は来襲し、幾つもの城が為《な》す術《すべ》なく陥落していくのを見て、家康は内心ではそう思っていた。

しかしここで見過ごしていては、配下の国人や地侍は徳川家頼むに足らずと寝返ってしまう。どうしても逃げる訳にはいかず、軍を率いて武田軍と激突した。元亀《げんき》三年（一五七二）、後に三方《みかた》ケ原《はら》の戦いと呼ばれる一戦である。

結果は見るも無残な惨敗。徳川軍はあっと言う間に蹴散らされ、家康も僅かな家臣とともに這《ほ》う這《ほ》うの体《てい》で、居城である浜松《はままつ》城に逃げ込んだ。背後から怒号が聞こえる度に肝が縮み、何度も何度も振り返った。その時のような恐怖は後にも先にもなく、今思い出しても身の毛がよだつ。

城に逃げ帰って気付いたのだが、知らぬうちに糞《くそ》を漏らしていたほどであった。大半の者ならば生涯の恥辱などと思うに違いないが、家康はそのようには考えなかった。

――今のうちに経験できてよかった。

決して負け惜しみではなく、心からそう思ったのだ。これに勝る恐怖など、まず訪れるとは思えない。如何なる事態が起きようとも、この時のことを思い出せば冷静に対応出来るだろう。加えてもう一つ、己は戦う前から武田軍の猛威に恐れをなしていた。臆病になっていたのである。なのにそれを無理やり振り払って、ただ気概だけでぶつかったのだ。

臆病になるということは、相手に負けると感じていたということ。そこで尻尾《しっぽ》を巻いて逃げるのではなく、確実に勝てるという策を講じることに全力を注ぐべきだった。つまり臆病は危機の報《しら》せと、素直に受け入れるべしとこの時より考えるようになったのだ。

正信もそのような己の性質を知っている。歳を重ねるごとに先々の様々な可能性にも目が届くようになっている。ただ、それが些か度を越して見えているのだろう。

「幾人かは、例えば塙団右衛門《ばんだんえもん》」

「加藤典厩《てんきゅう》のところにいた男だな」

伊予《いよ》の大名であった加藤嘉明《よしあき》の下で、千石取りの鉄砲大将をしていた男である。関ケ原の戦いの時に、命令を無視して自儘《じまま》に足軽を出撃させたため嘉明に叱責された。それに対し、団右衛門は逆に憤慨して出奔したのである。

「他には薄田《すすきだ》などもおりますな」

薄田兼相《かねすけ》。通称、薄田隼人《はやと》などとも呼ばれる武芸者である。その前半生はよく判っていないが、どこかの家臣に収まったということも聞かない。ただ、一度戦が起これば陣を借りに現れ、槍を振るって兜首《かぶとくび》を幾つか挙げる。そして恩賞だけ受け取って、どこかの家に仕えるでもなくまたふらりと消える。恐らくは無類の戦好きといったところか。

「その程度の男たちならば問題はない」

家康は鼻を鳴らした。両者とも戦国武士を地で行くような男だが、決して大将の器ではない。他の浪人たちも大なり小なり似たような類いであろう。

「唯一、気に掛かるのは後藤又兵衛《ごとうまたべえ》でしょうか」

正信は艶の無い頰を撫でながら言った。

播磨《はりま》国神東《じんとう》郡で別所《べっしょ》氏に属していた国人の出身である。織田家の中国侵攻の時に別所氏を見捨て、後に秀吉の参謀になる黒田孝高《くろだよしたか》に仕える。槍の腕もさることながら、侍大将としての指揮も巧みで、陪臣でありながら一万六千石という大名並の家禄を食《は》んだ。

黒田孝高が隠居して、長政《ながまさ》の代になると主君との折り合いが悪くなっていく。そしてこちらも関ケ原の戦いにおいて、長政が卑怯《ひきょう》な振る舞いをしたとして出奔。激怒した長政が各家に又兵衛を雇わぬようにと、奉公構《ほうこうかま》いの触れを出したことで、浪人暮らしを強いられている。

「確かに少々手強《てごわ》そうだ。だが所詮は千や二千の兵を率いる才。万、十万を指揮するのとは訳が違う」

「左様、左様」

己の心が乱れていないことで、正信も満足げに頷いて続けた。

「あとは幽閉組ですな。これは監視を強くして――」

「それがいたか」

家康は遮って胡坐《あぐら》をかいた己の膝を打った。

正信が「幽閉組」と呼ぶのは、関ケ原の戦いにおいて取り潰された大名のうち、様々な理由で死一等を減じ幽閉されている者たちのことである。豊臣恩顧の大名、浪人たちばかりに気を取られ、今の今まですっかり失念していた。

「毛利豊前守《ぶぜんのかみ》は、土佐《とさ》の山内《やまうち》がしかと見張っております」

毛利勝永《かつなが》。元は九州小倉《こくら》四万八千石の大名で、唐入りの時にも活躍した将である。だが家康はそのような男などはどうでもよかった。後藤又兵衛と同じか、あるいは少し上の軍才を持っているに過ぎないであろう。

「違う。あの男だ……房州《ぼうしゅう》だけは絶対に逃がすな」

房州とは安房守《あわのかみ》の通称である。この官職に就いていた男に、己は一度ならず二度も煮え湯を飲まされた。その男の名を真田《さなだ》安房守昌幸《まさゆき》と謂う。家康の脳裏に野性味溢れる精悍《せいかん》な相貌が浮かび、苦い思いが胸に込み上げてきた。

　真田家は北信濃の国人である。清和源氏《せいわげんじ》の流れを汲《く》んでいるというが眉唾であろう。国人などが自らの家に箔《はく》を付けるため、そのように自称するのはよくあることであった。

　真田家は北信濃一帯を治める村上《むらかみ》家の傘下にいた。甲斐の武田家が信濃を窺ったことで、村上家と衝突することとなる。当時の当主は真田幸隆《ゆきたか》と謂い、非常に知略に優れた男であったという。幸隆は初め村上家に従って戦ったが、やがて武田家の誘いに応じて降《くだ》った。以降は武田家の北信濃先方衆《さきかたしゅう》として、対上杉家の戦などで多いに活躍する。

　幸隆の死後、家督を継いだのは長男の信綱《のぶつな》。六尺に迫る大漢で、三尺三寸（約一メートル）の陣太刀《じんたち》、青江貞次《あおえさだつぐ》を木の棒の如く軽々と振るって敵を薙《な》ぎ倒す勇士であった。だが、天正三年（一五七五）、武田家が歴史的敗戦を喫した長篠《ながしの》の戦いで討ち死にした。それだけでなく次男の昌輝《まさてる》も雨あられと銃弾を受けて絶命したのである。

　本陣近くに侍《はべ》っていたことで、大将と共に逃れられた三男。それこそが件《くだん》の昌幸である。当時は養子に出されて武藤《むとう》の姓を名乗っており、存命の頃の信玄から、

　――我が両眼の如き者。

と、評されるほど才気に溢れていたという。

　昌幸は長篠の戦いの後、真田の姓に復してその名跡を継いだ。以後は凋落《ちょうらく》の武田家を助けて奔走することになる。だがその奮闘も虚《むな》しく武田家は織田家の侵略を受け、天正十年、天目《てんもく》

山《ざん》の地に滅んだ。

そのことで主家を失った真田家は強制的に独立することになる。だが真田家は吹けば飛ぶような小大名である。今日は関東の北条家ならば、明日は越後《えちご》の上杉家と、従属先を変えて生き残りを図った。時には徳川家に従っていたこともあった。

そのようにして大勢力の間を泳いでいた真田家だが、決して弱腰という訳ではなかった。それを家康は、

——見誤った。

のである。

徳川家の傘下にいた頃、真田家の領地を北条家が欲しがったことがある。当時の家康は中央で勢力を伸ばす秀吉への対応に追われており、関東の北条家とはどうしてもことを構えたくはなかった。真田家は従うしかなかろうと高を括《くく》って、北条家にその地を譲るように家康は命じた。

——お断り致す。どうしてもと仰《おお》せならば自ら取りに来られればよろしい。

昌幸からそのような書状が届いたのは、数日後のことであった。

「生意気な」

家康は鼻を鳴らして書状を放り投げた。

真田家は四万石程度の小大名。一方、当時の徳川家はすでに甲斐、南信濃を押さえ、領地は百万石を超えていた。臆病な己であるが、流石に二十分の一以下の勢力には恐れを抱かない。むしろ恐れを抱かねばならないのは昌幸のほうであるはずだ。己を苦しめた強国の武田家、

ずっとその傘の下にいたから傲慢になっているのか。あるいは三方ケ原の戦いの時の己のように、恐ろしさを直視せずに自暴自棄になっているのかとも思った。

以前とは立場が逆転しているのだ。ここで引き下がっては、こちらの面目が丸潰れとなる。家康は鳥居元忠《とりいもとただ》、大久保忠世《おおくぼただよ》、平岩親吉《ひらいわちかよし》らの股肱の臣に、七千の軍勢を付けて真田家を攻めるように下知《げじ》を発した。

——お味方が惨敗。

その報に触れた時、家康は何かの間違いだと思った。徳川軍七千に対し、真田軍は全て寄せ集めても二千ほど。それが開戦初日に、何と千三百もの味方が討ち取られたというのだ。

「何があった！」

家康は悲痛な声で使者を問い詰めた。

真田家は本拠の上田《うえだ》城に大半の兵と共に籠もっていた。徳川軍は力攻めで難なく二の丸にまで攻め込んだ。だがこれはこちらを引き付ける罠《わな》であったらしい。それまでは逃げ腰に見えた真田軍は、二の丸では人が変わったような抵抗を示した。攻めあぐねている矢先、支城である戸石《といし》城の兵が僅か五百で出撃する。これを率いていたのは昌幸の嫡男、信幸《のぶゆき》である。同時に城方も一斉に打って出て、徳川軍は挟み撃ちに遭って散々に破られたという。

「慎重になれと、しかと伝えよ」

信濃に向けて新たな使者を立て、家康は厳命した。

——昌幸は相当に手強い……。

家康がそう認識したのはこの時である。

結局、この上田合戦は三カ月に及んだが、秀吉との対決が迫っており全軍に引き上げを命じざるをえなかった。徳川家としては何一つ得るところがなかった。真田は小勢ながらも精強と、世間に知らしめることになったのもこの戦であった。

秀吉との和議が成立した後のことである。秀吉は徳川家と真田家の関係改善に乗り出した。関東の北条家と戦わねばならぬ時、禍根を残していては足並みが揃《そろ》わぬと考えたからである。その方法として秀吉が提案したのは徳川家と真田家の婚姻である。正直なところ家康は乗り気ではなかった。

一方の昌幸も同じだったらしく、

——何が哀しくて、徳川などと縁続きにならねばならぬ。

と、嘆きとも罵《ののし》りともつかぬことをぼやいているとの噂も聞こえてきた。

「そこだけは気が合うな」

家康はそれを耳にして、苦笑してしまったのを覚えている。

ともかく天下人目前の秀吉の仲介とあれば、両者共に蔑《ないがし》ろにすることは出来ない。重臣の本多忠勝《ただかつ》の娘を己の養女とし、昌幸の嫡男である信幸に嫁がせることで婚姻を結んだ。

一方の昌幸は婚姻を結んだ後も、己を激しく憎んでいる様子であった。豊臣家によって天下が統べられた後、大坂城の廊下などで何度かすれ違ったことがあるが、

「これは、これは、徳川殿」

などと流石に挨拶はするものの、

——儂《わし》の勝ちだ。

と、勝ち誇っている内心がその顔にありありと浮かんでいる。大抵の者には柔和に接する家康であるが、昌幸だけは真《まこと》に苦手で、

「信濃の田舎《いなか》は雪深い。その割にお召し物が薄いようだ。冬が辛《つら》かろう」

などと思わず挑発に乗ってしまう。

「当家は弓馬にこそ銭を使っておりますので。それは徳川殿が最もよくご存じかと」

昌幸も口達者ですぐに切り返す。二人の険悪なやり取りに、両家の家臣たちまで睨《にら》み合うほどである。昌幸はふっと精悍な頬を緩めて続けた。

「それに……信濃の侍は、雪を割って咲く華こそ美しいと知っておりますれば」

昌幸は慇懃《いんぎん》に会釈すると、さっとその場を立ち去って行った。舌戦でも己より一枚上手。家康は奥歯を嚙《か》み鳴らして、何処《どこ》か田舎臭い昌幸の背を見送った。

一方、義理の息子となった真田信幸であるが、婚姻に際して家康は、

「名を改めてはどうか」

と、切り出した。諱の「幸」の字は真田家累代のもの。それを捨て、真田家ではなく徳川家の一族として生きようとする覚悟があるか。と、暗に尋ねたのである。

「承知致しました」

信幸、いや信之はすぐに受け入れた。家を懸命に守ろうとする姿がまた健気《けなげ》でいじらしく、家康は好感を抱くようになったものである。

信之は、身丈六尺一寸（約百八十五センチメートル）という立派な体軀《たいく》を持ち、上田合戦でも示したように剛勇を誇っている。それでいて温厚で礼儀正しく、時に諧謔《かいぎゃく》を交えて皆を和ま

せる面白みもある。陽だまりを彷彿《ほうふつ》とさせるような青年であった。家康も何度か会ううち、すっかりその人柄に惹《ひ》かれて好ましく思うようになった。

「お主があの男の子とは到底思えぬ」

心を許した時には、そのように胸襟《きょうきん》を開いたこともある。信之も昌幸の癖の強さは重々承知しているようだが、表立って父の悪口を言う訳にもいかないと考えたのだろう。

「私と父はあまり似ておりませんので」

こめかみを指で掻《か》きながら、はにかむような笑みを見せた。

昌幸に二度目の屈辱を味わわされたのは、あの関ケ原の戦いの折であった。反徳川の上杉家に難癖を付けて討伐を試みたところ、石田三成が上方《かみがた》で兵を起こした。

すぐさま討伐軍を返そうとしたが、すでに下野《しもつけ》の小山《おやま》まで来ており、そこで今後の対応を協議することになった。事前の根回しが功を奏し、まず豊臣恩顧の大名である福島正則が、敵は豊臣家ではなく石田三成、五大老筆頭の己に従ってこれを討つべしと声を上げる。従軍していた諸大名が次々と続く中、一人だけ一座を冷ややかに見渡して憫笑《びんしょう》を浮かべていた男がいる。

真田昌幸である。

——とんだ茶番よ。

顔にそう書いてあるのが見えるのではないかというほど、昌幸は己をあからさまに嘲《あざけ》っていた。家康は内心ではそれを苦々しく思いながらも、感謝の言葉を諸将に掛けていったのである。

昌幸が軍勢を率いて陣を抜けたのはその翌日のこと。自領の上田に引き上げたのだ。それは即ち己への敵対、石田三成に味方することを意味する。前日の様子から見てある程度は予想出来たことであった。

意外だったのは信之が陣に残っていたことである。いや、信之の性格を思えば意外ではなかったのかもしれない。

「父を説得したのですが……至らずに申し訳ございません」

信之は深々と頭を下げて詫《わ》びた。

この時には信之は沼田《ぬまた》という地を与えられて分家させられている。昌幸には確か目立たぬ男子がもう二、三人いたが、そちらを手元に残して、嫡男を分家させるというのがそもそも珍しい。

やがては本家を信之に継がせるための修行であろうと言う者もいたが、家康は違うと薄々勘づいていた。どうやら昌幸としては徳川家に靡《なび》いている信之を遠ざけ、次男に本家を継がせたいと思っている節があるのだ。それがこのように親子で袂《たもと》を分かつ結果を生んだのであろう。

「豆州《ずしゅう》、そなたを疑ってはおらぬ。どうか儂を助けてくれ」

信之を官職である伊豆守《いずのかみ》の通称で呼び、家康はその逞しい手を握った。信之は感極まったように唇をすぼめ、何度も謝辞を述べていたものである。

上方に取って返す時、家康は軍を二手に分けて東海道《とうかいどう》、中山道《なかせんどう》を進ませることにした。大軍であるため兵糧の消費も多く、現地で米を徴発しながら進まねばならないからである。ついでにこちらの威勢を見せつけて、両道の反徳川勢力を屈服させられれば儲《もう》けものだとも考えていた。

家康は主力を率いて東海道を、跡取りの秀忠には三万八千の軍勢を付けて別動隊として中山道を進ませた。

「あの田舎侍には関わるな」

二手に分かれる直前、家康は秀忠を招き寄せて忠告した。上方勢を打ち破れば、真田など放っておいても勝手に立ち枯れる。憎らしい限りではあるが、小勢で山野を駆け回り、大軍を翻弄するという戦において、あの男の采配は別格であると認めざるを得ない。己でも苦戦を強いられることが予想され、ましてや秀忠では歯が立たぬと考えた。

「承《うけたまわ》りました」

秀忠は素直に答えたもののまだ不安は残ったので、従軍する家臣にも真田に手を出すなと念を押した。

しかし結果、家康の恐れていたことが現実となった。秀忠率いる別動隊は真田家に散々に弄《もてあそ》ばれ、遂に関ケ原での決戦に間に合わなかったのだ。

初め昌幸は使者を秀忠のもとへ走らせ、

――拙者が間違っておりました。徳川殿に従います。上田城にお立ち寄り下さい。

と、恭順の意を示した。

秀忠も戦わずして降るならばよしと考えたのだろう。申し出を受け入れたのだが、昌幸は城内を清めるために二日だけ時を頂きたいと付け加えた。書状にはこちらが憐《あわ》れに思うほどの謝罪、秀忠の武威を褒め称《たた》える修辞を凝らした言葉が並んでいたらしい。

「あの田舎侍は頭を下げながら、舌を出して小馬鹿にしておったのだ」

その話を聞いた家康は、怒りを抑えきれずに唾を飛ばして秀忠を叱責した。

案の定というべきか、二日経《た》っても昌幸が降ることはなかった。それどころか様子を窺いに城へ近づいた物見に鉄砲を撃ちかけ、

――気分が変わり申した。

と、櫓《やぐら》の上で呵々《かか》と笑い飛ばしたのだという。

いきり立った秀忠は全軍を挙げて上田城へと攻め懸かった。こうなればもう昌幸の思う壺《つぼ》である。昌幸が自ら縄張りを引いた上田城は、見かけの質素さとは裏腹に考え抜かれた鉄壁の造りになっている。そう易々《やすやす》とは落ちない。

さらに予《あらかじ》め川の上流を止めていた堰《せき》を切り、鉄砲水を生んで徳川軍を分断するや、城から打って出て混乱の中で暴れ回った。こちらが千に近い損害を出したにもかかわらず、真田軍で死んだ者は指を折るほど。緒戦から完全なる敗北を喫した。

ここで諦めておけばよかったのだ。実際にこの時点で、

「このままでは本戦に間に合いません。捨て置いて進みましょう」

と、秀忠に進言したのは信之であった。

「お主の父であろうが！」

父に散々翻弄され、息子に諫《いさ》められる。この状況を屈辱と取ったようで、秀忠の怒りは収まるどころかさらに高まりを見せた。

秀忠はその後も暫く上田城への攻撃を続けた。しかし結果はいずれも同じで、嘲笑《あざわら》うかのように昌幸にあしらわれるのみであった。

本戦は何時始まるか判らない。このままでは遅れてしまうと、信之だけでなく、他の家臣たちも捨て置くことを勧めたことで、ようやく秀忠は軍を纏《まと》めて先を急いだ。だが折悪《おりあ》しく長雨のせいで先々の川が氾濫し、通るのに相当な時を要してしまった。挙句、関ケ原の戦いに間に合わないという醜態を晒《さら》したのである。

しかし家康は自ら率いてきた軍だけで、関ケ原で上方勢を破った。真田家としては三万八千もの別動隊を一手に引き受けたのに敢《あ》え無く本戦で敗れてしまい、臍《ほぞ》を噛む思いであっただろう。

「真田本家の改易は当然。房州とその次子には切腹を命じる」

家康は論功行賞の場において、真っ先にその名に言及した。反対に己に付き従った信之には恩賞を与えねばならない。真田家は徳川家の因縁の相手ではなく、忠義の家として生まれ変わることになるのだ。

信之が面会を求めてきたのはそのような頃である。深刻な面持ちから来意は何となく察せられた。

「我が功の代わりに、父と弟の命をお助け下さい」

信之は苦悩に顔を歪めて畳に額を擦り付けた。家康は暫し黙考した後、重々しく口を開いた。

「豆州……儂はそなたを好ましく思っている」

「あり難き幸せ……」

「だがこれだけはいかぬ。儂のけじめでもあるのだ」

家康は首を横に振って力強く言った。

人に好悪の感情がある以上、どうしても反りの合わぬ者がいる。邂逅《かいこう》したその瞬間に、本能が呼びかけるように相容《あい》れぬと感じる者もごく稀《まれ》に存在する。己にとっての昌幸はまさしくそれであった。だが果たしてそれは本能によるものなのかとふと疑問を持ったことがあり、家康は突き詰めて考えてみた。

――儂はあの男に嫉妬している。

己に向き合った結果、導き出された結論はそれであった。

徳川家はずっと武田家の猛威に晒されてきた。三方ケ原の戦いでは命が露と消える覚悟も決めた。武田信玄という男は家康にとっては畏怖の対象であるとともに、いつしか羨望の的になっていたのである。

故に武田家が滅んだ後、多くの武田遺臣を召し抱えた。そして彼らに武田信玄という御方の政略、軍略、志《こころざし》、人となりを事細かに尋ねたのである。軍略などは特に参考にして取り入れた。

武田遺臣に話を聞くといつも飛び出す名がある。それこそが武藤喜兵衛《きへえ》、若かりし頃の真田昌幸であったのだ。昌幸は若い頃から信玄の寵愛《ちょうあい》を受け、小姓としてその傍に侍った。共に過ごす中で信玄から直《じか》に様々なことを教えて貰い、その全てを真綿が水を吸うが如く理解していたと皆が口々に言う。いわば昌幸は己の憧れの人の、

――最後の弟子。

ともいうべき存在だったのである。

その時に感じた淡い妬心が頭の片隅にあったからこそ、今、嫌悪として爆発したのだと分析

していた。直に教えを受けた昌幸、あるいは信玄と共に戦国の世を駆け抜けた士を抱える己、これは武田の遺風を引き継ごうとする者どうしの戦いだったとも見ることが出来る。

「すまぬな」

項垂《うなだ》れる信之に、家康は囁《ささや》くように声を掛けた。

その時である。激しい跫音《あしおと》が廊下に響き、制止しようとする家臣の声も聞こえてきた。家康が訝《いぶか》しんで眉を寄せていると、勢いよく襖が開かれた。

立っていたのは重臣の本多忠勝。一度己の養女にして嫁がせているためややこしいが、信之にとっては実の舅《しゅうと》に当たる。忠勝は眉間に深い皺を作りながら近づいてくると、信之の横にどかりと胡坐をかいた。

「どういうつもりだ」

ただ事でない態度に、家康は声低く尋ねた。

「伊豆守は拙者の婿《むこ》でござる」

「知っている」

「それと同時に上様の婿でもございます」

「左様」

「その願いを無下に断ると仰せか」

生涯五十数度の戦に出て、忠勝はかすり傷すら負わぬ無双の士。その気迫に家康も流石にたじろいだが、丹田に力を込めて言い返した。

「それでも房州に関しては別だ」

「そうですか……ならば仕方がございませぬ」

忠勝が信之に立つように命じ、自らも腰を浮かせた。

「何処へ行く」

慌てて止めようとすると、忠勝は平然とした態度で言い切った。

「お暇《いとま》致す。これより婿殿と信濃に赴き、上様に謀叛仕《つかまつ》る」

「何だと……正気か」

家康は唖然《あぜん》として忠勝を見つめた。

「父や弟と決別してまで、上様に尽くした忠義は並大抵のものにあらず。その功と引き換えにしてまで助命を嘆願しているのです。そのような婿殿を見捨てたとあれば、拙者が世間の笑いものになり申すわ」

忠勝が己以上に信之に目を掛けていることは知っていた。だがここまで肩入れするとは考えもしなかった。信之の人としての魅力がそうさせるのだろう。

「だがな……」

「御免。婿殿、行くぞ」

忠勝は未《いま》だ座している信之の腕を取って立たせようとした。家康は深く溜息を零して観念した。

「分かった……命は助ける」

「まことでございますか！」

信之は勢いよく面《おもて》を上げ、一気に顔を綻《ほころ》ばせた。

「よかろう。ただし流罪は免れぬぞ」

「はっ……」

信之は畳に打ち付けるようにまた頭を下げた。いや実際に打ち付けており、鈍い音が部屋に響く。

「忠勝、これでよいか」

家康は半ば呆《あき》れながら訊いた。

「流石、上様でございます。仇敵《きゅうてき》であろうとも、一族に功あれば助く。世間はその明朗さと慈悲の心を称えましょう」

忠勝は日焼けした頬を緩めた。

「よいよい。場所はまた追って伝える」

家康は苦笑しながら追い払うように手を振った。己とて信之を好ましく思っている。これでさらなる忠義に励むならば、それもよいかと思い直したのである。

——それにしてもやはり似ておらぬわ。

忠勝に肩を叩《たた》かれながら下がっていく信之の背を見つめた。昌幸は身丈おおよそ五尺三寸（約百六十センチメートル）ほどではないか。特別低いという訳ではないが、信之はそれより二回り大柄。相貌も公家《くげ》出身だった母に似ているのか、いかにも地侍というような脂ぎったところがない。目元も涼やかでまず美男子といえる。何より性格が正反対といえるほど違う。

もしかして昌幸の子ではないのではないか。そうであるならば、昌幸が長男でしかもこれほど優秀な信之を分家させ、全く無名の次男坊を本家に留め置いたのも辻褄《つじつま》が合う。

――まさかな。

ふっとそのような推察が過ったが、すぐに打ち消した。親子で身丈や相貌が異なるといったことなど間々ある話である。己も多くの子がいるがあまり似ていない者もいる。特にすでにこの世にいない長男の信康《のぶやす》とは、似ても似つかぬなどと言われたものである。

「歳を取るとは嫌なものだ」

生きるのに必要でないことにまで疑《うたぐ》り深くなる。卑しい推測をする己が嫌にもなり、家康は苦笑しながらぽつりと呟《つぶや》いた。

こうして真田昌幸と次男は、身の回りを世話する僅かな供と共に紀州《きしゅう》九度山《くどやま》に幽閉されることになった。信之との文《ふみ》のやり取りは許しているものの、九度山には監視の者を置いてその内容を確かめさせている。躰の様子を伺うもの、金の無心など、いずれも他愛《たわい》もないものばかりだと聞いている。

秀忠に家督と征夷《せいい》大将軍の座を譲ったとはいえ、未だ己が天下の政務を執っている。膨大な量の書類にも目を通さなくてはならないため、幽閉された一流人のことばかりに構ってもおれず、何か怪しい動きがあった時だけ報告するように命じていた。

関ケ原から実に十三年の歳月が流れ、家康もようやく昌幸のことを忘れ始めていたのだ。だが豊臣家が浪人を集めて戦うことについて考えた時、瞬時に家康の脳裏にあの苦さが蘇《よみがえ》ったのである。

「ご報告したはずですが？」

正信が訝しむように己の顔を覗《のぞ》き込んだ。

「何がだ。すぐに房州の見張りを厚く――」

「房州は死にました」

「何……」

二年前の六月のことである。その一年ほど前から胃の腑《ふ》が痛むと言い出し、寝込むことが多くなっていたという。昌幸は徐々に衰えを見せ、次男と供の者に看取《みと》られて死んだということだ。

「書状でお伝えしています」

正信は断言した。どうやら嘘《うそ》ではないらしい。だが、あれほど己が昌幸のことを思い煩《わずら》っていたのだから、口頭でしっかりと伝えてもよさそうなものである。

「なるほどな」

珍しく熱っぽい視線を向けてくる正信を見て、何故、膨大な書類の中に紛れ込ませたのか腑に落ちた。

「ようやく呪縛から解き放たれたこと、祝着至極に存じます」

正信は口角を上げると、畳に両拳を突いて頭を下げた。

己は真田安房守昌幸という男を激しく意識してきた。豊臣政権での地位にも大差があり、朝廷から賜った官位も遥かに上。石高に至っては六十倍以上もの差がついているのにである。

家臣たちも、己の口惜しい思いには薄々感づいていた。だが二度に亘り真田に完膚なきまでの大敗を喫したのは、家康が指揮を執っていた訳ではないのだから、我々のせいですと自らを責めて主君を慰めることすら出来ずにいたのだ。

歯牙にもかけないようになって欲しい。そんな願いを込めて、膨大な書類の中に紛れ込ませたのだ。これでむしろ昌幸の死を報せる書状に目を留め、小躍りしていたならば、家臣たちはきっと落胆していたのだろう。

「気を揉《も》ませたな」

家康は近頃ではすっかりふくよかになった頬をつるりと撫でた。

「いえ、誰しも苦手はあるものです」

「念のために聞いておくが、これはお主が？」

昌幸を暗殺したのかという意で尋ねた。

「いえ、何も。真に病です」

諸大名を除くように指示した一年前から、昌幸は病に苦しんでいた。正信が嘘をついていないことは判った。

「そうか……こうしてみると何とも呆気《あっけ》ないものよ」

家康は天井を見上げ、糸を吐くが如く細く息をした。

「はい。端《はな》から上様の敵ではありません」

「して、今後の九度山はどうする」

昌幸が死んだとあれば、もはや、付き従った真田の家臣たちを信之のもとに戻してもよいのではないかと考えたのだ。

「次男がおりますれば」

「先ほども話したばかりだったのに、すっかり失念しておったわ。やはり歳には敵《かな》わんな」

次男は昌幸の幽閉に付き添っていたという訳ではない。自身も昌幸と共に上田城で戦っている。昌幸のことばかり気にしていたが、つまり次男も幽閉の身であることには変わりがない。

「次男はどのような男だ」

「上様も二、三度は会っているはずです」

「そうか。とんと覚えがない」

家康は顎に手を添えて首を捻った。

「拙者が調べたところに拠《よ》ると、大した男ではありません」

己にいつか訊かれることを想定していたのだろう。正信は淀《よど》みなく次男の経歴について話し始めた。

徳川家が一度目に敗れた上田合戦には、上杉家に人質として送られていて参加していない。その後は秀吉のもとで、やはり人質生活を送っていたという。

豊臣家が小田原《おだわら》の北条氏を攻めた時には、真田家に一時戻されて戦には出たらしい。しかし北条攻めは大軍で城を囲んで一つずつ落としていくという、いわば位押しの戦であった。華々しい合戦など殆どなく、ただ陣にいただけというのが本当のところだという。

関ケ原の折の上田合戦では、次男も一手を率いて奇襲を掛けるなど一応の活躍を見せたという。だがそれらは全て昌幸の描いた絵図に従ったに過ぎぬだろう。つまりその次男がまともに戦に出たのは、昌幸に従って戦った二度目の上田合戦のみ。

「太閤《たいこう》の下に人質にいた故、官位だけは従五位下左衛門佐《さえもんのすけ》と大層ですが、目立った手柄も挙げておらず全くの無名と言ってよいでしょう」

「豆州は何と？」

「二年前、房州の葬儀を催させるため銭を送りたいと言ってきましたが、その他には何も」

「そうか。弟の幽閉を解いてくれと言うなら考えぬでもなかったが……何も言わぬならば、そのまま捨て置いてよかろう」

その次男程度の経歴を持つ者なら掃いて捨てるほどいる。仮に大坂城に奔《はし》ったとしても大勢には些かも影響を与えない。それでもわざわざ敵に利する必要はなかろう。

「一応訊いておくが、その次男の名は何と謂う」

次男、次男と呼ぶのも不便で、頭の片隅にでも留めておこうと尋ねた。

「真田左衛門佐信繁《のぶしげ》」

「ふむ」

全く印象に残っていない男なのだ。さして感慨も湧かないのは当然である。下手《へた》をすれば明日にでもその名を忘れているのではないか。そのようなことを茫《ぼう》と考えながら、家康は曖昧な返事をして頷いた。


慶長十九年（一六一四）、遂に家康は豊臣家に仕掛けた。

豊臣家が再建していた京の方広寺《ほうこうじ》の梵鐘《ぼんしょう》に、

――国家安康。君臣豊楽。

と、文字が刻まれている。これは「家康」の諱を割った呪詛《じゅそ》、豊臣家を主君として世を楽しむという隠れた宣言で、由々しきことだと問い詰めたのである。

即座に豊臣家からはそのような意図はないと弁明の使者が訪れたが、家康は一向に取り合わなかった。

もっともこれらがそのような意味でないことは家康も知っている。いわば難癖である。己に残された寿命を思えば、無理筋を通してでも開戦まで持ち込みたかった。

やがて豊臣家もこちらの姿勢を見て、もはや開戦は避けられぬと考えたようで、各地から浪人を集め始めた。主だった者を挙げると、土佐二十二万石を領した元大名の長宗我部盛親《ちょうそかべもりちか》、黒田家の重臣であった後藤又兵衛、宇喜多家の部将で関ケ原でも活躍した明石全登《あかしたけのり》、加藤家の鉄砲大将を務めた塙団右衛門、陣借りで勇名を馳《は》せた薄田兼相などである。

「どれもこれも予想通りの面々ですな」

二人きりでの謀議の場。彼らが大坂城に入ったことを知ると、正信はしたり顔で言った。確かにすでに目を付けていた者ばかりである。小物と油断する訳ではないが、どの者も大勢に影響を与えそうにはない。この機会に後顧の憂いを一掃出来るだろう。

「毛利も入ったようだな」

家康は軽く舌打ちをした。毛利勝永は浪人ではなく幽閉の身である。土佐の山内家の監視の目をすり抜け、海を渡って大坂へ入ったとの報も届いていた。

長宗我部盛親も元大名であるが、実戦の経験が皆無といってよい。それに比べて勝永は身代こそ四万八千石と小さかったが、数々の戦場に出て活躍した実績がある。これは少々手強いと見て間違いない。

「よいではないですか。あの女狐《めぎつね》の下では碌《ろく》に働けますまい」

正信は指で片目を吊《つ》り上げてみせた。

女狐とは、淀殿のことを指している。秀吉が天下を獲った頃に側室として迎えられた。秀吉は子宝に恵まれにくい躰だったようだが、晩年になって淀殿との間に生まれたのが秀頼である。

織田家の血筋なのか、非常に誇り高く、伯父の信長に似て気性が荒い。

豊臣家の家老を務める片桐且元《かたぎりかつもと》が、ぎりぎりまで開戦を避けようと交渉している最中、浪人衆を集めるように勝手に命じたのも淀殿であるらしい。

大坂城の実権は秀頼ではなく、この淀殿が握っていると見てよい。今後、戦術にも一々口を挟むことが予想され、浪人衆はまともに活躍出来ないと正信は踏んでいるのだ。

「そう言えば、例の左衛門佐も入城しました」

「左衛門佐？」

正信に言われて、家康は鸚鵡《おうむ》返しに言って首を捻った。

「真田……ええと、何でしたかな。そう、信繁でございます」

「ああ、房州の倅《せがれ》か」

別に演技ではなく、言われるまで真に忘れていた。それは正信も同じらしく、現に今もすぐに名が出て来なかった。

「支度金は黄金二百枚、銀三十貫だとか」

「流石に豊臣、金だけは持っているな」

呆れ顔で互いに顔を見合わせた。いくら昌幸の子とはいえ、何一つ実績のない次男にしては破格の支度金である。大坂城の蔵には秀吉が残した黄金が唸っており、この点だけは家康も警戒している。

「豆州ならばともかく、高い買い物をしたものです」

「いやいや、豆州ならば安すぎるわ」

同じ真田でも兄の信之を迎えられるとすれば、豊臣家は持っている財の半分を差し出しても安いと本気で思う。家康は信之のことをそれほど高く評価している。

「豆州といえば、上田に残った房州の旧臣が幾人か出奔したとの報告がありました。次男が呼びかけたのでしょう」

「それくらいよい。豆州には気に掛けるなと言っておけ」

家康は軽く手を振って鷹揚に告げた。

「承りました」

「さあ、いよいよだ」

三十二年前、信長の横死後に取り零した夢の天下が、もうすぐそこまで来ているのだ。家康は生涯で最後になるであろう戦を前に、気力が充実していくのを感じていた。

慶長十九年の十月十一日、家康は自ら軍勢の指揮を執って駿府を出発した。馬上で凜然《りんぜん》と背を伸ばす姿を見て、正信の息子の正純《まさずみ》などは、

「二十歳も若やいだように見えます」

などと、目を丸くして驚いていた。

翌月の十一月十八日、家康は大坂城の南一里強（約五キロメートル）、茶臼山《ちゃうすやま》に至り、先着していた秀忠と合流して軍議を行った。ここから大坂城まで大小の砦《とりで》があり、それらを潰しながら寄せていかねばならない。

豊臣家の兵力は約十万。思ったよりも多くの浪人が集まったという印象だが、こちらの兵力は二十万を超えるのだ。仮に苦戦を強いられたとしても、まだまだ兵を動員する余力も残っている。別段変わった策を講じる必要はなく、力押しでゆけると見込んでいる。

問題はその後である。大坂城は秀吉が心血を注いで築いた巨城である。いかな大軍とはいえ、こちらは容易《たやす》くは落ちそうにない。そこで家康は、一度和議を結んでその間に外濠《そとぼり》を埋めるという腹案を持っていた。

和議に引き出すためには、多少の損害は覚悟の上で猛攻を仕掛け、城方を圧迫する必要がある。そう簡単に落ちることはないのだが、そのようなことは淀殿には判らない。喊声《かんせい》と銃声が間近に迫ってくれば、狼狽《ろうばい》して必ずや和議に応じるだろうと考えている。

「大坂城は南の守りがやや薄い」

軍議の場で並み居る諸将を見渡しながら、家康は得意顔で言った。天下無双と謳《うた》われている大坂城ではあるが、全く付け入る隙が無いということはない。秀吉が存命の頃に南の平野《ひらの》口だけはやや守りが薄いことに気付き、来るかも判らない今日という日に備え、何度も検分していたのである。

これに気付くのは百戦錬磨の己だけという自負がある。諸将から感嘆の声が上がり、家康は満足して二度、三度頷いてみせた。

「上様」

すぐ横に侍っていた正信が囁くように呼んだ。

「どうした」

家康が眉を顰《ひそ》めると、正信は身を乗り出して耳打ちした。

「先ほど戻った物見の報告によると、平野口の前に出城が築かれております」

「何……誰が守っておる」

平野口が他に比べて守りが弱いというのは、余程の戦術眼がなくては見抜けない。己でも一見して判らず、大坂城が完成して数年後にようやく気付いたほどである。正信は一層声を落として短く言った。

「真田です」

「まさか」

家康は息を呑んだ。たった一度戦場に出ただけの将が看破出来る訳がない。何かの間違いではないかと尋ねたが、正信は真顔で首を横に振った。

「そういうことか……房州だ」

家康は手で口を押さえ声を抑えつつ呟いた。昌幸も当然ながら大坂城には何度も赴いている。その中で平野口が他に比べて脆弱《ぜいじゃく》なことに気付いた。忌ま忌ましいことであるが昌幸ならば見抜いてもおかしくはない。そして己の余命が幾ばくもないと悟った時、それを倅に伝えたのだろう。

「なるほど。あり得ますな」

「恐ろしい男よ」

死してなお己を苦しめるあの老獪《ろうかい》な男の顔を思い浮かべ、家康は苦々しげに鼻を鳴らした。

だがこうして認める気になったのも、すでに鬼籍に入っているという安堵があってこそである。

平野口が薄いと言ってしまった手前、状況が変わったことを改めて諸将に説明しなければならない。家康は笑みを浮かべながら皆に話し始めた。

「各々方《おのおのがた》、ちと様子が変わったようだ。大坂方は平野口に小さな出城を設けたらしい」

ざわめく衆を手で制し、家康は広い額をひたひたと叩きながら続けた。

「今の話、かつて儂が太閤殿下に進言したことをすっかり失念していた。それがどうも伝わったらしい」

こう言えば己が豊臣家に決して二心が無かったことを強調出来る。豊臣家が天下を乱そうとし、あくまで己がそれを止めようとしているという姿勢を貫くつもりでいる。

「ただご安心下され。守っているのは一度戦に出ただけの名も無き将。むしろ手柄を挙げる好機でござるぞ」

諸将の目の色が変わるのがはきと見えた。この戦をもって天下に静謐《せいひつ》が訪れることを皆が理解している。つまりこれが手柄を挙げる最後の機会となるのだ。

「是非、拙者に攻撃を命じて下され」

「いいや、某《それがし》が揉み潰してやりますぞ」

などと、諸将から次々に声が上がった。

「ここは加賀中納言《かがちゅうなごん》殿に任せよう」

家康が言うと、感嘆とも溜息ともつかぬどよめきが走った。加賀前田家の先々代である前田利家《としいえ》は、まだ秀吉が軽輩であった頃からの朋友で、かつては豊臣政権の五大老の一角も担っていた。折角造った出城に前田家を差し向けることで、豊臣家に現実を突きつけてやる腹積もりである。

「あり難き幸せ」

凛然と答えた現在の当主は、利家の第四子にして、九年前に兄利長《としなが》の跡を継いだ利常《としつね》。まだ戦の経験こそないものの剛勇の気質であり、譜代の家臣も助けて上手くやるだろうと考えた。さらに徳川譜代の井伊《いい》直孝《なおたか》、自らの孫である松平《まつだいら》忠直《ただなお》を付け、前田家のみに手柄が集中しないよう配慮も加えた。

こうして軍議が終わった後、二人きりになって正信が再び声を掛けてきた。

「先ほどはあのような場でしたので、お伝えしきれなかったことが」

「まだ何かあるのか？」

家康は倦厭《けんえん》しながら尋ねた。

「大したことではございませんが二つほど。まず平野口の出城は、誰が言い出したか真田丸《さなだまる》などとすでに名が付いているようです」

「真田丸か」

真田が小勢で徳川を二度も打ち破っていることは世に知れている。その名を出城に冠することで、少しでもこちらを怯《ひる》ませようとしているのが見え見えであった。だが真田といえども、結局守るのは昌幸ではなく無名の次男である。痛ましさと愚かしさを感じ、家康は鼻を鳴らした。

「今一つは、そこを守る将の名です」

「その左衛門佐信繁であろう」

ようやくここにきて、家康もその名をはきと覚えた。

「それが幸村《ゆきむら》と名乗っています」

「何……他に真田がいるのか？」

昌幸には他にも倅がいた。あるいは弟か。とにかくここにきて初めて飛び出した、聞き覚えのない名であることは確かである。

「恐らくは名乗りを変えただけかと思います」

そうは思うものの、正信も引っ掛かって念のために報告したのだという。

「いや待て。房州のことだ。何か裏があるかもしれぬぞ」

「と……仰《おっしゃ》いますと？」

「房州は真に死んだのか」

家康は瞬く間に己の心が冷えていくのを感じている。昌幸が自らの死を偽装し、幸村と名を変えて大坂城に入った可能性もあるのではないか。あの男ならば影武者を荼毘《だび》に付し、自らは潜伏するくらいのことはやってのけそうである。

「信繁の顔を見知っている者はおらぬのか」

立て続けに家康は尋ねた。大坂城内には多数の内通者を潜ませている。信繁の顔を知っている者が一人くらいいてもおかしくはない。

「すでに問い合わせて返答も得ています。豊臣の人質時代の信繁を知る者です。その者が申すには若い頃と相貌が重ならぬとか……」

まず若かりし頃の信繁は背に鋼の芯が入っているように姿勢が良く、躰も鍛え抜かれ引き締まっていたという。さらに日焼けした精悍な顔つきで、大坂城内の女子《おなご》からの人気も高かったという。

それに比べて幸村のほうは猫の如く背を丸め、そのせいかもしれないが身丈もやや縮んだ印象を受ける。顔にも肉がついて丸くなっており、口髭《くちひげ》を蓄え、歯も一本欠けている。似ていると言われれば似ているが、別人と言われれば納得もする。歳を重ねて面構えが変わることも間々あり、はきとしないというのが実際のところらしい。

「歯が欠けている……やはり昌幸ではないか」

昌幸は右の犬歯が無い。普通ならば歯が欠けていれば愛嬌《あいきょう》が出そうなものだが、己にはそれがためにますます人を小馬鹿にしたような顔に思え、見る度に苛立《いらだ》ちを感じていたからはっきり覚えている。

「いえ、それはありません」

「何故、そう言い切れる」

「房州は生きていれば齢六十八。しかし幸村はどう見ても四十から五十。何より房州の顔を見知っている者も多く、あれは別人だと断じています」

そもそも豊臣家は真田信繁を招聘《しょうへい》したはず。故に正信の言うように、大坂城に入った段階で名を変えたと見るのが妥当である。だがそうだとすれば何のためなのか。

現在、大坂城に入った浪人衆の殆どは、今回の戦が十中八九勝算のないものと解っているはず。それでも今の暮らしを打破するために、一縷《いちる》の望みを懸けているのだろう。そしてたとえ負けることになろうとも、この戦国最後になるだろう戦で、己の名を轟かせんと息巻いているのだと家康は見ている。

幾ら無名とはいえ幸村と改めて名乗るより、信繁の名のほうが知られているのは間違いない。しかもこれは推測の域を出ないが、恐らくは父の昌幸から与えられた名であろう。それをこの檜舞台《ひのきぶたい》で捨てるのはどうも腑に落ちない。

——端から信繁ではない別人なのか。

その容姿が若い頃と異なるので、同一人物という保証も全くないときている。信繁と名乗って入城した者がすでに別人であったとも考えられる。仮にそうであった場合、大きな疑問が残る。

「では幸村とは何者なのだ……」

家康は唾を呑み下した。昌幸の次男の信繁なのか、はたまた別人なのか。このような戸惑いを生じさせるのも、全ては昌幸の策だったような気がしてならないのだ。

「上様は真田のこととなると考えすぎるきらいがございます。誰であろうとただ打ち破ればよいのです」

名が変わっていることはいずれ己の知るところになる。一人で悶々《もんもん》と悩むよりはこうして話しておいたほうがよいと、正信は考えたのだろう。

「そうだな……お主の言う通りだ」

「いざとなれば、豆州に確かめさせましょう」

今回の陣に信之は帯同していない。兄弟で争うことへの配慮もあるが、諸大名の中には信之が寝返るのではないかと心ないことを言う者も出よう。それを考えて江戸に残るように命じた。代わりに信之の長男の信吉《のぶよし》、次男の信政《のぶまさ》が参陣している。だが年長の信吉でも関ケ原の時には六歳。叔父《おじ》の顔を覚えてはいないだろう。はっきりとさせるためには信之が見るほかなかった。

「よかろう」

家康は納得してみせたものの、未だ心は靄がかかったように晴れないでいる。この感覚が昌幸に対峙《たいじ》した時に酷似しているのも気に掛かっていた。


大坂城に寄せるまで大小の戦いがあったが、大軍を擁するこちらの敵ではなかった。数日のうちに砦は全て陥落させ、大坂城を完全に取り囲んだのは十一月三十日のことであった。

「決して焦らずじっくりと攻めよ」

家康は全軍にそのように命じた。大坂城には兵糧、武器弾薬が豊富にある。勢いだけで攻めれば雨のように矢弾を受けてこちらの損害も大きくなるだろう。

塹壕《ざんごう》を掘り、築山を盛り、竹束を持たせて徐々に前進させるつもりである。さらに急遽《きゅうきょ》、こうなることを見越して方広寺の炉で鉄の楯《たて》を作らせた。早くも完成したそれを各将に配っていた。

「何をしているのだ！　止めさせよ！」

家康が老軀《ろうく》を震わせて叫んだのは、十二月四日のことであった。

前田隊が真田丸に猛攻を始めたのである。

真田隊は真田丸の近くにある篠山《ささやま》にも陣取り、前田隊の進軍を妨害していた。これを除かねば進むのは難しいと具申があり、家康は攻撃を許していた。

前田隊は夜陰に乗じて篠山に出撃したが、真田隊はすでに引き上げており、もぬけの殻となっていた。これで作戦は終わりのはずだったのだが、前田隊は何を思ったかそのまま真田丸に攻め懸かったのである。恐らく前田家の先鋒が血気に逸《はや》って暴走したのだろう。けたたましい銃声が本陣にも届いてから暫く、前田隊が散々に撃ちかけられて総崩れになっているとの報が飛び込んできた。そこで家康は制止させるように命じたのである。

しかし家康の必死の叫びも虚しく、前田隊の抜け駆けだと考えた井伊、松平の両隊までつられる形で八丁目口《はっちょうめ》、谷町口《たにまち》に攻撃を仕掛けた。

「愚か者め……早く止めに走れ」

家康が井伊、松平の陣にも伝令を走らせたその時である。天を衝《つ》くような爆音が起こった。どうやらこちらの陣ではなく大坂城内からである。おおかた蔵の火薬に火でも移って爆発したのだろう。

一度攻め懸かってしまうと、追撃される恐れがあるため、退却に際しても細心の注意を払わねばならない。だが今の爆音で城内は混乱を来《きた》すことが予想され、引き上げる絶好の機が訪れたことになる。

「何故だ……」

家康は目を凝らした。すでに前田隊は相当な苦戦に陥っている。戦の経験のない利常はともかく、少なくとも前田家の家老たちにはこれが好機だということは判るはず。こちらの伝令もそろそろ到着している頃合いである。それなのに前田隊は引き上げるどころか、まるで蝶《ちょう》が蜜に誘われるように、さらに真田丸に向かって進み始めたのだ。

「上様！」

正信が血相を変えて陣へと駆け込んで来た。

「何が起こっている⁉」

「判りません……前田隊は何かに憑《つ》かれているかのように指示が通りませぬ」

「何度でも伝令を出せ！」

「はっ」

正信は即座に全ての伝令を参集させ、

「必ず中納言殿に直に伝えよ」

と、厳しく命じた。徳川家の伝令は選抜された優秀な者たちばかりで、「伍」の旗印を掲げていることでも知られている。家康は、二十を超える旗印が軍の隙間を縫いながら、前田隊のもとへ向かって行くのを見つめた。

ようやく前田隊が撤退の兆しを見せ始めたのはその直後である。伝令が利常のところへ辿《たど》り着いたのだろう。だが真田丸からは間断なく銃撃が加えられ、退却は難渋を極めた。前田、井伊、松平の三隊がようやく全て撤収したのは、未《ひつじ》の下刻（午後三時頃）のことであった。

「何をしておるのだ」

利常を呼びつけると、家康は憤怒を何とか嚙み殺しながら訊いた。

「我々は上様の命《めい》に従おうとしたのですが……」

利常は困惑しながら答えた。言い訳をほざいているのだと思ったが、詳しく聞くと嘘は言っていないらしい。篠山を占拠した直後、伍の旗指物を掲げた伝令が駆け込んできて、

――平野橋《ひらのばし》の南条元忠《なんじょうもとただ》が内応し開門するとのこと。すぐに全軍で攻め懸かられたし。

と、告げたというのだ。

「偽伝令……」

己はそのような伝令を発してはいない。そう考えるほかなかった。

篠山を奪取するだけで真田丸には攻め懸かるな。そう命じられていたため、利常は当初は半信半疑であったが、真ならば機を逃すことになると軍を動かした。案の定というべきか真田隊は頑強な抵抗を見せ、前田隊の損害は瞬く間に増大していく。

伝令が何かの間違いだったのではないかと考え始めたその時、城内から爆音が起こったため、南条の内応は真実だと確信したのだという。故にここで退《ひ》いては叱責を受けると、損害を覚悟の上でさらに押すように号令を発したということらしい。

「申し訳ございません……」

利常は苦悶《くもん》の表情を浮かべて頭《こうべ》を垂れた。

「いや、事情はよく解った。今後は合言葉を決めよう。備えを怠った儂のせいじゃ」

爆音も前田隊に南条の裏切りを信じ込ませるための演出とみてよい。そこまで手の込んだことをされれば、己が同じ立場だったとしても信じていただろう。敵の策があまりに鮮やか過ぎ

たのであって、利常をこれ以上責める訳にはいかなかった。

　利常にこのことを固く口止めをして下がらせた後、小姓たちも人払いで遠ざけ、また正信と二人になった。敵に相当な策士がいると知れると、味方に動揺が走りかねないと考えたからである。

「状況から鑑みると南条の策だな」

　今回、寝返るとされたのは南条元忠と謂う武将である。元は伯耆《ほうき》の国人の家の出で、秀吉が毛利家と和睦した後に六万石と羽衣《うえし》石城を安堵されて大名に列した。しかし、関ケ原の戦いで西軍についたことで改易処分を受け浪人となった。此度《こたび》は豊臣家の誘いに応じて旧臣と共に城に入り、三千の兵を預けられて平野橋を守っていたのである。己も南条と面識があるが、決して愚鈍ではないものの、そこまでの切れ者には見えなかったので意外と言わざるを得ない。

「それが……」

　正信の顔にさっと翳《かげ》が差した。

「如何《いかが》した」

「前田隊が攻め懸ける直前、南条は内応が露見し、城内本丸の千畳敷で腹を切らされたようです」

「なっ――」

　家康は吃驚《びっくり》して言葉を失った。何故それが判ったかというと、

　――裏切りの伯耆侍古畳み南条もって役にたたばや
との落首を書いた木簡が、前田隊が撤退した後、こちらの陣に投げ込まれたというのだ。正

信は危険を承知の上で、大急ぎで城内の内通者にことの真相を確かめた。すると切腹は真であると判ったのである。

「どうなっているのだ……」

家康は声を上擦らせた。確かに大坂城には下は足軽から、上は家老級まで多くの内通者がいる。だが、件《くだん》の南条はその中に含まれていないのだ。己が与《あずか》り知らぬところで通じていたのかと考えたが、正信も全く心当たりがないという。

「常ならば敵が疑心暗鬼になっている証拠と喜ぶところですが……何か狐につままれたような心地です」

そう言う正信の顔色も、酷《ひど》く悪いものになっている。

そして、南条が内応の意思を示し、それが露見し、落首を書いた木簡が投げられるまであまりに早い。まるで全てに筋書きがあったようにさえ思えるほどに。しかも城内で爆発を起こして信憑性《しんぴょうせい》を高めた節まである。何が何だか訳が解らない。

「この手口は……」

「上様」

正信は激しく首を横に振り制するが、喉元まで来ている言葉はもう止まらなかった。

「房州」

「房州は死んだのです」

「では誰がこのように見事な策を打つ！　城内にそれほどの男がいるのか⁉」

「それは……」

「しかもこちらを嘲笑うかのように、わざわざ南条の切腹を告げてきおる。いかにも房州らしいと思わぬか」

正信も心の何処かで同じことを考えていたのだろう。口を噤《つぐ》んで俯《うつむ》くのみであった。だが城内の幸村と、昌幸では、どう考えても歳恰好《かっこう》が合わないのだ。

——天から昌幸が幸村を操っている。

そう考えるとしっくりくるのだが、そのようなことは有り得ない。たとえ遺言を残していたとしても、刻一刻と変わる戦況全てに策を弄するなど不可能だ。当の昌幸がそれを一番解っているはずである。ではこの違和感は何か。如何に頭を捻っても答えは出てこない。

「儂は誰と戦っているのだ……」

家康は声を震わせて拳を握りしめた。ただその幸村から、真田の香りがすることだけは確かである。

家康は一人の男を陣に呼び寄せた。名を真田信尹《のぶただ》と謂い、昌幸の弟に当たる男である。信之と同様、真田家の者にしては珍しく己に従い旗本になっている。どうにか幸村の正体を探りたいと考えていた矢先、ふと信尹を帯同させていることを思い出したのである。これでわざわざ信之を江戸から呼び寄せずともよい。

「真田幸村という男が一族にいるか」

家康は唐突にそう尋ねた。

「そのような者はおりませんので、信繁が名を変えたのだとばかり思っていました」

「そうか。その幸村をこちら側へ引き込みたい。使者を務めてくれ」

信尹の表情が曇ったのを見逃さず、家康は続けて尋ねた。

「何かあるのか」

「いえ……幸村なる者が信繁であった場合、寝返らせるのはなかなかに難しいと思った次第でございます」

信尹が語るところによると、信繁は一族の中でも極めて剛直な性格で、似た者を求めるとするならば、昌幸や信尹の長兄で、長篠の戦いで散った信綱であるらしい。故に勇猛な戦振りは想像出来るが、昌幸のように巧みな戦略を立てられるようにはどうしても思えないという。

――やはり別人か。

そう推察したが、ともかく信尹に会わせてみれば答えが出る。そしてまだあの謀略が幸村によるものと決まった訳ではないが、出来れば真にこちらに寝返らせたいと考えている。

「信濃の内、十万石を与えると申せ」

「十万石――」

信尹は驚きのあまり一瞬白目を剝《む》いた。信尹の石高は四千石、信之でも九万五千石なのだから無理もない。降るならば実際にくれてやってもよいと思っている。戦の後、難癖をつけて取り潰しに追い込むこともできるだろう。

「流石の信繁……いや、幸村でも大御所のご慈悲の心を感じるでしょう」

信尹は興奮気味に言い残して使者に発《た》った。こちらの底意が見抜けていない。そのように真田一族にしては稀有《けう》なほど凡愚だから、たかだか四千石の禄しか食《は》めないのだ。家康は苦笑しながら矮小《わいしょう》なその背を見送った。

信尹が復命に戻ったのは三日後である。その顔が紙のように白いことで交渉が不調に終わったことをすぐに悟った。

「申し訳ございませぬ……」

「よい。幸村は何と」

「それが……」

「咎《とが》めはせぬから、一語一句違《たが》わずに申せ。言い間違えれば容赦はせぬ」

家康が声低く言うと、信尹は身震いしながら話し始めた。

「大御所は……今少し賢《さか》しい方かと……思っていた……」

「続けよ」

間髪を入れずに急《せ》き立てると、信尹は意を決したように声を絞り出した。

「この左衛門佐、信濃一国はもとより……日ノ本《ひのもと》の半分を下されてもお断り申す」

とくんと胸が鼓動し、指先に血が通っていく感覚。懐かしい苛立ちである。家康は己でも驚くほど大仰に鼻を鳴らした。

「言いおるわ。大言壮語は房州によく似ているようだ」

「はっ……」

「で、どうだ」

「と……仰いますと?」

信尹は怯《おび》えの色を目に浮かべながら、上目遣いに己を見た。

「信繁であったか」

「は、はい。あれは信繁でございます」

「ふむ……そうか」

やはりという安堵と同時に、何処か残念に感じてもいる。武田信玄を除けば、昌幸は唯一己に屈辱を与えた将なのだ。万が一、生きていたならば自らの手で屠《ほふ》りたい。心の片隅でそう思っていたのだ。

「ただ随分と面構えが変わっておりました。面影はあるのですが……」

信尹が最後に会ったのは関ケ原の戦い前夜の十六年前。人の容姿を変えるには十分な時であり、叔父から見ても即座に断言出来るほどでなかったという。

「では何故、信繁だと思う」

「昔話を持ち掛けました」

信濃上田時代のことはもとより、知る者の少ない甲斐時代の話を振ってみたのだという。

昔、昌幸は武藤喜兵衛と名乗っており、武田信玄の側《そば》近くに仕えていた。信繁も武田家の本拠である甲斐で生まれ、暫くの間その地で過ごしていたことがある。

この甲斐時代に信之と信繁が日中に姿を消し、日が暮れた後もなかなか戻らないという事件が起こった。

真田家の者だけでなく、馬場《ばば》、山県《やまがた》など武田家重臣の家中の者たちまでもが一緒になって捜してくれたが、それでも一向に見つからない。遊びの途中にどこかで怪我《けが》を負い動けなくなっているのではないか、敵国の間者に攫《さら》われたのではないかと考え始めた夜半、ふらりと二人は戻った。

泣きべそをかく信繁の手を、信之はしかと握りながら、

——私が遠くまで連れ出し、戻れなくなってしまいました。

と、詫びた。皆が胸を撫でおろす中、昌幸は激怒して信之の頰を叩いた。お歴々に心配を掛けた手前、怒らざるを得ないところもあったのだろう。

「もう少し聞かせてくれ」

信尹が語る情景がよく思い浮かぶ。昌幸といえば蛇蝎《だかつ》のように厭《いと》わしい将だと思っていた。だが当然ながら父としての顔もある訳である。己でもきっとそうするだろうと妙な親近感が湧いてきた。

「その時に御屋形様が」

「信玄公か」

生涯逢うことがなかった憧憬の将である。その日常を共に生きた信尹を初めて羨ましいと思った。

信玄がひょいと姿を見せたので、皆は平伏するのも忘れて唖然となった。そんな中、信玄はまじまじと二人を見つめた後、

——喜兵衛。それ以上、叱ってやるな。

と、昌幸を窘《たしな》めたらしい。信玄に言われては流石に逆らえぬ。というより怒りの矛先を収めるのに苦慮しており、助かったというのが昌幸の本音だっただろう。

「あり難いことに、御屋形様は特に信之を目に掛けて下さいました」

「ほう……」

家康は鴟《みみずく》が鳴くような声を出した。信之に将才があるのは間違いない。それでいて昌幸と異なって才気走ったところはない。信之が幼い頃より、信玄は早くもその才を見抜いていたのかもしれない。

「私が会った『幸村』は、そのような話も覚えておりました。他に、死んだ兄のことなども……」

「死んだ兄？」

家康は鸚鵡返しに訊いた。長男が信之、次男が信繁のはずなのだから意味が解らない。

「はい。信繁が生まれる前年、源四郎《げんしろう》が儚《はかな》くなっております」

「何だと……」

信之の二つ年下、信繁の二つ年上に「源四郎」という子がいたが、僅か二歳という幼さで、ある日、姿を消してしまったというのだ。

「二歳なら、歩くこともままなるまい」

家康は眉間に深い皺を作った。

「連れ去られたのでございます」

実行犯は武田家の女中であることが判っている。その女は二度の流産をした後、ようやく子どもに恵まれた。しかしその子も幼くして病で亡くしてしまったのだという。憔悴《しょうすい》し切っていたところ、その噂を聞きつけた信玄が、

――武田の子たちを育ててくれ。

と、招き入れたのだという。武田の子とは自らの実子という訳ではなく、武田家に仕える者たちの子という意である。女に生きる目標を与えようとしたのだ。

だがそれが裏目に出た。信玄といえども母の子への愛情の深さ、未練の強さを見誤ったのだ。女は赤子の源四郎と共に忽然《こつぜん》と姿を消した。その後のことは信尹も詳しくは知らないという。ただ女も源四郎も二度と戻って来なかったことだけは確からしい。

昌幸は三男であり、兄弟がいることの尊さをよく知っていた。故に、源四郎が連れ去られる前には、まだ言葉さえ覚束ない信之の頭を撫で、

――源四郎と共に手を取り合って真田家を守《も》り立てるのだ。

などと、快活に笑っていたという。

昌幸にはそのように我が子への愛情が深いところもあった。生まれる前から名だけではなく、諱まで考えるほど。源四郎が消えた時には声を上げて慟哭《どうこく》したという。

「信繁が生まれる前の話で、当時を知る家中の者は全て鬼籍に入っております……この逸話は一族のみに伝えると決まりましたので、信繁も知っている真田家の秘事でございます」

昌幸、その妻の山手殿《やまのて》が死んだ今、このことを知っているのは信尹のほか、信之と信繁だけ。昌幸と側室との間に生まれた子にも伝えていないらしい。二人にもそれぞれ子はいるが、伝えているかどうかは判らないという。

「そのようなことがあったとはな……しかし何故、源四郎という名なのだ」

その源四郎は次男で、信繁は三男であったということになる。名の数と生まれた順が合って

いないことに家康は引っ掛かった。

「私の兄である信綱の通称は『源太郎《げんたろう》』です。次兄の昌輝は『源次郎《げんじろう》』となるべきでしたが、側室の子ということで諍《いさか》いがあり『徳次郎《とくじろう》』となりました」

信綱の母は河原隆正《かわらたかまさ》の妹で正室、昌輝の母は飯富虎昌《おぶとらまさ》の娘で側室らしい。ちなみに続く昌幸、信尹は共に正室の子であるという。信尹は嚙み締めるようにゆっくりと続けた。

「二人の兄に憚《はばか》ったのでしょう。兄上……昌幸は長男の信之に『源三郎《げんざぶろう》』と名付けました」

「それで次男は源四郎か」

「はい。ただ件の不幸が起こったことで、この流れを断ち切りたいという思いを口にしておりました。故に昌輝兄の許しを得たうえで、信繁には『源次郎』と名付けております」

「故に信之と信繁で、名に含まれる数が逆様《さかさま》になっているのだな」

「その通りでございます」

「諱も先に考えると申したな。となると『信幸』も『信繁』も先に考えていたことになる」

「確かそうであったと思います……ただ何しろ五十年も前の話なので朧気《おぼろげ》にしか覚えておりませぬ……」

これは信尹の言う通り無理もない。最近では己も物忘れがひどくなっており、五十年も前のことをはきと断言出来る自信が無い。それに若くして才気を発揮して多忙を極めた昌幸に対し、信尹は凡庸で留守居をすることが多かった。この二人の兄弟に限っては会話もそう多かった訳ではないだろう。

先刻より、頭にちらつき始めているある仮説を、家康は遂に口にした。

「その消えた源四郎の諱……幸村ではないか」

「えっ――」

「どうだ。思い出さぬか」

暫しの間を置いた後、信尹は自らに言い聞かせるように頷いて話し始めた。

「実は……幸村という名を、遥か昔に何処かで聞いた気がしていました。ただそれが源四郎の諱であったかどうかまでは……」

「そうか。ご苦労であった」

嘘を言っている様子もないし、これ以上問い詰めても何も出てこないと判断して信尹を下がらせた。

家康は一人黙考した。仮に源四郎が幸村という諱であれば考えられる可能性は二つだけである。一つはいかなる意味があるのかは知らぬが、信繁が死んだ兄の諱に変えたということ。あと一つは大坂城に籠もっているのは幼くして消えたはずの、

――源四郎幸村。

と、いうことである。女に連れ去られたが生きており、どこかで昌幸のもとに戻った。さらに何らかの訳があって信繁が死んだ。当人の考えか、あるいは生前の昌幸の考えかは判らないが、誰も知らぬ幸村よりは、まだ信繁のほうがやりやすいと成りすました。そして皆に信繁であると認識させた後、幸村の名に復したという流れである。兄弟ならば顔つきも似ていようし、歳も二つ差ならば違和感はない。

「儂は何を……」

そこまで考えて家康は苦笑した。あまりに突飛な仮説である。正信が苦言を呈するように、己は真田家のこととなると考えすぎるきらいがある。

それに幸村が何者であっても関係はないのだ。己の敵は豊臣家で、それを滅ぼして天下を安寧に導けばよい。幸村がどのような奇策を用いようとも、こちらの圧倒的有利は決して揺るがない。着々と詰将棋を行うように追い詰めればよいのである。そう思い至ってからは、家康は真田家のことを努めて考えぬようにした。

家康は十二月十六日から、大坂城天守目掛けて大砲を放たせた。この戦いに備えて南蛮より十九門も買い付けてある。それらが一斉に火を噴き、そのうちの一弾が天守に命中する。

これで肝を冷やしたと見え、浪人衆が反対する中、淀殿は強行して使者を立てた。こうして和議が結ばれ、戦は終結したのである。

条件は大坂城の外濠を埋め、近辺の築山も崩すこと。その中にはこの戦で獅子《しし》奮迅の働きを見せた真田丸も含まれている。

和議が破られたのは慶長二十年（一六一五）の春のことであった。

豊臣家はこちらが埋め立てた大坂城の濠の復旧に着手し、その頃、時を同じくして浪人衆の一部が近隣の町で乱暴狼藉を働いたのである。

このことを咎めて浪人衆を解き放つように勧告したが、豊臣家はこれをのらりくらりと躱《かわ》すのみである。浪人衆を手放しては、次に戦が起こっても抗《あらが》う術はないのだから当然といえる。

事実、家康は浪人衆が去れば、容易く豊臣家を滅ぼす腹積もりであった。

――では、移封で手を打とうではないか。

家康は豊臣家の使者にそう申し付けた。豊臣家の領地は摂河泉《せっかせん》六十五万石。それを例えば陸奥《むつ》、あるいは九州の何処かに移す。天下無双の大坂城から離れればそう恐くない存在である。六十五万石の領地は多すぎるためいずれ削るが、しおらしくするならばかつて天下統一目前まで迫った織田家の面々のように、家だけは残してやってもよいと考えている。しかし豊臣家はこれをはっきりと拒んだ。故に、もはや叛心明らかとして討つことを決めたのである。

その頃、大坂城内の内通者の一人が、城を抜け出して来た。名を織田長益《ながます》と謂い、有楽斎《うらくさい》の号のほうが著名である。有楽斎はそれこそ織田一族の一人で、織田信長の実弟であった。

関ケ原の戦いでは東軍に参加したが、その後も豊臣家への出仕を続けた。

――中から様子を伝えてくれ。

と、家康が内密に頼んだからである。決戦が避けられない今、このままでは巻き込まれてしまうと逃げ出してきたのだろう。だが開戦まで少なくともあと一月《ひとつき》、長ければ三月《みつき》は掛かると家康は見ていた。直前まで残って中の様子を伝えてくれればよかったものを、臆病風に吹かれて時期を見極められなかったのだと思った。しかし実は、のっぴきならない事情があったという。

「私が関東の間者だという噂が、城内で急速に広がったのでございます……」

有楽斎は憔悴した顔でそう言った。

有楽斎は淀殿の叔父という立場もあり、これまで一切の嫌疑を持たれていなかった。故に戦いの最中でありながらも、幕府軍に多くの情報を流せたのだという。しかしここに来て瞬く間にその噂が広がり、近く処断されるという話まで耳に届いたので、これはまずいと考えすぐさま脱出を試みたらしい。

「そうか。ゆるりと休め」

先に切腹を命じられた南条と異なり、有楽斎は真に内通していたのだ。そのようなこともあろうとさして気には留めなかった。

「城内の様子はどうだ」

家康は直近のことを尋ねた。

「士気は高《たこ》うございます……しかしながら浪人衆の意見はあまり採用されておりません」

丸裸となった大坂城で戦っても負けは明らかである。いっそのこと秀頼を大将にして近江瀬田《おうみせた》まで進出し、幕府軍の先鋒を打ち破る。そうすれば諸大名の中にも、大坂方有利と見て迷う者も出てくるだろうと浪人衆は意見した。しかし淀殿やその側近の大野治長《おおのはるなが》に、秀頼を危険に晒せぬと一蹴されたらしい。

「下策だな」

家康は冷笑した。確かに籠城はもう出来ない。瀬田では目算通りに勝つことが出来るかもしれない。だが豊臣家は敵に囲まれていることを失念している。瀬田に大軍を差し向けた時に、紀伊《きい》から浅野に攻め込ませることも出来るし、西国大名に陸海から雪崩《なだ》れ込ませることも出来る。守りの薄くなった大坂方は総崩れになるだろう。

もし己が豊臣家の大将ならば採る策はただ一つ。幕府軍を敢えて結集させてぎりぎりまで引き付ける。そして乾坤一擲《けんこんいってき》の決戦に挑み、

――儂と秀忠を同時に討つこと。

である。それでも己には他に子もおり、一気に豊臣家の天下になるという訳ではない。五分五分、いや六分四分でまだ徳川家が有利だろう。だが、日ノ本中に激震が走るのも事実である。

「浪人衆は皆がその策を推したのか？」

「長宗我部土佐守、明石掃部《かもん》らが」

「……真田は？」

ここに来てまた頭を過った。

「真田幸村は別の考えであったようです」

「籠城か？」

「昨年の戦の折からずっと、大坂で一大決戦に臨むべきであるとの論を張っていました」

「左様か。下がってよい」

有楽斎を下がらせ、代わりに正信を呼ぶ。すでに信尹から聞き取ったことは伝えてあり、加えて今しがた有楽斎から聞いたことも伝えた。正信は顎に手を添えて唸り声を上げる。

「幸村の正体はさておき……相当に切れることは疑いようもありませぬな」

「ああ、痛いところを衝いてくる」

「どちらかのご出陣を控えるというのは如何でしょう」

己、あるいは秀忠が大坂に赴かないということである。

「それは難しい」

天下の総仕上げともいうべき戦になる。己が出ずに諸将を纏め上げるのは難しいだろう。かといって秀忠を江戸に残す訳にはいかない。秀忠は関ケ原の折に大失態を犯しており、此度を除いて汚名を雪《すす》ぐ機会はない。しかも失態を犯した原因は真田にあるのだ。恐れをなして出てこなかったと世間で嘲笑されるだろう。これから徳川の世が何代も続こうという中、将軍の権威に傷がつくことは避けたかった。

「秀忠より、儂が前に陣取る」

「それは……」

「最悪、儂が死んでも秀忠が残れば上手くゆく」

己と秀忠、残された寿命を思えば当然のことである。秀忠は戦の才には乏しいものの、政《まつりごと》では力を発揮すると考えている。何としても秀忠だけは守らねばならない。

「まあ、心配は無用だ。一人の首を獲るのも存外難しいのだ」

三方ケ原の戦いにおいて、名将武田信玄でも己の首を獲れなかった。しかもあの時は向こうの軍勢が二倍なのに対し、今回はこちらが二倍以上の兵力を誇っている。砂浜から一粒の米を見つけるほどに難しいだろう。頭ではそう解っているものの、何か言い知れぬ不安を感じるのも事実であった。

「いよいよ天下獲りだ」

家康は不安を払拭《ふっしょく》するように軽く頭を振ると、正信に向けて勇ましく言い切った。

戦国最後になるであろう戦が始まったのは、四月二十六日のことであった。大坂方は軍勢を率いて大和《やまと》へ進出し、筒井定慶《つついさだよし》の守る大和郡山《こおりやま》城を陥落させたのだ。続いて二十八日、幕府方に味方する堺《さかい》の町に焼き打ちを掛けた。だが大坂方が優勢を誇ったのはここまでのことである。

紀伊に侵攻した大坂方であったが、浅野長晟《ながあきら》の軍勢によって撃退され、先鋒の塙団右衛門が敢え無く討ち死にした。

五月六日、幕府軍は迎撃に出た大坂方と道明寺《どうみょうじ》付近で激突してこれを打ち破ると、浪人衆の中でも名高い後藤又兵衛、薄田兼相を討ち取った。

さらに同日、八尾《やお》方面でも合戦が行われ、一時は藤堂高虎《とうどうたかとら》隊が苦戦を強いられるも、幕府方の援軍が到着して形勢は逆転。豊臣家譜代の臣の中で、最も軍才があると見られていた木村重成《きむらしげなり》が討ち死にすることになる。

こうして幕府軍は戦況を有利に進め、五月七日には遂に大坂城の間近まで迫ったのである。幕府軍十五万余に対し、大坂方は残る兵力五万五千を展開させて抵抗の構えを見せた。

「真田は囮《おとり》だな。本命は毛利よ」

家康は敵陣を見てすぐに看破した。秀忠は戦場の最東端に陣取らせてある。味方の最も奥深くに控えさせているのである。大坂方が秀忠を討ち取ろうと思えば、二筋の川を越えねばならない。家康はその両川の間に陣を張った。もし敵が一本目の川を越えて来たなら、その横腹を衝く。豊臣家としては己も討ち取らねばならないし、交戦せざるを得ないだろう。その間に秀忠は悠々と陣を下げればよい。

敵は西側の主力が真田、東側が毛利といった陣になっている。恐らくは真田が戦端を開き、少しでも東側を手薄にするため、こちらを西側に引き付ける。その時、より己と秀忠に近い毛利隊が決死の覚悟で突出し、首を狙うという作戦と見てよい。

「まずは真田から仕掛けてくるぞ」

家康は諸将に向けてそのように伝えた。とはいえ念には念を入れねばならない。何かの拍子に毛利隊が戦端を開くこともあり得る。その場合は役目を即座に交代し、毛利隊が引き付け役、距離は遠いが真田が突貫してくることも考えられる。

「陸奥守《むつのかみ》に伝えよ。何があろうとも真田だけを相手にしろ。万が一、真田が突撃を開始すればそこに横槍を入れるのだ、と」

家康が言った陸奥守とは、仙台《せんだい》六十二万石の太守である伊達政宗《だてまさむね》のことである。若い頃から二言目には天下を獲ると公言し、一時期は奥州《おうしゅう》を席捲《せっけん》する勢いを見せた。しかし秀吉がいよいよ関東に攻め込む段になって、敵わぬと見て降った。未だ天下への野心は捨てきれぬと見え、関ケ原でも徳川の味方についたものの怪しい動きをしている。

とはいえ戦国末期の最前線を駆け抜けてきた男であり、その戦振りは此度の味方の中でも群を抜いており、真田に決して後《おく》れは取らないだろう。政宗は真田隊の南西、紀州街道沿いに陣取らせている。真田が己や秀忠を狙って東進すれば、真横から突き崩せる位置である。

――畏《かしこ》まった。

家康の命《めい》を受け、政宗からすぐにそのように応答があった。これで一抹の不安も残さぬ盤石の構えとなったと確信した。

「始まったか！」

陽が中天に差し掛かった頃、一発の銃声が戦場にこだまし、家康は床几《しょうぎ》から勢いよく立ち上がった。やがて多くの銃声が続き、天地を轟音《ごうおん》が覆っていく。

——近くはないか。

今となっては何処から聞こえてきたのかはきとしないが、初めの一発が予想していたより随分東側で鳴ったような気がしたのである。暫くして伝令が本陣に駆け込んで来て、その答えは明らかとなった。

「戦端を開いたのは毛利隊でございます！」

「大儀」

家康は短く返した。近くに侍ってこちらの顔色を窺う正信に対し、家康はゆっくりと首を横に振った。予想は外れたが動揺はしていない。これは連携をしくじったものと見ている。むしろ大坂方のほうが慌てていることだろう。

鬨《とき》の声が響く。銃声は未だ途切れない。戦場を彩る様々な音が本陣へと運ばれてくる。伝令もひっきりなしに飛び込んできた。

「お味方は毛利隊に苦戦しております！」

毛利勝永は実戦経験豊富な将である。当初から、大坂方で最も手強いのはこの男だと思ってきた。それが身命を賭して戦っているのだ。こちらにはどうせ勝ち戦という慢心が少なからずあろう。毛利隊が多勢の幕府軍を相手取って奮戦するのも納得出来る。

「井伊と藤堂……細川《ほそかわ》にも攻めさせよ」

「上様、それでは……」

正信は本陣を守る壁が薄くなることを危惧《きぐ》しているのだ。

「心配ない。榊原《さかきばら》に仙石《せんごく》、保科《ほしな》に酒井《さかい》、まだまだ守りは堅いわ。伝えよ」

「はっ！」

拝跪《はいき》した伝令は鋭く答え、本陣から飛び出していった。毛利隊は猛攻を仕掛けて徐々に本陣に迫ってくる。しかし井伊、藤堂隊も戦いに加わったのを境に、進む速さが目に見えて鈍った。まだこちらには軍勢の余裕もある。時を追うごとに優勢になっていくのは明らかである。

——どうする真田。

真田隊は冬の戦いで己が陣取った茶臼山に上っている。攻め寄せる敵こそ退けるものの、未だ大きな動きは見せていない。それもそのはずである。大坂方の秘策はすでに破綻しているのだ。真田隊が突撃を敢行したところで、距離は遠く、幾多もの陣を抜かねばならない。じりじりと詰めている伊達隊に横を衝かれることも警戒していよう。

かといって動かなければやがて毛利は崩れ、真田も孤立することになる。進むも地獄、留まるも地獄、さらに言えば日ノ本に退く場所など存在しないのだ。

「真田隊が突撃を始めました！」

「来たか」

家康は指揮棒をぴしゃりと掌に打ち付けた。役割を交代するしかないという判断に至ったと見える。こうなれば幸村なる男の実力を見極めたいと思うようになっている。

次に飛び込んで来た伝令は、今までの者と明らかに様相が異なった。その表情に恐怖の色が浮かんでいたのである。

「真田隊に味方が次々に撃破されております！　さながら赤の塊《かたまり》が向かってくるが如し！」

真田隊は赤一色に染め抜いた甲冑《かっちゅう》、兜を用いている。所謂、赤備えである。戦国の間、赤備えは各地で稀に見られたが、その名を轟かせた初めは武田家の宿老飯富虎昌である。飯富隊は勇猛果敢であり近隣諸国を震え上がらせた。

やがて飯富は武田の内紛に巻き込まれて切腹し、赤備えはその弟である山県昌景《まさかげ》に受け継がれた。山県隊の強さも尋常ではなく、家康も酷く恐れていたものである。

武田家が滅亡した後、家康はその旧臣を集めた。中でも山県の赤備えに属した者たちは熱心に口説き、全てを井伊家に預けたのだ。こうして赤備えはまたもや受け継がれ、今では「井伊の赤備え」と呼ばれている。

真田が大坂城に入り、自軍をこの赤備えにしたことは聞いている。まるで武田の正統な後継者は我らだと言っているようで癪《しゃく》に障ったのを覚えている。

「来い。あの頃の儂とは違うぞ」

三方ケ原のことが頭を過っていたから、思わずそう口を衝いて出た。周囲の者は意味が解らず首を捻っている。家康は我に返ると伝令に向けて落ち着いた口調で言った。

「心配無い。間もなく伊達が横から刺す」

また少しの間を空け、新たな伝令が駆け込んで来て悲痛な声で叫んだ。

「伊達隊が動きません！」

「何だと……」

矢継ぎ早にさらに別の伝令が飛び込んで来た。この伝令の肩には矢が突き刺さったままになっている。

「浅野但馬守《たじまのかみ》殿、謀叛！」

「有り得ぬ……信じるな！」

「すでに戦場を話が駆け抜け、お味方は大混乱に陥っております。私一人では収められませぬ」

この形勢で浅野長晟が謀叛をするとは思えない。これは明らかに大坂方、いや幸村の偽計であろう。では伊達は何だ。あれほどきつく命じたのに動かないのはおかしい。これもまた偽計に乗せられたというのか。目まぐるしく思考が働く中、さらなる伝令が転がるように走りついた。

「次は何だ⁉」

「松平三河守《みかわのかみ》隊は真田隊と交戦していましたが、入れ違う恰好で大坂城目掛けて突撃を始めました！」

「あの馬鹿は何を……」

松平三河守忠直は己の次男、結城秀康《ゆうきひでやす》の子。つまりは孫に当たる。真田隊を防ぐより、大坂城への一番乗りのほうが殊勲になると考えたのかもしれない。忠直は大軍を率いている。それが真田隊とすれ違ったということは、いよいよ本陣の守りが薄くなっているということを察した。

「真田隊は何処だ……」

家康は喉を鳴らすようにして訊いた。伝令は蒼白な顔を向け、震える手で家康の背後を指差した。

「すぐそこに……」

その刹那、けたたましい喊声が上がった。真田隊と本陣が激突したのである。

「関東勢百万も候《そうら》え、男は一人もいなく候《そうろう》。目指すは大御所の首唯一つ‼」

驚嘆すべき大音声《だいおんじょう》である。喊声の切れ目、家康の耳朶《じだ》は確かにその声を捉えた。

――幸村だ。

家康は直感した。その声があまりにも昌幸に似ていたのである。

「皆の者、幸村を討て！」

家康は喉が裂けんばかりに叫んだ。本陣の最後の守りである旗本も投入するように命じた。己を守るのは僅か十数人の小姓のみである。

「佐渡《さど》、秀忠を下がらせよ！」

「承った！」

家康の命《めい》を受けた正信はすぐさま本陣から駆け去った。万が一、己がここで果てようとも、秀忠だけは逃がさなくてはならない。怒号と悲鳴が絶え間なく聞こえてくる。その声は近づいては離れ、離れては近づく。旗本たちも懸命に防いでいるのだ。ここで逃げる訳にはいかぬと、家康は丹田に力を込めて踏み止まった。

「真田隊は二度《ふたたび》の突撃。何とか退けましたが、三度《みたび》向かって参ります。もう駄目です。お逃げ下さい！」

旗本の一人が戻って来た。古くから己に付き従う古参の老兵である。頬を槍で貫かれたのだろう。深い傷の向こうに白い歯が覗き見え、家康は身を震わせた。

「お主たちが戦っているのに……」

「上様、あれは武田だと思って下され。一刻も早く！」

旗本はとめどなく流れる血を腕で拭い、必死の形相で訴えた。

「解った！　退くぞ！」

顔を引き攣《つ》らせた小姓たちが慌ただしく動く。その最中、小姓が誤ってぶつかり金扇の大馬印が倒れた。

「申し訳――」

「放っておけ！　早く馬を！」

馬印が倒れるほどの窮地に陥るのは生涯で二度目のこと。三方ケ原の戦い以来のことである。小姓が曳《ひ》いてきた馬に跨《また》がると、家康は鐙《あぶみ》を鳴らして走らせた。僅か十七騎のみがそれに従う。

「上様、そちらでは――」

「こちらでいいのだ」

旗本は秀忠の陣に逃げ込めと言いたいのであろう。だがそれでは親子が一所《ひとところ》にいることとなり、纏めて討たれる危険を伴う。南へ逃げるのが正解なのである。

背後から喊声が迫る。真田軍が追って来ている。数十年ぶりの死の恐怖に心臓が悲鳴を上げ、手綱を握る手が小刻みに震えた。

三町（三百メートル強）ほど逃げた後、最後尾に陣取る徳永昌重《とくながまさしげ》隊に合流すべく、進路を西に取って川を渡ろうとした時である。家康の両眼は間近に迫る紅蓮《ぐれん》の一団を捉えた。赤備えの真田隊である。

敵もここまで来るのに多くの脱落者を出したのだろう。七騎という小勢である。

——あれが幸村か！

先頭を疾駆する、鹿角の兜の将。十文字の槍を小脇に抱えている。こちらは十八騎。何とか防ぎきれると踏んだ。

「防げ！」

応と答えて旗本たちが向かって行く。槍と槍が合わさり甲高い金属音が響いた。確かに真田隊は精強である。こちらが一人を討つ間に、二、三人が討たれるという有様。

「家康‼」

揉み合う中で叫んだのは幸村である。十文字の槍を大きく振りかぶっている。ぴたりと目が合った刹那、時が止まったような感覚に襲われた。

——似ている。

昌幸に。そして信之にも。信繁と同一人物かは判らないが、少なくとも真田の血を受け継いでいるのは間違いない。この窮地にありながらそのようなことが頭を過る。

——何だ。

槍を振りかぶった幸村は、己を射貫《いぬ》くように見た後、視線をすぐ横に外したのだ。この状況において、他に何を見ているというのか。

「覚悟！」

幸村は腕を思い切り振りぬき、十文字槍がこちらへ向かって飛翔してくる。若かりし頃ならばいざ知らず、この老軀を捻って馬から飛び降りても間に合わない。家康は顔を顰《しか》めて目を瞑《つむ》った。

鈍い音が聞こえたが、躰のどこにも衝撃は無い。もはや死んで楽土にいるのかと思ったが、今なお怒号も悲鳴も聞こえる。家康は薄目を開いてみた。

——生きている。

はっと音の鳴ったほうを見ると、十文字槍が地に突き刺さっていた。狙いが外れたのだ。次に幸村のほうへと視線を走らせた。

「何だと……」

幸村が笑っているように見えた。

いや、間違いない。真紅に包まれた総身の中に、白く光るものが見える。歯を覗かせて笑っているのだ。負け惜しみには到底見えない。男惚《おとこぼ》れするような爽快な笑みであった。

「退け！」

家康が茫然《ぼうぜん》とする中、幸村は腰の刀を抜いて叫んだ。残った真田の兵は幸村を含めて四騎。一糸乱れずに馬首を転じて逃げ去っていった。

「上様！　ご無事で！」

真田隊が去っていくのを見届けた後、年嵩《としかさ》の旗本が馬を寄せてきた。

「うむ……」

「狙いを外したようですな」

旗本は安堵したように頰を緩めて溜息を零した。

「いや……」

先ほどは咄嗟《とっさ》に己もそう思った。だがあの笑みを見た今、ある仮説が頭を占めるようになっている。よく考えれば十文字槍の刺さっている場所は、幸村が投げる直前にちらりと見た先なのだ。

——わざと外したのだ。

そうとしか思えない。だが何のために。秀忠までは討ち取れぬとしても、幸村にとって己を生かす意味は全く無いのだ。

思えばこのことだけでなく、冬、夏と二回の豊臣家との戦において、幸村は様々な謎を残した。幸村に直に尋問してみたいと思うものの、最早それは叶《かな》わぬことであろう。

幸村はすでに遠くへと去り、親指ほどの大きさに見える。砂塵《さじん》を巻き上げながら進む一団は、夏の陽射しを受けて煌《きら》めく赤光を放っていた。

その日、大坂城は陥落した。秀頼は淀殿と共に自刃し、大坂城は放たれた火に包まれて轟々《ごうごう》と燃え盛ったのである。寄せ手の大名の動きは大きく二つに分かれた。まるで戦国の終焉《しゅうえん》の名残りを惜しむかのように、燃える城を茫然と眺める隊。そしてもう一つはここぞとばかりに乱取りを行う隊。家康としても咎めはしない。

伊達隊は何故か、戦が終わったのに鉄砲を放った。すわまだ敵がいたのかと伝令を走らせたが、

——空撃ちでござる。大御所、将軍の勝ちをお祝いしたつもりでした。

と、悪びれずに語った。先の真田隊を止めなかったことも含め、腹立たしい思いはあったが、

それさえもすぐにどうでもよくなった。もう全ては終わったのだ。

大坂方の浪人衆のうち、長宗我部盛親、明石全登など僅かに戦場を脱する者もいたが大半は討ち死にした。その中にあの真田幸村も含まれている。

幸村は本陣に三度突撃を仕掛けた後、四天王寺《してんのうじ》近くの安居《やすい》神社の境内《けいだい》で、木にもたれかかって躰を休ませていたらしい。そこを通り掛かった松平忠直の家臣、西尾宗次《にしおむねつぐ》に見つかると、

「この首を手柄にされよ」

と、穏やかに話しかけたという。

この時点で西尾は、まさかそれが幸村とは思わなかった。首実検の折に家康が、

「これは幸村だ……」

と呟いたものだから、西尾は仰天して腰を抜かすほどであった。

こうして戦国の世は幕を閉じた。暫しは残党などが跋扈《ばっこ》しようが、天下はおのずと泰平へと向かって行くだろう。

大坂の陣の後、幸村を褒め称える声が世に溢れた。幕府軍として戦に参加した諸将も賞賛の声を上げている。例えば細川忠興《ただおき》は、

――古今これなき大手柄。

と評したと耳にしているし、薩摩《さつま》の島津家久《しまづいえひさ》などは自身が戦場に間に合わなかったにもかかわらず伝聞のみで、

――真田日本一の兵《つわもの》。

などと最大限の賛辞を贈ったとも聞く。

その評価は市井《しせい》でも鰻上《うなぎのぼ》りで、生涯でたった二度しか戦に出ていない者とは思えぬほどの人気である。豊臣家に好意的な公家衆などはさらに盛り上がっており、中には手を打って喜んだ者もいるとかいないとか。公家の山科言緒《やましなときお》なども、

——真田、たびたび武辺。

と、心を躍らせていると耳に入っている。

さらに江戸では奇妙なことも起こった。武士や商人を問わず、多くの者の屋敷に文が続々と投げ入れられたのだ。一種の怪文書といってよい。家臣の酒井家の屋敷にも投げ込まれ、家康のもとに文が届いた。

その内容というのがまた、幸村についてのことなのである。まず文章は冒頭にて、

——家康卿の御旗本さして、一文字にうちこむ、家康卿御馬印臥《ふ》せさすること。異国は知らず、日本にはためし少なき勇士なり。

と、褒め称えている。これだけならば真田の残党が、主君の功績を世に示さんと行っているとも考えられる。しかしその文にはまだ続きがある。

——ふしぎなる弓取なり。真田備居《そなえおる》侍を一人も残さず討死させる也《なり》。合戦終わりて後に、真田下知を知りたる者、天下に是なし。一所に討死せるなり。

と、疑問が書かれている。この評が家康の感じているものに最も近しい。差出人もまた幸村という男のことを、死の真相を、知りたがっていると感じた。

何故、家康がこのようにあれこれ詳しく知っているのかというと、大坂の陣から間もなく、真田幸村に纏《まつ》わる一切のことを調べると決めたからである。

幸村の口から数々の謎に対する答えを聞くことは出来ないが、近くにいた者の証言から限りなく真相に迫ることは出来ると考えた。正信にそのことを告げると、

「正直申し上げれば、拙者も気になっております」

と、苦い笑いを浮かべた。

天下のことは秀忠に任せておけばよい。幸村の謎を解き明かさねば死んでも死に切れぬ思いである。残り少ないであろう人生の中で、これほど没頭出来ることももうなかろうと思った。

「天下の評はおおよそ集まりました」

正信は家臣を使って、戦後の幸村評を悉《ことごと》く集めた。細川や島津、山科の評も故に知ったのだ。例の怪文書の差出人についても、家康だけには凡《およ》その見当が付いている。

「いよいよ話を聞くか」

「はい。誰からに致しましょうか」

誰を探れば真相に近づけるか。すでに六人に目星を付けている。そのうち生きている者は直に聞けばよいが、すでに世を去った者もいる。その場合は家臣、家族など身辺にいた者に話を聞くつもりである。

——因縁であろうな。

家康は天井を見上げて細く息を吐いた。己の生涯を大きく左右した家は多くある。だが節目で何度も絡んできたのは真田一族だけである。ここで答えを出しておかねば、何かとんでもないことが起こるような気がしてならないのだ。

家康はすうと頭を戻すと、嗄《しわが》れた声で囁くように言い放った。

「まずは有楽斎だ」

◘◘

皐月《さつき》も半ばを過ぎたことで梅雨《つゆ》に入り、ここのところは雨の日がずっと続いていた。雨が上がったのは七日振りのことである。

快晴という訳ではない。かといって、曇り空というにはやや爽やか過ぎた。空全体を薄《う》っすらと雲が覆っており、青と白が入り混じったような色味をしている。そのせいで差し込む陽は柔らかである。

夏の香りを微《かす》かに漂わせ始めた風が、青々と茂った木々を揺らしている。その騒《ざわ》めきと川のせせらぎが重なり、何とも長閑《のどか》な音を奏でていた。

「兄上、早く」

先に河原《かわら》を行く弟は、兎《うさぎ》のように跳ねながら振り返って手招きをした。長雨で外に出られない日々が続くと、大人でも鬱々とするものである。ましてや弟は五歳の遊び盛りだ。早く外に出たいと駄々をこねることも何度かあった。今日は久方ぶりに晴れたと知り、朝からずっとこの調子である。

故に近くの河原に遊びに出たという訳だ。当然、兄弟だけではない。供の侍が四人付いて来ている。とはいえ領内のことである。知らぬ者が見れば、たった二人に四人の供とは少し用心が過ぎると思うかもしれない。が、これも己の家の哀《かな》しい過去を思えば仕方ないことである。

己には実はもう一人、源四郎《げんしろう》と謂《い》う弟がいたらしい。

らしいというのは、その源四郎の記憶が殆《ほとん》ど無いのだ。己が四歳で物心が付く前に、源四郎は乳母《うば》を務めていた女中に攫《さら》われ、二度と戻って来ることはなかったのである。

――草の根を分けてでも源四郎を捜せ！

父が鬼のような形相で家臣に命じていたことは覚えている。

その女中は、先代の御屋形様の声掛かりで乳母を務めることになった。そのため、御屋形様も自らを酷《ひど》く責めたようで、三百を超える家臣を動員して捜索に当たってくれた。村々には女の人相書きが配られ、国境に兵を派遣して見張らせ、その後に山狩りまで行われたという。

その哀しみは必ずや覆されるであろう。ぼんやりとではあるが、誰しもがそう思っていたのだ。

だが三月《みつき》経《た》っても、半年経っても、源四郎も乳母も見つかることはなかった。二人が姿を消してから一年が経った頃、捜索は打ち切られることとなった。逃げる途中に事故に遭い、二人ともすでにこの世にいないのだろうと結論付けられた。そうとしか思えないほど領内を念入りに捜したのだ。

加えて、何時《いつ》までも多くの人員を割く訳にもいかず、何処《どこ》かで区切りを付けねばならないと考えたのだろう。父から御屋形様に切り出したのかもしれないと今では思っている。

ちょうど捜索を打ち切った頃、己の前を跳ねるように歩く弟が生まれたのだ。それから早五年が経ったが、二度とあのような悲劇が繰り返されぬよう、己たち兄弟には何処へ行くにも必ず複数の供が付けられている。

「あっ、駄目だ！」

川辺に来たところで慌てて叫んだ。弟はぴたっと足を止める。

「離れるんだ。水に入っちゃいけないと言っただろう」

「うん」

弟は躰《からだ》を強張《こわば》らせながら頷《うなず》いた。ここに来る前、川に入ってはいけないと懇々と説明した。川を見てあまりに嬉《うれ》しくなってすっかり失念していたのだろう。

「ご安心下さい」

長雨で水嵩《みずかさ》が増えているとはいえ、浅瀬に足を踏み入れるくらいならば問題無い。何かあれば己たちがすぐ助けるから、心配し過ぎだと思ったのだろう。供の家臣は微笑《ほほえ》ましげに言った。

「溺《おぼ》れるからではない」

素早く首を横に振ると、今度は別の家臣が首を捻《ひね》った。

「はて、盆はまだ先ですが？」

この辺りだけのことか、日ノ本《ひのもと》全てでそうなのか判《わか》らないが、盆に川に入れば、死人に足を引かれるという言い伝えがある。そのことを懸念したと勘違いしたらしい。

「違う」

「では、河童《かっぱ》ですか」

そう訊《き》いたのは、これまた別の家臣。川には河童が棲《す》んでおり、尻子玉《しりこだま》を引っこ抜かれるなどという話もある。大人ぶるつもりはないが、己は河童などいないと思っている。子どもたちだけで川遊びをするのを止めるための作り話ではないか。

「甲斐《かい》の川に入ると病に罹《かか》るらしい」

「そんな」

こちらとしては大真面目《おおまじめ》なのだが、家臣たちは一斉に顔を綻《ほころ》ばせた。それも死人や河童のような伝説の類いだと思ったらしい。

「本当……かもしれないんだ。はらっぱりを知っているだろう？」

「ええ、それは」

当家の家臣たちは甲斐の出身ではないが、この地に長く住まっているならば一度や二度は聞いたことがあるのだろう。

長年、甲斐で少なからず罹る者が出る奇病である。ある日を境に腹がどんどん大きくなり、やがて歩くことさえ儘《まま》ならぬようになる。そして最後には死に至るという病である。これを甲斐の者たちは「はらっぱり」などと呼び恐れているのだ。

原因は一切判っていない。少なくとも百年ほど前からこの病に罹る者がいると伝わっているのに、先代の御屋形様が己の覇業のために多くの身内を犠牲にし、時には自らの手で殺《あや》めたことへの呪いだと陰口を叩《たた》く者もいた。

十年ほど前から先代の御屋形様は、別に甲斐に限った病ではないのではないかと考え、他国に似た症例が無いかつぶさに調べ上げた。しかし不思議なことに甲斐だけの病だというのだ。

「何か訳があるはずだ」

御屋形様は著名な医者を招いて話を聞くだけでなく、領内の百姓や商人の話にも耳を傾け、その後も病の原因を探り続けた。あまりに執拗《しつよう》に調べるものだから、心無い人間の中には、御屋形様が自らへの呪いではないことを証明したいのだろうという者もいた。

だが己はそのような動機ではないことをよく知っている。四年前、病に冒された百姓が館に招かれた。伝染するのではないかと止める家臣もいたらしいが、御屋形様はその症状を直《じか》に尋ねようとしたのだ。

己は館の片隅に身を潜め、その百姓を盗み見た。想像よりも遥かに腹が突き出ており、まるで話に聞く餓鬼《がき》を彷彿《ほうふつ》とさせる無残な姿をしていて、恐ろしさから躰が小刻みに震えた。

その日から眠れない夜が続いた。御屋形様が自らの居室に己を招いたのは、それから十日後のことであった。

「はらっぱりを恐れているらしいな」

何処かから噂《うわさ》を聞きつけたのだろう。御屋形様がそう切り出した時、己は思わず涙を零《こぼ》しながらこくこくと頷いた。

「何故だ」

「呪いが……怖いのです」

「心配などいらぬ。『はらっぱり』は呪いなどではない」

「えっ……」

「何か訳があるはずなのだ。甲斐の者だけが苦しむこの奇病、治すことは出来ずとも、罹らぬようにすることは出来ると思っている」

病に罹る者に何か共通点はないか。それをこれまで探ってきて、御屋形様にはこれはと思うことがあったという。ある村の者たちに、

——川で巻貝を採り過ぎると、はらっぱりになる。

という俗信が、長年に亘《わた》って口伝してきているという。確かに病になる者の多くが百姓の次男、三男で、耕す田も少ないことから頻繁に川漁を行っていることも判った。

これこそが病の原因ではないかと直感したものの、今の段階でそれを口にして間違っていたなら、いわれなき差別を蒙《こうむ》る者が出て来るやもしれぬ。今少しじっくりと確かめねばならないと考えているところらしい。

「呪いではない。が、そもそも呪いだと言う者は、儂《わし》が父を追い、典厩《てんきゅう》を身代わりにし、太《た》郎《ろう》を殺したからだと言っているのだろう？」

御屋形様は合点がいかなそうに眉根を寄せた。

御屋形様は父を駿河《するが》に追放して当主の座を奪った。典厩とは御屋形様の弟のことで、戦の最中に兄である御屋形様を守るために討ち死にしている。太郎とは御屋形様の息子《むすこ》のこと。難しいことは己にはよく解《わか》らなかったが、家の方針を巡って争った末に、切腹を命じたと耳にしたことがある。

流石《さすが》に幼い己でも頷くことは出来ず、ただ項垂《うなだ》れて啜《すす》り泣いていた。

「身内を殺したことも、見捨てたこともないお主が呪われることはあるまい」

優しく話しかけてくれた御屋形様に対し、己はぶんぶんと首を横に振った。英邁《えいまい》な御屋形様はそれだけで、己が抱えている苦悩の正体が何であるか、一瞬のうちに察したらしく顔を曇らせた。

「さては……あの日に何か見たのか」

胸が鷲掴《わしづか》みにされたかのように痛んだ。周囲の者は疎《おろ》か、父にさえ隠し続けてきた秘密があったのだ。己は源四郎のことを「殆ど」覚えていない。だが源四郎が連れ去られた日、その時のことだけは今も鮮明に脳裏に焼き付いたまま、消えないでいる。

あの夜、眠っていた己を呼ぶ声が聞こえた気がして目を覚ました。呼ぶ声があるのは間違いではなかった。乳母に抱えられた赤子の源四郎が、手を伸ばし声にならぬ声を上げていたのだ。

乳母はさっと源四郎の口を押さえ、

——源四郎様が夜泣きをされるので、近くを歩いて宥《なだ》めてきます。

と、早口で囁《ささや》いた。源四郎は穏やかな性質《たち》で、これまで夜泣きをすることなど皆無であったため奇異に感じた。しかし仄《ほの》かに差し込む月明かりに照らされた乳母の顔が、何故か常のものと異なり般若《はんにゃ》の如《ごと》く見え、恐怖から思わずこくこくと頷いてしまったのだ。

口を押さえられた源四郎がじっとこちらを見つめる。薄闇の中でも目が潤んでいるのが判った。それが己の見た源四郎の最後にして、記憶に留まっている唯一の姿である。

全てを吐露すると、御屋形様はそっと己の背を摩《さす》ってくれた。

「よくぞ話してくれた。辛《つら》かったのう」

「私は弟を……源四郎を……私は呪われて当然なのです……」

「馬鹿なことを言うな。お主のせいではない。全ては儂のせいじゃ」

嗚咽《おえつ》する己に対し、御屋形様はなおも優しく語り掛ける。

「喜兵衛《きへえ》にも言うでないぞ。お主は何も悪くないのだからな」

御屋形様は父の名を口にし、今度は己の頭をごしごしと撫《な》でながら続けた。

「それでも無念が残るならば、新たに生まれた弟を何があっても守ってやるのだ」

御屋形様は身内に冷たい人などではない。むしろ優しすぎるくらいの御方だとその一言で解った。ただ大人になれば、ましてや大名という身になれば、己の心に添わぬことをしなくてはならない時もある。幼い己でもそれが朧気《おぼろげ》に解ってしまった。

「はい……必ず……」

唇を噛《か》み締めて顔を上げると、御屋形様は己の名をそこで初めて呼び、口辺に皺《しわ》を浮かべてにこりと笑った。

そのすぐ後、御屋形様は名指しした川には入らぬようにと、農村に触れを出した。そして、その二年後、御屋形様は西上の途中、病が悪化して帰らぬ人となった。跡を継いだのは御屋形様の四男である諏訪勝頼《すわかつより》であった。その姓からも判るように武田《たけだ》本流の御方ではない。先代の孫の信勝《のぶかつ》が成長して家を継ぐまでの代理、陣代である。

偉大な御屋形様を失ってそのような余裕はないのだろう。勝頼は戦に明け暮れることが多く、甲斐の人々を襲う奇病の調査は自然と打ち切られた。それでも己は御屋形様の言うことを信じているからこそ、

――川には入ってはいけない。

と思い、弟を止めたという訳だ。百姓ではない家臣たちは要領を得ないような顔をするが、

「先代の御屋形様のお言葉だ」

そう言うと、彼らはぎょっとした。

武田家の本拠である躑躅《つつじ》ヶ崎館《さきやかた》には人質の意味もあって、多くの家臣の子弟が集まっている。しかしその中で御屋形様は特に己を愛してくれ、ことあるごとに部屋に招いてくれたこと

を皆知っており、家臣たちもそれを誇りに思っていたのである。

「信玄公《しんげん》が真《まこと》に……」

すでに次代に受け継がれている。それを憚《はばか》ったか家臣はそのように呼んだ。だが己にとっての「御屋形様」は後にも先にも、武田信玄と謂う戦国大名ただ一人である。

「だから石投げをしよう。源次郎《げんじろう》」

「うん！」

名で呼ぶと、弟は闊達《かったつ》な返事をして顔を綻ばせた。

平らな石を見つけ、手を横から振るようにして投げる。所謂《いわゆる》、水切りという遊びである。

「おお、上手《うま》いじゃないか」

己はこれを習得するのに半年以上は掛かった。だがまだ五歳という幼さにもかかわらず、源次郎は四半刻《しはんとき》（約三十分）もしたら、一度は水面で石を跳ねさせられるようになった。

「へへ……」

「これなども良い石ではないか」

嬉しそうに微笑む源次郎に、手頃な薄い石を手渡したその時である。こちらを呼ばわりつつ走ってくる男がいた。当家の家臣で、館で留守番をしていた者である。

その家臣は血相を変えており、その顔面は恐ろしいほど青い。こちらまで駆けてくると、供の家臣たちとこそこそと何かを話し始めた。

――これは……まさか。

現在、武田家は総力を挙げて合戦に繰り出している。二人の伯父《おじ》に加え、父も出陣しているのだ。話を聞いた供の者たちが愕然《がくぜん》とする様子から、相当な不幸が起こったことを察した。

「兄上、いくよ」

そんなことにも気付かず、源次郎は石を放る。初めて二度跳ねたものだから、源次郎は飛び上がって歓喜する。やはり躰を使うことに関して、源次郎は己よりも優れているらしい。

「凄《すご》いな」

「あれ……」

褒めたところで、源次郎がひょいと首を傾《かし》げた。己の背後で相談する家臣たちの様子にようやく気付いたらしい。幼いながらも何か不穏な空気を感じとったのだろう。不安そうな目で見つめている。

「何も心配無い。源次郎には兄が付いている」

努めて優しく言いながら、源次郎の頭をそっと撫でた。泣きじゃくる己の頭を、御屋形様が撫でてくれたことが思い出された。御屋形様は己を子どもだと侮ることなく、真正面から向き合ってくれた。その御屋形様と誓ったのだ。己は今度こそ弟を守り抜くと。

「あっ、いい石見つけた」

源次郎は笑みを取り戻すと、新たな石を求めてちょこまかと動き始めた。ふっと河原の色が変わった。西から雲が流れて来て翳《かげ》ったのである。雲は鉛色をしており、また一雨来るのかもしれない。

——源三郎《げんざぶろう》、強く生きろ。

あの日の御屋形様の声が聞こえたような気がして、源三郎は迫りくる暗雲を睨《にら》み据えた。

逃げよ有楽斎

部屋の四隅に行灯《あんどん》を置いて火を付けた。暗さのせいで手許が狂ってしまってはならないからである。室内を茫《ぼう》と照らす明かりの中、己の影が障子の中を忙《せわ》しなく動く。こちらの障子に映る影は小さく濃く、反対の障子に映る影は大きく薄い。

どちらかが実で、どちらかが虚ということではない。影なのだから所詮は全てが虚のはずである。実は己自身に違いない。だがその己が何者か判《わか》らなくなっている今、影の中にこそ本当の己がおり、こちらを嘲笑《あざわら》っているかのような感覚を覚えた。

「余計なことを考えるな」

織田有楽斎《おだうらくさい》は自らに言い聞かせるように言い、忙しげに茶器を風呂敷に包み、桐箱の中へと収めていく。

「誰《たれ》か」

突然、襖《ふすま》が開かれた。襖に映っていた影の形が歪《いびつ》となり、廊下の闇の中に吸い込まれていくのが見えた。宿直《とのい》の小姓が部屋の中の気配を感じ呼び寄せていたのだろう。そこに立っていたのは春永宗輔《はるながそうすけ》。己の家臣の中でも、剛の者との誉れが高い男である。

曲者《くせもの》が出来《しゅったい》したことも想定し、伺いも立てずに開け放ったというところか。今は戦の最中であるため、仕方がないことであった。

「殿……」

宗輔は奇妙なものでも見たかのように目を丸くした。いや、奇妙に違いない。夜遅くに主君が夜具を抜け出し、自らの手で行灯に火を入れ、並べてあった茶器を片付けているのだ。狐《きつね》に取り憑《つ》かれたか、あるいは夢遊の類いとでも思ったのだろう。

「宗輔、静かにせよ」

有楽斎は人差し指を唇に押し当て、しっと鋭く息を吐いた。

「はっ……しかし、何をなさっているのです」

宗輔は腰の刀から手を下ろし、囁くように尋ねた。

「逃げるのよ」

「えっ――」

あまりに意外な返答であったらしく、宗輔は吃驚《びっくり》して大きな目を見開いた。

「夜明け前に、城を抜ける」

「な、何故でございます。殿は総大将でございますぞ」

宗輔の言う通りである。豊臣《とよとみ》家と徳川《とくがわ》家が雌雄を決するこの戦において、己は豊臣家の、大《お》坂《さか》方の総大将を務めている。総大将が戦を前に逃げ出すなど、古今そうそうある話ではない。

だが宗輔が驚いているのはそれが理由ではない。己はもともと総大将など、

――柄でもない。

と、断る性質《たち》の男であると、家臣たちも皆が知っている。戦など馬鹿馬鹿しい。ゆるりと茶の湯でもして生涯を全うするほうがよいと憚らずに口にしていた。

己はこれでも織田信長《のぶなが》の弟である。家柄としては申し分ない。さらに豊臣家の君主、秀頼《ひでより》の

生母である淀殿《よどどの》は姪《めい》に当たる。

東西が手切れとなった時、そのような縁から淀殿に、秀頼の名代として総大将を務めてくれと頼まれた。その時も柄に合わぬと再三断ったものの、淀殿は折れることはなかった。是非にもと頼み込まれ、名目の総大将ならばと、渋々了承した形である。

故に逃げ出すと聞いたとしても家臣たちは、

――殿ならば有り得る。

と、半ば呆《あき》れながら思ったことだろう。ただそれは、これまでならの話である。

己はこの数カ月で大きく変貌していた。大坂方の総大将として、本気で徳川家と相対するつもりになっていたのだ。日ノ本中を敵に回している今の状況では、確かに徳川家を打ち破ることは出来ないかもしれない。それでも散々に苦しめたならば、有利な条件で和議を結ぶことは出来る。交渉には些《いささ》か自信があるのだ。

気構えに伴って言動も変わった。鷹揚《おうよう》で摑《つか》みどころのない話し方であったのが、はきとした物言いとなり、舌の回りも良くなった。茫とした緩慢な歩みであったのが、むしろ忙しないほどに早くなり、今や大地を踏みしめるように力強く歩む。

あまりの変わりように家臣たちだけではなく、城内の者皆が驚いた。

――まるで総見院《そうけんいん》様のようだ。

総見院とは兄信長の戒名である。約三十年前に死んだ兄を見知っている家臣などは、そのように言って歓喜した。織田家の末流にありながら、お世辞にも戦が上手いとはいえず、そもそも関心すらもたない己に付き従って来てくれた家臣たちなのだ。

確かに己でも変わったと思う。緩みっぱなしであった頬が引き締まり、顔つきまで凛々《りり》しくなっている。兄弟だけあって顔の作りはもともと似ていたのだろう。鏡を覗《のぞ》き込むと、兄が映っているのではないかと見紛《みまご》うほどである。

そんな己が一転して、いや元来の己がするように城から逃げ出そうとしている。宗輔が驚《きょう》愕《がく》しているのはそのためである。

「殿、落ち着いて下され。仮に逃げ出せたとしても、大御所は決して赦《ゆる》さないでしょう」

今は将軍職を息子の秀忠《ひでただ》に譲り、そのように呼ばれている徳川家康《いえやす》のことである。一線を退いた形をとっているものの、未《いま》だに徳川家の、幕府の実権は家康が握っているのだ。

家康にとって此度《こたび》の戦は、天下統一の総仕上げである。何としても豊臣家を潰したがっている。仮にもその総大将を易々《やすやす》と赦すはずがないというのは、宗輔ならずとも皆が思うことであろう。

「それは心配無い」

「どういうことでしょうか……」

「儂は端《はな》から関東の味方よ」

「まさか」

宗輔は信じていない様子であったが、己が真剣であることに気付いたらしく、徐々に険しい面持ちに変わっていった。

「真に」

尋ねる宗輔に対し、有楽斎は深く頷いた。

「ああ、内通している」

嘘《うそ》ではない。戦の始まりの頃から徳川家に通じている。豊臣家に出仕していた流れのままに、大坂城に籠もることになってしまったが、勝算が殆どないことくらいよく解っている。城を枕に討ち死にするなど愚かしい。何とか徳川家に通じる方法がないかと模索している最中、向こうのほうから誘ってきたのである。

有楽斎は一も二も無く承諾したが、それから暫《しばら》くして秀頼と淀殿から総大将に推されてしまったのだ。断るつもりだと、徳川家に密書で報《しら》せた。すると、

――是非、受けてくれ。

と、返答があったのだ。総大将の立場ならば、より多くの情報を得ることが出来る。内通者としては申し分ないという考えであろう。

そのことを抜きにしても、嫌々であったが総大将を引き受けたという訳だ。

そこから己は少しずつ変心し、実際に徳川家を打ち破るつもりになった。そして今、再び心変わりし、徳川家に奔《はし》ろうとしている。まだ家康に城を抜けることを告げてはいないが、流石に咎《とが》められることはなかろう。仮に咎められようとも、やらねばならないと感じている。

「しかし総見院様の御名に傷が」

宗輔は華々しく戦うことを諦めきれぬのだろう。眉間に皺を寄せて食い下がった。

「儂は兄上とは違うのだ」

有楽斎は冷めた口調で返した。

「殿は以前も……二度目ともなれば……」

宗輔は苦悶《くもん》の表情を浮かべながら、途切れ途切れに言う。

「言いたい者には言わせておけ」

家臣の立場としては最後までは言いにくかろう。確かに己が身内を見捨てて逃げるのは初めてではなく、これで二度目のことなのだ。

「では、孫十郎《まごじゅうろう》様はどうなさるのです」

宗輔は切り口を変えて静かに詰め寄った。孫十郎頼長《よりなが》とは己の次男にして嫡子のこと。共にこの大坂城に籠もっており、関東へは強硬な姿勢を貫いているのだ。己が城を抜けるなどと言おうものならば、相手が父だとしても、刺し違えんばかりの剣幕で迫ってくるに違いない。

「あの阿呆《あほう》には報せるな。籠絡《ろうらく》されておる」

有楽斎は吐き捨てて、再び茶器をしまうために手を動かし始めた。

「籠絡……？」

「ああ。このままでは、儂は奴《やつ》を操る者の策に殺される」

「誰のことでございましょう」

「真田左衛門佐幸村《さなださえもんのすけゆきむら》よ」

有楽斎は絞り出すように言うと、恐れを振り払うかのように手荒く茶器を風呂敷で包んだ。部屋に微かな風が吹き込み、行灯の明かりが小刻みに揺れる。それに伴い己の影も震えるように動く。いや本当に躰が震えているのかもしれない。

天文《てんぶん》十六年（一五四七）、織田有楽斎は織田信秀《のぶひで》の十一男として生まれた。有楽斎という号を使うようになるのは豊臣秀吉《ひでよし》の御伽衆《おとぎしゅう》を務めていた頃のことで、通称は源五郎《げんごろう》、諱《いみな》は長益《ながます》と謂う。

有楽斎の生まれた織田家は尾張《おわり》の守護代を務める清洲《きよす》織田家の庶流で、三奉行のうちの一家である。父の信秀が弾正忠《だんじょうのちゅう》を称していたことから、織田弾正忠家などとも呼ばれていた。

とはいえ、地侍に毛が生えた程度の家に過ぎなかった。

だが父信秀は優秀な武将であった。尾張有数の商業都市である津島《つしま》を支配し、その銭の力を背景に勢力を広げていったのである。それでも主家の清洲織田家を凌《しの》ぐことはなく、筆頭家老のような地位に甘んじた生涯であった。

その信秀が病で世を去ったのは天文二十年（一五五一）のこと。有楽斎がまだ五歳の頃の話である。故に殆ど父の記憶が無い。織田家の家督を継いだ兄信長が、有楽斎にとっての父代わりであった。

家督を継いで間もなく、家臣の中にすぐ下の弟である信行《のぶゆき》を擁立せんとする動きがあった。信長はこの信行を誅殺《ちゅうさつ》して家中を纏《まと》め上げた。これは有楽斎が十二歳の頃である。実の弟でも容赦なく殺したことで、一族の中にも震え上がる者は多かったが、有楽斎は兄にそのような悪い感情を抱いたことはない。

理由としては二つある。一つ目は、まず殺された兄の信行を、有楽斎はあまり好いていなかった。むしろ嫌っていたと言っても過言ではない。礼節を重んじる常識人などと言われていたが、それは外面《そとづら》が良かっただけではないかと思う。一族の集まる場においても、己など眼中に無いといった様子。

──何かいるな。

といった程度に、一瞥《いちべつ》をくれるのみである。その時、幼いながらに有楽斎は、冷たい心の御方なのだろうと思ったのをよく覚えている。

二つ目の訳は、そんな信行に比べ、信長は己にはとても優しかったことである。ことあるごとに気に掛けてくれ、時にはふらりと部屋に訪ねて来てくれることさえあった。

「源五郎は俺によく似ているな」

信長は滅多に他人に笑みを見せないのに、己にはよくそう言って頰を緩めた。

確かに兄弟の中で、相貌だけ取れば己が最も信長に似ている。長じるにつれて才覚では遥かに及ばないのはよく解ったが、それでも顔立ちだけでも似ているのが、有楽斎には誇らしかった。それだけに、他にも多くの兄弟がいる中で、有楽斎にとって真に「兄」と呼べる存在は信長だけなのである。

何故、兄は己を可愛がってくれるのだろうかと、時折考えることがあった。僅かな歳《とし》の差しかなかった信行と比べ、己は十三歳も離れている。大人になる頃には、兄はより家中の結束を強固なものにしていることだろう。つまり己は、当主の座を脅かすのに最も遠い弟である。そのことが己に心を許した原因ではないか。そもそも兄とて、一族で揉《も》めたいとは思っていない。己に見せる姿こそ、本来のものであったのかもしれない。

信行の死から織田家は破竹の勢いで躍進した。尾張一国を統一すると、駿河の大大名である今川義元《いまがわよしもと》を桶狭間《おけはざま》で討ち、やがて隣国の美濃《みの》も併呑《へいどん》する。さらに将軍足利義昭《あしかがよしあき》を奉じて上洛し、天下に号令を発するまでに至った。

このような兄を持てば、比べて己を卑下する者もいよう。だが、有楽斎はそのように捻《ひね》くれることはなかった。

――流石は兄上だ。

と、素直に心から尊敬していたのである。その想いは信長にも届いていたらしい。特段、目立った功績も無かった己に対し、兄はとても優しかった。いや、甘いと見ていた者すらいるだろう。

天正《てんしょう》二年（一五七四）、有楽斎が二十八歳の頃、酒席において、

「源五郎、大草《おおくさ》の城をやろう」

上機嫌だった兄は、そう言って尾張知多《ちた》郡と大草城をぽんと与えてくれた。合戦で華々しい手柄を立てた訳でもない。そもそも大きな戦で軍を率いたことすらなく、仮に出陣したとしても本陣近くで侍《はべ》るのみである。

織田家の連枝ということもあって、人並に刀槍《とうそう》、弓矢は学んだものの、有楽斎はあまり得意ではなく、好むという訳でもなかった。故に兜首《かぶとくび》を挙げたことなどもないのだ。

「私なぞによろしいのでしょうか……」

有楽斎は他の一族、家臣たちがいない場で信長に尋ねたことがあった。一族の中には未だに誅殺される者、己よりも遥かに戦績を挙げながら、同程度の報賞しか得ていない者がいるのだ。幾ら弟とはいえ、己に妬みや嫉《そね》みを抱く者がいるのを肌で感じ始めていた。

「卑下するな。そんなお主だから良い」

信長は片笑《かたえ》みながらそうとだけ言った。有楽斎はこれを謙遜の心があるからという意味に取

り、今後も兄への感謝の心を忘れぬようにと己に言い聞かせたものである。

それから数年後、有楽斎は生涯の中で、最も大きなものと出逢うこととなった。

——茶の湯。

である。知識としてはもともと知っていたが、初めて見た時に魅了された。だが信長は家臣に茶の湯を禁じており、茶器を取り揃《そろ》えるどころか、勝手に学ぶことすら許されない。

「いつか、私も茶の湯をやってみたいものよ」

と、有楽斎は周囲に漏らしていた。

こんな己でもいつか手柄を立て、茶の湯を学ぶことを許されたい。そんな意気込みから口にしていたつもりである。

だが暫くして、安土《あづち》城の兄から一通の書状が届いたことで、有楽斎は吃驚して腰を浮かせた。

書状には、

——源五郎、茶の湯のことで話がある。

そう書かれていたのである。

この頃には織田家はかなり膨張している。その中で家臣間の競争も激しくなり、讒言《ざんげん》で足を引っ張る者も少なくない。それは一族といえども例外ではなかった。分不相応にも己が茶の湯を学びたいと嘯《うそぶ》いていると、誰かが悪《あ》しざまに告げ口したのかもしれない。

かといって今となっては後の祭り。腹を括《くく》って安土に向かった有楽斎に、兄から掛けられた言葉は意外なものであった。

「利休《りきゅう》などよいのではないか」

「は……」

有楽斎は意味が呑《の》み込めず、躰を強張らせた。

「茶の湯を学びたいのだろう？　師は利休がよいと申しておるのだ」

兄は己を一切咎めなかった。それどころか即座に茶の湯を許し、さらには茶人として最も勢いのある千利休《せんの》に学ぶ渡りまで付けてくれたのである。

「よいのでしょうか……？」

有楽斎は恐る恐る尋ねた。

「学んでおいて損は無かろう」

緊張から己の顔が引き攣《つ》っているのが可笑《おか》しかったか、兄はふっと息を漏らして頷いた。

こうして有楽斎は千利休に茶を学ぶこととなった。恵まれすぎたほどのお膳立てをしてもらったこともあり、有楽斎はその道ではめきめきと頭角を現し、後には利休の七人の高弟である「利休七哲」の一人にも数えられるようになった。

――兄上のような人になりたい。

世には信長のことを鬼の如しと語る者もいる。だが有楽斎は幼い頃からずっとそう思い続け、その願望はこの時でも変わっていない。だがそれと同時に、

――私には無理だ。

と、思い直す。兄弟として近くにいるからこそ、己にはあれほどの才気があるはずもないことはよく解っている。

兄もまた己をそのように思っていることだろう。一族の者が優秀であればあるほど、兄は警戒を強めるということを知っている。裏を返せば、これほどまでに甘く、目を掛けてくれているのは、即ち役立たずの烙印《らくいん》を押されたに等しいと思っている。

だが有楽斎としてはそれでも構わなかった。兄に対抗心を燃やそうなどという気は毛頭ない。ただ憧れ続けているだけである。そんな兄の傍らで悠々と茶の湯に興じ、漫然と一生を終える。それでも十分に幸せなことだと思い定めていた。

有楽斎が初めて大きな戦に出たのは、天正十年（一五八二）のことであった。相手は長年、織田家を苦しめてきた武田家である。

だが戦国の英傑と名高い武田信玄はすでに九年前に世を去っている。その後を勝頼が継いだものの、七年前の長篠《ながしの》の戦いにおいて、兄は大量の鉄砲を用いるという画期的な戦術で大勝した。すでに武田家には往年の勢いが無く、いつ攻めるべきかと機会を窺《うかが》っていたのである。そんな時、武田家の麾下《きか》にいた木曽義昌《きそよしまさ》が寝返りを申し出てきた。兄はこれをまたとない好機と捉え、一挙に武田家を滅ぼすべく軍を興したのだ。

総大将は兄の嫡男である信忠《のぶただ》。有楽斎から見れば甥《おい》に当たる。次世代を担う信忠に殊勲を挙げさせようとする兄の思惑である。

有楽斎はこれも何処か他人事《ひとごと》のように捉えていた。己はこれまで大した戦績も無く、まさか出陣の命《めい》が下るとは思ってもみなかったのだ。だがその予想とは裏腹に、

――源五郎、お主も行け。

と、白羽の矢が立ったので驚いた。とはいえよく考えれば理解も出来る。兄は己に戦働きを期待している訳ではない。次世代の当主が出るに当たって、織田一族が他に付き添わぬのは陣容としてよろしくない。かといって信忠の功を横取りするような輩《やから》ではまずい。故に毒にも薬にもならない己を配したのだろう。

戦は一方的であった。大軍で敵領内に侵攻すると、武田家家臣たちは雪崩《なだれ》を打って寝返って来る。戦らしい戦も数度しかないまま、あっという間に南信濃《みなみしなの》を手中に収めた。

「このまま甲斐を陥《おとし》いれましょうぞ」

信忠は揚々と麾下の者たちに語った。実際、この調子だとあっという間に甲斐も落とせそうである。だが百戦錬磨の武将の中には、危惧《きぐ》すべきことがあると進言する者もあった。

「北信濃、上野《こうずけ》の動向が気になります」

南信濃の武田家家臣の大半は降《くだ》るか逃げ出し、抵抗する僅かな城も陥落させた。だが北信濃、上野の武田家家臣たちには未だに静観を決め込んでいる者もいる。このまま甲斐に侵攻した時、彼らが一挙に南信濃に進出すれば退路を断たれることになるのだ。

そこで信忠は軍を二手に分け、一方を甲斐へ、残る一方を北信濃から上野の鎮撫《ちんぶ》に当たらせるという策を採用した。有楽斎は森長可《もりながよし》、団忠正《だんただまさ》らと共に後者を担う軍に所属することになった。

――心配はなかろう。

有楽斎はさして心配してはいなかった。今の織田家と武田家では大きく力の差が開いている。それを武田家家臣も重々理解しているからこそ、こうして次々と寝返って来ているのだ。加えて森は歴戦の武将。万が一、戦が起こっても己が出る幕などない。

案の定、南信濃と同様、殆どの武田家家臣たちが恭順の意を示してきた。だがここで例外が二家あったのだ。一家は上野の小幡《おばた》家。これは勧降の使者を送ったものの、

――武田家には恩がある。

と、断ってきたのだ。こうなれば戦をするほかないのだが、少しこれまでと事情が違った。関東の北条《ほうじょう》家も上野を狙っており、小幡家を引き入れようと工作をしていることが判ったのだ。

「戦をしている暇はありませぬ。何とか交渉出来ぬものでしょうか」

森がそのように頼んできたので、有楽斎は息を呑んだ。つまり己に小幡家を説き伏せろというのだ。

「それはお主らのほうが向いていよう」

有楽斎がそう断ると、森は首を横に振った。

「上様はこのような時には、侍従様を頼れと」

まさかとは思ったが、この甲州《こうしゅう》攻めの軍に己以外に侍従の官職を持つ者はいない。何度も確かめたが、兄はやはり己のことを名指ししていたらしい。こうなれば命《めい》に背く訳にはいかず、有楽斎は小幡家との交渉に向かった。

「いずれ当家は北条家ともぶつかることでしょう。織田家の領地はすでに四百万石に上り、甲斐、信濃を手中に収めた後には五百万石を超えまする。それに比べ北条家は二百五十万石ほど。さらに中国では羽柴筑前《はしばちくぜん》が毛利《もうり》を、北陸では柴田修理《しばたしゅり》が上杉《うえすぎ》を押し――」

使者が殺される例など戦国の世では珍しくもない。ましてや己は武田家からすると憎き織田一族なのだ。この時ばかりは己でも驚くほど舌が回った。それが功を奏したのか、小幡家は納得して降ることを受け入れてくれたのである。

「流石は侍従様！」

有楽斎が陣に戻ると、森も団も嬉々《きき》として褒めそやした。交渉に当たっている時は生きた心地がしなかったが、これは有楽斎も素直に嬉しかった。手柄を挙げたというより、

——兄の顔に泥を塗らずに済んだ。

という思いのほうが大きかったかもしれない。だがこれで少々自信を得たことは間違いない。

残る一つの例外の家。これは小幡家に比べ、どうも奇妙な動きをしている。一度は恭順の意を示したにもかかわらず、上野のことが片付いた今になって音信を断ったのである。信忠率いる本隊はいよいよ甲斐に攻め込もうというところ。やはり武田家への想い断ち切れず、呼応する腹積もりなのかもしれない。その真意を確かめ、もしそうならば籠もる城を囲まねばならない。

「真田家……か」

有楽斎は呟《つぶや》いた。耳にした程度のことならある。当代の父が武田家に帰順し、故信玄より北信濃先方衆《さきかたしゅう》の中でも一等優遇されていた家である。聞くところによると、長篠の合戦で当主を継いでいた長男、補佐する次男が討ち死にし、他家に養子に出ていた三男が戻って跡を継いだらしい。

「使者は門前払い。やはり翻意したと見るほかないでしょう」

団は苦々しい表情で漏らした。

「舐《な》めた真似《まね》をしおる。いっそ揉み潰してやりましょう」

短気な森が顔を紅潮させ気炎を吐いていた。

そんな時である。織田の陣に真田の使者が駆け込んできたのだ。帷幕《いばく》の中に招くように言うと、暫くして一人の男が姿を現した。

――何と見事な。

有楽斎は男を頭から爪先まで舐めるように見た。身の丈六尺はあろうかという偉丈夫である。それでいて目元は涼しくどこか気品を漂わせている。森も団もその男ぶりに見惚《みほ》れ、感嘆の声さえ漏らしていた。そして何より若い。歳の頃は十七、八といったところではないか。

「拙者、真田源三郎信幸《のぶゆき》と申しまする」

信幸と名乗った男は片膝を突いて言った。若さに似合わず低く響く良い声をしている。

「一族の者か」

この場では有楽斎が一応の大将格として応じた。

「当主安房守昌幸《あわのかみまさゆき》が嫡男にございます」

「何……嫡男とな」

帷幕の中が騒めきに包まれた。嫡男自らが使者として来るなど滅多にあることではない。当主の身に何かがあったのかもしれない。衆が鎮まるのを待ち、信幸は意外な一言を口にした。

「織田様、人払いをお願いしとうございます」

「貴様……無礼であろう！」

森が床几《しょうぎ》を蹴るように立ち上がって吼《ほ》えた。

「無礼は承知の上。しかしながら、これは両家のためになることにございます」

「小癪《こしゃく》な……城に帰れ。捻り潰してやる」

「解りました。それでよろしいでしょうか」

信幸は森を一瞥だにせず、己を真っすぐに見据えている。

――どういうつもりだ。

有楽斎は困惑したが、はっと息を呑んだ。この若武者の目が、若き頃の兄にそっくりなのだ。己の命を懸け、難局を打ち破ろうとする時、兄はこのような鋭い目をしていた。これは敵に回すと厄介だと本能が告げている。

「ま、待て」

普段ならあまり主張しない己が止めたものだから、森も少々驚いたような顔つきになる。

「しかし――」

「話を聞くだけだ」

そこまで言うならばと、森の合図で皆が帷幕から引き揚げていく。自然、己と信幸二人きりとなった。

「源三郎殿と申したな。話を聞こう」

「単刀直入に申し上げます。真田家は陣代様を迎える用意がございます」

「それは真か」

有楽斎は身を乗り出した。

信幸が言う陣代とは諏訪《すわ》改め武田勝頼のことである。当主の昌幸は織田家の甲州攻めが始まる直前まで、新府《しんぷ》城の勝頼の傍《そば》にいた。その時に、

――当家の岩櫃《いわびつ》城は難攻不落。兵糧も十分。半年は耐えてみせますので是非お越し下さい。

と、進言していたという。故にのらりくらりと時を稼ぐため、織田家に降った振りをしたというのだ。だが解らないのは、真田家の嫡男であるこの若者が、何故それを正直に告げに現れたのかということである。

「この戦、織田家の勝ちで揺るぎませぬ」

信幸は静かに、それでいて力強く言い放った。

「左様」

「そもそも陣代様は当家を頼らぬものと」

信幸もまた昌幸と甲斐におり、同時に戻って来たということらしい。勝頼は新たに築城した新府城では守り抜けぬと考え、何処かに行く当てを求めていたという。その時に先ほどの昌幸の発言が飛び出たという訳だ。

だがそれと同時に、郡内《ぐんない》の小山田信茂《おやまだのぶしげ》も勝頼を迎え入れる用意があると言ったらしい。信幸はその話を聞くや否や、勝頼は小山田のほうへ落ちると直感したという。

「何故、そう思うのだ」

「陣代様は人を見る目がござらねば」

仮にも主君である者に対しての痛烈な物言いに、有楽斎のほうがひやりとした。この遠慮ない言いざまもまた、兄によく似ている。

信幸いわく、もし勝頼が真田家を頼ったならば、真に半年やそこらは耐えていられるという。昌幸はそれほどの戦略家、故信玄が認めた男であるらしいのだ。だが小山田家のほうが、真田家より早くに武田家の傘下に入っている。そのことから勝頼は小山田を信じるだろうと信幸は見ている。

「父は戦うつもりです」

先般、真田家には織田家の先鋒として武田家を攻めるように命じた。これは降将の習いである。降ると言って時は稼いだものの、そうなってしまえばもう勝頼を迎えることなど出来ない。故に城に籠もって戦いも辞さぬ構えを見せているのだという。

「で、儂にどうしろと？」

「陣代様が来ないと決すれば、さしもの父も諦めましょう。それまで我ら真田を打ち捨てておいて頂きたい」

「馬鹿な……」

勝頼が来れば真田家は武田家を背負って戦うと宣言したばかり。来なければ降るから、それまで待って欲しいなど、到底呑める要求ではない。

「お願い致します。無用な戦は避けたいのです」

「こちらに何の得も無い。そんなことを……」

「得はあります」

「何？」

「織田の全軍を引き受けても半年は耐える真田。敵に回すと後悔致しますぞ」

有楽斎は愕然としてしまった。これではまるでこちらが脅されているようではないか。だが信幸の目は真剣そのもの。昌幸が信玄の認めた武将だというのも偽りとは思えなかった。この別動隊だけで攻めて、本当に真田家に蹴散らされようものならば、流石に兄上も烈火の如く怒るだろう。

「仮にそうだとしても、森殿や団殿を儂が説得できるはずがない」

「いや、侍従様ならば出来まする」

「何を根拠にそのようなことを申すのだ」

この若者は勢いだけで言っているのだろう。寛容な己でも腹立たしくなってきた。

「侍従様はこれまであまり戦にはお出になっておられませぬ。にもかかわらずこの甲州攻めに際して、前右府《さきのうふ》様は従軍をお命じになられた」

「何故それを……」

前右府とは兄信長のこと。この田舎《いなか》侍の、しかも嫡子風情が、兄はともかく己の官職までしかと知っていることにも驚いたが、それ以上にこちらの事情に精通していることに唖然《あぜん》とした。

「真田は……草をよく使います」

「草？」

「乱破《らっぱ》、忍びと申しましょうか。織田家の領内にもすでに多くの草を。その者より報せが」

「むう……」

各地の勢力から忍びの者が入っているだろうことは織田家としても解っていること。だがそれを堂々と言ってのけるのだから、思わず唸《うな》ってしまった。有楽斎は深く息を吸い込んで気を落ち着かせてから尋ねた。

「それは確かであろう。だがそれが今の話と何の関わりがある」

「前右府様は侍従様を頼りにしておられると」

「兄上が……そんなことがあるものか」

「此度の戦では進退を明らかにせぬ者が続出する。前右府様はそれを見抜き、武に長《た》けた将だけでなく、交渉に長じた将を配されたものと愚考致します」

なるほど。確かにその通りの状況になっている。そして神算を称される兄のことだから、それを想定していたとしてもおかしくはない。

「だがそれが儂であろうはずがない」

「現に一兵も損ぜず、小幡家を降された。前右府様は侍従様の交渉の才を見抜かれておられます」

何とも痛いところを衝《つ》く。兄が慧眼《けいがん》だと切り出されれば否定する訳にもいかない。何より有楽斎は信幸の言を聞いた時、

──真にそうなのか。

と、嬉しさが一瞬のうちに込み上げてしまっている。憧憬する兄に真に認められることなど、一生ないと思っていただけに、何と誇らしいことか。

「お許し下さるならば、真田は身命を賭して織田家に忠勤を励みまする」

「ふむ……だが勝頼が来ればどうする」

「来ません」

「万が一の話だ」

「万が一にも。岩櫃には入れません」

有楽斎の胸が騒いだ。今、信幸は岩櫃に入れぬと言い換えた。その言葉の奥を読み解けば、おのずと一つの答えに到達する。

「もし勝頼が来れば討つというのか……」

信幸は応とも否とも答えない。ただ目を伏せて黙するのみであった。

――これは厄介な家だ。

有楽斎はそう悟った。昌幸は相当な手練《てだ》れかもしれない。加えてこの若さにしてこれほどの決断が出来る嫡子もいる。一筋縄ではいかぬのは間違いなかろう。

「そなたの父上は、安房守は知っているのか？」

「いえ。父には武田滅亡の時まで、忠臣のままいさせてあげとうございますれば」

「では貴殿は……」

「家を守るためならば手段を問いませぬ。一生、汚れ役を引き受ける覚悟にて」

悠然と言う信幸を見つめ、有楽斎は細く息を吐いた。この若さでここまで言わせるとは、どのような薫陶《くんとう》を授けてきたのか。一族の存亡のため命を懸けたことなどない己には、信幸の一途《いちず》な姿が眩《まぶ》しかった。

「よかろう。無用な戦は兄も望んでおらぬはずだ。ただし、勝頼が来た時は分かっておろうな」

「ありがとうございます！　お約束致します！」

信幸は喜色を浮かべた顔を勢いよく上げた。先ほどまでの老獪《ろうかい》さは消え去り、その様は年相応の無邪気な若者である。とても作って出来るようには思えず、どちらも本当の姿なのだろう。この手の男が名将と呼ばれるようになるのではないか。有楽斎にはそのような予感がした。

「儂も貴殿と話せて素直に嬉しかった。励めよ」

「はっ」

信幸は凜然《りんぜん》と頷いて帷幕を後にした。

その後、有楽斎は森、団を始めとする諸将に対し、

「真田昌幸は病で出陣できぬらしい」

などと、適当に取り繕《つくろ》って話した。それでも、嫡子が代理として出陣出来ないことはないだろうという意見も出た。だがそれも、昌幸と同様の症状が真田家で広がっており、人に伝染する病なのかもしれないからということで説得した。

その後、勝頼が北信濃に現れることはなかった。郡内に逃げたものの小山田信茂に離反され、行き場所を失った挙句、天目山《てんもくざん》の地で自害して果て、武田家は滅亡することとなった。結果、全て信幸の見立て通りにことが運んだことになる。

真田家としてもこうなればもう、誰に義理立てする必要も無い。昌幸は岩櫃城から出て、織田家の陣に姿を見せた。後に信幸から裏で動いていたことを聞かされたのだろう。

「病のため御力になれず申し訳ございませぬ」

昌幸はそう話を合わせて頭《こうべ》を垂れた。

「良いご子息を持たれた」

有楽斎は小声で囁いた。褒められて喜ぶか、あるいは助けられたことを恥ずかしそうにするか、どちらかだろうと思った。だが昌幸の反応はそのどちらでもなかった。苦虫を嚙み潰したような顔を見せたから、有楽斎は奇異に感じた。

「はっ……」

ただそれも一瞬のこと。すぐに神妙な顔つきになり、再び深々と頭を下げた。ともかくこれで甲州攻めは一段落つき、有楽斎は信濃から引き上げることになった。有楽斎にとって初めての大戦はこうして幕を閉じたのである。


それから三月後《みつき》、有楽斎は京の二条《にじょう》御所にいた。中国方面で羽柴秀吉が毛利家に苦戦しているということで、兄が援軍に赴くことになり、信忠と共に京の留守を任されたのである。

前日、兄は僅かな供廻りと共に本能寺《ほんのうじ》に入った。ここのところ兄は、京に来るときは専《もっぱ》らこの寺を宿としている。未だ実質的な権力を握ってはいるものの、家督は信忠に譲ったため、配慮しているのだろう。加えて、そちらのほうが何かと煩《わずら》わしくないのかもしれない。有楽斎が兄と会ったのは久方ぶりである。

「源五郎、戦とは両輪がいるものだ」

兄はそう言って片笑んだ。有楽斎は意味が解らずに首を傾《かし》げた。

「と、仰《おっしゃ》いますと……？」

「帰ってからゆるりと話そう」

甲州攻めの論功行賞はすでに済んでおり、参加した諸将の中には新たに領地を得て大名とな

った者もいる。だが己には、

――追って沙汰する。

とだけ伝えられた。別に恩賞が欲しい訳でもないが、これは何か特別な話があるのだろうと思っていた。果たしてその通りだったらしい。

「是非」

兄はこれから毛利との大事な一戦に臨むのだ。無用に疲れさせてはならないと、その日は早々に引き上げた。

事件が起こったのはあくる日の払暁《ふつぎょう》のことである。俄《にわ》かに周囲が騒がしくなり、有楽斎は夜具から飛び起きた。初めは足軽どうしの喧嘩《けんか》でも起こったのかと思ったが、どうも様子がおかしい。寝間着のまま部屋の外に出ると、丁度こちらに向けて家臣が廊下を走ってきた。

「中将様《ちゅうじょう》がお呼びです！」

「すぐに行く」

急いで駆け付けると、織田左近衛中将《さこんえのちゅうじょう》信忠は小姓たちに甲冑《かっちゅう》を着けさせているところであった。その顔が紙のように白くなっており、余程のことが出来《しゅったい》したのだと有楽斎は唾を呑み下した。

「叔父上《おじうえ》、一大事でございます」

信忠は小姓たちに手を止めさせることのないまま、早口で今の状況を語った。

「そんな……有り得ぬ」

有楽斎は唖然としてしまい、そう零すのが精一杯であった。先刻来、一万を超える大軍が本能寺を取り囲み猛攻を加えており、すでに火の手が上がっているというのだ。だが誰がそのようなことを仕掛けようというのか。今の畿内にそれほどの軍勢を擁し、織田家に敵する勢力は皆無なのだ。

「惟任日向《これとうひゅうが》の謀叛《むほん》です」

「おのれ……どうにかならぬのか⁉」

兄が目を掛けて出世させた明智光秀《あけちみつひで》が謀叛人であるという。有楽斎は声を荒らげたが、信忠は下唇を嚙み締めて首を横に振った。

「もはや手遅れ。数が違い過ぎます」

すでに本能寺には明智軍が群がり、鼠《ねずみ》一匹逃さぬ構えである。しかも今にもこの二条御所へ攻め寄せんとしているらしい。

「日向のこと故ぬかりは無いはず。我らも覚悟を決めましょう」

織田家の家督を継いだ信忠だけは決して逃すまいとするはずだ。信忠の嫡子、つまり兄にとっては孫に当たる三法師《さんぼうし》だけは、巻き返しの奇跡を信じてすでに落ち延びさせるように命じたそうである。だが信忠本人は、この二条御所で最後まで戦い抜くつもりだという。

「よろしいな、叔父上」

信忠は甲冑を着け終えると、こちらをじっと見つめて絞り出すように言った。

「あ、ああ……」

有楽斎は咄嗟《とっさ》に答えたものの、眩暈《めまい》がしてふらつきそうになるのをぐっと堪《こら》えた。兄の無念を晴らしたいという思いは確かにある。だがそれと同時に矛盾した想いが胸に込み上げた。有楽斎は兄に憧れながら、それと同じくらい、見捨てられるのを恐れてきた。兄がこの世からいなくなろうとしている今、生きていても仕方ないと思うより、

――無様でもよいから生きたい。

と強く感じている。

「叔父上も甲冑を。最後まで戦い、共に腹を切りましょうぞ」

「うむ……切ろう」

有楽斎は曖昧に返事をした。だが信忠はそれに気付かぬようで、大きく頷くと兵の指揮のため出て行った。その姿を見送ると、有楽斎は勢いよく身を翻《ひるがえ》して自室に戻った。

「これと、これは持っていかねば……ああ、これも」

気がふれたように茶器を掻《か》き集めて風呂敷に包むと、有楽斎は脇目も振らずに駆け出した。信忠は正面に向かったはず。己は比較的手薄な裏門へと急いだ。

「侍従様、何処《いずこ》へ⁉」

途中、侍大将から声を掛けられた時には、心の臓が飛び出るほど驚いた。

「万が一の時は織田家の家宝を何者にも渡すなと。兄上……前右府様の命《めい》だ。明智軍が迫るまでに埋めにいく」

「さ、左様で」

有楽斎はもう返事もせず歩を進め、裏門を固める者たちにも同じ言い訳を使って外へ飛び出した。けたたましい喊声《かんせい》が聞こえるが、幸い明智軍とはまだ距離がある。このまま休まずに走れば助かるだろう。

己が逃げているのは明智軍からか。兄への罪悪感からか。それとも己の弱さを見つめることからか。そのような想念が頭の中をぐるぐると駆け巡る。

「儂は兄上とは違うのだ……違うのだ……」

有楽斎は譫言《うわごと》のように繰り返しながら、朝靄《あさもや》に煙《けぶ》る京の町を一心不乱に走り抜けた。

兄が死に、信忠も死んだ。

謀叛人である明智光秀は、中国方面から電光石火の勢いで駆け戻った羽柴秀吉に討たれた。あの日、信忠が逃がした嫡男三法師は無事逃げおおせており、秀吉はこれを擁立して織田家を乗っ取ろうとした。

柴田勝家《かついえ》など織田家の宿老たちがこれを阻止しようとしたが、やがて全て秀吉に敗れることとなった。旧織田家の勢力を掌中に収めた秀吉は、そのまま天下人へと駆け上ったのである。

その間、有楽斎は何をしていたのか。強者である秀吉に従って、柴田方への勧降の使者などを務めたことはあるものの、大したことはしていない。断れぬから動いただけのことである。

流石に織田一族とあって面と向かって罵《ののし》る者はいないが、あの日、信忠を見捨てて逃げたことで、諸将から蔑みの目で見られていることには気付いている。

誰かの作り話で尾鰭《おひれ》がついたというところだろう。そのような事実は無いが、信忠に切腹を進言したのは己だというような噂まで流れた。そのせいで口さがない京雀《きょうすずめ》たちは、

――織田の源五は人ではないよ　お腹召せ召せ　召させておいて　われは安土へ逃げるは源五

むつき二日に大水出《いで》て おた（織田）の原なる名を流す。

などという唄まで流行《はや》らせる始末である。

有楽斎はそのような世間の冷たい視線を紛らわせるかのように、茶の湯に没頭する日々を過ごした。

天下を獲《と》った秀吉は朝廷より、関白の官職と豊臣の姓を賜った。だがその秀吉が病死すると、豊臣家で内輪もめが起こる。徳川家康はそれに付け込んで一方の味方をし、美濃関《せき》ケ原《はら》で合戦が行われた。

有楽斎は家康に味方した。特に家康に思い入れがある訳ではない。ただそちらのほうが勝ちそうであったことと、あとは近隣の大名たちの動向を見て「流れ」のようなものを感じたからである。

ここで有楽斎は珍しく、いや生涯初といってもよい武勲を挙げた。敵方の中でも名の通った侍大将の首《しるし》を挙げたのだ。しかも二人のである。

しかしその実態はというと、一人は己の息子が討ち取ったもの。もう一人は単独で軍勢に紛れて家康の首を狙っていた敵に鉢合わせし、家臣たち数人で取り囲んで討ち果たしたものである。いわば運が良かっただけに過ぎない。

ともかく有楽斎は大和《やまと》で三万石の領地を与えられた。だからといって何か日々が変わる訳ではない。やはり茶の湯に興じるだけである。

それから十四年、徳川家康は遂《つい》にはその豊臣家も滅ぼさんとしている。

すでに本能寺で兄が死んでから三十二年の時が流れていた。有楽斎は齢《よわい》六十八を数えるようになり、四十九で止まったままの兄の歳を今や大きく超えている。

有楽斎は豊臣家の一門衆のような扱いを受けて出仕していた。徳川と豊臣、二家を主君に戴《いただ》くような恰好《かっこう》である。豊臣家の当主秀頼の母である淀殿は、姉の子で姪に当たる。秀頼は又甥ということで、その縁に依《よ》るものである。だが有楽斎は実際のところ迷惑していた。

——もう徳川家の天下は揺るぎなかろう。

と、考えていた。この期に及んで豊臣家の近くにいては、家康に何を言われるか分かったものではない。姪たちを憐《あわ》れだと思うこともあるが、あれほど強い想いを抱いていた兄のことさえ見捨てた己なのだ。それに比べれば、今更という思いである。

「大坂を出とうございます」

折を見て、有楽斎は家康にそう切り出した。しかし家康は鷹揚に首を横に振った。

「遠慮せずともよい」

「心よりの言葉でございます」

家康は丸い目をすぼめて暫《しば》し考えていたが、やがて己だけに聞こえるほどの小声で言った。

「城内にあって、力を貸してくれ」

東西手切れの機運が高まっている。その時には城内の様子を報せて欲しい。つまり間者《かんじゃ》になれと家康は言っているのだ。

「仰《おお》せの通りに」

有楽斎は抗《あらが》わなかった。さして迷うこともなかった。すでに六人の男子も得て、家門を紡ぐという最低限の役目は果たしている。あとは息が絶えるその時まで、ゆるりと茶の湯をして暮らすだけで満足である。己の一生はすでに余暇に等しいものになっているのだ。

家康が打倒豊臣に動いたのは慶長《けいちょう》十九年（一六一四）七月のこと。豊臣家が大仏を復興していた方広寺《ほうこうじ》の釣り鐘に、呪詛《じゅそ》の言葉を刻んだというのがその理由である。家康は己よりなお四つ年上の七十三歳。そろそろ己の寿命が尽きることを危惧して難癖をつけたのだ。

「さて」

大坂城内の有楽斎は家康につぶさに情報を送り続けた。城の改修具合、大量に雇い入れている浪人衆の顔ぶれ、城内の派閥の強弱などについてである。

秀頼に呼ばれたのは、いよいよ開戦も間近に迫ったある日のことであった。

「儂が総大将ですと……」

有楽斎は絶句した。指名されるなどと想像もしていなかった。再三辞退したものの秀頼と淀殿の意志は固い。己がよいと言う淀殿に是非にもと頼み込まれた。

——何故だ。

同じく身内ということならば、甥の信雄《のぶかつ》が城内にいる。亡き兄の次男である。そのことをぶつけると、淀殿も正直なところ当初はそのように考えていたと打ち明けた。

「だが信雄は何というか……」

淀殿は言葉を濁したが、有楽斎は何が言いたいのか汲《く》み取った。信雄はかつて家康と組んで秀吉と戦った過去がある。加えてその時、同盟者である家康に無断で、秀吉と和議を結ぶという醜態も晒《さら》している。家康と旧交を温めて誼《よしみ》を通じられても困るし、適当な和議を結ばれては敵《かな》わない。そのような理由から、豊臣家の家臣たちの間でも頗《すこぶ》る評判が悪いらしい。

——儂のほうがましという訳か。

有楽斎は内心で苦笑した。己も本能寺の変の折に逃げ出した。だがあの状況ではどうにもならなかったと思う者も豊臣家中にはいる。信雄よりはまだ良いというところだろう。

だがおいそれと引き受けては家康の勘気を蒙る。暫し猶予を貰《もら》い、慌てて家康に密書にて問い合わせたが、

——是非、受けてくれ。くれぐれもよろしく頼む。

との返事が来た。むしろ断ったら承知せぬという意気込みが伝わってくる。

——もしや……これは大御所の策なのではないか？

有楽斎はふと思った。確かに信雄の人気は芳しくなかった。かといって己も己。どんぐりの背比べといったところだろう。それがここ最近になって、城内で急速に信雄の評判が悪くなっていた。己以外にも間者が紛れ込んでいることは十分にあり得るし、薄々感じていたことでもある。その間者が信雄の悪評を流布し、反対に己を推すように仕向けたのではないか。

「やるしかないか……」

自室で独り呟いた。もはや敷かれた道を歩むほかない。有楽斎が総大将の任を引き受けたのはその翌日のことであった。

豊臣家と徳川家が遂に手切れとなった。いや、すでに家康は幕府を開いており、全国の大名を従えている。豊臣家は天下を敵に回して戦うに等しい。

――実際に何が出来る訳でもない。

有楽斎は自らをお飾りの総大将だと思っている。豊臣家直臣の中からは淀殿の覚えめでたい大野治長《おおのはるなが》や、眉目秀麗で才気を期待される木村重成《きむらしげなり》などが参陣している。幽閉組を含めた浪人衆は誰が呼び始めたか「大坂五人衆」と称される者が中心となっている。元土佐《とさ》一国の大名である長宗我部盛親《ちょうそかべもりちか》、同じく改易大名で実戦経験も豊富な毛利勝永《かつなが》、百戦錬磨の侍大将後藤又兵衛《ごとうまたべえ》、元宇喜多《うきた》家家臣で関ケ原でも活躍した明石全登《あかしたけのり》――。

そして今一人が、真田左衛門佐幸村。有楽斎にとっては思い出深い男、真田信幸の実弟である。秀吉が存命の頃、幸村は人質として大坂にいたこともあり、何度か見かけたことはあった。しかし言葉を交わしたことは一度もなかった。

「その節はお世話になりました」

初めての軍議が開かれる時、皆が集まる前に幸村はそのように声を掛けてきた。

「儂をご存じということかな？」

有楽斎が尋ねると、幸村は笑みを湛《たた》えつつ頷く。

「はい。兄から聞き及んでおります」

「そうか。御兄上は達者か……」

言ってしまってから後悔した。

信幸は徳川家の重臣、本多忠勝《ほんだただかつ》の娘を娶《めと》り、名乗りを信之と改めている。関ケ原では父昌幸や弟幸村と袂《たもと》を分かって家康に味方した。信之は己の功績を帳消しにする代わりに、父と弟の助命を請うたと聞いている。死一等を減じられはしたが紀州九度山《きしゅうくどやま》に幽閉され、昌幸はその地で死んだものの、幸村は此度豊臣家の誘いに応じてここに来た。故に信之とは十四年も顔を合わせていないのだ。

「息災のようです。文《ふみ》のやり取りは許されていますので」

兄に似て幸村は賢《さか》しいらしく、こちらの意図を汲み取って答えた。

「心中お察し致す」

「いえ、私はさほど。兄には迷惑ばかり掛けております」

実弟が敵方に奔り、しかも浪人衆の中心である五人衆にも数えられている。信之の心労はいかばかりであろう。それを解りつつ幸村が城に入ったのは何故か。ふとそれが気に掛かった。

「左衛門佐殿は何故ここへ？」

「父が遺言で東西手切れの時には豊臣家に尽くせと。それに……」

「それに？」

「拙者は生ける屍《しかばね》のようなもの。最後くらいは死に花を咲かせたいとも思いまして」

「左様か」

有楽斎は苦笑を抑えた。豊臣家の誘いに応じた浪人の殆どがそのような考えの持ち主であろう。あの信之の弟ならば相当な人物ではないかと考えていたが、幸村はご多分に漏れず大した男でないらしい。

だが幸村の軍才だけは確かなもののようだ。軍議が始まるやいなや、ある主張をした。

「大坂城は難攻不落の城なれども、南側だけはやや守りが薄いと見ます。そこに出城を造るべきと存ずる」

「確かに……気付かなかったな」

後藤又兵衛は絵図を覗き込んで唸った。

「流石、真田の御方でござる」

などと、毛利勝永も感心していたので間違いないのだろう。真田は城の縄張りを引くのに長けていると、天下でも評判になっているのだ。こうして新たに幸村が築いた出城は、その名を取って「真田丸《さなだまる》」と呼ばれるようになった。

有楽斎が淀殿に呼び出されたのはそれから三日後のことである。てっきり秀頼も一緒かと思っていたのに、この日は一人だったので些か奇妙に思った。

「叔父上にお聞きしたいのです」

淀殿は神妙な顔つきで言った。

「はて、何でしょう」

「この戦、勝てますでしょうか」

膝の上で重ねた淀殿の手が僅かに震えていた。

秀頼や皆の前では気丈に振る舞ってはいるものの、やはり不安であると見える。心配ないとその場凌《ばしの》ぎに答えることは出来た。だがふいに憐憫《れんびん》の情が湧いてきて、嘘を吐《つ》くのが申し訳なくなった。己ではあまり意識していなかったが、やはり血の繫《つな》がりを感じているらしい。

「判らない。そもそも儂に判るはずがないだろう。お主もそれは理解した上で、あくまで名目という意味で総大将に推したはず」

秀頼の生母としての淀殿にではなく、己でも知らぬうちに姪に語り掛ける口調になっている。

「叔父上でも判らないのですか……」

淀殿は落胆して溜息《ためいき》を漏らす。真に答えが返って来るものと期待していたように見えた。己の経歴のどこからそう当てにしたのか、有楽斎は訝《いぶか》しく思った。

「何故、そう思う」

「それは……総見院様が仰っていたからです」

「何だと。何時、誰に、何を」

有楽斎は身を乗り出して矢継ぎ早に訊いた。

「あれは私がまだ幼き頃。母上が総見院様より聞いたと」

「姉上が……？」

淀殿は記憶を呼び起こすようにぽつぽつと語り始めた。

有楽斎の姉、淀殿の母はお市《いち》と謂い、絶世の美女との呼び声が高い人であった。織田家が大きくなってからも人柄が変わらず、時に軽口などを飛ばし有楽斎も大好きな姉であった。

お市は当時織田家と同盟関係にあった浅井《あざい》家に嫁ぎ、淀殿はそこで生まれたのだ。だが両家の関係は破綻して浅井家は攻め滅ぼされた。お市は実家に帰され、以後は淀殿ら三人の娘たちとひっそり暮らしていた。

お市が兄から話を聞いたのはその頃のこと。しかも詳しく訊くと、本能寺で兄が横死する僅か二月《ふたつき》ほど前のことらしい。すなわち有楽斎が甲州攻めを終えた直後のことである。

――源五郎は大将の器だ。

兄はそのようにお市に言っていたというのだ。そしてお市はそれを、淀殿ら娘たちに話していた。その折のお市の顔が何とも嬉しそうだったから、淀殿はよく覚えていたのだという。

「兄上が……何故、私をそのように……」

「確か両輪と……」

微かに首を捻る淀殿に対し、有楽斎ははっと息を呑んだ。

――源五郎、戦には両輪がいるものだ。

有楽斎が最後に会った時、兄が確かにそのように言っていたことを、あの不敵な笑みと共にまざまざと思い出した。

「もう少し詳しく、何か聞いてはいないか」

有楽斎が詰め寄ると、淀殿にもこちらの深刻さが伝わったのか、懸命に思い出そうとしてくれた。

「これからは特に、ただ力押しするだけでは戦は上手くいかない。相手が大きくなればなるほど両輪がなくてはならない……叔父上の出番が増える……そのようなお話であったかと」

「なるほど。そういうことか」

甲州攻めの直後であったことに加え、その話の内容から兄の言わんとすることが想像出来た。当時の織田家は天下の総仕上げ、戦国群雄の統一戦が大詰めを迎えていた。織田家が最も優勢とはいえ、相手もそれぞれ各地を纏め上げてきた大勢力である。戦えばこちらの損害も大きくなるし、攻略するまで相当な時を要することになる。

衰えたりとはいえ武田家も、武力だけで倒すのであればもっと時が掛かっていたはずだ。それを飛躍的に短くしたのは、

「外交か」

有楽斎は独《ひと》り言《ご》ちた。武田家家臣の半数以上は戦わずして膝を屈した。つまり大規模な戦になればなるほど、外交が重要になるということだ。当然、武力も必要だがそれは戦の中で両輪の片方に過ぎない。この戦において何を獲得するのか、「出口」を明確に定め、そこに向かうべく外交力を加えた両輪でことを進めねばならぬ。兄はそう言いたかったのではないか。いや、今はそうとしか思えない。そしてその外交の大将に、

「儂を……」

有楽斎は唇をすぼめた。己は昔から戦が嫌いであった。兄は、そんなお主だから良いと言ったことがある。戦を嫌うからこそ、外交にも力が入る。己に茶の湯を早くから学ばせてくれたのも、交渉に役立つと考えたからだろう。兄は己を有用な弟だと思ってくれていたのだ。三十年余の時を超え、ようやく兄の言葉が胸に届いた気がする。

「茶々《ちゃちゃ》」

「はい」

有楽斎はゆっくりと瞼《まぶた》を閉じ、淀殿と呼ばれるようになる前の姪の名を口にした。瞼の裏に片笑む兄の姿が浮かぶ。

――兄上。

心中で呼びかけてかっと目を見開くと、有楽斎は敢然と言い切った。

「儂に任せよ。全力を尽くす」

慶長十九年十月十一日、徳川家康が駿府《すんぷ》を出立したとの報が入った。幕府の兵力は約二十万と大軍になる見込みである。それを受けて開かれた軍議の場で、真っ先に意見を口にしたのは元土佐二十二万石の太守、長宗我部盛親であった。

「上様を擁して近江瀬田《おうみせた》まで軍を進め、徳川の出鼻を叩くべきです」

野戦にて幕府軍の先鋒を打ち破るというのだ。そのようにして諸大名に豊臣家の威勢を示し、さらに秀頼の勇ましい姿を見せたならば、こちら側に付く者も出てこようというもの。これには多くの浪人衆が賛同した。反対したのは元来の豊臣家家臣である大野治長である。

「亡き太閤《たいこう》殿下が残して下さった、天下無双の大坂城を使わぬとは馬鹿げている。さらに上様にご出陣を願うなど……万が一のことがあったら何とする」

「上様が出てこそ味方の士気が高揚し、敵はそのご威光に戸惑うのです」

長宗我部はすかさず反論するが、やはり治長をはじめ、豊臣家直臣は承服しない。話が一向に進まぬ中、口を開いた者がいた。幸村である。

「幕府軍は全国から大坂に向かって来ます。大野様の言の通り瀬田川《せたがわ》で防げるのは東国、北陸からの敵のみ。他の方面からは、無人の荒野を進むが如く大坂に辿《たど》り着くでしょう」

「では如何《いか》にする」

長宗我部は苛立《いらだ》ちを隠すことなく訊いた。

「城の近くまで引き付け、一大決戦を。大御所、将軍の二人を同時に討ち取ります」

「何……そのようなこと出来るはず――」

「やれまする」

治長が言い切るより早く幸村が決然と答えたので、一座から感嘆の声が上がった。

これに後藤又兵衛も、

「拙者も同じ考えでござる」

と、同調した。しかし結局、淀殿が納得しない。勝永は話を振られ、これは折衷案を出したりする。まだまだ話が纏まりそうにないと思われた時、有楽斎が口を開いた。

「長宗我部殿の策も一つ。真田殿の策もまた良いと思う。成功させる自信もおありなのだろう」

「はっ」

「しかし大野殿の申すこともまた確か。万が一負ければ、即ち豊臣家は滅ぶ。ここは籠城が良いと思う」

治長の顔が明るくなり、幸村を意地悪げな目で睨《ね》め回す。

「援軍の無い籠城には意味が無いものと」

幸村は静かに反論した。

「瀬田で威勢を示しても諸大名が寝返る確証はない。それに援軍が無くとも戦を終わらせることは出来る」

「それは……」

「関東と和議を結ぶ」

衆が一斉にどよめいた。浪人衆の半ばは死に場所を求めてここに来ているのだ。真のところ勝ち負けなどどうでもよく、いかに華々しく散れるかを念頭に置いている。中でも又兵衛などはあからさまに不快感を示していた。

「何も屈する訳ではない。勝ちに等しき和議を結ぶつもりである」

「勝ちに等しいとは？」

又兵衛が眉根を寄せて訊いた。

「摂河泉《せっかせん》六十五万石の安堵《あんど》は当然。大坂城も明け渡さぬ。人質を出すなどもってのほか。今後、豊臣家には一切手を出さぬと約束させよう」

「そのようなことが……」

又兵衛は呆れたように口を歪《ゆが》めた。

「出来る」

有楽斎が断言したことで、又兵衛がうっと息を呑むのが判った。己の様子が常と異なっていると皆が気付いたらしい。

「そのためには一度たりとも負けず、相手を散々に苦しませねばならない」

豊臣家直臣の多くは己の意見に賛同しており、浪人衆の中からもなるほどと同調する者が現れる。大勢が己の意見に傾いている。ここが説得のしどころである。

――両輪の片方は真田だ。

ありきたりな参戦の動機に落胆させられたことは確かだが、この男はどうも毛色が違う。浪人衆の中でも、最も信頼を得ているように見える。武力と外交の両輪で戦を進めるにあたり、武の要は幸村だと有楽斎は思い定めている。

「真田殿……」

「はい」

やはり幸村は他のどの浪人衆とも様子が違った。己の変わりように驚く訳でも、憤慨する訳でもない。まるでこの局面を予想していたかのように、落ち着き払いじっと己を見つめている。

「貴殿ら浪人衆と両輪でやるからこそ和議は上手くいくのだ。どうか得心してくれ」

「承《うけたまわ》りました」

仮にも総大将の己がここまで言うのだから、もはやこれ以上反論する訳にはいかぬと思ったのだろう。幸村が納得したことで、又兵衛も渋々といった様子ではあるが口を閉ざした。

こうして豊臣家の方針は、籠城により最大限の好条件を引き出した上での和睦を目指すと決した。

軍議の後、有楽斎は幸村を残して言った。

「儂は実際に兵を率いての戦が得意な訳ではない」

「そんな……」

「事実だ。戦においては貴殿を頼りにしている。皆の衆を上手く取り纏めてくれれば助かる」

「全力を尽くします」

幸村は口を真一文字に結んで頷く。その爛々《らんらん》とした眼差《まなざ》しは、あの日の若き信之によく似ており、やはり兄弟だと改めて思った。

「真田家というのは、皆優れた才覚の持ち主らしい」

「兄には遥かに及びませぬ」

有楽斎は微かな違和感を持った。己は信之を高く評価しているものの、世間では真田といえばやはり、徳川家を二度も翻弄した父の昌幸のほうが有名である。それなのに幸村は父ではなく、兄について口にしたからである。両軍に分かれたことに感傷的になっているからか。有楽斎はそう取って得心した。

「心苦しいだろうが頼むぞ」

「お任せを」

幸村はさっと頭を下げて去っていった。幸村は決して身の丈が高い訳ではなく、風貌は美丈夫の信之とはあまり似ていない。だが去っていくその背がやはり信之を彷彿とさせたので、有楽斎は軽く首を傾げた。


東西両軍の決戦の火蓋が切られたのは慶長十九年十一月十九日のことであった。木津川口《きづがわぐち》砦《とりで》で小競り合いが始まり、次いで二十六日には鴫野《しぎの》・今福《いまふく》で、二十九日には博労淵《ばくろうぶち》、野田《のだ》・福島《ふくしま》において干戈《かんか》を交えた。

幸村は、期待通りに浪人衆の中心的な存在になっており、皆を上手く取り纏めてくれている。己にも戦術を具申し、協調を取ることを心掛けてくれた。

「そろそろ前線を捨てるべきかと」

「解った」

幸村の進言を容《い》れ前線の砦群を捨てたことで、十一月三十日には大坂城は幕府軍に完全に取り囲まれた。

「ここからが本番ぞ。皆の者、気を引き締めてかかれ」

有楽斎が諸将を鼓舞した。もともと兄弟のうちでも、相貌、声共に兄に最も似ていると言われていた。足りなかった気概が備わったからであろう。この頃には城内の者たちが己のことを、

――まるで総見院様のようだ。

と、口々に言うようになっている。兄には遠く及ばないと自覚しているものの、有楽斎としては悪い気はしない。皆がそう言えば言うほど、己でも知らぬ間に何処からかやる気が湧いてきた。

この日の夜半、有楽斎のもとに来訪者があった。南条元忠《なんじょうもとただ》と謂う男である。元は伯耆《ほうき》羽衣石《うえし》城主であったが、関ケ原の戦いの折、西軍に味方して改易され浪人となっている。そしてこの度、豊臣家の誘いに応じて入城したという訳である。

齢は三十六。鰓《えら》の張った四角い顔の真ん中に、高く大きな鼻が収まっている。尼子《あまご》、毛利、織田、豊臣と戦国の英傑のもとを渡り歩いてきたことによる、国人領主の灰汁《あく》のようなものを感じさせる相貌である。

「真田が怪しいだと……それは真か」

元忠の言を聞いて、有楽斎は絶句した。

「はい。寝返りかもしれませぬ」

元忠は声を落として頷いた。

「何を根拠に言っている」

「侍従様、この城ではもう一つの戦が起こっています」

「もう一つの戦？」

「忍びの者どもによる戦です」

忍びといえば伊賀《いが》と甲賀《こうか》が最も著名である。彼らは戦国期を通じて主君を持たず、その都度銭によって雇われてきた。だが徳川家が天下を制するに至り、彼らはその下に付くようになっている。ある者は浪人を装い、またある者は闇に乗じて城に忍び込むなど、多くの伊賀や甲賀の者が今まさに暗躍しているのだ。

「豊臣家としてもそれを危惧し、出来る限りの手を打っている」

何処にでも逸《はぐ》れ者はいる。伊賀や甲賀が幕府に取り込まれることをよしとせず、里を離れた者もいる。所謂、抜け忍などと呼ばれる者たちである。豊臣家はこの抜け忍を雇い入れ、幕府の忍びへの備えとしていた。

「だが圧倒的に数が足りていません」

元忠は首を横に振った。幕府の忍びが十とすれば、豊臣家は一。圧倒的に不利な状況だというのだ。

「何故、南条殿はそのようなことまで……」

「実は隠していて申し訳なかったのですが、私は忍びを率いて入城しております」

「何だと。しかし……」

「忍びは何も伊賀や甲賀だけではありません。私の下にいるのは鉢屋《はちや》衆と呼ばれる者たち」

山陰の雄である尼子家に仕えた忍び集団である。尼子家が毛利家に滅ぼされた後、鉢屋衆の半数は伯耆に逃れて南条家に仕えるようになったという。

「私は戦の経験が乏しきが故、手柄を立てるならばこちらであろうと思い定めておりました」

元忠は言葉を継いだ。連れて来た鉢屋衆は数こそそれほど多くはないが、いずれも熟練の忍びたち。幕府から派されている伊賀者、甲賀者をこれまでも裏で狩り捲《まく》っているというのだ。しかも豊臣家が雇う抜け忍たちとも、すでに共闘の申し合わせがなされているというから驚いた。

「知らなんだ」

「裏には裏の戦があるのです」

「で……何故、先ほどの話に繋がる」

「私以外にも、忍びを連れて入っている者がおります」

「それが真田か」

有楽斎が囁くと、元忠は首を縦に振った。

幸村もまた忍びを連れて城に入っていた。彼らは戸隠《とがくし》衆、あるいは「草」などと呼ばれている。いずれも鉢屋衆に負けず劣らずの優れた忍びで、同じく幕府の忍びを多数討ち取っているらしい。

「では、よいことではないか」

「いえ……それが、当家の忍びも、草に殺されているのです」

この五日ほど、鉢屋衆が何者かに次々と討たれている。当初は幕府の忍びにやられているのだと思っていた。鉢屋衆の一人が敵と刃《やいば》を交えた後、命からがら逃げ帰って、

――あれは真田の草です。

と、復命したらしいのだ。

「しかもその時、真田の草の者は幕府の忍びと何やら密談をしていた様子」

草の者が話していた相手は小柄で引き締まった体軀《たいく》の男である。今から五日前、鉢屋衆と幕府の忍びの大規模な激突があった時、確かに敵の中にいたから間違いないというのだ。

「なるほど……」

元忠は大規模などというが、己は与《あずか》り知らぬこと。他の者たちもそうであろう。裏でそのような激闘があったと聞き、有楽斎は唸った。

「正直なところ、拙者はこの裏の戦で武功を挙げようとしていました。隠し立てして申し訳ございませぬ」

勇名轟《とどろ》く元大名や、実戦経験豊かな侍大将が居並ぶ浪人衆の中で、元忠の影は薄い。それは当人も自覚しており、何とかして大きな手柄を立てたいと機会を窺っていた。故に他の浪人衆が持っていない、最大の武器である鉢屋衆のことをこれまでずっと隠してきたということらしい。だがこの段になっては隠している訳にもいかず、打ち明けたという次第である。

「話は解った。近く真田と話してみよう」

有楽斎がそう言うと、元忠は少し安堵したように表情を和らげて去っていった。


十二月四日未明、真田丸で大規模な戦が起こった。幕府方はこの出城が堅固と見たらしく、これまでは距離を取ってなかなか攻め懸けては来なかった。それが突如として、前田《まえだ》隊を皮切りに井伊《いい》隊、松平《まつだいら》隊などが殺到してきたのである。幸村は手ぐすねを引いて待っており、散々に矢弾を浴びせ、時に打って出て幕府軍を蹴散らした。快勝に城内が沸く中、有楽斎だけが暗い表情をしていた。

「南条が寝返っただと……」

前田隊が急に攻め懸かって来たのは、寝返った南条元忠が手引きをするという報を受けたからしい。その報と示し合わせたかのように、南条の守る平野橋《ひらのばし》近くの米蔵で爆発が起きたため、幕府軍は信じ込んだという訳である。

元忠はすぐに豊臣家直臣の渡辺糺《わたなべただす》によって捕縛されたため、寝返りは水際で防ぐことが出来た。

「何かの間違いだ！」

元忠は必死に弁明したが、城内の千畳敷で詰め腹を切らされた。有楽斎はその時、今橋《いまばし》を守る毛利勝永から、

――至急、総大将の判断を仰ぎたい。

と、ひっきりなしに伝令が来ていたため、そちらに向かっていた。その僅かな間の出来事であった。勝永が判断を仰ぎたかったのは、敵陣に大砲の用意が見えるから、打って出て破壊してもよいかというもの。別に急ぐ必要もないし、急ぐならば伝令に尋ねさせたらよかったものを、勝永ほどの男でも戦場では焦りが出るのだろう。ともかく己がいれば切腹などさせなかったのに、元忠にとっては間の悪いことであった。

その日の夜には、

――裏切りの伯耆侍古畳み南条もって役にたたばや
と、落首の木簡が徳川の陣に投げ込まれた。南条の名と、千畳敷で切腹したことを掛けた趣

味の悪いものである。小才の利《き》いた者が悪戯《いたずら》で書いたものだろうが、裏切りを憎む浪人衆の中では、痛快だと大いに盛り上がったようだ。

元忠は真に裏切ったのか。そうなると数日前の報告も、己と幸村を離間するための虚言ということになる。だが有楽斎には、去り際の元忠の顔つきから、どうしてもそうは思えなかった。となると考えられる線は唯一つ。真に寝返っているのは幸村であり、元忠は口封じのために罪を着せられたということである。

有楽斎は真相を確かめるために幸村を自室に呼んだ。お前は寝返っているのかと頭ごなしに問う訳にもいかず、戦況などに適当に触れつつ時を過ごす。

「まさか南条が裏切っているとはな。見抜けなんだ……」

有楽斎が誘い水を向けると、幸村の表情が険しいものになった。

「いかさま」

「今後も内通者には気をつけねばなるまい」

「はい。流言にも。侍従様も南条殿の言を信じませぬよう」

幸村は笑みを浮かべた。行灯の光で顔の右半分のみが茫と明るく、左半分は翳《かげ》になっている。それが笑みの妖しさを一層際立たせていた。

――この男は胡乱《うろん》だ。

有楽斎は直感した。数日前、元忠が己に会いに来たことも知っている。それでいてわざわざ口にするのは、余計なことは話すなと脅しているのだ。つまり元忠はこの男に嵌《は》められたのである。

「貴殿は敵なのか……」

有楽斎は掠《かす》れた声で聞いた。

「いえ」

「では味方と思ってよいのだな」

「さて……」

「どちらだ！」

有楽斎が声を荒らげると、幸村はひょいと首を捻った。

「我ら真田は真田の道を行きまする」

「真田の道だと……」

「御免」

幸村は無理やり話を打ち切り部屋から出て行った。幸村は「我ら」と言った。つまり幸村に従って城に入った、真田の旧臣も皆同じ考えであるということだろう。

真田の道とは何か。単純に敵に与《くみ》する訳でないようにも思える。そうでなければ真田丸であれほど敵に被害を与えるのはおかしい。かといってもはや味方と信じるのは危う過ぎる。和議を結ぶにあたり、不確定な要素は全て排除しておきたい。

徳川家も講和を望むようになっているらしく、家康の側近である本多正純《ほんだまさずみ》から上手く立ち回って欲しいとの要望が届いている。向こうは未だ己を間者だと思っているようなので、それを上手く利用するつもりである。

——講和は大坂方も望むところ。しかしながら軽率な挙動は内応と誤解される恐れあり。城中の空気を次第に和平に導こうと思う。

と、本日付けで返書を送っている。もう和睦は目前まで来ているのだ。有楽斎は腹を決めると、自身の家臣である春永宗輔を呼び出した。ここのところの己の変わりようを、最も喜んでくれている家臣の一人である。

「何用でしょうか」

「人を使ってよい。機を見て……」

有楽斎は天井を見上げると、己でもひやりとするほどの冷たい調子で続けた。

「幸村を討て」


それから約四カ月後の今、有楽斎はこうして城を抜け出そうとしている。

「殿、これまでの気概はどうなされたのです」

茶器を片付け続ける有楽斎に対し、宗輔は改めて詰め寄った。

「儂は恐ろしいのだ……」

兄は己が臆病であると知っていたからこそ、外交の場で活躍すると見込んだ。だが過剰なまでの恐怖に晒された時、心はそれに抗おうとしようとも躰が逃げようとする。本能寺の変の時もそうだった。様々な言い訳をつけたとしても、結局は恐ろしかったからということに尽きる。己は、誰しもが持つ生への渇望が、人一倍強いのである。

この四カ月、己の城内での評価が漸落《ぜんらく》していることには気付いていた。大坂城の外濠《そとぼり》を埋めるだけという好条件での和睦を勝ち取ったものの、幕府はそれだけで済ませるはずもなく内濠も埋めたのである。早急に和議を結んだせいだと、己が陰で非難されているのは感じていた。さらには、宗輔に命じて幸村を討たせようとしたものの、常に屈強な男たちが周囲を固めており、手出しが出来なかった。しかもこちらは仕掛けていないにもかかわらず、幸村が何者かに襲われるという事件が起こった。それ以降、

――侍従様が真田を殺そうとしているらしい。

との噂が真しやかに流れ始めたのだ。浪人衆はこれに反発の色を強め、さらに予期せぬことも起こった。己の子である頼長が、

「父上が真田殿を討とうとしているというのは真ですか」

と、詰め寄ってきたのである。つい口籠もったのがいけなかった。頼長はさらに気炎を吐いた。

「真ならば総大将の任から降りて下され。僭越《せんえつ》ながら拙者が後を務め申す」

「仮に儂が降りたところで、お主が総大将になれようか……」

有楽斎は言ったが、頼長は一切怯《ひる》むことはない。それどころか自信を覗かせて続けた。

「心配無用。浪人衆は全て拙者を推すと申しております」

「何だと。誰がそのようなことを――」

「真田殿でござる」

有楽斎は頭を殴られたような衝撃を受けた。幸村は己を引きずり降ろそうとしている。元忠が言ったように真田が忍びを多数抱えているならば、城内で己の悪評が急速に広まっているのも納得出来た。

極めつきは昨日の軍議であった。その場で再度、和睦交渉をと唱えたが、浪人衆は勿論《もちろん》のこと、主だった豊臣家直臣たちも賛同しなかった。

つい最近、大野治長も何者かの襲撃を受けていた。和議に与することを憎む浪人衆の仕業であろうと思われた。襲撃を恐れて誰も己に味方しないのである。これもあまりに出来過ぎた話で、幸村の計略ではないかとも思ったが、何一つ証拠は無い。

――もう誰も儂の言うことを聞かぬ。

軍議が終わって茫然《ぼうぜん》と歩き始めた有楽斎のもとに、幸村がゆっくりと近づいてきたので躰を強張らせた。

「何だ……」

幸村は脇をすり抜ける間際、耳元でそっと囁いた。

「真田にとって恩人の貴方《あなた》を殺したくはない。三日の猶予を与えます」

まるで呪詛の如き一言。恐怖が一気に込み上げてきて、有楽斎は熱病に冒されたかの如く身を震わせた。こうなったらもう駄目なのは、己が一番よく解っている。有楽斎は逃げる覚悟を決め、こうして用意をしているのだ。

「皆の者に伝えよ。頼長と共に残るもよし、儂を追って逃げるもよし、と」

有楽斎は戸惑う宗輔に言い残すと、最も大切な茶器数点のみを手にして、夜陰に紛れて身一つで城を抜け出した。

――両輪の片方を間違えたのだ。

ぼんやりと光る半月を眺めながら、有楽斎は思った。兄の見立てた通り、己は外交に才を発揮した。だが両輪の片割れたる武の人選を誤った。これを後藤又兵衛、あるいは毛利勝永にしていればまた違っていたかもしれない。

――兄上が総大将ならば豊臣は勝ったであろう。

豊臣家は織田家の天下を簒奪《さんだつ》したのだから、有り得ないし、変なたとえ話だろうが、ふとそう思った。兄は一人で両輪を回すような傑物であった。そのような人物は滅多にいるものではないのだ。

「あの男も……」

夜風が頬を撫で、独り言を吐き出させた。ここまで鮮やかに己を嵌めるあたり、真田幸村という男も両輪を回せる傑物なのかもしれないと、ふと思ったのだ。

いや、兄ほどの才覚があるとまではどうしても思えない。それだけは身近にいた己がよく知っている。

しかし果たしてこれほどのことを、一人でやってのけられるものかと聞かれれば、首を捻らざるを得ない。まるで智《ち》に長けた者、武に長けた者、二人の人格が幸村に宿っているように思える瞬間があるのだ。

「もはや詮無きことか」

有楽斎は自嘲の溜息を漏らした。結局、三十余年前と何ら変わっていない。また己は血族を見捨てて逃げ出すのだ。己にとって大切だったのは一族はおろか、兄弟ですらない。羨望の的たる偉大過ぎる兄にだけ見捨てられねばよかった。あの兄が死んだ時、すでに己は根無し草となっていたのだ。流れ流されここに辿り着き、また流れていく。ただそれだけのことである。

有楽斎はそのような諦めに似た感情を胸に、夜の帳《とばり》に跫音《あしおと》を溶かすように静々と歩を進めた。

甲府《こうふ》の町は蜂の巣を突《つつ》いたような騒ぎとなっている。城では軍議が行われており、父はそちらに出席していた。議題があまりに大きいということもあるが、嫡男とはいえ源三郎《げんざぶろう》には参加する資格が無い。

ただ漫然と待っていても落ち着かない。それは弟の源次郎《げんじろう》も同じらしく、ずっと胡坐《あぐら》の膝を小刻みに揺らしていた。

「まだ時が掛かるだろう。町を少し見て回るか」

故にそのように誘い出し、兄弟二人で城下を歩いているのだ。源三郎は齢《よわい》十七となっている。二年ほど前からぐんぐんと背が伸び、今では身丈六尺に迫ろうとしていた。

一方、弟の源次郎は十三歳。まだあどけなさの残る顔をしているが、血気盛んなところなどは己よりも遥かに武士らしい。つい先刻も気の早いことに、

——此度《こたび》を初陣にします。

などと言って具足を持って来ようとするのを、源三郎が落ち着かせたばかりである。

「お歴々は何を話しているのでしょうか」

源次郎は歩きながら訊《き》いてきた。

「さあ、何だろうな」

凡《およ》その見当は付いているが、源三郎ははぐらかした。決して源次郎の望むような結論にはな

らないと予感しているからだ。

「兄上……」

「ああ」

武田《たけだ》家の家臣たちが、血相を変えて目の前を横切っていった。このような光景を見るのは、ここ数日で数度目のことであった。

織田《おだ》家が大軍で武田領内に侵攻してきている。現在行われている軍議も、その対応策についてのものである。

織田家が迫っているという報《しら》せは、すでに庶民にまで伝わってしまっており、商人には荷を纏《まと》めて逃げ出そうとする者が続出している。

領民の逃散《ちょうさん》を許せるはずなどなく、特に商人たちが離れてしまえば、織田家を退けたとしても町は一気に寂れてしまう。それを制止しようと、奉行の命《めい》を受けて家臣たちが奔走しているのだ。だが商人たちの中には、

――近くの身内のもとに一時的に移るだけでございます。

などとはぐらかす者や、

――不安に駆られてみっともないことを。しかしこれで安堵《あんど》しました。

とその場は承服した振りをしておいて、武田家の者が去ったと見るや、すぐに脱出する者などが後を絶たない。

それも無理のないことであった。人の口に戸を立てられぬとはよく言ったもので、止めている武田家家臣の不甲斐《ふがい》なさも同時に漏れ伝わってきているのだ。

織田家が軍を進めると、ある武将は迫り来る敵を見て尻尾《しっぽ》を巻いて逃げ出し、またある国人衆は一切の抵抗を見せずに降《くだ》っている。そこに譜代や外様《とざま》の境はなく、挙句の果てに一門衆の中にも離反する者が出ていた。これでお主たちは逃げるなと言うのは虫が良すぎるであろう。

現在の武田家の当主は、名将と名高き武田信玄《しんげん》の孫、信勝《のぶかつ》である。とはいえ実際には信玄の四男で、信勝の父、勝頼《かつより》が「陣代」と呼ばれて実質の当主を務めている。勝頼は武田家の正統ではなく、元は諏訪《すわ》家の跡取りであったため、家臣たちの反発も強くそのような恰好《かっこう》を取っているのだ。

これまで武田家は躑躅《つつじ》ヶ崎館《さきやかた》を本拠としてきた。館と名の付いている通り、城と呼べるほどの規模ではない。先代当主である信玄の時に国力は増大し、城を建て直す財力もあった。だが信玄は、

――人は石垣、人は城。

という、人材こそ家を支える城だという信念を持っていたから城を建て直さなかったと言われる。

だが源三郎はそれだけが理由ではないと思っている。甲斐は四方を高い山々に囲まれており、守るに長《た》けた土地である。そこで守り切れず、本拠にまで攻め込まれる事態になるとしたら、即ち家が巻き返しの利《き》かぬほど危ういということで、故に城へ無駄な費《つい》えを投じなかったのではないか。源三郎は信玄の話の端々からそう考えていた。

しかし、陣代勝頼は、武田家が劣勢に追い込まれる中、

――躑躅ヶ崎館では守りが弱い。新たな城を建てる。

と言い始めた。重臣たちの中には反対する者もいた。父昌幸《まさゆき》は表立って反対することはなかった。

「諫言《かんげん》するべきではございませぬか」

源三郎はその折、父に具申した。しかし昌幸は口元を苦々しく歪《ゆが》めて首を横に振った。

「一度言い出したら誰が何を言っても聞く耳を持たぬ御方だ。ならば儂《わし》が請け負ったほうがまだまし。どうせ金をかけて造るならば堅いほうがよかろう」

実際に勝頼は家臣の意見に耳を貸さずに築城を強行した。反対した者には任せられぬと息巻いていたところに、

――拙者が。

と、昌幸が名乗り出たものだから、勝頼は上機嫌で奉行を任せたという流れである。結果として全て昌幸の予想通りになったのだ。

城を造るとなれば金がいる。領民の年貢の負担は増え、徐々にではあるが武田家から人心が離れていくのを源三郎も肌で感じていた。

さらに城造りには大量の材木も必要となってくる。武田家の中には、領地で良質な材木が採れ、それを売ることで生計を立てている家がある。木曽谷《きそだに》の領主である木曽家で、当主の名を義昌《よしまさ》と謂《い》う。

勝頼は義昌に対して膨大な材木を用意するように命じた。建材に使われるような木は一朝一夕で育つものではない。毎年、決まった分量だけを伐採するようにしないとすぐに枯渇し、多くの禿山《はげやま》を作ってしまうことになる。義昌は他のところからも調達して欲しいと頼んだが、追

い詰められている勝頼は首を縦に振らなかった。

――もう武田は駄目だ。

恐らく木曽義昌はそう思ったのだろう。

天正《てんしょう》十年（一五八二）となった今年の一月、織田家からの調略に応じ、実の弟を人質に出して武田家から離反した。

僅か十三歳の嫡男、十七歳の長女、側室、そして齢七十を数える母までも武田家に人質として出していたにもかかわらずである。勝頼は激怒して人質を処刑した。家を守るため、それほど追い詰められていたことの証左であろう。

勝頼は寝返った木曽家に対して討伐軍を差し向けたが、義昌の地の利を生かした巧みな戦振りに苦しめられた。そこに織田家からの援軍が駆け付け、武田家は大敗を喫したのだ。

これがきっかけとなり、此度織田家の大軍が武田領に雪崩《なだ》れ込むこととなった。南信濃《みなみしなの》は大した抵抗なく奪われた。現在、織田家は軍を二手に分け、本隊をこの甲斐《かい》へ、別動隊を北信濃、上野《こうずけ》の鎮撫《ちんぶ》に向かわせている。

「いつからだろうな……武田がこんなになったのは」

すでにもぬけの殻となった商家もある。それを寂しげな目で見ながら源次郎は零《こぼ》した。

「声が大きい。誰が聞いているか判《わか》らんぞ」

「誰も聞いていやしないさ」

確かにその通りかもしれない。逃げ出そうとする者、それを咎《とが》める者、為《な》す術《すべ》なく残る者、行動こそ大きく違えども、皆がどこか虚《うつ》ろな目をしており、まともに人の話など聞いていないように思える。

それでも源三郎は周囲を見回し、源次郎だけに聞こえるほどの小声で返した。

「御屋形様が亡くなられた時、すでに斜陽は始まっていたのだろう」

そこで言葉を切り、源三郎は軽く天に視線を上げつつ続けた。

「だが決定的だったのはあの日さ」

「あの日？」

源次郎は首を捻《ひね》った。

「ほれ。お前がまだ子どもの頃、川に遊びにいっていた時、家臣たちが呼びに来ただろう」

「思い出した。川に入ろうとして兄上に怒られた」

「ああ、その時だ」

川に石を投げて遊んでいた時、館に残っていた真田《さなだ》家の家臣が血相を変えて走って来た。源三郎は咄嗟《とっさ》にその報せが何か判り、不安そうにする源次郎に聞かせぬように配慮した。その時、家臣が伝えに来たことこそ、

──お味方が長篠設楽原《ながしのしたらがはら》にて大敗。信綱《のぶつな》様、昌輝《まさてる》様、御討ち死に。

という悲報であったのである。

源三郎にとっては伯父《おじ》に当たる真田家の当主、補佐役を同時に失ったことになる。武藤《むとう》家に養子に出ていた父が、真田家に復して家督を継いだのはその直後である。本来ならば己も、源次郎も、武藤姓のまま生涯を終えるはずだったのだ。

「あれは……」

源三郎は少し先の光景を見て呟《つぶや》いた。商人一家がおり、やはり町から逃げ出そうとしているところであった。咎める武田家の者数人に向け、主人はへこへこと頭を下げている。その横で妻らしい女が腕を引かれて尻餅《しりもち》をつき、子どもがわっと泣き出した。どうやら女は身重であるようだ。

駆け付けようとした瞬間、すでに源次郎は走り出してしまっている。頭で考えるより先に躰《からだ》が動く性質《たち》なのだ。しかも源次郎はすばしっこく、あっという間に辿《たど》り着くと、

「止《や》めろ！」

と、まだ声変わりせぬ瑞々《みずみず》しい叫びを上げた。

「何だ、貴様」

「恥ずかしくないのか！」

「何のことだ。この者は領内から逃げ出そうとしたのだ」

「武田の武士は――」

源次郎がさらに痛烈な言葉を吐こうとしたその時、追いついた源三郎はさっとその口を手で覆った。

「兄上……」

「無用だ。言っても解《わか》らぬ」

首を捻り、弟の耳元に向けてそっと囁《ささや》いた。源次郎は口惜しそうに拳を震わせる。

「何故、邪魔立てする」

「あまりに無体です。女相手に力尽《ちからず》くはよろしくない。しかも身重のようです」

「貴様ら……当家の者か？」

ようやく武士の装いに気付いたようで、男は頭から爪先まで舐《な》めるような視線で見た。

「はい。北信濃先方衆《さきかたしゅう》、真田安房《あわ》が嫡男源三郎」

「何……」

男たちは若干怯《ひる》んだようで、互いに顔を見合わせる。だが男たちも武田家の旗本という誇りがあるのか、ここで退《ひ》くことはなかった。

「むう。しかし真田家の者とて引き下がれぬぞ。こちらは御屋形様の命を受けているのだ」

――陣代だ。

源三郎は心中で吐き捨てた。勝頼も武将としては勇猛である。だが源三郎にとって「御屋形様」は亡き信玄ただ一人である。

「まず手荒な真似《まね》はお止め下され。そしてその者に詫《わ》びるように」

源三郎が静かに言うと、男のこめかみに青筋が立った。

「この小童《こわっぱ》が――」

「あちらにも逃げようとしている一家がいるぞ！」

その時である。知らぬうちに出来ていた人だかりの中から声が上がった。

「何⁉」

「あっちには盗人《ぬすびと》が！」

反対側からも声が上がった。先ほどとはまた別の声である。

「くそっ……捕らえにゆくぞ！」

男が舌打ちをして命じ、武田家の武士たちは二手に分かれて走り去っていった。その間も源次郎は男たちをずっと睨《にら》みつけている。

「お怪我《けが》はござらぬか」

源三郎は地に座り込んだままの女に寄り添った。

「あ、ありがとうございます……」

女に手を貸して立ち上がらせると、怯《おび》えて躰を強張《こわば》らせる夫に耳打ちした。

「そのうちまた戻って来る。一刻も早く立ち去るがよろしい」

「しかし、それでは貴方《あなた》様が……」

「このような有様だ。構っている暇もないでしょう。ささ、早く」

小声で言うと、顎を小路のほうへ向けてしゃくった。夫婦は己たちに頭を下げ、子どもの手を引いて去っていく。集まっていた野次馬の中から、我々もやはり逃げたほうがよいのか、武田家の武士が逃がすほどなのだからといった声が聞こえてくる。

——その通りだ。

源三郎は叫びたい思いをぐっと堪《こら》えた。己の目から見て武田家はもう立ち行かぬ。

武将として天下に名を轟《とどろ》かせ、かつ家も末代まで残す。これが父の夢、いや野心である。父は自らの領地に勝頼を招き、半年でも耐えてみせると嘯《うそぶ》いており、軍議でも恐らくそう主張していることだろう。だがそれでどうなる。半年耐えようともいつかは強大な織田家には抗《あらが》えなくなる。この戦国の世において、父の掲げる二つの野望を一人で成し遂げるのは極めて難しいのだ。

「若」

野次馬の中から抜け出し、こちらに歩んで来る男がいる。小柄であるが着物の上からでも巌《いわお》の如《ごと》く躰が引き締まっているのが判る。ただその着物が何とも田舎《いなか》臭い。色褪《いろあ》せた茶の着物と袴《はかま》、いつも源三郎は今少しまともな取り合わせがあるだろうと思うが、当人は皆目気にしていない様子である。

「左近《さこん》、あれはお主だったか。声が違うで気付かなんだ」

この男の名を横谷《よこや》左近幸重《ゆきしげ》と謂う。横谷家は元来、信濃国上田《うえだ》と上野国沼田《ぬまた》の間に根を張る豪族であった。勢力は小さいものの、とある「特技」をもって時に大勢力と渡り合って来た一族である。それこそが、

――忍びの技。

なのだ。横谷家の者は皆が皆、忍びの技を修めている。それは当主であるこの左近とて例外ではない。むしろ当主こそ優れた忍びであらねばならないという掟《おきて》がある。

だがそのように優れた横谷一族とて、北条《ほうじょう》のような大勢力には抗えずに土地を奪われた。それを庇護《ひご》したのが父で、今は真田家の家臣団に組み込まれているのだ。

「声色を変えるなぞは朝飯前です」

左近は近づいてくると、喧噪《けんそう》に紛れる絶妙な声量で言った。この左近は源三郎付きの忍びとしての役割も担っている。いつもは姿を見せぬが、こうして己たちが町に出ても、ひっそりと付いて来ているのだろうとは思っていた。それに助けられた恰好である。

「立て続けに二人分の声色を出すとはな」

「いえ、あれは」

左近が視線を走らせた先、いつの間にか源次郎に寄り添う男がいる。左近の実弟、横谷庄《しょう》八郎重氏《はちろうしげうじ》である。こちらは源次郎付きの忍びを務めていた。庄八郎は左近と異なり背がすらりと高く、己と同じ六尺ほどもある。忍びにしては目立つ背恰好なのだが、幼い頃から、

——横谷家始まって以来の偉才。

と称され、その図抜けた忍びの技で短所を補って余りある活躍をしている。源三郎には背の低い左近、源次郎には長身の庄八郎と、互いにでこぼこの相方ということになる。

「源次郎様、お怪我は」

目鼻だちがはっきりして色黒の左近に対し、庄八郎は肌も白く涼やかな一重まぶたである。源次郎の躰を気遣いながらも、冷静に周囲を見回していた。

「心配ない」

庄八郎は舌打ちをして唇を動かした。だがあまりに小声過ぎて聞こえなかった。

「これ」

卓越した聴力を持つ左近には聞こえたようで、眉間に皺《しわ》を寄せて窘《たしな》めた。

「聞こえませんよ」

庄八郎は小さく鼻を鳴らした。

「ともかくこの場を離れましょう」

左近はそう言うと、庄八郎に目配せをした。そのまま四人、城へと向かった。やはり町を行く人々は落ち着かず、足軽たちが何かを言い争っている場面も見られた。

真田と名乗ったからには後々問題になるのではないかと危惧《きぐ》したが、どうもそうはなりそうにない。今の武田家にはそのような諍《いさか》いに構っていられる余裕など無いのだと、改めて思わされた。

「先ほど、庄八郎は何と？」

尋ねる源三郎に対し、左近は苦々しげに囁いた。

「源次郎様に舐めた真似を。殺してやろうか……と」

「それはまた物騒な」

源三郎は苦笑した。

「思慮深い源三郎様にこそ庄八郎、血気盛んな源次郎さまにこそ拙者が付くほうがよいと思うのですがね」

「まあ、兄どうし、弟どうし気の合うこともある」

「殿から、何があっても守れと命じられていますから。庄八郎の口が過ぎたことお許し下さい」

本当ならばもう一人いたはずの弟、源四郎《げんしろう》。乳母《うば》に連れ去られて今も戻って来ていない。父は二度とこのようなことを繰り返してはならぬと考えたのだろう。己には事件の直後から、源次郎には生まれた時から、この二人が付けられている。

「いや頼もしい限りだ」

庄八郎が源次郎に激しい忠誠心を持っていることは確か。源三郎にはそれが嬉《うれ》しかった。

城に入ると、左近は配下の者から報告を受けて源三郎に伝えた。

「そろそろ軍議も終わりそうです」

「やはり父上は……」

「どうも陣代は郡内《ぐんない》を頼られるようです」

武田家はこの甲府や新たな城で織田軍を迎えるのは不利と見て、どこか峻嶮《しゅんけん》な地に拠《よ》って戦うつもりである。父昌幸は、

――我が岩櫃《いわびつ》城へ。

と、誘うつもりであった。

郡内とは、家臣の一人小山田信茂《おやまだのぶしげ》の領地のことである。勝頼は真田家ではなく、小山田家を頼るということらしい。軍議に出ておらず、まだ終わってもいないのに、いち早く情報を得る横谷一族の力に舌を巻く。

「ここからが真田の正念場。そなたらの力を多く借りることになるだろうな」

源三郎は緊張の声色で言った。

「我らは真田家に恩義があります。何があろうとも付き従います。草の者として……」

左近は頬を引き締めて頷《うなず》いた。

真田家では、いや北信濃では誰が言い出したか、忍び、乱破《らっぱ》のことをそのように呼ぶ。ふと、誰がどのような訳で言い出したのかと考えた。

武家の中で忍び働きは武功として認められることはない故、

――路傍に生える草の如き者。

というのが語源だと言う者もいる。

踏まれても、踏まれても、何度でも立ち上がる草の強さを彷彿《ほうふつ》とさせるからではないか。源三郎は、左近や庄八郎を見てそのように思い、妙に納得して二度、三度頷いた。

南条の影

季節は冬に掛かろうというのに、人の熱気が寒さを忘れさせてくれた。

大坂《おおさか》の城下を行き交う人は決して少なくはなく、亡き太閤《たいこう》が存命の頃と何も変わりがないように見える。いや、本日に限ってはその頃よりも人出が多いかもしれない。

東西が手切れとなったことで、豊臣《とよとみ》家は恩顧の大名や、各地の浪人たちに味方するよう檄《げき》を飛ばした。だが今のところ、大名家で豊臣家に味方しようという家は、ただの一家も現れていない。

一方、浪人は続々と集まっており、中には高名な者も含まれている。町にはそれを一目見ようと野次馬が出ているのだ。今日という日は、特に入城する浪人が多いと噂《うわさ》が飛んでいたようで、町はこのようにごった返しているという訳である。

大路の両脇に立ち並ぶ数々の店も、いよいよ戦が始まるというのに一向に閉める気配はなかった。それどころか、浪人を見ようとする野次馬相手に、水団《すいとん》や饅頭《まんじゅう》などの食いものを売ろうと張り切っている店も多い。城下はさながら祭りのように活気づいていた。

己もまた大坂城に入る浪人の一人である。一人裸で駆け付ける浪人とは違い、元は大名であったこともあり、旧臣五十余人を引き連れてそれなりの陣容を保っている。だが野次馬たちは、己がどこの誰だか判っていないらしい。数多《あまた》あった大名家の中で、当家を記憶に留めている者など殆《ほとん》どいないのだ。こちらを見ながらひそひそと話している上方訛《かみがたなま》りが、耳朶《じだ》をかすめていく。

「あれは誰やろな」

「どこかの家中の足軽大将ちゃうか」

「それにしては、引き連れている数が多ないか？」

「となると元大名か。そやけど、あの家紋に見覚えがないで」

などと話している。聞こえているとは思っていないのか、あるいは聞こえていても知ったことではないと考えているのかもしれない。徳川家が幕府を開いた今でも、大坂の民には豊臣家こそが天下人。自分たちはそのお膝元に暮らしているという自負があるように見受けられる。その気風が大胆にさせているのかもしれない。

――この家紋は大名家では一家だけだ。

内心で呟いた。怒りは湧いてこない。むしろそう手掛かりを教えてやりたくなる。野次馬の会話はなおも続いていた。

「ふむ。あれは朝顔か……？　そんな家紋の大名がおったかいな」

「思い出した。あれは、夕顔や。確か世の大名家の中で、一家だけの家紋とか聞いたことがある」

よくぞ気付いたと褒めてやりたいが、そしらぬ顔で歩を進めた。

「確か……伯耆《ほうき》の……何と言ったか。そうや、安条《あんじょう》家や」

「惜しい」

思わず口から漏れてしまったので、慌てて唇を結んだ。

「安条……そんな大名いたか?」

「ちゃう。南条《なんじょう》や」

ようやく正解に辿り着いたことに、何故《なぜ》かこちらが安堵してしまっているのが可笑《おか》しくなり、思わず口元が綻《ほころ》んでしまった。

己の名を南条元忠《もとただ》と謂う。元は大名であったが、関《せき》ケ原《はら》の戦いで西軍に付いたことで戦後浪人となった。豊臣家の誘いに応じ、旧臣と共に、こうして大坂城下へと足を踏み入れたという訳である。

「殿」

脇から呼びかけたのは、旧臣の中の長老格である福山兵右衛門《ふくやまひょうえもん》である。南条家が没落した後も、ひと時も離れることなく付き従ってくれている。

「どうした」

「そろそろ迎えが来てもよさそうなものですが……」

兵右衛門は眉を顰《ひそ》め零した。

大坂城から迎えの使者が来るということは聞いている。今時分に入城するということも事前に伝えており、すでに城下に入ったことが伝わっていてもおかしくない。だが未《いま》だ姿を見せないのだ。

浪人衆に対しての豊臣家の対応は大きく分けて三つある。表向きに言っている訳ではないのだが、明らかに格付けをされていて待遇が異なっている。元忠は心中でこれらを勝手に「上」「中」「下」と名付けていた。

まず最も格の低い者。元忠が思うところの「下」である。

過去に特筆した武功がある訳ではない者、あるいはまだ若く戦場に出たことがない者など。振る舞いや雰囲気から明らかに武士ではなく、百姓や商人、あるいは野盗の類いではなかったかと思われるような者も含まれる。一言で表せば有象無象である。

彼らは豊臣家から名指しで招かれた訳でもない。自らの意志で勝手に檄に応じて入城している。故に豊臣家側も迎えを出す訳ではなく、特設された人別所で、姓名、来歴などを聞いた後に抱えるのだ。

来歴を正直に話している者もいるだろうが、半数近くは嘘《うそ》を言っているのではないかと思っている。名さえ適当な者も多いかもしれない。ここに格付けされる浪人の中には、往々にして幕府方が送り込んだ間者《かんじゃ》が紛れ込んでいるものと思われた。

それは豊臣家としても承知の上である。数千、数万に上る彼らの来歴を一々調べることは極めて難しい。明らかな者は撥《は》ねているだろうが、豊臣家としても恩顧の大名家に頼れぬと悟った今、基本的には全て召し抱えるという姿勢を取っていた。だが間者が含まれているだろうから、余程のことがない限り重要な役割は与えられまい。名のある士が率いる隊に、いち葉武者《はむしゃ》、いち足軽として配されるだろう。

二つ目は「中」の者たち。すでにある程度、名が世に鳴り響いている者である。名のある大名家に長らく仕えていた者、かつては山城を構える国人衆であったが時代の波に呑《の》まれて土地を失った者、小さくとも大名だったが世間にあまり知られていない者もここに含まれるかもしれない。

この者たちの大半は豊臣家から使者が来ており、その者が取り次ぎとなって入城の手はずを取り計らう。中には豊臣家が把握しておらぬのにふらりと訪ねて来て、

――このような者が世に潜んでいたか！

といったように、急遽《きゅうきょ》それなりの待遇で迎えられる者もいる。一手の侍大将として数百人、ことと次第によっては千から三千を率いる部将の待遇で迎えられるのがこの「中」の者である。

そして最後、「上」の者たちである。十万にも届きそうな浪人衆の中、ほんの一握りの者たちである。国持ち大名であった者、あるいはその嫡子。大名ではなくとも万石を領し、しかも数えきれないほどの武功を立てたような武辺者である。武士であろうが、百姓であろうが、誰もが一度は聞いたことがあるという名の轟いた連中であった。

例えば大名であれば土佐《とさ》一国を領した長宗我部盛親《ちょうそかべもりちか》。国持ちではないものの唐入《からい》りで名を揚げた歴戦の毛利勝永《もうりかつなが》など。大名以外では黒田《くろだ》家で万石の禄を食《は》み、城を預けられ、綺羅星《きらほし》の如き手柄を挙げた後藤又兵衛《ごとうまたべえ》。宇喜多《うきた》家の万石家老で、関ケ原では八千の兵を預けられて奮戦した明石全登《あかしたけのり》などである。

彼らは豊臣家から格別の待遇で迎えられている。使者が直《じか》に赴くのは当然、支度金も相当に支払われている様子である。その支度金も使って陣容を整え、それこそ大名の如く行列を組んで入城する。豊臣家の迎える使者も一人や、二人ではなく、場合によっては家老格の例えば大野治長《おおのはるなが》のような者が城下で待ち構え、共に門を潜るといった厚遇振りである。

「まあ、このようなものだ」

元忠は苦笑しながら零した。何故迎えが来ないかと言った兵右衛門への返答である。

「と、申しますと？」

「俺たちは『中』なのよ」

三つの格付けは己の頭の中だけでのことである。意味が解らないようで兵右衛門は首を捻った。

南条家はまず国持ちではない。一万石や二万石の小大名ではないものの、十万石ほどの中大名にも少し足りぬ。伯耆東三郡六万石。何とも中途半端な領地の広さである。

加えて己には武功らしい武功がないのだ。父の元続《もとつぐ》が病で死んで家督を継いだのは、天正十九年（一五九一）のことであった。豊臣家が天下を統《す》べた翌年であり、戦をする機会が皆無であったのだ。

家督を継いだ時の己はまだ十三歳と年少であったため、政《まつりごと》は叔父《おじ》で後見人の小鴨元清《おがももときよ》が執っていた。唯一の例外になりそうな唐入りも、叔父が代わりに出陣しているのだ。そのような己だから、豊臣家はやはり「中」の浪人と見ているだろうと思っていた。

「ほれ」

元忠は顎をしゃくった。出迎えに現れた使者が往来の先で、頭《こうべ》を垂れて待ち構えている。供は二人と決して多くはない。思った通りの待遇である。

「坊、癪《しゃく》なことだな」

馬の轡《くつわ》を取る馬丁が、他には聞こえぬ小声で言った。

身丈六尺近い大男で、鋼の芯が入っているかのような逞《たくま》しい背をしている。日に焼けて引き締まった頬も、精悍《せいかん》な顔立ちを彩っている。このような者を馬丁に使うなど勿体《もったい》ないと普通なら思うだろう。

そして主君を坊なんぞと呼ぶなど、もし家臣の誰かに聞かれれば憤怒して首を落とされるに違いない。だが元忠にとっては慣れたもの。これまでもずっとこの呼び方をされてきた。

男は馬丁ではない。忠臣の兵右衛門のように、いやそれ以上に元忠が心を許している者であり、特筆すべきものを持たぬ南条家にとって、唯一無二の「切り札」なのだ。

「そう言うな。弥之三郎《やのさぶろう》」

元忠は適当な相槌《あいづち》を打つと、馬上で身を少し捻って陽を探した。この男との出逢いを思い起こすにあたり、ふと故郷の方角は何処《いずち》かと気に掛かったのだ。

北西の空を見る。特段変わった様子もない。薄く筋のように伸びる無数の雲が寒さの訪れを感じさせる。今年も故郷は雪に包まれるのか。元忠はそのようなことをふわりと考えた。


南条家の興りはよく判っていない。

鎌倉《かまくら》に幕府があった頃から南北朝の動乱の頃に、塩冶高貞《えんやたかさだ》という武者がいた。この人が出雲《いずも》守護に任じられており、その次男が南条家の始祖である貞宗《さだむね》公だと伝わっている。ただこの頃、貞宗当人は「賀茂《かも》」の姓を名乗っていたという話もあり、やはりはきとしないというのが実際である。

ただ守護の山名《やまな》家のもとで、東伯耆を治めつつ国人領主として成長したのは確かである。山名家に従って上洛し、応仁《おうにん》の乱においても活躍したらしい。

やがて山名家の勢いに翳《かげ》りが見えると、一転して南条家は反山名の活動をするようになる。

血で血を洗うような争いが繰り広げられている中、出雲から尼子家《あまご》が勢力を伸ばしてきた。南条家はこれに従属して、尼子家の伯耆進出の一翼を担うことになった。

だがやがてその尼子家も、安芸《あき》から身を起こした毛利家に押されることになる。すると今度は毛利家へと寝返って南条家は存続を図った。

南条家の面従腹背はまだ続く。今度は東から織田家が勢力を伸ばしてくると、そちらに転んだのだ。元忠が生まれたのは、まさしくそのような頃である。

織田信長《のぶなが》が本能寺《ほんのうじ》で横死、織田家が瓦解したのは、元忠が四歳の頃のことである。その後、南条家は織田家の中国方面攻略を担っていた羽柴秀吉《はしばひでよし》、後の豊臣秀吉に従うこととなった。

元忠の最も古い記憶もその頃のもので、それこそが弥之三郎との出逢いであった。

——よいか。この者は生涯、お主の傍《そば》に侍《はべ》る。何をおいても頼りにせよ。

父と二人きりの場において引き合わされた弥之三郎は幾つだったか。今なお正しい歳《とし》は知らないし、当人すら解っていないのかもしれない。見た目は凡《およ》そ十二、三歳の少年だったように思う。だがその割に眼光が鋭く、全身から異様な雰囲気を放っていたのも覚えている。

——坊、案ずるな。生涯、守ってやろう。

弥之三郎はこれもまた歳の割に低い声で言った。坊とは、坊主というのを略したもの。年長の百姓が、村の子どもを呼ぶような呼び方である。だが引き合わせた父は咎めることもなく、

——この口の悪さはどうにもならぬ。

と、苦笑するのみであった。父がこれを許しているということ。それだけでもこの男が如何《いか》に異質な存在か解ろうというものである。

弥之三郎の正体を知ったのは今少し後。元忠が八歳の頃だっただろうか。これも同様、父から詳しく聞かされた。

鉢屋《はちや》衆と呼ばれる集団がある。他に鉢屋党などとも呼称される。表向きには祭礼や正月に芸を披露する集団であるが、もう一つ裏の顔を持っていた。所謂《いわゆる》、

――忍びの者。

としての顔である。

遥か昔に平将門《たいらのまさかど》の乱で反乱軍に加勢した飯母呂《いぼろ》一族が、乱の終息後に全国に散らばった。その多くが山陰《さんいん》へと逃れ鉢屋衆となったと伝わっている。また筑波山《つくばさん》へ逃れた一部の飯母呂一族は、かつて北条家を支えた忍びの風魔《ふうま》衆になったと言われており、もともとそのような技を身に付けていたことが推測出来る。

一口に鉢屋衆といっても、内部で様々な党を形成していた。その中に鉢屋賀麻《がま》党があり、彼らは一族でも図抜けた忍びの技を持つと言われている。

この鉢屋賀麻党が最も活躍したのは、文明《ぶんめい》十八年（一四八六）のこと。京極《きょうごく》氏に追放された尼子経久《つねひさ》の味方をして、月山富田《がっさんとだ》城奪還に協力したのである。

芸能者という表の顔も持っているため、京極氏に売り込んで、元日に富田城で祝いの舞を演じることとなった。賀麻党七十余人は笛や、太鼓で音曲を奏でつつ賑《にぎ》やかに城に入った。その装いは烏帽子《えぼし》、素襖《すおう》というものであったが、中に兜《かぶと》、具足を仕込み、得物を隠し持っていた。

演奏、演舞に城内の武士、女や子どもらが見物に集まった時、近くに潜んでいる尼子軍が太鼓を打ち鳴らした。すると賀麻党は烏帽子を脱ぎ捨て、突如として見物に集まった人々に襲い

掛かったのである。さらに城内各所に火を付けて回り、その混乱に乗じて尼子軍は難なく城へ踏み込んだ。こうして尼子経久は月山富田城主に返り咲いたのである。

この功で鉢屋衆は本丸の北にある鉢屋平に長屋を与えられ、後に「やぐら下組」と呼ばれるようになって尼子家家臣団へ組み込まれたのである。それからも尼子の十八番《おはこ》ともいえる奇襲、騙《だま》し討ちの陰には、いつもこの鉢屋衆の影があったとされる。

だがその尼子家も代を重ねるごとに勢いを失い、やがて中国で勢力を伸ばす毛利家に圧迫されるようになった。鉢屋衆も奇策を用いて対抗したものの、大勢を覆《くつがえ》すには至らない。やがて尼子家は滅亡の憂き目に遭った。

主《あるじ》を失った鉢屋衆は散り散りとなった。鉢屋衆の中で最も優れた集団であった賀麻党も例外ではない。出自である関東の地へ行くか、それとも九州へ逃れるか、途方に暮れていたところに手を差し伸べたのが、元忠の祖父であった。

鉢屋衆はこのことに強く恩義を感じ、南条家が滅びるその時まで共に歩むという覚悟を決めている。月山富田城を落とした時の党首の名を鉢屋弥之三郎と謂う。そして己の前に現れたのもまた鉢屋弥之三郎。党首は代々この名を名乗ることになっており、月山富田城の戦いから数えて八代目なのだ。

忠義は誓うが、阿《おもね》りはせぬ。それは鉢屋衆の掟のようなもので、故に対等の口を利く。絶対に裏切らない同盟者のようなものだ。

当代の弥之三郎はずっと己の傍にいた。姿が見えなくとも名を呼べば、何処《どこ》からともなく現れるのだ。

元忠がまだ幼かった頃、館の中に野犬が紛れ込んだことがある。元忠は庭で遊んでいて、運悪く出くわしてしまった。涎《よだれ》を垂らして迫る野犬を前に、元忠は恐怖のあまり声を失い、腰を抜かしてしまった。

「動くなよ」

背後から声が聞こえたと思った丁度その時、野犬は甲高い声を上げて絶命した。その首には棒状の鉄が突き刺さっている。後に聞いたところ、それは忍びの中で銑鋧《せんけん》などと呼ばれるものであるらしい。

先ほどまでは確かにいなかった。何処から現れたのかと訊く元忠に対し、弥之三郎は、

「坊の傍にずっといた」

と言い切った。その表情は一切変わらず、ややもすると不気味に見える。だが元忠は頼もしく、眩《まばゆ》く感じたのをよく覚えている。

元忠が十三歳の頃、父の元続が死んだ。家督は継いだものの、後見としてついた叔父の小鴨元清が実質の当主として家政を執ることとなった。

初めの頃はよかった。だがやがて元忠が長じ、自ら政を執れるという段になって内訌《ないこう》が生じた。叔父は元忠に実権を渡すことなく、そのまま家を乗っ取ろうとしたのだ。家中も真っ二つに割れて派閥争いを行う中、ついに叔父が大きく動いた。

元忠を抹殺しようと刺客を放ったのだ。この危機を救ったのもまた弥之三郎であった。ある日の夜更け、元忠は悲鳴を聞いて寝床から跳び上がった。

「曲者《くせもの》だ！　であっ――」

家臣の叫び声が途切れ、どたどたと複数の跫音《あしおと》が廊下に響く。元忠が枕元の刀に手を伸ばした時、勢いよく襖《ふすま》が倒れ、差し込んだ月明かりに照らされて人影が浮かぶ。

「弥之三郎！」

元忠は叫んだ。乱入者たちは小姓を呼んだとでも思ったのだろうか。いや、錯乱したと思ったのかもしれない。小姓にはそのような名の者はいない。そして弥之三郎の存在は、死んだ父以外は誰も知らなかったのだ。

「覚悟ぉうえ――」

威勢のよい声の末尾が、禍々《まがまが》しく歪んだ。刀を振りかぶった男が、膝から頽《くずお》れたのだ。眼前に倒れた男を見て気付いた。喉に銑鋧が刺さっている。

「刀を捨てよ。すでに取り囲んでいる」

いつの間にか次の間を仕切る襖が開いており、そこに弥之三郎が立っていた。全く音もしておらず、刺客たちは声を聞いて初めてぎょっと足を止める。

「貴様は……」

「鉢屋賀麻党党首、鉢屋弥之三郎」

「当家に仕えているというのは真《まこと》だったのか……」

噂はかねてよりあった。だが南条家の者も、領内の民も眉唾だと思っていた。

南条家に仕えた頃の先代の鉢屋賀麻党党首は考えた。尼子家に仕えていた時は、鉢屋衆の名が知れ渡ってしまったことで、毛利家に警戒されて忍びの技が大きく制限されたのだ。しかしながらこの頃の南条家は弱小大名で、鉢屋衆が傘下にいるというのは大きな牽制《けんせい》になる。そこで噂だけを流し、決して姿を見せなかったのだ。

「戯言《たわごと》だ！　やれ！」

賊の一人が叫んだ時、元忠は弥之三郎が呟く声を聞いた。

「愚かな」

弥之三郎は狭い部屋を素早く動き回り、時に壁を蹴って身を翻《ひるがえ》す。それでいて茫然《ぼうぜん》とする元忠に常に気を配り、賊を一歩も近づけさせない。神速の動きで敵を圧倒する弥之三郎は、元忠の目に天魔の如く映った。三十。いや二十を数えるほどの間だろうか。賊は全て屍《しかばね》と化していた。

「心安くせよ。賊の後詰めは全て配下が討ち取った」

静寂が訪れると、弥之三郎は血刀を拭いつつ平然と言った。

「何故……南条に。お主ほどの腕ならば、毛利、いや徳川や羽柴でも重宝されるだろう」

あまりの腕前を目の当たりにし、かねてよりの疑問が口を衝《つ》いて零れ出た。

「忍びは、蛇よ、蝙蝠《こうもり》よと忌み嫌われるもの。しかし鉢屋衆は義を忘れぬ。南条家が滅ぶその時まで共に在る」

最も有名な伊賀《いが》や甲賀《こうか》がそうであるように、忍びというものは大名家より金で雇われて動くものである。それによって、時に敵味方に同じ里の者を派することすらあるのだ。むしろこちらが大半で、これと決めた家に尽くす鉢屋衆のほうが稀《まれ》だという。

もっとも例外というのはあるもので、関東北条家に仕えた風魔衆や、信濃国の戸隠《とがくし》衆も鉢屋衆と同じだという。風魔衆は鉢屋衆と祖で繋《つな》がっているが故に流儀が似通っているのかもしれない。また戸隠衆は、そのものが表に豪族という顔を持っており、属する勢力にのみ従うのだとか。ともかく鉢屋衆はそのような訳で、南条家に、中でも本流のために忠を尽くしてくれるのである。

こうして叔父、小鴨の南条家簒奪《さんだつ》の野望は挫《くじ》かれた。その後のことも弥之三郎は抜かりがなかった。

――すぐに福山殿を大坂へ。

表の忠臣である福山兵右衛門を大坂に走らせ、小鴨の野望を洗いざらい告げ、罰するように進言させたのだ。さらには、すでに小鴨が非道な輩《やから》であると大坂に流言を放っていた。その影響もあって進言はすぐに容《い》れられ、小鴨は小西行長《こにしゆきなが》のもとへ預けられることとなったのである。

だがこうまでして守った南条家も今や取り潰されている。原因は十四年前の関ケ原の戦いである。西軍の実質の大将ともいうべき石田三成《いしだみつなり》は、己の領地である近江《おうみ》にて、上杉《うえすぎ》討伐に向かう軍勢を堰《せ》き止めた。西軍の諸将に囲まれ僅か六万石、千五百の兵しか持たぬ南条家に選択の余地はなかった。西軍として大津《おおつ》城を攻めた南条家は、戦後取り潰しの憂き目に遭った。

元忠は僅かな家臣と共に浪人することとなった。家が潰れたことでもう禄も払うことが出来ない。

「次の主家を見つけるがよい」

元忠は勧めたが、弥之三郎は何も言わず、ただ黙然と空を眺めていただけであった。結局、十四年もの間、己のもとから離れずにいたのが答えなのだろう。

頭を垂れる使者のもとへ少しずつ近づいていく途中、弥之三郎が小声で呟いた。

「件《くだん》のこと。片付いた」

「そうか」

叔父、小鴨のことである。関ケ原の折、預けられた小西家に属して加藤清正《かとうきよまさ》と戦った。戦の後、清正に降って六千石の禄を食んでいると耳にしていた。共に西軍に付いたにもかかわらず、こちらは浪人として逼塞《ひっそく》し、あちらは悠々と暮らしたことになる。東西が手切れになった今、加藤家を辞し、豊臣家に味方するために大坂に向かうつもりのようだと風の噂で聞いた。

「都合よく病に……な」

大坂に向かう船中で病を発し、療養の甲斐なく死んだとのこと。だがその真実は弥之三郎が配下を使って毒殺したのであろう。

「今は一枚岩にならねばならぬ時だからな」

大坂に小鴨が入れば、旧怨を忘れて手を取り合えと命じられる。船頭が二人では纏まりが悪い。南条家の再興に懸ける今、不安な要素は取り除いておきたかった。

そうこうしている内に、使者の前まで来た。

「南条中　務《なかつかさのたいふ》 大輔だ。旧臣五十余人と共に馳《は》せ参じた」

元忠が馬上のまま言い放つと、使者は改めて辞儀をして城へと案内《あない》を始める。

「あれは……」

元忠は手綱を操りつつ横へ首を振った。一本向こうの通りにも、己たちと同じく迎えられて入城する行列がある。時折、小路から覗《のぞ》き見るに、使者の身なりはこちらより立派である。何より先ほどから大きな歓声が上がっていたが、どうもあの行列に対して投げかけられているものらしい。

「どうやら『上』のようだ」

元忠が呟くと、使者が振り返って怪訝《けげん》そうに首を捻った。

そもそも今日初めて大坂に来た己が何故、これまで浪人衆がどのように迎えられたかを知っているのか。それも全ては弥之三郎が事前に調べていたからである。

「あれは？」

「どなたでしょうな。大野様肝煎りの御仁だとは思います」

元忠が尋ねると、使者は曖昧に答えた。微《かす》かな表情の動きからすると、誰だか知っているが、待遇の違いが明らかなのを心苦しく思いごまかしたというところだろう。家老格の大野治長の声掛かりだと、言い訳を添えているあたりからもそれは窺《うかが》えた。

馬を曳《ひ》く弥之三郎がすっと脇に来て囁いた。

「真田だ」

「なるほど」

「これもまた……」

「癪に障るか」

「いかさまな」

名は真田左衛門佐《さえもんのすけ》信繁《のぶしげ》。大坂に招かれているとは聞いており、此度の入城に際し幸村《ゆきむら》と名を改めたことまで耳に入っている。

真田家は九万五千石と南条家よりは身代が大きいものの、やはり国持ち大名ではない。しかも幸村は次男である。幽閉前には、将来は兄の信之《のぶゆき》が本家を継ぎ、入れ替わりで沼田二万七千石を領して分家するものと思われていた。どちらにせよ己より格下のはず。

戦の経験はどうか。これも己とさして変わらない。関ケ原の戦いの折、上田で徳川別動隊を食い止めたただ一度切り。しかもその時は父の昌幸が存命であったため、自ら軍を差配した訳でもない。

それなのに豊臣家の待遇は抜群で、早くも、

――大坂五人衆。

の一人などと言われており、四千以上の兵を率いる部将格になると目されている。それに野次馬の歓声が象徴するように、すでに凄《すさ》まじい人気を集め始めているのも不思議であった。

「何かある……と、思っている」

弥之三郎は前を見据えながら言った。

「ほう。何かとは？」

「真田には戸隠衆。奴《やつ》らが呼ぶところの『草の者』がいる。その者らが先に大坂に潜り、真田のよい評判を流したのではないか」

「なるほど。有り得るな」

蹄《ひづめ》の音、隣の往来の喝采に紛れ、二人の会話は先導する使者にも聞こえてはいないだろう。弥之三郎に至っては口すら動かさずに声を発している。

「潰すか」

噂を――。という意味であろうが、弥之三郎の低き語調では真田そのものをと言っているようにも取れる。

「いいや、構うな。幾ら取り繕《つくろ》おうとも、すぐに化けの皮が剝《は》がれる。俺もそのようなことを思いつきはしたが、命じなかったのはそのためよ」

実際に戦が始まってしまえば、前評判など何の役にも立たない。真の実力が露呈すれば、真田などすぐに失墜するだろう。

「坊が合戦で力を示すと？」

弥之三郎は前を向いたまま目をすぼめた。

「いいや。将としての己は、良くて並であろう」

別に己を阿呆《あほう》とは思わない。だが何しろ実戦の経験が皆無なのだ。唯一、関ケ原の時に大津城攻めに加わったが、あの時は西国無双とも名高き立花宗茂《たちばなむねしげ》が指揮を執っていた。己はそれに従い、あちらを攻めろと言われれば攻め、退けと言われれば退いたに過ぎない。

「だが手柄を諦めた訳ではない。表でも……な」

元忠が付け加えると、弥之三郎は珍しく不敵な笑みを浮かべた。兵右衛門を始め、南条家再興に懸ける忠臣は幾人かいる。だがやはり幼少の頃から、片時も離れなかった弥之三郎以上に以心伝心の者はいない。弥之三郎も全く同じことを考えていたらしい。

――我らは裏で手柄を挙げる。

元忠はそう考えている。大坂城内には関東の間者が多く紛れ込んでいるはず。豊臣家も一応の対策はしていようが、とてもではないが全てを防ぎ切れるものではない。

浪人衆に名将、猛将は多いかもしれないが、弥之三郎ほどの技量を持ち、さらに三十人もの配下を持つ忍びと共に入城しているのは己だけであろう。この裏の舞台でこそ、南条家が活躍出来ると踏んでいる。

何も豊臣家が勝つとは思っていない。鉢屋衆が間者、忍びを狩り続ければ、徳川としても厄介だと思うに違いない。そこで旧領への復帰を条件に、幕府方に転ぶというのが最も現実的な策だろう。

「その『草の者』とやら、数はどれほどと見る」

競合相手になるかもしれないのだ。むしろ先ほど弥之三郎が言った、真田が忍びを率いているということのほうが気に掛かった。

「大半が江戸の兄のもとにいるのだろう。幸村に従うのは抜け忍のようなもの……十にも満たぬだろうな」

「ならば問題はなかろう」

「百でも同じことよ」

弥之三郎は平然と言った。大言壮語を吐く男ではない。実際、弥之三郎の腕は鉢屋賀麻党歴代の党首の中でも群を抜いており、伊賀や甲賀の者たちにも一目置かれている。

「やるぞ」

元忠は眼前に聳《そび》える大坂城を見上げて口元を綻ばせた。忍びは下賤《げせん》だと言う者もいる。加えてこの弥之三郎は忍びの中でも特に恐れられている。だが元忠にとっては最も古い付き合いの者である。幼少の頃から共に育った飼い犬、それとも兄弟のような存在。いや己の影そのものといえるほど一心同体である。弥之三郎となら、両陣営を手玉に取り、必ずや南条家を再興出来ると信じている。

「む……」

視線を下げた時、建物が暫《しば》し切れて、真田の行列がよく見えた。馬上からこちらを見ている者がいる。恐らく真田幸村である。目が合ったことで、幸村は微笑《ほほえ》みながら軽く頭を下げた。

表裏比興《ひょうりひきょう》の者と呼ばれた真田昌幸の子だから、老獪《ろうかい》な雰囲気を纏っているものと思っていたが、貧相あるいは柔和といった言葉がよく似合う。これならば心配なかろうと、元忠も笑みを浮かべて会釈を返した。


大坂城に入った元忠は三千の兵を任されることとなった。毛利勝永や後藤又兵衛らは五千以上の兵を預けられ、塙団右衛門《ばんだんえもん》や薄田兼相《すすきだかねすけ》らは己と同じく二、三千。事前に見立てた通り、豊臣家の己の待遇は「中」である。厳密に言えば「中の上」といったところであろうか。

「まあよい」

夜半、元忠は寝所で呟いた。もし今、人が入って来ても一人だと思うに違いない。行灯《あんどん》の光の外、部屋の隅に生まれる闇の中に、弥之三郎が壁を背に立っている。

福山兵右衛門など古くからの家臣は、すでに鉢屋衆の存在を存じており、此度の戦にも連れてきていることを知っている。だが誰が弥之三郎であるかは知らないのだ。

表向きには弥之三郎の配下の一人、石見《いわみ》の戸仙《とせん》と謂う忍びが「弥之三郎」を演じ、報告に現れる姿を家臣たちに見せている。

弥之三郎は馬丁の銀蔵《ぎんぞう》として近くに侍っている。南条家が大名家として在りし時は庭師の孫《まご》八《はち》として、その前は下男の平兵衛《へいべえ》だった。それで気付かれないものかと元忠も疑問に思う。相貌の雰囲気こそ違えども、骨格、顔の作りが変わる訳ではないのだ。

――そもそも覚えられぬわ。

弥之三郎は小さく鼻を鳴らした。日常では存在感を限りなく消し、誰にも覚えられないようにしているのだという。そもそも話題に上らない。仮に出たとしても、

「そのような者がいたな」

といった程度で、誰も顔を思い出せない。究極、人は自らに利する者、自らを害する者の顔しか記憶しないと、弥之三郎は言った。そうなるように目立たぬ工夫をしている上、声色は全く別人に変えているため万全だと弥之三郎は自信を持って語った。

「で、どうだ?」

元忠は部屋の隅に向けて訊いた。

「大御所が駿府《すんぷ》を発《た》った。十一日のことだ」

「なるほど。戦は霜月《しもつき》……いや師走《しわす》に入る頃か」

来月には大坂城を守る砦群《とりでぐん》を落としながら、徐々に近づいて来て城を囲む。来月末、あるいは再来月の頭には包囲を完成して攻めて来ると踏んだ。

「坊は自身を将として並と言うが、読みは悪くはない」

「そうか。ならば合戦でも手柄を挙げられるかもな。表での活躍も無いよりはよい」

「期待しておく」

行灯の火が微かに揺れる。弥之三郎が息を漏らして笑うのは珍しいことだ。年端もいかぬ子どもの頃から知る己が、戦で手柄を挙げるとほざいていることに諧謔《かいぎゃくみ》味を感じたのかもしれない。

「だが我らの真の戦はその前よ。城内の間者の数を調べねばな……」

「凡そ調べた」

「早いな」

まだ入城して五日しか経《た》っていないので、元忠は些《いささ》か驚いた。

「まず陽間《ようかん》は百を下るまい」

間者にも二種類ある。一つは今言った陽間で、これは顔を見せて動いている間者と言い換えてもよかろう。例えば人夫として、足軽として、女中として、あるいは部将の中にもいるかもしれない。素知らぬ顔で潜り込み、あるいは内通し、関東に情報を流している者である。

「かなりの大物もいるようだ。例えば織田有楽斎《うらくさい》」

「おいおい。総大将だぞ」

名目という性質は多分にあるものの、淀殿《よどどの》の叔父として総大将を務めている男である。他の陽間と思《おぼ》しき者と度々連絡を取っているという。

「あとは織田信雄《のぶかつ》などもそうだろう」

「全く……織田も落ちたものよ」

信雄は信長の次男、つまりは淀殿の従兄《いとこ》に当たる。かつては天下を席捲《せっけん》した織田家であるが、時の流れを感じずにはいられない。

「次に陰間《いんかん》だが、これは五十人ほどいた。まだ増えそうだ」

陰間とは姿を隠して潜入する者。庶民は、忍びの者は頬かむりをして、濠《ほり》を泳ぎ、石垣を鉤《かぎ》爪《づめ》で上るという印象を持っている。そのような者は実際にはいないという者もいるが、現実には存在する。外から力業で城に潜入し、流言を飛ばし、戦が始まれば火を放つなどする。こちらは腕に覚えのある者が多く、かねてより手強《てごわ》いと考えていた。

「いた……とは？」

元忠は弥之三郎の語尾に引っかかった。

「ああ、今日までに十八人狩った」

元忠は眉を開きつつも苦笑した。内、十一人は弥之三郎自らが葬ったという。

「濠のあれもそうか」

昨日、後藤隊に属する足軽の屍が濠に浮いていた。足を滑らせた上の事故だろうと処理されたものの、衣服が乱れておらず、溺れてもがいた痕跡が殆どなかったことを不審がる者も少数だがいたのだ。

「配下がな。雑な仕事を叱っておいた」

弥之三郎は一転して舌打ちをした。

「で、今はどのような様子だ」

「関東の内訳は伊賀、甲賀。風魔の残党もいる。狩っても狩っても湧いて来るだろう。今日にでもまた五十……いや、こっちが手強いと見て百も送り込んでくるやもしれぬ」

「風魔は……」

お主たちと祖先を同じにするのではないか。そう訊こうと思ったが愚問だと呑み込んだ。

「関係ない。それにしても随分と弱ったものよ」

案の定、弥之三郎は忌ま忌ましそうに続けた。

「あと一つ。大坂城に俺を知った者がいる」

「何処に」

「真田丸《さなだまる》よ」

件の男が守る出城である。関ケ原の折、真田家は両軍に分かれて戦った。兄の信之は東軍に付き、上田九万五千石を与えられた。しかも大御所の覚えもめでたく、父と弟の助命を嘆願して容れられている。豊臣家の中には、幸村が兄と通じているのではないかと懸念する向きもあった。

軍議の場で幸村が、大坂城の南の守りが弱いため、出城を造って守りたいと主張した時も、反対する者が少なからずいたのだ。だが浪人衆の支持を得て、幸村は出城の建造を許された。すでに「真田丸」などという大層な名も付いている。

「真田の手の者か……しかし何故」

「かつて刃《やいば》を交えた」

「そのような者がいるのか」

弥之三郎と戦って生き残れる者がいることが驚きであった。

「横谷庄八郎と謂う」

「横谷庄八郎……？」

元忠は聞いた名をそのまま繰り返した。

「草の者の副頭領だ」

庄八郎と戦ったのは、羽柴秀吉と柴田勝家《しばたかついえ》が争っていた頃。両者の勝ったほうが天下人になると目されていた。南条家のような小大名としては、何としても勝ち馬に乗らねばならず、畿内の情勢を探らなければなかった。それは真田家も同じだったらしく、羽柴家の陣を探っていた時、図らずも鉢合わせした。

「庄八郎一人でも手強い上、さらに兄の左近もいた」

これは後に弥之三郎が調べたことである。草の者には二人の達人がいた。一人が兄で頭領の左近、そしてもう一人がその副頭領の庄八郎。弥之三郎は戦った手応えから、この二人に違いないと思ったのだという。強者二人を相手取り、流石《さすが》の弥之三郎も手を焼いたらしい。

「庄八郎を頭《かしら》に十人ほどで暗躍し、関東の者を次々に討っている」

「その兄の……左近は？」

「いない。どうも真田と同じく、横谷も兄弟で分かれたようだ」

兄の左近は信之のもとにいる。弟の庄八郎は真田幸村と共に動くため出奔したのではないか。弥之三郎の見立てはそうである。弥之三郎は静かに続けた。

「豊臣家の陰間への守りは脆弱《ぜいじゃく》よ。初めは七十ほどいたが、一見して大したことのない者ばかり。すでに三十人近くも姿が見えぬ。我らと左衛門佐の手の者がいなければ、とうに崩れておるわ」

「なるほど。つまり共闘しているのだな」

彼らも豊臣家の忍びに味方して暗躍し、すでに関東の忍びを七、八人討ち取ったとのこと。

「共闘というほどではない。利害が一致しているというだけのこと」

「つまり整理すると……」

徳川家は無尽蔵に忍びを送り込んで来る。一方、豊臣家が直に雇った忍びは弱く、多くはやられているが、南条家の鉢屋衆、分かれて幸村に付いた草の者によって均衡を保ち、むしろこちらが押しているという状況らしい。

「ともかく幕府の手の内は吐かせた。誰かに告げて手柄とするがよかろう」

弥之三郎は敵の忍びから情報を得ていた。来月の半ばに家康は京の二条《にじょう》城を出て大坂へ向かう。初めに木津川口砦《きづがわぐち》を狙うらしい。如何にして情報を手に入れたか、弥之三郎は方法を言わなかったが、恐らくは目を覆いたくなるほどの拷問をしたのだろう。

「解った。引き続き頼む」

元忠が言った時には、すでに弥之三郎の気配が消えていた。今日に限らずいつものことである。やはり影というに相応《ふさわ》しい。行灯の光によって出来た、己の茫《ぼう》と滲《にじ》む影を見つめながら元忠は思った。

それから数日後の軍議が終わり、元忠は織田有楽斎の部屋を訪ねた。織田有楽斎は関東に通じているという一報を得ていたが、後に弥之三郎より、

――どうも変心したようだ。

と、追加の報告が来たのだ。関東の間者を締め上げて尋問したらしいのだが、有楽斎が突如として指示への態度をうやむやにし始めたという。まるで真に大将として幕府軍を打ち破らんとしているかのように、真田などの主だった諸将と打ち合わせを繰り返しているらしい。故に、幕府の手の内を告げる相手は、お飾りの秀頼《ひでより》や、その秀頼を守ることしか頭にない淀殿、手柄を横取りしそうな性格の大野治長は避け、この有楽斎が良いと考えた。

「ほう。木津川口砦とな」

有楽斎は身を乗り出した。

「はい。幕府軍はまずそこに」

「どこから仕入れた話なのかな」

「それは……ただ確かな筋からでございます」

南条家にとっての虎の子なのだ。多数の忍びを引き連れて入城していることを話すのは、時期尚早だと考えて濁した。

「ふむ。頭には入れておこう」

出所は聞かずとも、有楽斎は取り敢《と》《あ》えずそう答えてくれた。

結果、十一月十九日、木津川口砦は真っ先に幕府軍の猛攻を受けた。しかし、有楽斎が念のために兵を増やすよう指示していたので、幕府軍に多大な損害を与えることが出来た。やがて砦は放棄することになるが、そもそもここを死守するつもりもない。増やした兵のおかげもあり、余裕を持って撤退することも叶《かな》った。

「貴殿の言った通りになった。他にもまた何か知れたら教えて頂きたい」

この戦いの後、有楽斎は元忠にそう言った。まずこれで豊臣家における足掛かりは作れたことになる。次は幕府軍に伝手《つて》を作ることだが、これも弥之三郎からもたらされた。

「主と交渉したいと申し出て来たぞ」

弥之三郎は自らを豊臣家が直に雇った忍びではないと吹聴《ふいちょう》していた。寝返る余地があると敵に思わせるためだ。果たしてその通りとなり、伊賀者数人と対峙《たいじ》した時、

――戦うつもりはない！　お主の主人が誰か知らぬが話したいのだ！

と、諸手《もろて》を突き出して押しとどめたという。

「どうする？」

弥之三郎は今日も部屋の隅に陣取り、短く尋ねた。

「まだこちらの力を示し足りておらぬな。この戦は恐らく一度和議となろう。そこが売り時と見た」

大坂城の堅牢《けんろう》さは尋常ではない。関東も攻めあぐねていずれは和議を結ぶ。もっともそれだけで家康が許すはずはなく、何らかの手を打って再び戦に臨んで来るだろう。その時に手強い忍びを飼っているのが、南条家だと示して寝返る。今だとせいぜい一万石だが、その機ならば伯耆六万石への復帰も有り得ると見た。

「坊のくせに賢《さか》しくなったものよ」

弥之三郎は息を漏らしながら笑った。

「今少し手痛い目に遭《あ》わせ、値を吊《つ》り上げてくれ」

「よかろう」

霜月の下旬までに、鉢屋衆は五十を超える関東の忍びの屍を積み上げた。その殆どは闇から闇へと葬ったが、初めの頃に配下が抜かって濠に屍が浮いたように、人目に晒《さら》されることもあった。

ある日の夜半、大坂城西の丸御殿の屋根から、人が降って来たのだ。目撃した者によると、複数の影が屋根の上で蠢《うごめ》いていたということだったが、何かの見間違いだろうと片付けられた。だが元忠だけはこの大坂城において、表と同様に、いやそれ以上に激しい戦いが行われていることを知っている。

いや、己だけではない。今一人、知っていると確信した者がいる。真田幸村である。軍議の後、幸村はふらりと近くに寄って来た。そして唐突に、

「精が出ることですな」

と語り掛けてきたのだ。まだそれほどの歳でもないというのに、話しぶりは好々爺《こうこうや》を思わせるほど穏やかなものであった。

「はて、何のことやら」

「その姿勢でいかれるのですな。ともかく裏の功一等は南条家で間違いない。頭が下がる思いです」

幸村はにこりと微笑むと、その場を立ち去っていった。その目の奥がきらりと光ったように思えたのは気のせいか。

その夜、弥之三郎に向けて、日中にあったことを話した。すると弥之三郎は顎に手を添え、

「胡乱《うろん》だな」

と唸《うな》り声を上げた。

「何がだ」

「昨夜、一転して関東の忍びが一斉に襲って来た」

表では今なお本格的な戦になっていないが、すでに裏では激闘に次ぐ激闘が行われていた。だが向こうの申し出に弥之三郎が応じる姿勢を見せたことで、この数日は休戦状態にあったという。

しかし、昨夜の関東の忍びたちは違った。突如、鉢屋衆を目掛け総攻撃を始めたというのだ。これは弥之三郎にも予想外のことだったという。

「十九人が散った」

「一晩でか……」

元忠は絶句した。己がのうのうと眠っている間に、いや大坂城や町が寝静まっている中、血で血を洗う激闘が、人知れず繰り広げられていたという。

入城した時の鉢屋衆の数は三十一。これまでに八人が討ち死にしていた。そこからさらに十九人が死んだとなれば、残るは弥之三郎も含めてたった四人。ほぼ壊滅したといっても過言ではない。

「こちらも四十一人を討った」

奇襲を受けた形になったが、鉢屋衆も奮戦した。ある者などは、両手を失っても、敵の喉笛に嚙《か》みついて道づれにしたという。弥之三郎も自らの手で九人を抹殺した。だが昨夜の関東忍びは、ざっと百を超えており、今この時もまた新たな忍びを増員しているだろうという。

「こちらの塒《ねぐら》が露見している」

「配下の中に敵に通じている者が――」

「いや、それはない」

弥之三郎は断言した。

「では……」

「他の味方に内通者がいる。それをもはや味方とは呼べぬがな」

「豊臣家の忍びか」

「いや、俺は左衛門佐がけしかけたのではないかと考えている」

幸村はこちらが関東と交渉段階に入ったことを察した。鉢屋衆が関東に付けば、拮抗《きっこう》が崩れて「裏」での勝ちはなくなる。裏切らせぬため、

――例の集団は南条家の鉢屋衆。関東を騙して懐に入り、大御所を討つつもりだ。

などと流言を放ったのではないかというのだ。そうでなければ、これほどまでに手を焼き、寝返らせようとまでした鉢屋衆を襲ってくる説明が付かない。幾つかの塒が知れていたのも、同じく幸村が報せたのではないか。その証左に、昨夜に限って草の者の姿が見えなかった。巻き込まれるのを避けたと考えれば合点がゆく。

「左衛門佐は何のために……」

元忠は喉を鳴らした。

「奴は本気なのだろう」

この戦、十中八九は豊臣家の負けである。浪人衆の大半もそれを解りながら、死に花を咲か

せようと集まってきているのだ。だが幸村だけは本気で勝つつもりでいる。裏で負ければ、表にも大きな影響を及ぼすため、鉢屋衆を寝返らせぬように手を打ったのかもしれない。

「大丈夫なのか」

残り四人と激減した鉢屋衆で、という意味である。

「俺がいる限りは心配無用。鉢屋衆が俺であり、俺が鉢屋衆だ」

弥之三郎の声音に憤怒と自信、その二つが入り混じっているように感じた。

「消してよいか？」

弥之三郎は気を静めるように深く息をすると、一転して冷ややかに訊いた。

「関東と再び戦うのか。それはまずい。和議までは相手をせず、身を隠して上手くいなすほうが……」

「いや、左衛門佐の手の者をよ」

形の上では味方である、幸村の草の者を消すというのだ。弥之三郎いわく、再び関東と交渉しようとすれば、またぞろ邪魔をしてくる。ここらで消しておくほうがよいというのだ。

「任せる」

弥之三郎は返事もせず、ゆらりと闇に溶け込むようにして消えた。

この城は魔窟《まくつ》である。誰が敵で、誰が味方なのかも判らない。いや敵も味方もないのかもしれず、ただ各々の思惑で動いているだけなのだろう。ならば南条家も生き残りを、お家再興だけを考えればよい。改めて元忠はそう思い、膝の上に置いた拳を握りしめた。

床についた元忠の枕元で声がしたのは、それから三日後のことである。

「蝿《はえ》が煩《うるさ》いから三匹始末した」

「関東か」

元忠は寝たままの恰好《かっこう》で尋ねた。

「ああ、やはり左衛門佐にまんまと騙されていると見てよい」

あの日以降、関東の忍びは執拗《しつよう》に襲ってくるようになった。埒《らち》が明かぬと三人を殺したという。そのうち一人は捕まえられるや、舌を噛み切ろうとした。弥之三郎は即座に口に指を入れて止め、その後に尋問したらしい。

するとやはり大坂の忍びが、南条家の鉢屋衆であること、裏切った振りをして、家康、秀忠父子《おやこ》を殺す計画があると流したことが判った。

「で、やったのか」

左衛門佐の草の者を、という意味である。

「一人だけな」

「お主にしては遅いな」

「関東の者と違い、なかなかに手強い。それに面白いことが判ったので泳がせた」

「面白いこと？」

「ああ……左衛門佐は関東と通じているぞ」

「何だと」

あまりの意外さに、元忠は慌てて身を起こした。

「間違いない」

弥之三郎はその目で、左衛門佐の草の者が、関東の忍びと密談したのをしかと見た。流石に向こうも忍びの者であるため、全ては聞き取れなかった。だが幾つかの会話は拾えたという。真田家の存続、有楽斎が和議を企《たくら》んでいる、後々に後藤が邪魔になりそうだなどといった不穏な会話の断片である。

「なるほど……左衛門佐も我らと同じことを」

手強いことを示した上で、幕府から恩賞を得て寝返るつもりなのだ。しかも敵陣営には家康が目を掛けている兄の信之がいる。その点、南条家よりも目的を達するのは容易《たやす》いだろう。

「そのようだ。先を越されては困ると邪魔をしたということだろう」

「この段になれば、草の者を始末したとて遅いな……」

元忠は下唇を噛み締めた。

「いや、一網打尽にする良い手がある。今一つ聞こえたのだが、近く左衛門佐本人が関東の忍びと会うようだ」

「何……」

「そこをな」

弥之三郎は手刀を作ってふわりと宙を切った。

「なるほど。良い手だ」

元忠はほくそ笑んだ。

幕府はまだ幸村の寝返りを信じ切れていない。故に本人と会うことを要求したのだろう。そこを弥之三郎が配下を率いて襲撃する。

関東の手の者と密談している現場を押さえるのだ。その場で幸村を討ち果たしても、褒められこそすれ咎められることはない。そうなれば真田と競い合って降る必要もなくなり、南条家を最も高く売ることが出来る。

「やれるのか？」

元忠は吐息交じりに尋ねた。

「愚問だな。命じれば良い」

「解った」

元忠は頷くと、一拍間を空けて絞り出すように命じた。

「幸村を……討て」


大坂城までの砦群を全て落とし、幕府軍が約二十万の大軍で取り囲んだのは十一月晦日《みそか》のことである。弥之三郎はその前日に現れて、

――草の者をさらに二人始末した。やはり手強い故、ここからは暫し潜る。

と、言ったきり顔を見せていない。

間もなく幕府軍の総攻撃が始まる。それは大坂城で約一月《ひとつき》半繰り広げられていた暗闘の終《しゅう》焉《えん》を意味する。それを弥之三郎も解っているからこそ、一気に方を付けるつもりなのだろう。

弥之三郎から聞いたこと――。真田が裏切っている疑いがあると、元忠は有楽斎に告げた。弥之三郎が幸村を仕留めたなら、それが関東との密議の場であったとしても、やはり大問題に

なる。事前に根回しをしておくべきだと考えたのだ。

「それは真か」

有楽斎は俄《にわ》かには信じられぬようで顔を顰《しか》めた。元忠はここが切所《せっしょ》と、自らが多数の忍びを率いて城に入ったこと、真田も数は少ないが同様に草の者を用いていること、この約一月半の間に凄まじい抗争が裏であったことなどを全てぶちまけた。

「何を根拠に言っている」

「暫しお待ちを。我が手の者が必ずや証拠を摑《つか》みます」

流石に殺すつもりであることまでは話さず、今はそう言うに留めた。有楽斎は一応信じてくれたようで、近く真田と話してみると約束した。

南条家は三千の兵を与えられ、赤座直規《あかざなおのり》、川崎和泉守《かわさきいずみのかみ》、高松久重《たかまつひさしげ》らと共に平野橋《ひらのばし》周辺の守備を命じられている。

大坂城の南に築かれた真田丸は喰って掛からんばかりに異様に突出している。敵はこれを無視することは出来ず、攻撃を集中するだろう。それを側面援護し、時に敵陣を突き崩すのが元忠らの役目である。芸能に置き換えれば、脇役、引き立て役といったところであろう。

——主役の座から間もなく降りて貰《もら》う。

元忠は内心で考えながら、厳重に木柵で囲まれた真田丸を見上げた。

師走二日の早朝、元忠の前に「石見の戸仙」が姿を見せた。表の家臣はこの男こそが「鉢屋弥之三郎」だと思っている。戸仙の報告に拠ると、徳川家康は本陣を住吉《すみよし》から茶臼山《ちゃうすやま》に、徳川秀忠は平野《ひらの》から岡山《おかやま》に移したらしい。

戸仙が目で訴えるので、元忠は人払いを命じた。

「さらに一人、逝きました」

二人きりになると戸仙は静かに言った。

「そうか……」

これで鉢屋衆も残り三人。だが戦が始まってしまえば、忍びに活躍の場は殆どない。表の戦が始まろうという今、南条の戦は間もなく終わる。

「頭《かしら》は今宵《こよい》、決めるとのこと」

「そうか」

元忠は力強く頷いた。初めは心配もした。草の者は十人に満たぬとはいえ、こちらはそれ以上に消耗しているのだ。最後に弥之三郎に会った時、元忠はその想いをぶつけた。すると弥之三郎は、

「坊に心配されるとはな」

と苦々しげに頬を歪め、

「あの時に比べれば容易い」

そう言葉を継いだ。

「あの時？」

「風魔よ」

その一言で、元忠の脳裏に過去の記憶が一気に蘇《よみがえ》った。鉢屋衆と祖を同じくする風魔衆。その中でも最強の名を恣《ほしいまま》にした忍びであった。

北条に風魔ありの評は全国に知れ渡っていた。豊臣家を萎縮させんがための流言だろう。父が病を押して小田原《おだわら》征伐に出陣する時、

「父上が風魔にやられたらどうしよう。風魔なんか死んでしまえばよいのに」

と、元忠は酷《ひど》く狼狽《ろうばい》して、弥之三郎に零した。結果、父は無事に戻り、翌年静かに息を引き取った。故にそのような独り言に似たもののことなど、とっくに忘れていたのだ。

「まさか……」

「俺が討った」

小田原の陣の折、実際に豊臣家は裏でこの風魔衆に相当手を焼いていた。だがある時から急激に活動を衰えさせ、豊臣家は力押しで北条家を降すことが出来た。弥之三郎が、風魔衆の頭領、風魔小太郎《こたろう》を討ったからということらしい。

「子どもの戯《ざ》れ言《ごと》だった……」

初めて知った事実に、元忠は驚愕《きょうがく》して声が震えた。

「それでも命《めい》には違いない」

弥之三郎は平然と言い、さらに続けた。

「あれほどの忍びはもうおるまい。俺は負けぬよ」

子どもをあやすような口調で言い、あの時、弥之三郎は出て行ったのだ。元忠はもう心配していない。弥之三郎ならば必ずや、横谷庄八郎を討ち、幸村を仕留めると確信している。

——あの堅牢さだ。なかなか仕掛けてはこないだろう。

真田丸を思い描いて元忠は思った。真田は城づくりに長けているという噂は真で、真田丸は

鉄壁の守備を誇っている。ただ優れ過ぎているというのも考えもので、幕府もそう易々《やすやす》とは手を出してこない。家康もそう厳命していることだろう。

だが四日未明、元忠の予想は見事に裏切られた。突如、前田利常《まえだとしつね》率いる一万二千が、真田丸を正面から攻め始めたのだ。それにつられるような恰好で、井伊《いい》、松平《まつだいら》勢も攻撃を始める。先ほどまで平穏だったのが、一瞬にして様相が変わった。

「平野橋は通すな！　南条の武を示せ！」

他の諸隊に出遅れてはならじと、元忠は兵を鼓舞し、福山兵右衛門に指揮を任せて前面に押し出させた。南条隊も真田に負けておらず、寄せて来た稲葉《いなば》隊に鉄砲を撃ちかけて次々に倒した。

事件が起きたのはその直後のことであった。

「何事だ⁉」

元忠は勢いよく振り返った。突如として爆音が鳴り響いたのである。粉塵《ふんじん》が舞い上がり、早くも濛々《もうもう》と煙が立ち上っている。場所から推測するに米蔵。何者かが内応したのかもしれない。

豊臣家直臣の渡辺糺《わたなべただす》という者がいる。その渡辺が百ほどの配下を連れ、元忠の本陣に飛び込んで来た。元忠はてっきり内応に備えるための増援だと思い、

「援軍、痛み入る」

と慇懃《いんぎん》に頭を下げた。頭を上げた時、元忠は両腕を渡辺の兵に摑まれていた。首には鈍く光る刀も添えられている。皆目意味が解らずに元忠は叫んだ。

「何事だ！」

「謀叛《むほん》は露見している。覚悟召されよ」

「何だと……」

色めき立つ南条家の家臣たちだが、己の首に刃が当てられているのでどうしようもない。重臣の福山がいれば、奪還しようとするかもしれないが、今は前線に出ている。他にそのような気骨のある者はおらず、元忠は城中へと引きずられていった。

「何かの間違いだ！」

元忠は引きずられながらも叫び続けた。確かに己は関東に寝返ろうと考えていた。だがその時は今ではないし、それに向けての動きもまだしていない。

「南条家が手引きすると、前田家に矢文を放ったであろう。故に前田家は攻め懸かって来た」

「知らぬぞ！」

「とぼけるな。真田殿が気付いたから良かったものの、危ういところであったわ」

渡辺は唾を地に吐きつけた。

「真田だと……あいつこそ寝返ろうとしている！」

「苦し紛れに何を言うか」

「そうだ。織田殿を、有楽斎殿を呼んで下され！」

「織田様は毛利隊の急ぎの要請に応え、御大将自ら今橋《いまばし》に行っておいでだ。今は大野殿が差配しておられる」

「何と――」

渡辺のこの様子だと、今すぐにでも詰め腹を切らされそうである。そんな時に限って唯一気脈を通じていた有楽斎が不在とは、何と間の悪いことか。

本丸はもう目の前である。中に入れば速やかに殺される。やはり魔窟で間違いなかった。見慣れていたはずの城門も、地獄の門の如く禍々しく見えた。

「弥之三郎！　助けてくれ！」

「いい加減、見苦しい真似は止《や》められよ！」

家臣を呼んだと思ったのだろう。だが百もの兵に取り囲まれているのだ。誰にも助けられる訳がないと渡辺が鼻を鳴らした時、辺りから悲鳴が起こった。喉を押さえて悶絶《もんぜつ》する者、目に銑鋧が突き刺さっている者がいる。次の瞬間、突如現れた影が囲みにぶつかり、血飛沫《ちしぶき》が上がった。

「曲者じゃ！」

渡辺が吼《ほ》えた時には、すでに元忠を捕らえていた二人が地に沈んでいた。

「弥之三郎……」

「坊」

「その躰は！」

元忠は悲痛な声を上げた。弥之三郎の右腕は肘《ひじ》の辺りから先が無い。荒々しく巻かれた白晒《さらし》は赤く滲んでいる。腕だけではない。全身に矢を浴びたかのように、忍び装束には無数の穴が空いており、水を被《かぶ》ったようにずぶ濡《ぬ》れになっていた。

「切り抜けるぞ」

弥之三郎は残る左手で刀の柄《つか》を逆手《さかて》に握り、周囲を囲む兵を睨《ね》めまわした。

「何があった」

「抜かった。読み違えたのだ。左衛門佐は寝返るつもりなのではない……何か……何か途方もないことを考えている」

弥之三郎は警戒しつつ早口で捲《まく》し立てた。

幸村の手の者が、関東の忍びと密会していたのは事実である。だが重大な事実を見逃していた。関東の忍びと一括《ひとくく》りにするが、伊賀や甲賀、あるいは風魔の残党など様々な者がいる。

「密会の相手は草の者だ」

「何……」

「ああ、大御所が命じて出させたか、あるいは伊豆《いず》が阿って協力を申し出たか」

伊豆とは、幸村の兄、真田伊豆守信之のことである。

「つまり草の者どうし、何か連絡を取っている」

渡辺の兵が動いた。弥之三郎は口に刀を咥《くわ》えると、すかさず胴乱から銃鋧を取り、打った。先頭の兵が脳天に受けて絶命したことで、他の者たちは怯んでやや囲みが大きくなった。

「俺は横谷庄八郎が配下と離れた隙を狙い、奴を追っていた。一対一ならば負けはせぬ。だが邪魔が入った」

「まさか……」

「兄の左近だ。関東の忍びの中に、草の者がいたのだ」

弥之三郎は幸村の手の者には細心の注意を払っていた。だがその時、関東の忍びの動きに対する配慮を、正直なところ欠いていたらしい。それほど庄八郎が手強いと考えていたということでもある。

弥之三郎が庄八郎を追い詰めた時、わらわらと忍びが湧いて来た。それが幸村の手の者ではない草の者、信之配下の草の者だったというのだ。

かつて相まみえたように、草の者きっての達人の兄弟を向こうに回し、弥之三郎は戦った。しかも今回は二人以外にも多数の草の者が援護をしてくる。弥之三郎は腕を斬られ、半弓から放たれる矢を躰に受けた。それでも弥之三郎は横谷兄弟の配下三人を返り討ちにし、何とか虎口を脱した。ようやく隠れて傷の手当てをし、己のもとへ駆け付けようとした時、この事態に直面したというのだ。

「渡辺殿、ここはお任せあれ」

囲みの外から声が飛んできた。すらりと身丈の高い男が、十数人を引き連れて近づいて来る。

「横谷庄八郎……」

弥之三郎は憤怒の形相を向けた。

「あいつか」

「配下が増えている。伊豆の手の者から増援があったのだな。俺の考えは間違っていないようだ」

「真田家家臣、横谷庄八郎です。些か忍びの者に対しての心得があり申す。無駄に兵を失うのも愚かしいこと……お任せあれ」

庄八郎が言うと、まるで幻術に魅入られたように渡辺がこくりと頷き、囲みは開いた。

「弥之三郎……もう……」

「坊、諦めるな。俺が奴らの気を引く。一縷《いちる》の望みに懸けて走れ」

弥之三郎は呟くと、庄八郎目掛けて強く言い放った。

「お主らが何を考えているか、ここでぶちまけ――」

「やれ」

庄八郎は遮るように命じ、十数人の屈強な男たちが飛び掛かって来る。弥之三郎は躍動した。片手で血刀を振るい、やがてそれも折れると、銑鋧を指の間に挟んだ鉄拳を草の者の顔面に見舞う。

四人を討ち、三人に手傷を負わせた。が、そこで庄八郎が鋭い突きを放ち、弥之三郎の胸元を深々と刀が貫いた。弥之三郎は血反吐《ちへど》を吐き散らして地に倒れ込んだ。

「何故……坊……走れと言ったろう……」

弥之三郎は砂に塗《まみ》れた唇を震わせた。

元忠は逃げなかったのだ。もう逃げられる見込みが薄いということもある。だが元忠の胸にあったのは、諦めといっては清々《すがすが》し過ぎる感情であった。

「もうよいのだ。お主で駄目ならば諦めもつく」

「愚かな……」

「鉢屋衆は南条に賭けてくれた。南条も一度くらい鉢屋衆に賭けても悪くなかろう?」

「坊……」

「弥之三郎。今まで世話になった。俺もすぐに行く」

元忠が膝を突き優しく語り掛けると、弥之三郎の顔から苦悶《くもん》の色が消え、今までに見たことがないほど穏やかな表情に変わっていった。そっと瞼《まぶた》を閉じてやった元忠の肩が後ろから叩《たた》かれた。それまで遠巻きに見ていた渡辺紀である。

「ああ、解っている」

元忠は再び渡辺の兵に囲まれ歩み出した。先ほどよりもさらに厳重である。

「横谷庄八郎だな」

元忠は歩む中、脇に退いた庄八郎に語りかけた。

「はい」

「南条は真田を末代まで怨《うら》む」

「覚悟の上でございます」

「そうか。国人上がりらしくてよい」

元忠は鼻を鳴らして進んだ。死を受け入れたからであろうか。地獄の門のように見えていた城門は、何の変哲もないもののように目に映った。渡辺に向けて元忠はふいに尋ねた。

「俺は何処で腹を切ればよい」

「格別に千畳敷を貸して頂けることに」

「左様か。せめてもの腹いせに散々に汚してやろう」

冬の低い陽を背に受け、長い影が前に伸びていた。元忠が門を潜る時、陽が遮られてふっと消える。元忠は己の一生に、そしてずっと従ってきた影に改めて心中で別れを告げた。

信濃《しなの》に春が満ち始めている。

山桜が尾根のあたりを斑《まだら》に彩り、路傍に咲く花は笑うように揺れていた。果てがないのではないかと思われるほどの田園風景の中、源三郎《げんざぶろう》は光る風を全身に受けながら馬を駆った。

こんなにもうららかな日であるというのに、胸中にはかつてないほどの焦燥感が渦巻いている。

「まだか！」

大きく、緩やかに曲がる道に差し掛かり、手綱を操りながら源三郎は背後に訊《き》いた。一騎ではない。すぐ後ろに横谷左近《よこやさこん》、庄八郎《しょうはちろう》の兄弟が馬を駆けさせついてきている。

「庄八郎」

左近は鐙《あぶみ》を鳴らしつつ呼んだ。

「間もなくでございます！　申し訳もございません……」

「今は急ぐぞ！」

庄八郎の詫《わ》びを遮り、源三郎は鬣《たてがみ》に胸が当たるほど身を低くした。

——源次郎《げんじろう》様の姿が見えません。

と、庄八郎が血相を変えて告げたのは先刻のこと。

源次郎はふいに、

――酒を呑《の》みたい。

そう言いだした。源次郎は齢《よわい》十六。この年頃ならば浴びるほどに呑む者もいるが、源次郎は滅多に口にしない。ましてや陽の高いうちから呑んだことなどないのにである。

だが庄八郎はそれほど訝《いぶか》しむことはなかった。この間、源次郎がかなり鬱々とした日々を過ごしていることを知っている。憂さを晴らしたいのだろうと考えたのだ。

丁度、近くに他の家臣や小姓もいない時であった。今思えば、源次郎はそれを見計らっていたのだろう。自らが用意すると明るく言い、庄八郎は台所に向かった。戻って来た時に居室に源次郎の姿はなく、厠《かわや》に立ったのかと首を捻《ひね》っていたところ、厩《うまや》のほうで馬の嘶《いなな》く声が聞こえてはっとした。

駆け付けると、源次郎は遠駆けをするといって愛馬に乗って出て行ったという。茫然《ぼうぜん》としたのも束の間、庄八郎も馬を出す支度をしていたところに、源三郎と左近が通りかかって今に至るという訳だ。

訊けば、庄八郎には思い当たる場所があるという。近郷の社《やしろ》、その脇に森へと続く小路《こみち》がある。近くを清流が流れており、行きつく先には小さな滝がある。源次郎は物思いに耽《ふけ》る時、そこへ行きたがるらしい。もっともその時は庄八郎も供をするのが常だが、

――父上や兄上には内緒だぞ。

と、源次郎は白い歯を覗《のぞ》かせて言っていたという。

故に源三郎は此度《こたび》初めてその場所のことを知った。昔からどんなことでも包み隠さずに兄弟

で話し合ってきた。些細《ささい》なことかもしれないが、秘密を一つや二つ持つのは大人になった証《あかし》であろう。成長を嬉《うれ》しく思う反面、一抹の寂しさも覚えた。だが、今はそのようなことを言っている時ではない。

「ここだな」

源三郎は手近な木に馬を繋《つな》ぐと、社の脇にある小路を進んだ。噎《む》せ返るほどに青葉の香りが漂っている。遠くで聞こえる水音が、歩を進めるごとに徐々に大きくなっていく。

四半刻《しはんとき》。いや、気が急《せ》いているから長く感じただけで、その半分ほどの時だろう。左右に生い茂っていた木々が消え、急にひらけた場所に出た。

一筋の滝があった。それほど水量が多い訳ではないが、岩に当たって飛沫《ひまつ》となり、辺りを微《かす》かに煙《けぶ》らせている。湿った岩に腰を掛け、滝を、時にその先の空を見つめる源次郎の姿があった。

「源次郎」

源三郎が呼びかけると、源次郎ははっとしたように振り返った。

「兄上……何故ここに」

口振りと様子から察するに、やがて庄八郎が追いつくことは覚悟していたのだろう。だが己が来るのは意外であったらしい。

「たまたま庄八郎に出くわしてな」

源三郎は少し振り返り、左近に目配せをした。二人で暫《しば》し話すから、

――周囲に気を付けよ。

という意味である。左近と庄八郎は顔を見合わせ辺りへの警戒を強める。

「面倒なことだな」

源三郎は溜息《ためいき》交じりに言った。小さいとはいえ大名の子息なのだから仕方がない。しかも父は特に息子《むすこ》たちの身の安全に神経を尖《とが》らせている。このように独りになりたい時もあろうが、それは容易には叶《かな》わぬことである。

「初陣だと思っていたんだ」

「ああ、そうだな」

源次郎は視線を滝に戻して言い、源三郎は曖昧な返事をした。独りになりたかった訳はそのことだろうと、源三郎には予想がついていた。

「父上や兄上と共に死ぬつもりでいた」

「勝てぬと決まった訳ではない」

「それはそうだが……勝ち目が薄いのは確かだ」

真田《さなだ》家は絶体絶命の窮地に陥っている。今、真田家と徳川《とくがわ》家は対立しており、決戦は避けられない状況となっているのだ。徳川家は四方の領土に気を配らねばならぬとはいえ、少なくとも五千以上の軍勢で攻め寄せるだろう。源三郎は七、八千ではないかと見立てている。

それに対して真田家は全ての兵を掻《か》き集めても二千ほどしかいない。加えて関東の北条《ほうじょう》家も徳川家に援軍を送る構えを見せており、天下の誰もが真田家の命運は風前の灯火《ともしび》だと思っている。

「上杉《うえすぎ》家の援軍を得るためだ」

真田家は上杉家の傘下に入ることを表明した。源次郎はその人質として越後《えちご》に送られることが決まっており、戦には参加出来ない。そのことを源次郎は不服に思っているのだ。

「上杉家は、人質はいらぬ、親子三人で存分に戦えと言ってくれたと聞いた」

「知っていたのか」

源三郎は溜息を零《こぼ》した。源次郎が言っていることは嘘《うそ》ではない。先代の謙信《けんしん》の頃より義を掲げる上杉家である。此度の戦は勝ち目が薄いと見て、揃《そろ》って死に花を咲かせよと情けを掛けてくれているのだ。

「真田の命脈を保つという意味もある」

父と己が死んでも、源次郎が生き残る。働き次第では上杉家も源次郎を取り立ててくれるだろう。現に一時期真田家が従属していた村上《むらかみ》家は、武田《たけだ》家に北信濃を追われて上杉家を頼り、今では家臣団の中に組み込まれていた。

「家を守るためならば、大人しく徳川に従えばいいじゃないか」

源次郎はやはり腑《ふ》に落ちないようで、険しい顔で滝を見つめ続けた。

徳川家とことを構えるきっかけはこうである。

武田家が滅んだ後、真田家は織田《おだ》家に従属することになった。だが織田信長《のぶなが》が本能寺《ほんのうじ》で明智《あけち》光秀《みつひで》に討たれ、織田家は瓦解することになる。その間に徳川家が甲斐《かい》を制圧してさらに南信濃へ、上杉家は北信濃へ、北条家は上野国《こうずけ》から碓氷峠《うすいとうげ》を越え東信濃へと侵攻した。

真田家は初め北条家へ、次に徳川家へ鞍《くら》替《が》えして家を保った。だがその徳川家と北条家が和議を結ぶこととなった。条件として真田家が領する沼田《ぬまた》を、北条家が持つ佐久《さく》郡と交換するように徳川家康《いえやす》が命じてきたのだ。

「父上にも意地があろう」

「では、上杉家は人質なしでも援軍を送ると言ってくれているのだから、親子三人で戦えばいい。俺が役に立たないから――」

「それは違う」

源次郎の言葉を遮り、源三郎は苦笑しながら続けた。

「父上はむしろお前のほうをこそ頼りに思っておられる」

「それはない。兄上は優れた才の持ち主だ。俺は父上より上だと……」

「源次郎」

源三郎は声色を低くして首を横に振った。前にも源次郎は同じようなことを言った。だが源三郎は、

――以後、口にするな。

と、釘《くぎ》を刺していたのである。

源次郎の不満は収まらないらしく、下唇《くだ》を嚙《か》んで零した。

「真田家の意地を天下に示す。もしくは降って家を保つ。どちらか二つに一つ……父上はどっちつかずなのだ」

沼田は真田家が血を流して得た土地である。確かにそれを奪われるのは屈辱に違いない。しかし、生き抜くためには大勢力に従うしかない。しかも今回はただ奪われるという訳でなく、一応は代替地も用意してくれている。

これまで織田に、北条に、徳川にと従ってきたのに、ここにきて急に意地を通そうというのでは説明がつかない。源次郎はそのことに気が付いているらしい。

源三郎は手頃な岩を見つけて腰を下ろすと、滝の音に溶かすように囁《ささや》いた。

「父上をどう見る」

「それは……御屋形様が認められたほどの優れた武将だ」

「その通りだ。だからこそ今回のことが腑に落ちぬのだろう」

源三郎が言うと、源次郎ははっとしたように振り返った。

「父上が何を考えておられるか。他言無用ぞ。誓えるか」

「誓う」

源次郎は真っすぐ己を見つめて深く頷《うなず》いた。

「何から話すべきか……最も父上の人となりを表しているのは、三年前のことだろう」

「武田家が滅んだ時……」

「ああ、そうだ」

源三郎は噛み締めるように訥々《とつとつ》と話し始めた。

天正《てんしょう》十年（一五八二）三月、織田家は武田家を滅ぼさんと甲州《こうしゅう》へ大軍を送った。父は武田勝頼《かつより》父子《おやこ》を自身の城に迎え、

「半年は耐えてみせましょう」

と、言い放った。

しかし勝頼は、同じく迎えると申し出ていた郡内《ぐんない》の小山田信茂《おやまだのぶしげ》を頼った。だがその小山田に

裏切られ、勝頼・信勝《のぶかつ》父子は天目山《てんもくざん》で腹を切って武田家は滅亡したのだ。

父は口惜しがったが仕方ない。織田家に降る以外、真田家の命脈を保つ道は残されていなかった。ところが当初、真田家は進退定まらぬ行動を取っていたこと、加えて人の口に戸は立てられないとはよく言ったもので、軍議の場で勝頼を迎えて抗《あらが》うと宣言したことが、織田家に漏れ伝わっていた。

甲斐にいる織田軍に使者を送ったがけんもほろろに追い返された。これには父も些《いささ》か狼狽《ろうばい》し、

「次の手を考える……」

と言ったきり、居室に独りで籠もってしまった。源三郎はそこを見計らって部屋を訪ね、二人きりになって初めて、

「ご安心下さい。すでに許しは得ています」

と、切り出した。

源三郎は父に無断で、織田信長の弟で、武田家攻めの一方の将となっていた織田有楽斎《うらくさい》と気脈を通じていたのだ。父は一瞬喜色を浮かべたものの、すぐに不機嫌そうな顔つきになった。

これだけを聞けば、暗愚な父を救った長男と見えるかもしれない。だが謙遜でなく源三郎はそう思っていない。

父は決して阿呆《あほう》などではないし、むしろ賢《さか》し過ぎる人であった。軍略にも長《た》けており、勝頼らを自身の城である岩櫃《いわびつ》城に迎えていれば、半年と言わず、二年でも三年でも耐えられたかもしれない。だが智囊《ちのう》と称《たた》えられる者だからこそ、勝頼が自身ではなく小山田を選ぶだろうということも、重々理解していたはずなのだ。

それに父は真田家を守らなければならないとも思っている。後世に家を、血を繋ごうとするのは、いわば人の本能ともいうべきもので、特に武士はその想いが顕著である。父とて例外ではない。加えて家が滅べば、多くの家臣やその家族が路頭に迷う。そのことへの責任感や、憐《れん》憫《びん》の心も持ち合わせている。

では端《はな》から勝頼を迎えるなどと評定《ひょうじょう》で発言しなければよいではないか。武田家が滅んだ後、そのせいで真田家が難局に立たされているのだ。

――それこそが真田昌幸《まさゆき》という人だ。

源三郎はこの一事に父という人の全てがあらわれていると思う。

父は若い頃に自らの才に気付いた。だが小豪族の三男ではなかなかそれを発揮する機会に恵まれない。その才を見抜き、武藤《むとう》の家に養子に出させて一門の将にしようとしたのが、亡き御屋形様である武田信玄《しんげん》である。

家臣たちは父を野心家だと思っているが、それは領土を広げたい、信濃一国を手中にしたい、ましてや天下を獲《と》りたいなどという性質のものと少し異なる。

――誰か己を見てくれ。

という、子どもの渇望に似たものが根底にあると源三郎は思っていた。

だがやはり家も守らねばならぬ。天下に名を轟《とどろ》かせつつ、家を盤石にするには、天下を獲る他に道はない。だが多くの大名が乱立している数十年前ならばともかく、織田家を筆頭に大勢力が台頭してきている今、真田家ほどの身代では万が一にも叶うまい。

それを父もよく解《わか》っている。解っているからこそ、

「あと五十年早く生まれておれば」

などと、口癖のように言っている。だが五十年前に生まれていれば、二人の伯父《おじ》は死ななかったかもしれないし、そもそも武田家と対立して真田は滅ぼされていたかもしれない。言っても詮無いことであるし、口が裂けても父には言えないが、

――天下を獲る者はそのようなことを口にはしない。

と、源三郎は内心では思っている。

世に名を馳《は》せ、家も守る。天下を獲らずして。無理難題とも思えるそのようなことを父は成し遂げたいと考えている。岩櫃城に勝頼を招こうとしたのはそれが理由である。主君を守って小城で織田の大軍と戦うというのは、天下に名を轟かせるには十分な晴れ舞台には違いない。だが実際にそうなれば、三年耐えようが、最後には織田家に滅ぼされてしまう。勝頼が来ないと解っていたからこそ、大言壮語を吐いて天下の耳目を集めようとしたのだ。

武田家に忠義を示そうとした真田家が、織田家に如何《いか》に思われるか。注目されればされるほど、敵視されることも解っている。だが父は、

――それくらい俺の才でどうにでもなる。

という自信も持ち合わせている。

これが全く根拠のない、得体の知れぬ自信でないからたちが悪い。才がなければ家臣も懸命に止めるし、それでも聞かなければ見限ってしまう。しかし信濃の田舎《いなか》侍たちから見れば偉大すぎる才を有し、織田信長ほどの男から見ればきっと猪口才《ちょこざい》に見える。そんな男が天下に名を馳せ、家も守ろうとしている。それが真田昌幸という男の正体なのである。

現実、父は見誤った。勝頼が来ようが来まいが織田家と戦うはめになった。それを危惧《きぐ》していたから源三郎は独自に動いたのである。

父が己を不快に思う訳は単純である。心の底を見透かされたことが気恥ずかしく、また自らが息子に劣っているようで疎ましいのだ。しかし真田家を継ぐ嫡男が阿呆であるよりは、賢しいほうがよいとも思う。故に何とも複雑な心境なのだろう。

「つまり今回も……？」

源次郎が眉を顰《ひそ》めた。

「ああ、父上は博打《ばくち》に出た」

真田の家を守りつつ、天下に名を示すという賭けである。

「しかし何故、今なのです」

天下に名を示すというのなら、北条家の傘下にあった時に徳川と戦うことも出来たし、徳川が和議を結ぶまでに北条家と戦うことも出来た。だがそれはせず、上杉という後ろ盾はあるものの、今になって徳川、北条の両者を相手取る危険を冒しているのだ。

「父上は最後には羽柴《はしば》が勝つと見ておられる。そして恐らくそれは間違いなかろう」

織田家の重臣の一人であった羽柴秀吉《ひでよし》は、信長の仇《かたき》である光秀を討ち取ってからというもの、破竹の勢いで版図を広げている。徳川との戦では劣勢を強いられたものの、物量の差が桁《けた》違いである。やがては徳川も降し、天下統一まで走り抜けるだろうと源三郎も見ていた。

「羽柴が将来天下を獲ることと、真田が今、徳川と戦うことに関わりがあるのですか」

「訳は三つある。まず一つは、羽柴は徳川、北条との関係が悪いのに対し、上杉との関係は良い。父上は羽柴へも書状を送り続けている。上杉と組んだほうが心証も良い」

「なるほど」

「さらにな。父上は羽柴の影響力が信濃に及ぶのを、今か今かと待っておられたのだ。早すぎては滅び、遅すぎては高くは売れぬ」

「おあつらえ向きなのが今」

「ああ、そういうことだ。もう一つは、羽柴がかつて大敗を喫した徳川を破る。これは値打ちがあるだろう」

「確かに」

源三郎が順序立てて語り、源次郎はそれに相槌《あいづち》を打っていく。

「先刻も言ったように、これは賭けには違いない。負けた時のことを考え、お前を上杉に逃がす算段なのだ」

だが賭けに勝てば、真田の名は一躍天下に響き渡る。羽柴に最も高値で真田家を売ることが出来、領地の安堵《あんど》、上手《うま》くいけば加増さえ勝ち取れるかもしれないのだ。

「そこまでの志《こころざし》が……」

「どうだろうな」

源次郎は感心しかけたが、源三郎は苦々しげに頬を歪《ゆが》めて首を捻った。

「何か気になることでも？」

「いや、先ほども話したであろう。父上の性分を……」

源三郎は流石《さすが》に口にするのを躊躇《ためら》って濁した。だが源次郎は憚《はばか》らずに手を打って言った。

「自らへの慰めか」

「馬鹿者。言うな」

「ごめん」

源次郎は子どもっぽく謝り、ばつが悪そうな顔をした。だがその表現は言い得て妙であろう。いずれにせよ天下はここ数年で定まる。その時に数多くの小大名と十把一絡《じっぱひとから》げにされるのは堪《たま》らない。己は違う。大身に生まれていれば天下も窺《うかが》えた。羽柴も、徳川も自分に一目置いている。そんな自分の像を創り上げたいのだ。

そのために賭けに出るなど馬鹿げていると思う者が大半であろう。だが男とは誰しも、大なり小なりそんな下らぬ自尊心に囚《とら》われて生きているもの。父の場合はそれが極めて強い。確かに才はあるが、それでさえ釣り合わぬほどの自尊心を秘めているのだ。

「戦に強いから一層たちが悪い。此度、俺は十分に勝ちうると見ている」

「そうか。それは良かった」

源次郎は胸を撫《な》で下ろしている。実際、戦に出られぬことより、自分だけが生き延び、父と己が死んでしまうのではないかという心配のほうが強かったと見える。

父は奇妙な思考の持ち主ではあるが、息子への情が深いのも確か。あのような事件があったから猶更《なおさら》である。故に源次郎も親兄弟への情が深く育っているし、父が己に抱く感情もかえって歪《いびつ》になっているのだと感じている。

「それにしてもつくづく父上は難しい道を行かれる。困ったものだ」

「兄上は父上を……」

「嫌ってなどいない。むしろ何だろうな。可愛げさえ感じている」

「父上が聞けば」

「ああ、怒るな」

源三郎が戯《おど》けた顔を作ると、源次郎は吹き出した。

「一人で二つを成し遂げるのは難しい。此度は上手くいくかもしれぬが、次も上手くいくとは限らぬ。父上が達者なうちは苦労させられるだろう」

一頻《ひとしき》り笑い合ったあと、源三郎はしみじみと語った。

「一人でならそうかもしれないが、三人でなら出来る」

「源次郎……」

「得心した。俺は大人しく上杉に行く」

父と己が真田の名を轟かせる役割。そして源次郎は真田の命脈を残す役割を受け入れたのだ。

「父上を頼む」

源次郎は頰を引き締めて力強く言った。

「ああ、任せておけ。勝ってみせる」

源三郎は凜然《りんぜん》と言い切ると、源次郎の肩を軽く叩《たた》いた。陽の光を受けて滝の飛沫が煌《きら》めき、茫《ぼう》と虹が架かっている。きっと此度も上手くいく。そんな前兆に思えて源三郎は口元を綻《ほころ》ばせた。

名こそ又兵衛

後藤又兵衛《ごとうまたべえ》は馬に揺られながら、清々《すがすが》しい気持ちで天を見上げた。今宵《こよい》は月が細く、そのため星がよく見える。夏空を、一杯に瞬く星が埋め尽くしている。

——俺はあれよ。

その中に一等眩《まばゆ》く煌めく星を見つめながら、又兵衛は精悍《せいかん》に日焼けした頬を引き締めた。

幕府軍は河内《かわち》、大和《やまと》、紀伊《きい》の三方面より大坂《おおさか》城に迫ってくる。中でも最も重要にして、苛烈な激戦が予想出来るのは大和口である。己はその大和口の防衛を任され、一万八千余の大軍勢の先頭に立っているのだ。

一方、この方面の幕府軍は軽く三万を超える見込み。倍に近いほどの敵に対峙《たいじ》することになる。が、又兵衛には勝つ自信があった。

夜の間に進軍し、国分《こくぶ》村という地を押さえる。そこは隘路《あいろ》になっており、河内平野に雪崩《なだ》れ込んで来る幕府軍の鼻先を叩くことになり、撃破することも能《あた》うだろう。

ただ軍勢を打ち破るだけではない。又兵衛は、

——大将を悉《ことごと》く討ち取ってやる。

と、考えていた。

合戦において大将首を獲るなど極々稀《まれ》なことである。だが又兵衛は本気であった。

敵の部隊は数珠繋《じゅずつな》ぎのようになる。通常ならば出鼻を挫《くじ》けば、後方の部隊を巻き込んで潰走

するものである。だがこれが戦国最後の戦になるだろうことから、敵は手柄を挙げるべく逸《はや》っている。それだけでなく、ここで働かねば、家康の勘気を受けて改易されるかもしれぬという恐れや焦りもある。故に先頭部隊はすでに戦意を失っているのに、後方からの凄《すさ》まじい圧で逃げることも儘《まま》ならぬ、という事態になりかねない。それを一つ、また一つと壊滅させていくという策である。

「狙うのはあやつだ」

「如何《いかが》された？」

思わず口を衝いて出たのに、すぐ後ろで馬を進ませる副将の井上小左衛門時利《いのうえこざえもんときとし》が声を掛けてきた。小左衛門の齢は五十。今年五十六を迎えた己より六つ年下である。

小左衛門の祖父は戦国動乱の有名人、美濃《みの》の蝮《まむし》と呼ばれた斎藤道三《さいとうどうさん》であった。斎藤道三がまだ長井《ながい》姓を用いていた若い頃の子に長井道利《みちとし》という者がいる。長井道利は重臣として斎藤家に仕えたが、主家が織田家に滅ぼされるとそれに降った。小左衛門はその三男で、初めは織田信長、その死後は豊臣《とよとみ》秀吉に仕えて美濃国田畑《たばた》城主となり七百六十石の禄を食《は》んだ。だが関ケ原《せきがはら》の戦いにおいて、西軍の織田秀信《ひでのぶ》に従って戦ったため、徳川家康から改易されて浪人することになった。そしてこの度、大坂に入城して己の寄騎《よりき》に配されたのである。

己も播磨《はりま》の小豪族の生まれであるため、小左衛門とは初見から何かとうまがあった。さらに、小左衛門は僅か八百石足らずしか知行していないが、己は最大で一万六千石にまで出世した。そのことを小左衛門が大いに尊敬してくれているのも打ち解けた要因である。

「いやな」

又兵衛は振り返って答えた。

「昂《たかぶ》っておられますな。まるで獲物を狙う狼《おおかみ》の如《ごと》き目をされておられる」

「ふふ……左様か。狼とな」

又兵衛は頬を撫でながら苦笑した。昨日、剃《そ》ったばかりであるがすでに無精髭《ぶしょうひげ》が生え始めている。

事前の諜報《ちょうほう》によりこの方面に向かってくるのは、主だった部将では水野勝成《みずのかつなり》、本多忠政《ほんだただまさ》、松平忠明《まつだいらただあきら》など。加えて家康の六男である松平忠輝《ただてる》もいる。それらも全て屠《ほふ》ってやるつもりである。

だが仮にそれらを逃したとしても、ただ一人、何としても討ち取りたいと思っている男がいる。

――来い。独眼竜《どくがんりゅう》。

名を伊達政宗《だてまさむね》と謂《い》う。幼い頃に疱瘡《ほうそう》で片目を失ったことでそのような異名を取っていた。仙《せん》台《だい》藩六十二万石の太守にして、かつては奥羽《おうう》に覇を唱えた雄である。しかし、その頃には豊臣家が天下の殆《ほとん》どを統《す》べていたため、抗うことも出来ずその傘下に降った。

「生まれるのがあと十年早ければ」

と、政宗は秀吉の生前から憚らず嘯《うそぶ》いていたという。天下への執着は真《まこと》らしく、政宗は豊臣家に降ったのちにも一揆《いっき》を煽動《せんどう》したという疑いがある。だがしかし、確たる証拠がないことや、秀吉が政宗の豪胆さを愛したことで、咎《とが》められることはなかった。

このように豪胆を通り越して、驕慢《きょうまん》ともとれるような男ではあるが、その名声や実力は確かなものである。真に運の巡り合わせさえよければ、天下を獲ってもおかしくなかったとの評もある。大御所家康、将軍秀忠《ひでただ》は別にして、政宗は他の徳川の連枝の誰よりもこの戦場での「大物」である。

そのような男を討ち取れば、後藤又兵衛基次《もとつぐ》の武名が万里に轟くことになるのは間違いない。

――馬鹿な男よ。

己がこのようなことに闘志を燃やしていると知れば、世間の大半はそう嘲笑《あざわら》うだろう。秀頼《ひでより》、淀殿《よどどの》、大野治長《おおのはるなが》といった豊臣家の者たちは、まだここからでも挽回《ばんかい》出来ると信じている。いや、縋《すが》るように信じようとしているだけだ。

だが世間の者はもはや覆《くつがえ》せないとよく解っている。天下の趨勢《すうせい》はもはや決しているのだ。又兵衛が仮に大和口にて敵を全て撃破しようとも、政宗を討ち取ろうとも、天下の趨勢はもはや決しているのだ。

又兵衛もそのようなことは重々承知である。この戦は最後には負ける。

――だがそれがどうした。

一縷《いちる》の望みに懸けるなどという甘い考えではない。もっと言えば豊臣家のことなどどうでもよかった。ただこの戦国最後の一戦において己の名を示す。そうすればこののち百年、二百年の来《きた》る泰平の世において、

――後藤又兵衛こそ最後の武士よ。

と、長きに亘《わた》り語り継がれることとだろう。たったそれだけのことと嗤《わら》わば嗤え。又兵衛にとってはそれが最も大切なことで、他に望みなどありはしない。

そのためには絶対に、大坂方で一番の評価を得ねばならない。だが今の己は数ある浪人衆の

中で、名の知れた男といった程度。良くて次点というところであろう。一番の評価を受けている目の上のたん瘤《こぶ》がいる。

次点では意味がないのだ。一番でこそ、世人は記憶に燦々《さんさん》たる名を留め、二番以降は知らず、知ってもすぐに忘れ去る。それが人というものである。

「悪いな。真田」

又兵衛は闇の向こうに、その顔をまざまざと思い浮かべながら不敵に頬を歪ませた。

永禄《えいろく》三年（一五六〇）、又兵衛は後藤新左衛門基国《しんざえもんもとくに》の次男として、播磨国姫路《ひめじ》近く、神東郡山田《やまだ》村に生を享《う》けた。いつにも増して、しゅんしゅんと蟬《せみ》の声が囂《かまびす》しい、夏の暑い日だったという。

又兵衛は分別がつく前から槍《やり》に天賦の才を見せた。十歳になる頃には、己に付けられた師匠を打ち負かしてしまったのである。又兵衛の槍の腕前は近郷でも評判を呼び、

「後藤の次男の槍は凄まじい」

などと言われるようにもなっていた。

——いつか天下に名を轟かせる男になる。

周りが手放しで褒めそやすことも影響したのだろう。又兵衛は物心のついた頃から、強く願うようになった。初めのうちは周囲の者たちも、

「大きな夢を見るものよ。流石、又兵衛だ」

などと応援してくれていた。だが又兵衛が十五歳になった頃、徐々に風向きが変わり始めた。

「気張れよ」

口ではそのように言うものの、顔に呆《あき》れの色が滲《にじ》むようになったのだ。その訳に又兵衛は気付いていた。

――いい歳《とし》になって、まだそのようなことを言っているのか。

と、誰もが内心では思っているのである。

播州《ばんしゅう》には大小名だけで数十、豪族や地侍なども含めれば百を超える勢力が乱立している。それぞれの利害がぶつかれば戦もするのだが、適当なところで和議を結び、敵対していた家どうしの交流も復活する。半ば馴《な》れあいのようなもの。播州そのものが大きな家族で、親子喧嘩《げんか》、兄弟喧嘩を行っているのに似ているのだ。これが何年にも亘って続いているのが播州という土地柄である。

百を超える家の中で最も大きいのは別所《べっしょ》家。次点に小寺《こでら》家。後藤家は下から数えたほうが早い小身。ましてや又兵衛は次男である。その小さな後藤家の家督すら継ぐことはない。天下に名を轟かせようなど、誰もが途方もない夢物語だと思うのだろう。

兄は又兵衛より三つ年上で庄右衛門基秀《しょうえもんもとひで》と謂う。表だっていうのは憚られるが、槍を取っても、弓を取っても、又兵衛のほうが腕はよいのだ。己は八つの頃には馬を乗り回していたのに対し、兄がようやく馬に乗れたのは十五歳のことである。

これで学問が出来ればまだましなのだが、こちらもお世辞にも出来るとはいえない。文字も又兵衛のほうが早く書けるようになった。つまり何事にも又兵衛に劣る、

――不甲斐《ふがい》ない兄。

なのだ。だが不思議と兄は人には好かれた。とにかく気が優しかったからであろう。話しぶりも鷹揚（おうよう）で、百姓や女子どもにも分け隔てなく接していた。激昂（げきこう）する姿など見たことがない。

百姓ならばそれでもよかったかもしれないが、武将として戦国乱世を生きていくには些か心許ない。

武家では長男が重んじられるものであることは、又兵衛とて知っている。だがこの動乱下においては、長男に器量が無いと判断されれば廃嫡され、次男三男が家督を継ぐことも珍しくはない。ましてやこれほど歴然と才が開いているならば、誰一人として文句は言わないだろう。

だが父の新左衛門は、

「又兵衛は兄を支えるのだぞ」

又兵衛の耳に胼胝《たこ》が出来るほど言っていた。己の秘する思いに気付いていたのかもしれない。

幼い頃は流石に素直に応じていたが、長じるにつれて、

――何故、俺では駄目なのだ。

と、内心不満を抱くようになった。

母も父と同じである。母親というものはむしろ出来ぬ子のほうが可愛いのかもしれない。ことあるごとに兄の世話を焼き、己が何かしてもらったという記憶は殆どない。

事実、他家の者たちが、

「又兵衛を跡取りにすればよいものを」

と、話しているという噂《うわさ》も耳にしていたのだ。

ある時、又兵衛の感情が爆発した。母が病に倒れた時の話である。又兵衛は毎日、母の部屋

へと足を運んだ。それでも母は、

「庄右衛門も風邪《かぜ》を引いたと聞きました。見舞いはいらぬと伝えて下さい」

だとか、

「各家の嫡男の集まりがあるとか。庄右衛門に恥ずかしくない着物を用意してやらねば」

などと、兄のことばかりを話す。

初めは苦笑しながらも応じていた又兵衛であったが、あまりに続くものだから感情の抑えが利《き》かず、

「父上も母上も、気に掛けるのは兄上のことばかりでござる。しかし後藤家のためには、私が家督を継いだほうがよいかと思います」

と、言い放ってしまったのだ。病に臥《ふ》している母に言うべきことではないと後悔したが、後の祭りである。

「御免」

何か言おうとする母に対し、又兵衛は短く言い放って部屋を後にした。

母が死んだのはその三日後のことであった。葬儀の記憶は殆どない。とても嫡男に相応《ふさわ》しいとは思えぬほど、兄が狼狽して取り乱していたことだけはよく覚えている。

それから半年後のことである、父は居室に又兵衛を呼び出すと切り出した。

「話を聞いた。不満に思っているらしいな」

「はい」

又兵衛が即答したのには、意地も半分含まれているが、この時もなお、やはり己こそ当主に

相応しいと思っていたからである。

「先祖よりの遺訓だ」

長男をもって家督とし、如何なる例外も認めない。又兵衛はそのことも昔から耳に胼胝が出来るほど聞かされていた。だが何故そのような決まりが出来たのかについては、この時に初めて知った。後藤家は何代か前に、兄弟一族で諍《いさか》いを起こして激しく争ったのだという。

「私の方が武芸も学問も遥かに上です」

又兵衛が言うと、父は腕を組みながら首を横に振った。

「庄右衛門は気が優しく民百姓に好かれておるだろう。それも立派な才よ。優劣を付けてもきりがない。故に争わぬよう先祖は兄をもって家督を継がすと決めたのだ。それにお主が武に優れているならばなおさら、兄弟で力を合わせていけばよいではないか」

父は滔々《とうとう》と語った上で、それ以上取り合わなかった。では当の兄はどうかというと、

「又兵衛……お主は何をさせても俺に勝っている。父上には俺から頼んでみよう」

などと優しく言うものだから、いよいよ怒りのぶつけどころがない。又兵衛は憤懣《ふんまん》やるかたなく、その感情をまた槍の修行へとぶつけた。

――いつか大手柄を立て分家する。

殊勲を立てて別に土地を与えられるという例はある。目標はそちらへと移っていった。

又兵衛が十九歳の頃、播州を揺るがすような一大事件が起こった。

播州そのものが大きな家族、そのような情勢が一気に変わったのは、織田家の力が及び始め

てからであった。織田家は尾張《おわり》、美濃、近江《おうみ》をはじめ畿内の殆どを勢力下に収め、半ば天下を獲ったといってよいほどの大勢力である。

　播州の家々は悉くそれに靡《なび》き、あっという間に織田家の傘下に降った。だがそのような中、別所家が織田家に対して反旗を翻《ひるがえ》したのだ。

　論功行賞に不満があった。毛利《もうり》家に誘われた。織田家の方面司令官である羽柴秀吉が百姓の出であったため、付き従うのは名門の誇りが許さなかった。様々な憶測が飛んだが真相は判《わか》らない。その全てが理由であるかもしれない。

　ともかく別所家が織田家に背いたことで、播州の他の家もどちらに付くかの選択を迫られた。豪族、地侍は頭を突き合わせて相談した。そのような呑気《のんき》さが、これまでの播州の風土をよく表しているだろう。

「別所様に付こう」

　初めからそのような意見が大勢を占めた。これが約九割であったという。残る一割が織田家のもとに留まることを決めた。その盟主が黒田《くろだ》家である。

　この黒田家というのは近江、備前《びぜん》から流れてきた一族で、別所家に次ぐ勢力を誇る小寺家に仕え、やがて手柄を挙げて家老にまで上りつめた。主君の娘と婚姻を結び小寺姓を名乗っていたのだが、

　――織田家に従うべきです。

　と何度も主君に諫言《かんげん》したものの聞き入れてもらえず、ついには袂《たもと》を分かつことになった。その折に黒田姓に復したのである。

「後藤家も織田家に付くべきでござる」

会合から戻って来た父や兄に、又兵衛はそう主張した。

「別所家には代々世話になった。裏切る訳にはいかぬ」

父は断固として反対した。

――他の播州侍と同じで、父上は何も見えておらぬ。

又兵衛は下唇を嚙み締めた。

織田家はすでに天下の半ばを手中に収めている。ひと昔前ならば強敵を四方に抱えていたが、それらを各個撃破したことで趨勢はすでに決まっている。別所家は播州では大きな家かもしれないが、織田家にとっては物の数ではない。

「毛利家の支援もある」

父は自信ありげに続けた。だがそれでも形勢を逆転するには至らないだろう。毛利家も織田家に押されており、すでに及び腰になっている。どこか適当なところで和議を結ぶつもりではないか。又兵衛はそう考えていた。

又兵衛はなおも主張したが、父は頑として首を縦に振らない。こうして後藤家も別所家に味方し、その城である三木《みき》城に籠もることに決した。兄の庄右衛門はといえば、その場では何も語らず、じっと又兵衛を見つめるのみであった。

三木城に向けて発《た》つ前日の夜のことである。眠れぬ夜を過ごす又兵衛のもとに、ふらりと兄が訪ねてきた。極めて珍しいことだ。幼い頃はよく話もしたのだが、僻《ひが》みもあって、又兵衛から距離を置くようになっていったのである。

「何事でしょうか」

行灯《あんどん》に火を入れながら又兵衛は尋ねた。兄はすぐには語りだざず、又兵衛が腰を下ろすまでじっと待っていた。仄《ほの》かな光に照らされた顔は、大戦の前日でもだらしなく緩んでいるように見える。

「又兵衛、織田に付け」

「え――」

意外な一言に、又兵衛は身を強張《こわば》らせた。

「伯父御のもとへ行け」

又兵衛の伯父である藤岡九兵衛《ふじおかきゅうべえ》は、黒田家の家臣に収まっている。それを頼れというのだ。

「何故そのような……」

「お主の申す通りこの戦、別所殿に勝ち目はないだろう」

「お解りなのですか」

「このような俺でも数くらいは数えられる」

兄は少し戯けた顔を作ってみせた。織田家の石高はすでに四百万石を優に超える。他にも堺《さかい》などの町から上がる膨大な矢銭《やせん》を有していた。それに比べて播州は、全て合わせても四十万石程度。そのうちの九割だとしても三十六万石ではとてもではないが抗いきれない。兄が訥々と語ったので、又兵衛は目が覚めるような思いであった。

「ならば兄上からも父上を説得して下され」

「又兵衛に家督をと申し上げても、耳をお貸しにならなかった父上だ。無駄だろう」

「真に仰《おっしゃ》って……」

「当然だ。俺はその器ではない」

庄右衛門ははにかむような笑みを見せた。

確かに兄はそのようにすると言っていた。だがそれは自らの後ろめたさを隠すための戯《ざ》れ言《ごと》で、実際には話などしていないだろうとずっと思っていた。だが兄は確かに、しかも何度も父にそう進言したものの、聞き入れて貰《もら》えなかったというのだ。庄右衛門は静かに続けた。

「一族挙げて別所に付く。そうでなくては家の名が廃《すた》るとお考えだ。だがそれでは後藤家は吹き飛んでしまう」

「兄上を見誤っていました……」

そこまで思慮深く、しかも将来が見えているとは思いもしなかった。いや、同じ屋敷の中に暮らしていながら、いつしか己のほうが優れていると決めつけ、不遇を呪い、嫉妬にかられ、兄の真の姿を見ようとしなかっただけなのではないか。

「いや、見誤ってはおらぬ。お主のほうが数倍、武者として優れている。俺は所詮、播州の田舎侍よ」

「しかし、私が黒田、織田に付けば、父上は……」

「ああ、仲間内から冷たい目を向けられような」

殆どの者が一家で「諸籠《もろご》もり」する中、次男が敵方に奔《はし》ったとなれば居心地が悪かろう。家の安泰を計るため、次男だけ逃がしたと陰口を叩く者もいるかもしれない。

「だがそれがどうした。別所家は遅かれ早かれ敗れ、結局は皆死に果てる。誰が何と言おうが構わぬ」

兄は茶飲み話をするが如く自然に話した。

「ならば兄上も一緒に」

「いいや」

兄は首をゆっくりと横に振り、続けた。

「長男まで籠もらぬとあれば、父は異心ありとして城から追い出されよう。別所に恩返しするという父の想いを叶えてあげたい」

「しかし……」

「それこそが嫡男の務めというものだ」

兄は穏やかな笑みを浮かべた。内心ではどこかで兄を侮っていた又兵衛であったが、今はそのような気持ちは霧散していた。兄を支えて後藤家を守《も》り立てろとずっと言われてきたのに、己はそれを諾としてこなかった。今の今になってその気になるとは、何と己は愚かなのだろうか。

「お主は播州に収まる器ではない。又兵衛の名を天下に示すという夢を叶えるがよい」

「兄上……又兵衛の名をではございませぬ」

「どういうことだ？」

上擦った声で言う又兵衛に対し、兄はひょいと首を捻った。

「後藤又兵衛の名を知らしめまする」

兄はふっと頬を緩めて頷くと、慈愛に満ちた声で言った。

「長い間、鬱々とさせてしまったな。今こそ、思うが儘に羽ばたけ」

又兵衛は力強く頷き、兄はそっとその肩を叩いた。

その夜、又兵衛は屋敷を抜け出した。具足と槍。その他に荷は何もない。ただ、それだけあれば十分である。


それから三十余年の月日が流れた。又兵衛の身にも様々なことがあった。伯父が黒田家から追放され、又兵衛も退身するはめになったり、その後に仕えた仙石《せんごく》家が改易されたりなどの不幸にも見舞われた。

だが又兵衛はそれにめげることはなかった。いかなる場所であろうとも、ただ一心に槍を振るい続けた。やがて黒田家に誘われて戻ると、数え切れぬほどの手柄も挙げた。家臣の身でありながら万石の禄を食むようになり、配下を率いて戦う機会も増えた。

後藤又兵衛の名は天下に轟くようになり、高禄で迎えたいという家が続出した。挙句の果てには天下人である豊臣秀吉から直臣として大名に取り立てたいという申し出もあった。しかし又兵衛は、

「黒田家に恩がありますれば」

と、にべもなく断った。これを秀吉は手を打って褒め称え、又兵衛の名はますます広く知れ渡ることとなる。

「豊臣家の直臣になったほうがよいのではないか？」

他家の親しい者から率直に尋ねられた。

「俺は禄が欲しい訳ではない。確かに千石、二千石を得た時は嬉しかったが、万石を超えたあたりでどうでもよくなった」

暮らしが豊かになることに喜びを覚えるのは、五、六千石まで。贅沢《ぜいたく》なものを食おうとも、よい女子《おなご》を抱けるようになろうとも、すぐに飽いた。己の名を万人に知らしめるという快感には遠く及ばないし、その欲求には果てが無い。

「名を揚げるにしても、直臣のほうがよかろう」

さらに言われたが、又兵衛は笑い飛ばした。

「お主は馬鹿よ。直臣になってしまえば数ある大名の一人に過ぎぬ。だが天下人の申し出を断った者はそう多くはおるまい」

大なり小なり武士は名を揚げたいものである。だがそれはより高い禄を食むためであって、名を揚げることそのものに執着している者は稀有《けう》に違いない。この又兵衛の徹底ぶりに、問うた者は半ば呆れ、奇人を見るような目をした。

主君黒田官兵衛孝高《かんべえよしたか》は又兵衛の実力を評価し、この奇妙とも思える信念を理解して愛したが、他方で軋轢《あつれき》も生まれた。その子である長政《ながまさ》から、又兵衛は疎まれたのである。

黒田長政より、後藤又兵衛のほうが庶民に至るまで名が通っているのだ。家臣の分際でという思いもあり面白くないというのが長政の本音だろう。又兵衛はそれに頓着せぬどころか、

――むしろ利用してやる。

と、考えていた。

唐入り《からいり》でのこと、長政が一騎打ちの末に組み伏せられ、川底に押し付けられた。長政は渾身《こんしん》

をしなかった。

の力で起き上がり、反対に敵を討ち取った。その光景を見ていながら、又兵衛は何一つ手助け

「どういうつもりだ！」

長政は烈火の如く怒ったが、又兵衛は平然とした態度で言い返した。

「若殿があの程度の葉武者《はむしゃ》に敗れるはずがない。そもそも一騎打ちなどは大将のすべきことではござらぬ。以降は拙者にお任せ下され」

これがまた又兵衛の名を高めることになり、長政は苦虫を嚙み潰したような顔つきであった。

さらに同じく唐入りの折、黒田家の先鋒部隊の付近に上がった砂塵《さじん》を見て、

「負けている。すぐに援《たす》けるぞ！」

と又兵衛は言い放った。これに対して長政は、

「砂塵だけで判るはずがない」

と嚙みついたが、すぐに又兵衛は憫笑《びんしょう》を浮かべて言い返した。

「迫る敵が立てる砂埃《すなぼこり》は向こうからこちらへ徐々に黒々と見え、逃げる際の砂埃は遠くなってゆくので白く見えるもの。あれに見える砂塵は黒いのでお味方の敗北にござる」

しかし長政は聞き入れず、慎重に様子を見守った。果たして又兵衛の言った通り、味方は敗北しており、敗走する先鋒に巻き込まれて長政は陣を下げる結果に終わった。

――長政も又兵衛の言うことを聞いておればよいものを。

などと言われるようになり、長政はさらに又兵衛への憎しみを募らせた。

長政の怒りが頂点に達したのは関ケ原の戦いである。本戦の直前、東西両軍が合渡川《ごうとがわ》を挟ん

で睨《にら》み合う恰好《かっこう》となった。こちらから先んじて攻めるべきか、あるいは迎え撃つべきかという評定が行われた。大名ばかりが出席している中、

「後藤殿にも参加して欲しい」

などと誰かが言い出し、他の者も賛同したから、これだけでも長政は不満である。しかも藤《とう》堂高虎《どうたかとら》が、

「お主の意見が聞きたい」

と、又兵衛に振ったものだから長政は怒りを露《あら》わにした。

「又兵衛の意見など聞いてどうなる！」

一瞬の静寂の後、又兵衛は厳かに言い放った。

「勝つにしろ負けるにしろ、打って出ないことには家康公に顔向け出来ますまい」

「確かにその通りだ」

高虎がこれに同意し、皆も追従したものだから、長政は赤っ恥を掻くことになる。さらに又兵衛は前哨戦《ぜんしょうせん》において真っ先に渡河して敵陣を崩した。

通常、陪臣は誰それの家臣であるなどと告げてから名乗りを上げるものだが、

「我は後藤又兵衛なり！」

と、又兵衛はただ己の名だけを高らかに叫んだ。これに長政は激昂し、

「あの功名乞食《こじき》め‼」

と、指揮棒をへし折った。

関ケ原本戦では石田三成《いしだみつなり》の家老、島《しま》左近が獅子《しし》奮迅の働きをするのに苦戦し、長政は鉄砲隊

であった。

を迂回《うかい》させて狙撃するように命じた。策は成功して島左近を斃《たお》すことが出来、長政は得意満面であった。

「これが大将のすることか。卑怯者《ひきょうもの》の家臣と思われとうないわ」

又兵衛はここでもずけずけ放言したものだから、長政は怒りであわや卒倒しかけ、憤死するのではないかというほどの剣幕であった。

隠居して如水《じょすい》と号した孝高が存命であった頃は、

「又兵衛は確かに扱い辛《づら》い。だが黒田家に無くてはならぬ男よ」

などと認め擁護していたので、長政も幾ら悔しかろうとも仕方がなかった。だが如水が世を去ると、長政はもう誰に憚ることもなく執拗《しつよう》に嫌がらせをしてくるようになった。これに対して又兵衛も黙っている男ではない。

「仕える主君ではないわ！」

からからと笑って黒田家より退身したから、さらに又兵衛の豪放さが印象付けられるようになったのである。

——俺のほうが一枚上手よ。

又兵衛は悪びれることがなかった。一万六千石などは惜しくもない。当初から長政の性質を理解し、己の名声を高めるために利用してきただけなのだ。

「殿ももうお歳です。そろそろお止《や》めになってもよろしいのでは？」

又兵衛に付き従う中間《ちゅうげん》の甚造《じんぞう》が溜息を零した。甚造は播州時代に雇い入れ、又兵衛が引き立ててやろうとしても、中間のままで結構と頑《かたく》なに断ってきた変わり種である。

「甚造、お主は変わり者よ」

「儂《わし》には殿のほうが変わり者に見えますが」

甚造は歯に衣《きぬ》着せず物申す。そんなところが気に入って又兵衛も心を許している。

「世に出たくないお主とは一生解り合えぬだろうな」

又兵衛は苦笑した。毎年、一体何人の人間が生まれ、何人の人間が死んでゆくのか。日ノ本《ひのもと》だけでも相当な数で、唐天竺《からてんじく》も含めればさらに膨大になろう。その大部分が十年もすれば誰の記憶にも留まらない。だが己は百年、千年後の者にも名を残す。それでなければ生きた意味などないではないか。何度もそう話してきたが、改めて甚造に向けて語った。

「死んでしまえば、その後どのように語り継がれたかも解りますまい」

甚造は眉を八の字にして言う。

「ならばお主が見届け、あの世で俺に伝えてくれ」

又兵衛が白い歯を覗かせたので、甚造はまた深々と溜息を零した。

黒田家を出た又兵衛を迎えたいという家はすぐに現れた。しかも一家や二家ではない。十数家からの申し出があった。だがその殆どが途中で、

「悪い。なかったことにしてくれ」

と言ってきた。長政が、

――又兵衛を召し抱えるならば、黒田家との戦を覚悟されよ。

と伝えてきたのだという。所謂奉公構《いわゆるほうこうかま》いというものである。それでも細川《ほそかわ》家が無視して召し抱えてくれたが長くは続かなかった。口先だけかと思いきや、長政が軍勢を整えて細川家の屋

敷に雪崩れ込む構えを見せたからである。

「あの阿呆のために、細川様にご迷惑はおかけ出来ませぬ」

又兵衛はそう言って自ら身を引いて浪人した。すでに勇猛なことは知られていたが、何と義に溢《あふ》れ潔い男だという評も加わり、若い頃に夢想したように、又兵衛の名は天下に轟くこととなったのである。

浪人中、又兵衛は大和宇陀《うだ》の地に庵《いおり》を結んだ。十分な蓄えがあったため、暮らしにそれほど苦はなかった。苦があったとすれば戦が絶え、これ以上己の名を高める機会がなく鬱々としていたことくらいであろう。

――だが、必ずまた戦はある。

徳川家は豊臣家を滅ぼさんとしている。味方する大名などはおらず、豊臣家としては浪人を募ることだろう。又兵衛はそれに応じるつもりであった。

そしてその時が来た。豊臣家からの使者が現れたのである。大坂に入城する数多くの浪人のうち、五指に入る待遇で迎えると使者は約束した。

「さて」

庵から出た又兵衛は、屋敷のすぐそばに植えた苗木の前で足を止めて言った。近郷の者が植えてはどうかと勧めてくれた枝垂《しだ》れ桜《ざくら》の苗木である。どうせやることもなく暇な日々を過ごしていた。己がこの地にいた証とするのも一興と、手ずから植えたのだ。

「行ってくる」

又兵衛は苗木に向けて話しかけた。当然、返答はない。

徹底的に己の名を揚げ、価を吊り上げに上げた後に、散《つ》ってやるつもりである。

間もなく戦は終わり、真の天下泰平が訪れる。百年間、いや二百年間かもしれぬ。そんな泰平の世にあって、

――後藤又兵衛基次こそ、最後にして真の武士よ。

と、長く語り継がれることになるだろう。

「誰の名が残るか勝負よ」

又兵衛は頬を緩めると、仮初《かりそめ》の棲《す》み処《か》を出て大坂へと向かった。

「あれが後藤又兵衛だ！」

「天下に名高い万夫不当の後藤又兵衛か！　黒田家も惜しいことをしたものよ」

大坂の町衆は又兵衛を見ると歓声を送り、口々に語り合った。元大名の浪人もいると聞くが、知名度でいえば己が最も高いことは確かであった。全て又兵衛の思惑通りである。

城へ入ると、多くの浪人衆の中で一手の将たる者たちが千畳敷の大広間に集められた。豊臣家の者たちは名立たる浪人が集まったことに満足し、秀頼の生母である淀殿なども嬉々《きき》として、家老格の大野治長と頷き合っている。豊臣家の家臣たちは戦の向こうに何かあると希望を抱いているのだ。

――何もないさ。

大坂方は敗れる。これは明白であった。もっとも戦に絶対はない。だが大坂方の勝利には一分《ぶ》ほどの可能性しかない。具体的に言えば、大御所と新将軍の秀忠を同時に討ち取るという離

れ業をやってのけることは必須。なおかつ豊臣恩顧の大名が雪崩《なだれ》を打って寝返り、味方につければという、運の要素も強い。

入城する浪人衆の思惑は二つに大別されるだろう。一つは戦の中で自らの力を示し、幕府軍に出来るだけ高値で買い取って貰うというもの。これが最後の仕官の機会だと考えているのだ。それは幕府としても重々承知で、冬の戦が終わって、ひと時の和議が結ばれている間、多くの浪人を誘ったようである。現に浪人衆の中には、この期間に仕官を決めて城を去った者が多数いた。

もう一つは己に相応しい死に場所を求めている者。関ケ原の後、何処《どこ》にも雇ってもらえず浪人した者の暮らしは逼迫《ひっぱく》していた。彼らはせめて最後は武士らしく死にたいと考えている。中には単純に生きるのに疲れたといったような者も含まれるに違いない。

浪人衆はこのように殆ど自らのことばかりを考えている。今後、軍議などでも度々衝突することになろう。もはや敵は眼前の幕府軍ではなく、己の思惑を邪魔しようとする身内になってくるかもしれないと、又兵衛は感じていた。

「皆の者、豊臣家を蔑《ないがし》ろにする輩《やから》を成敗してくれい」

予《あらかじ》め科白《せりふ》が決められていたのだろう。豊臣秀頼の言葉はどこか虚《うつ》ろであったが、浪人衆は一斉に頭を下げる。秀頼の人品を確かめようと凝視していたため、又兵衛は一瞬頭を下げるのが遅れた。今一人、遅れた者がいる。その男もこちらに気付いたようで、視線が宙で絡み合った。

――あれは……確か。

真田昌幸の次男。関ケ原の折に西軍に味方したことで、一時は親子ともども死罪を言い渡された。だが兄の取りなしもあり、紀州《きしゅう》に流されるに留まったと聞く。官職は左衛門佐《さえもんのすけ》。諱《いみな》は信繁《のぶしげ》。いや、此度の入城に際し、改めたと誰かが話していた。

「幸村《ゆきむら》……」

又兵衛が口内で転がすように呟《つぶや》く。それと同時に、幸村は目尻に皺《しわ》を寄せて微笑《ほほえ》む。互いに頭《こうべ》を垂れるまでの一瞬の邂逅《かいこう》である。

同じく五指に入る待遇で迎えられているものの、それは次男とはいえ小大名のそれだからだろう。大小百を超える戦場を踏む己に対し、確か関ケ原の折の一度しか戦に出た経験がないという。それなのに妙に気に掛かるのは何故か。長年、戦場で培った勘は外れたことがないのだ。

――まだ勘が戻らぬか。

叩頭《こうとう》する又兵衛は畳の目をじっと見つめながら、漂いつつある戦の臭いを取り込むように息を吸い込んだ。

戦が始まったのは冬のことである。豊臣家直臣は籠城を主張していた。十中八九、大坂方の負けは決まっているものの、又兵衛としては決戦策を主張するつもりであった。その大将を己が務めるつもりであったのだ。

しかし又兵衛に先んじて口を開く者があった。あの真田幸村である。

「城の近くまで引き付け、一大決戦を。大御所、将軍の二人を同時に討ち取ります」

しかも己の考えと全く符合している。

――この男。戦が出来るのか。

又兵衛は訝しんだ。多くの歴戦の兵《つわもの》も感心していることから、他にこの策を考えていたのは己のみ。幸村が思いつくとは考えられなかったのである。だがすぐに答えに思い至った。

——房州《ぼうしゅう》の遺言だな。

幸村の父、真田安房守《あわのかみ》昌幸は当代きっての軍略家であった。しかも寡兵でもって徳川家を二度までも打ち破った実績がある。三年前に病で死んだと聞くが、策を残していたとしても何ら不思議ではない。

——戦は刻々と変わるもの。初めだけよ。

幾ら昌幸とはいえ、この先の変化まで見通せるはずがない。これは予め用意していたから披露出来た策。しかし採用されても、幸村より己が大将に任じられる公算が大きいと考え、

「拙者も同じ考えでござる」

と、又兵衛は同調した。幸村は少し驚いた顔になったが、にこりと笑んで会釈をした。

結果、この策が容《い》れられることはなかった。だが幸村は己に対して感謝しているようで、

「先刻はありがとうございました」

軍議が終わると、わざわざ近くまでやってきて礼を述べた。

——この男はどっちだ。

活躍して徳川家に寝返る時に高く己を売るためか、死に場所を求めに来たのか。その二つに一つには違いなく、どちらにせよこの一戦で、自らの名を高めようとしている。故昌幸の入れ知恵がある分、認識を改めて少し警戒せねばならないが、どちらにせよ大した存在ではないだろう。また頭を下げて去っていく幸村の背を見送りながら、又兵衛はそのようなことを考えて

いた。

　幕府軍が攻め寄せてきて戦の火蓋が切って落とされた。まず幕府軍は大坂城の周辺に点在する砦群《とりでぐん》を落としにかかった。諸将が各方面の防戦に当たる中、又兵衛は、

「お主は切り札として城にいてくれ」

　と、大野治長に頼まれた。

「それは大野殿のお言葉か。それとも前右府《さきのうふ》様のものか」

　右府とは、秀頼の官職であった右大臣のことである。又兵衛はこれが恐らく淀殿あたりに頼まれたものと解っている。大野も決して阿呆ではなく、後藤又兵衛という男の本質を捉え始めている。敢《あ》えて聞いた意味も理解しており、

「前右府様のものだ」

　と答えたので、又兵衛は口元を綻ばせて頷いた。

「承《うけたまわ》った」

　大坂方で「一番の将」にならねばならぬ。それは即ち、秀頼に最も頼りにされている将ということ。それを敵味方に知らしめるためには演出も必要である。実力があれば演出など不要というのは、青臭い者の言うことだ。実力がありながら世に埋もれてきた勇猛の士を、又兵衛はこれまでにも嫌というほど見てきた。もっとも演出だけで渡ってゆけるほど戦場は甘くなく、実力が伴わなければならず、そのどちらもが必要不可欠なのだ。

　豊臣家直臣の木村重成《きむらしげなり》という若武者がいる。容姿端麗で城内の女子からも人気を博しているが、当人は全く意に介していないどころか、迷惑そうにしている。

その重成は鴫野《しぎの》・今福《いまふく》で幕府方の佐竹義宣《さたけよしのぶ》勢を迎え撃ち、一進一退の攻防を繰り広げていたが、やや押され気味になった。

「あれを助けてくれ！　前右府様の仰《おお》せだ！」

と、豊臣家直臣から頼まれた。しっかりと秀頼の名を付することを忘れていない。又兵衛は畏《かしこ》まったと即応し、軍勢を率いて今福堤へと急行する。矢弾が飛び交う中、迎えに姿を見せた重成に又兵衛は言った。

「なかなかの働きぶりですが、手勢にもそろそろ疲れが出てきましょう。ここは拙者が代わります」

「下がれば末代までの恥となりましょう。それに今こそ勝負の要の時と見ます。入れ替われば備えが乱れ、敵を利することにもなりましょう」

重成は語調を強め、頑強に主張した。

「後藤殿は老巧の武将であり、私はこれが初陣。このまま御覧になっていて頂きたい」

続けて言う重成の気迫に又兵衛は苦笑した。軟弱者の多い豊臣家直臣の中において、重成は非常に好戦的だと思っていた。恐らくはこの若者もまた、これが最後の戦になると解っている。浪人衆たちばかりに活躍させ、豊臣家直臣が不甲斐ないなどと言われてなるものかという気概が感じられた。

——これが大坂よ。

九割方が勝利などは信じていない。各々がそれぞれの目的を達するために命を燃やしている。故に圧倒的な劣勢にありながら、士気が保たれているともいえる。

「よろしい。ならば拙者は後詰めをしよう」

「お解り頂けたようで……」

「ただ一つ。老朽の武士が手本を示そう」

木村隊の足軽が堤に張り付くように伏している。間断なく続く敵の射撃に、頭を堤の上に出せない有様である。

「貸せ」

又兵衛は足軽のもとへ悠々と進むと、鉄砲を二挺《ちょう》奪い取る。そして堤によじ上ったものだから、重成や足軽たちはあっと声を上げて驚いた。

「鉄砲とはこのように撃つものだ。見ておけ！」

狙いを付けて引き金を引くと、敵兵の眉間に命中してどっと斃れた。撃ち終えた鉄砲を後ろへ放り投げ、さらにもう一発撃つ。こちらは逸《そ》れて別の者の足に当たったが、敵兵は転がるようにして悶絶《もんぜつ》している。

「後藤殿に後《おく》れを取るな！」

重成の咆哮《ほうこう》に、足軽たちも辱《はずかし》めを受けたと思ったのか、競って堤に上り一斉射撃を行う。敵もこれは堪らぬと対岸の堤の後ろに隠れ、形勢は逆転した恰好となった。

「後藤殿……」

堤を下りると、重成が射貫《いぬ》くような目で睨んできた。

「俺も前右府様直々の命《めい》で駆け付けた。何もせぬまま後詰めに回る訳にはいかんでな」

「お怪我《けが》を」

敵の弾丸が左手の小指を掠《かす》め、血が滴り落ちている。

「合戦で小傷を負うのは俺の吉兆よ。それに前右府様の御威光があればこそ、この程度で済んだ」

「まるで味方を一身に背負っているような物言いでございますな」

「その通り」

又兵衛がふふと頬を緩めたので、若い重成は我慢の限界と見えて感情を露わに吐き捨てた。

「この功名乞食め」

「何とでも仰るがよい。武士は名こそ命なれば」

そう言い残すと、又兵衛は身を翻して後詰めへと回った。戦場を見渡して、仮に己が代わって指揮を取ろうとも、この場はそう長くは持たないと見抜いていた。ならばわざわざ負けの烙《らく》印《いん》を押される必要は無い。とはいえ何もせずに下がっては名が廃る。又兵衛の行動原理は常にそこにあった。

現実、一刻（約二時間）もすると木村隊が崩れた。又兵衛は殿《しんがり》として敗残の兵を逃がしながら、上手く撤退をしてのけた。全てが又兵衛の計算通りである。

ただ一点、小さな誤算があった。城内の女中たちのあいだで重成の人気が、己が思っていたよりも遥かに高すぎたことだ。

重成を一廉《ひとかど》の将器と見た。あと十年経験を積めば、万の大軍を率いることが出来るかもしれない。流石にそのような男が自ら愚痴を零したとは思えぬが、あの場には歯を食い縛って又兵衛を睨《ね》めつけている配下もいた。そのうちの誰かが顛末《てんまつ》を話したのだろう。

――木村様の顔に泥を塗った。

などと、女子たちが喧《かまびす》しく囀《さえず》っているという。また、そんな繰り言に相槌を打つだけの、軽薄な男というのはどこにでもいるものである。

――後藤は独りで豊臣家を背負った気でいる。

という悪評も城内に流れることになった。もっとも、それ以上に堤で見せた又兵衛の勇敢さ、撤退の鮮やかさを褒め称える声も多い。このまま大坂方における武名は己の独走となる。そうした又兵衛の確信が打ち砕かれたのは、それから間もなくのことであった。

東西が和睦することとなった。攻めあぐねた幕府軍は天守に向けて大砲を撃ちかけた。女中に数人の死人が出たが、この程度のことで城が落ちるはずはない。気にも留めずにいればよいのだが、淀殿はこれを激しく恐れ、和議を結ぶに傾いたのである。

「真田め。上手くやりおったわ」

又兵衛は居室で杯を傾けながら零した。又兵衛が木村隊救援に駆け付けた前哨戦の後、大坂城は幕府軍の包囲を受けた。この籠城戦において幸村は、自らが築いた出城真田丸《さなだまる》で大いに幕府軍を翻弄したのである。

「はあ、真田丸は殿も賛成されたのでは？」

甚造は酌をしながら訝しげに訊いた。このような姿は余人には見せたくなく、古い付き合いで心を許した中間の甚造だけを傍《そば》に置いている。

「そうだ……だがこうなるとは思ってもみなかった」

幸村は、大坂城の南側の守りがやや弱いため、出城を造りたいと軍議で主張した。その時の又兵衛は、

――確かに……気付かなかったな。それは妙案。是非ともやるべきだ。

と、むしろその後押しをした。だが、しめたと膝を打ちたいのをぐっと堪《こら》え、内心では小馬鹿にしていたのである。大坂城が包囲されてしまえば、もはやまともな戦は起きないと踏んでいた。もっとも「まともな」というのは又兵衛にとっての話である。幕府軍も迂闊《うかつ》には近づかず、せいぜい銃撃戦や矢を射合う小競り合いだけが繰り広げられると考えていたのだ。そのような戦では手柄を示すことなど出来ない。

唯一の例外は、敵の備えの薄いところを目掛けて打って出るような戦。出城などに籠もっていては、その機を摑《つか》んでもすぐに動けない。しかも敵も馬鹿ではないため、大層に拵《こしら》えた出城などに無策で突っ込んでくる訳がない。銃撃戦すらまともに行われないと思っていた。

だが又兵衛の目算は大きく外れた。味方の南条元忠《なんじょうもとただ》が敵に内応していたらしい。事前に示し合わせていたとのことで、前田《まえだ》隊を先頭に多数の幕府軍が、真田丸に攻め懸かって来たのである。しかし南条の謀叛《むほん》は未然に防がれ、真田隊は寄せた敵を散々に破った。これにより真田幸村の勇名は四方に轟き、前哨戦での又兵衛の活躍など、すでにして皆が亡失している。

重成などは、己への反発もあったのだろう。

「真田殿こそ第一等の勲功ですな！」

軍議の場で嬉々として褒めそやした。それに対して幸村は過剰なまでに謙遜し、

「幾ら奮戦しようとも、いずれあの地は破られていました。それより、こちらの意気地を見せ、

敵の士気を挫く方が肝要。木村殿はそれを悠々と、しかも初陣で見事に成し遂げられました。拙者が若い頃ならば、とっくに逃げ出しております」

と珍しく饒舌《じょうぜつ》に話したものだから、若い重成は歓喜に震えていた。重成が褒められたことで、豊臣家直臣の面目も立ったと淀殿、大野も喜び、秀頼までもが、

「木村も見事。しかし真田がやはり一等よ」

とお墨付きを与えてしまったのだ。以降、重成は幸村にすっかり懐き、武田家から受け継いだ真田の軍法を教えて頂きたいなどと、毎日のように部屋を訪ねている。挙句の果てには重成に惹《ひ》かれている女中たちも、

「何処ぞの心狭い御方と異なり、真田殿は武勇だけでなく、人格も優れておられるのですね」

などと己への陰口を強め、幸村の好評を広めているというから始末が悪い。

「それにしても真田は運が良いことですなあ」

甚造は酒を注《つ》ぎながら感嘆の声を上げた。

「確かにな。悪運の強さは親父譲りらしい」

苦々しく返した又兵衛だったが、そこでふとあることが脳裏を過《よぎ》って杯を持つ手を止めた。

――果たして運なのか。

ということである。南条元忠は内応の覚えなどないと突っぱねたが、前田隊に伝令が走ったことが捕虜の証言から判り、それが証拠となって千畳敷で腹を切らされた。又兵衛は、証拠があるのだからと、今の今まで見苦しい言い訳だと思っていた。

だがよくよく考えてみると、今一つの証拠である矢文は前田隊が動いたことによりその陣に

届いており、それとは別に同じ内容の文を真田家が奪取したことからすると、南条は複数の矢文を放っていたことになる。

しかも元忠が連行されている途中、南条家の剛の者が奪還を図ってひと騒動あったという。連行に手を焼いた渡辺糺《わたなべただす》を助け、その男を討ち果たしたのも真田家の家臣と聞いている。

「いくら何でも、何から何まで都合よく運びすぎてやしないか」

又兵衛は疑念を持ち、翌日、前田家家臣の山田《やまだ》と謂う男と会った。又兵衛と同じく播州出身の旧知で、宇喜多《うきた》家、次いで前田家に仕えている。これまで何度か戦場をともにした間柄でもあった。

和議が結ばれた今、しかと届けさえすれば敵軍との往来は許されている。幕府軍はこれ幸いと、大坂方の目ぼしい将を寝返らせようと暗躍しており、少し前には己のところにも使者が来ていた。

「南条元忠と内応の約定を取り付けていたらしいな」

又兵衛は挨拶もそこそこに切り出した。

「そのことか。俺も気になっていたのだ」

「どういうことだ」

予想もしない返答に、又兵衛は眉間に皺を寄せた。

「それがな、よく解らんのだ」

「解らん？」

鸚鵡《おうむ》返しに問う又兵衛に対し、山田は大きく頷く。

「南条の寝返りなど寝耳に水。少なくとも俺は聞いていなかった。もそっと上の方は知っていたのかとも思ったのだが……家老の本多山城守《ほんだやましろのかみ》殿が勝手に動いたと、殿もお怒りであったから、意味が解らぬのだ」

山田は顎に手を添えつつ続けた。

「本多殿の話では南条の内応を報《しら》せる伝令が来たのは確か。殿に判断を仰《あお》ごうとした矢先、軍勢の中から南条が内応との声が上がり、血気に逸った者どもが真田丸に進んだ。もはや指揮が執れぬような有様に陥ったという」

「ふむ……なるほど」

「殿が大御所の叱責を受けた故、もはやこの話は前田家では禁句よ」

証拠はない。だが又兵衛はある仮説に至っている。

――真田は自らの手柄のため、南条家を生贄《いけにえ》にした。

ということである。さらに調べると、元忠は織田有楽斎と密に連絡を取っていたという。元忠自身が裏切りを否定する以上、有楽斎が何らかの動きをするものと思われた。だがその時に有楽斎は城内にいなかった。毛利勝永《かつなが》隊からの急ぎの要請に応えて陣営に向かっていたのだ。これも偶然にしてはやはり出来過ぎだ。

有楽斎が幸村と通じており、共に元忠を嵌《は》めたという線。いや毛利が幸村と通じており、邪魔になる有楽斎を自軍に引き付けたということも考えられる。あまりに早く元忠が腹を切らされたのも気に掛かる。

「有楽斎を詰めるか」

そう考えて又兵衛が機を窺っていた矢先、当の有楽斎が城を抜け出して幕府軍に奔ってしまった。何でも、有楽斎にも寝返りの噂が、真しやかに流れていたのだという。それが真実であったか、あるいは虚報だが居たたまれずに逃げたか。確かめる時はすでに無かった。再び東西の手切れが決定的となったのである。

又兵衛は焦りを覚えていた。大坂城内での己の評判が頗《すこぶ》る悪くなり始めていたのだ。木村重成の一件だけならば意に介しはしないが、中には、

——後藤又兵衛は関東に通じている。

などという根も葉もない噂もある。いや、己は事実でないことを知っているからこそそう言えるが、噂には一応もっともらしい根拠がある。

昨年の師走《しわす》二日、大御所徳川家康は戦の最中に茶臼山《ちゃうすやま》へと陣を進めた。家康は備前島《びぜんじま》の片桐《かたぎり》且元《かつもと》の陣屋に入った後に、自ら銃弾避《よ》けの竹束の外にまで出て戦場を視察した。この方面の指揮を執っていたのが又兵衛であった。又兵衛は遠目に家康の姿を見た。だが銃弾が届くような距離ではない。それは家康も重々承知している。だからこそ又兵衛は、

「ここまで来て巡察するとは豪胆なり。流石は大御所よ」

と、家康を褒めて銃撃を止めるように指示を出したのだ。この時も己の名を高めようという気持ちがあったのは事実。だが、功名心以上に、そうでも言わぬと士気が下がると考えたからだ。それが今、射撃を止めさせたのは、幕府軍に通じているからと勝手に論じられているらしい。

「どうせ届かなかった！」

その話を耳にした時、又兵衛はそう主張したが、一度広まった噂を鎮めるのは容易《たやす》くない。必死になればなるほど怪しいなどと言われる始末である。

——流れを変えねばなるまい。

そう考えた又兵衛は、軍議の場で大胆にも切り出した。

「関東から寝返りの誘いがきました」

一座はどよめき、大野治長などの豊臣家直臣は狼狽し、何事にも反応の薄い秀頼でさえも肝を潰したように口を半ば開いていた。

——播磨のうち三十万石でいかが。

幕府軍からそのような提示があったのは事実である。己がかつて食んだ禄の最高が一万六千石なのだからいかに破格かということが判る。もっとも己も馬鹿ではない。実際、寝返ったところで、大名に分け与える土地にも困っている幕府が、それを履行するかどうか怪しいと解っている。

だが又兵衛にとってはそのようなことはどうでもよい。寝返るつもりなど毛頭ないことを示せればよいのだ。加えて、幕府が己をその価値で見ていると世人に伝えられる。まさに一石二鳥だと考えた。

「こ、ことわったのであろうな。後藤殿」

真っ先に口を開いたのは淀殿である。その声からは常の居丈高な色は消え去り、阿《おもね》り、哀れみを乞おうとする気持ちが伝わってくる。

「当然でござる」

又兵衛が大きく頷くと、淀殿の顔がぱっと明るくなる。大野治長をはじめとする豊臣家直臣たちも喜色を浮かべ、浪人衆は、幕府にそこまで言わせるほどとはと感心している。

「豊前守《ぶぜんのかみ》の十万石より上とは……流石、後藤殿よな」

淀殿がそう言った。豊前守とは、己も含めて大坂五人衆などと呼ばれているうちの一人、毛利豊前守勝永のことである。

「流石でござる」

勝永は微かに戸惑いを見せ、小さく溜息を零し語り始めた。毛利勝永のもとにも幕府から使者が来ていたらしい。向こうが提示したのは豊前十万石。それで寝返れと誘われたが断ったらしい。

「毛利殿も恐れられているようですな」

「それを誇らぬとは奥ゆかしいことだ」

などと、一座の者たちが口々に言う。

「豊家《ほうけ》への御恩を思えば当然のことです……」

勝永は真に困ったように俯《うつむ》き、皆を諸手《もろて》で鎮めるような仕草をする。もともと話すつもりはなかったが、話題に上ったから誤解を避けるために仕方なく説明したといった様子である。

——気に喰わぬ奴《やつ》だ。

又兵衛は小さく鼻を鳴らした。真に奥ゆかしい男であるならば、何故それを淀殿が知っている。自ら言ったからではないか。己の三分の一の石高でしか誘われていないのに、謙虚ぶって評価を高めようとしているようにしか、又兵衛の目には映らなかった。

「実は拙者のもとにも土佐一国二十二万石で……」

負けじと誇ろうとしたのか、あるいは後で知れて疑念を持たれてはつまらないと思ったのか、長宗我部盛親《ちょうそかべもりちか》が口を開いた。

——俺は大名より上か。

又兵衛は得意になった。長宗我部は元は土佐《とさ》一国の大名である。条件に旧領復帰を持ちかけられたに過ぎない。しかもその石高は己への提示よりも低いのだ。

そのような流れになってしまったので、この際はっきりしておこうと各々が幕府からの誘いがあったことを吐露し始めた。それに対し淀殿や大野治長は一々幕府に憤り、断った者たちの忠義を褒める。いずれも一万石、多くて五万石の提示で、己よりも遥かに低い評価であった。

「真田殿のもとには来ていないのか？」

一頻り皆が話した後、大野が訝しそうに言った。又兵衛もずっと気に掛かっていた。幸村もまた大坂五人衆の一人に数えられている大物である。全く何の誘いもないのはおかしい。ましてや幸村の兄、信之《のぶゆき》は幕府側におり、同じく徳川に属する叔父《おじ》の信尹《のぶただ》も訪ねて来たと耳にしている。その時に誘われたに違いないのだ。

真に寝返りの約束をしているのでなければ、己はともかく、長宗我部や毛利より遥かに低い条件なので、恥ずかしくて口に出来ないのではないか。

「来ました。が、断りました」

「やはり。さて……」

「真田殿は如何ほどを示されたのです」

どこかの名も知れぬ武将が声を上げ、大野は苦々しげに顔を背けた。大野は将としては大したことはないものの、淀殿に気に入られるだけあって目端は利く。真田が示された条件が他の五人衆より下と見て、上手く話を流すつもりだったらしい。それを雰囲気の読めない男がぶち壊しにしたという訳だ。

「真田殿が豊臣家へ忠義の心を持っていることは確かよ。わざわざ言わずとも……」

大野がそう言って遮ろうとしたその時である。幸村が静かに言い放った。

「信濃一国四十万石でございます」

「なっ――」

大野は驚きのあまり、幸村を二度見た。一座からも今日一番のざわめきが起こる。

「それを断ったと……」

淀殿も目を見開いて尋ねた。

「一蹴《いつしゅう》しましてございます」

「天晴《あっぱれ》。真田殿は真の忠義者よ」

淀殿が歓喜の声を上げ、大野も顔を紅潮させる。挙句の果てには秀頼までもが身を乗り出し、

「真田。嬉しく思うぞ」

などと常に見せぬ興奮ぶりを示すほどである。

「馬鹿な……些か大仰に言っているのではないか？」

冷静さを欠いていたのだろう。又兵衛が思わず漏らしてしまったので、一座に嫌な雰囲気が

漂う。

「いや真でござる」

口を開いたのは何と毛利勝永である。何故貴殿が知っているのだ、とこちらが問う前に、勝永が仔細《しさい》を説明する。幸村は面会相手が叔父とはいえ幕府方とあって、流石に疑われる恐れがあると考えたらしい。故に、面談中に次の間で聞き耳を立てていて欲しいと、勝永に頼み込んだというのだ。

勝永ならば証人として申し分ない。

恥辱の念が込み上げ、又兵衛は歯を食い縛って俯いた。

――どうなっている……。

こんなはずではなかった。あの賞賛を一身に受けるのは己であるはずだったのだ。これまではどんな相手と競っても、その戦場で話題をかっさらってきたのに、こと幸村相手では裏目に出てしまう。

もはや又兵衛は幸村を舐《な》めてはいない。幸村の実力は大したものではないと未《いま》だに思っている。だが稀にこのような強運の持ち主がいるものなのだ。

――やれ、又兵衛。

又兵衛は自らに命じた。これが初めてではない。己より優れた武者が多かったため、若い頃には何度かそのような手段も用いてきた。露見すれば名を落とす危険を孕《はら》む手法を用いてでも、名を高めることで己は今の地位を築いたのだ。流言、讒言《ざんげん》、果ては暗殺まで。如何なる手法を用いようとも幸村を除く覚悟を決めた。

幸村は城内では常に一人ではない。例の南条の剛の者を討ったという手練《てだ》れが、常に傍に侍《はべ》っている。名を横谷庄八郎と謂うらしい。何度か可能性を探ったが暗殺は流石に難しい。

幸村のほうから接近してきたのは、そのような時であった。

「後藤殿、ご相談が」

そう言われたので、豪胆と自認する又兵衛も心の臓の鼓動が速くなった。身辺を探っているのに気付かれたかと思ったがそうではないらしい。真に困り果てている様子なのだ。自室に招かれて話すことになった。その間も、例の横谷庄八郎は部屋の隅に座っている。

「拙者をどう思っておられる」

「それは如何なる……」

まずここは適当に受け流そうと考えた又兵衛に対し、声は潜めるものの幸村ははっきりと言った。

「何のために大坂に入ったとお考えか。実か、名か」

「単刀直入だな」

実とは即ち禄さえ貰えば幕府に降るということ。名は死に花を咲かせて後世に名を留めることを示している。そもそも浪人衆には、その二者択一しかなく、この段まで来てしまえば後者が圧倒的に多い。

「名だろう」

「いや、正直なところ未だに迷っております」

「ほう」

「そもそも私が城に入った訳は二つ。一つは父の遺言でございます」

「安房守殿の」

又兵衛が言うと、幸村は深く頷いた。

「父は大の徳川嫌い。逼塞《ひっそく》中も徳川を討つ算段をずっとしておりました。入城間もなく軍議で披露した決戦策も、父が長年考えていたものでございます」

やはり、と言いかけるのを呑み込み、又兵衛は耳を傾け続けた。

「今一つは暮らしが厳しかったこと。酒を呑むことも儘ならず旧知に恵んで頂くような有様で……そのような暮らしから逃れたく、儘よと大坂に入ったのです」

幸村は恥ずかしそうに俯く。又兵衛は幸村の情報を集める過程で聞いていた。浪人として気儘に動けた己に対し、真田父子は紀伊九度山《くどやま》に蟄居《ちっきょ》を命じられた。監視の目は厳しく、暮らしは貧しかったという。信濃の兄に縋ったこともあると聞いている。それを口にしないのは、父の名を貶《おとし》めたくないからであろう。

「私はそのような半端者にて、今になっても迷っているというのが本音」

「ほう。寝返るか」

「そうは申しておりませぬ。戦がなくなればよいと思っているだけでございます」

戦がなくなるとは、つまり幕府が豊臣家を滅ぼすということ。その時に「もし」自らが生き残っていれば、天下泰平に尽力したい。そのように幸村はぼかして言うが、つまるところ戦の最後まで生き残り、しかも自分だけは許されるような取引があるということなのではないか。最後に許されるというのは、つまりは裏を返せば、最後まで残らねばならぬということ。これ

らから導き出される結論は、

「お主が間者《かんじゃ》か」

又兵衛は低く言った。これまで様々な者が間者と疑われた。が、まさかこの男だとは思わなかった。

「だが何故だ。お主は真田丸で前田を散々に打ち破った」

「仮に……あくまで仮の話です。私が間者だとするならば、大御所は此度の戦でその者に何を欲するとお思いか」

「それは城内の様子を——」

言いかけて又兵衛は止めた。城内の様子を調べるだけならば、他にも用が足りる間者は沢山いるだろう。敢えてこのような言い方をするということは別の何かがあるはず。話の流れを今一度振り返った時、又兵衛の脳裏に閃《ひらめ》くものがあった。

「幕府にとって邪魔な者を討つ……」

又兵衛が漏らすと、幸村はえくぼを二つ作った。

大封を持つ外様《とざま》は幕府にとって邪魔者以外のなにものでもない。出来るだけ数を減らしておきたいのが本音だろう。戦で当主が討ち死に、あるいは失態を犯して領地を減らすのは、幕府としても望むところ。此度の戦がその最後の機会と見ているのだ。

「私風情が信濃一国を与えられるとあらば、それくらいの働きはせねばなりませんでしょうな」

「なるほど。それならば合点がいく」

信濃には大小多くの大名がおり、幸村の兄である信之でも十万石弱しか領していない。いくら何でも四十万石は多過ぎると思っていた。

「後藤殿は死ぬ御覚悟と見ました」

「無論」

「それも大坂第一……いや天下第一の殊勲を立てて」

「その通りだ」

これは周囲に憚らず言ってきたことで、当然幸村も知っている。

「同盟を結びませんか」

「何？」

仮にとはいえ幸村が内通者ならば、二人の立場が違いすぎる。共闘して互いに利のあることなどあるのか。訝しむ又兵衛に対し、幸村はにじり寄り囁いた。

「伊達政宗を討ちたくはありませんか」

血が逆流するような感覚を覚えた。外様第一等の武将であるし、一時は天下を窺ったほどの戦国大名である。討てば又兵衛の名は天にも届くに違いない。

「大御所の命《めい》を受け、伊達は大和口を進んできます」

もはや仮の話ではなく確定と見てよい。そのような機密は間者でなくては知る由もない。幸村は早口で続けた。

「これを討てと命じられておりますが、あの伊達をとなるとそう容易くはありません。そこで力を貸して頂きたいのです」

策はこうである。まず、大和口を守る軍勢に又兵衛、幸村が含まれるようにする。これは今の大坂での二人の立場を使えばそう難しいことではない。第一陣で又兵衛が進み、幸村は第二陣として進軍する。大坂方の目標は隘路である国分村を押さえること。だが実際にそこに陣取ってしまえば、幕府軍の後方にいるだろう政宗は、劣勢だと感じて撤退を始めてしまうかもしれない。

「故に後藤殿は小松山《こまつやま》に」

それほど高くなく、山というより丘に近い。その辺り一帯では最も高く守りに適している山である。

「伊達には小松山を無視し、そのまま前進するようにと大御所から命が出ます」

「中入りになるぞ」

後方に敵を残したまま、敵の勢力圏奥深くに入る戦術である。成功すれば一挙に敵の主力を殲滅《せんめつ》できるが、失敗すれば反対に自軍が挟み撃ちに遭う。かつて家康はこの戦術を仕掛けてきた秀吉の軍勢を、木っ端微塵《こっぱみじん》に粉砕したことがあるのだ。

「大御所の命とあれば、伊達は逆らえますまい」

「確かに」

「となると敵は我ら第二陣と衝突する。そこに後ろから後藤殿が……」

幸村は手刀を宙に振ってみせた。

「それでお主は四十万石を得て、俺は武勇天下第一の名を恣《ほしいまま》にする」

「左様。如何？」

「うまい話だ。だがこの企《たくら》みが真実だという証がない」

「それは心配無用でござる」

幸村が目配せをすると、庄八郎が挟箱《はさみばこ》から一通の書状を取り出し渡してきた。

「これは……」

「我が兄が向こうの取次です」

書状は幸村の兄である信之からのもの。家康が伊達をいかに警戒しているか。此度の戦でどうしても始末し、広大な領地を取り上げたいという思惑。そのために大和口を進ませて中入りさせるから、そちらで上手く討ち取って欲しい旨が書き連ねられている。

「実際に四十万石を得るのは兄の伊豆守《いずのかみ》か」

「流石でござる。拙者はこうで……」

幸村は両の掌《てのひら》をぱっと開いてみせた。真田兄弟は大御所の命を受け暗躍している。その見返りは、兄が四十万石の領地と信濃国主の地位。弟がその内から、兄の代わりに上田十万石を得るといったところか。

「偽の書状ではあるまいな」

又兵衛は静かに訊いた。まだその線が残っているのだ。

「そこに兄の花押が。豊臣家の蔵にも幾枚かはあるはず。覚えて見比べられるがよろしいかと」

「なるほど。真らしいな」

確かに調べれば判ることである。つまり幸村が言っていることは真実と見てよい。

「最後に訊く。何故、毛利や長宗我部、明石《あかし》ではなく、俺に持ちかけた」

又兵衛が問うと、幸村が鷹揚な笑みを見せた。

「それは後藤殿ご自身が一番お解りでしょう。名のためならば清濁併せ呑む。そのような御仁だとお見受けしましたが」

「違いない」

又兵衛もまた口角を上げ、二度、三度頷いてみせた。


大坂城を出たのは四日前の五月一日のこと。まず又兵衛らが第一陣として兵六千四百を率いて出立、その後に真田幸村、毛利勝永らが第二陣として一万二千を率いて続いた。平野《ひらの》で一度軍を整えて野営したのは本日のことである。ここで軍議を行うこととなった。

「ここで待ち構え、全軍を挙げて決戦に及ぶべし」

評定に続き、毛利勝永はそう主張した。それも一案ではある。だがそれではまずい。己が止めようとする前に、先んじて幸村が口を開いた。

「国分村の狭隘《きょうあい》な地に陣取り、河内平野に雪崩れ込んで来る幕府軍を各個撃破するほうがよいかと」

「もっともなことだ。流石、真田殿」

すかさず又兵衛が続いた。この二人の意見が一致するとなれば、大抵のことは罷《まか》り通るようになっている。また作戦自体が悪い訳ではないのだから、勝永としても納得せざるを得ない。

「しかし敵も阿呆ではない。こちらの動きに気付けば、先に国分村を取ろうとするだろう」

「確かに……」

勝永が顎に手を添えて唸《うな》る。そんな中、又兵衛と幸村の視線が一瞬交わる。

「何かよい案はないものか」

幸村が大袈裟《おおげさ》に首を捻った。これが合図であることは事前に示し合わせている。

「一度に軍勢を動かせば敵も察知するだろう。ここから各々の隊に分かれて進むのだ。しかも昼ではなく、夜のうちに行けば、なおさら露見しにくい」

「なるほど」

流石、後藤殿だと皆が賞賛し、場が一気に和やかな雰囲気に包まれる。そのような気分に呑まれることなく、冷静な振る舞いをしているのは勝永だけである。勝永は物腰低く訊いた。

「して、何時《いつ》動きます」

「今宵にでも。評定で申した通り、先陣は拙者が務めよう」

又兵衛が言うと、勝永は微かに苦笑して幸村に振った。

「真田殿は如何？」

「異論はござらん」

「よし、各々方《おのおのがた》。必ずや勝ちましょうぞ」

又兵衛は膝を打ち、軍議は纏《まと》まった。打ち合わせの通りに進んでいる。少し誤算があったとすれば、敵の進軍が思いのほか速く、実際に国分村を占拠されてしまったこと。元来何か言い訳を用意して、小松山に登るつもりでいた。だがその手間も省けたということで、むしろ上手くことが進んでいる。

「敵に国分村を押さえられた。我らは小松山に登り、味方の援軍を待つ！」

又兵衛はそう命じて、小松山に陣を布《し》いた。あとは敵が小松山を無視して軍を進めるのを待ち、第二陣と激突したところで背後を衝いて伊達政宗を討ち取るのみである。

朝霧が深く、山から平野の様子は見えない。が、具足の擦《す》れる音、馬の嘶きから、軍勢が動いているのは感じ取れた。又兵衛は霧に向けて小さく呟いた。

「悪いな。真田」

真田の策に九割方は乗ってやるつもりである。だが又兵衛には、話を持ち掛けられた時より、考えていることがあった。

――伊達を討ち取るのは、真田が死んだ後でよい。

ということである。

まず、獲物はより肥えたほうが旨《うま》いというのが理由の一つ。幸村を討った政宗の首を獲ったほうが、より手柄は大きくなる。窮地に陥った大坂方を救うことにもなろう。

――この秘密は早々に消したほうがよい。

それがさらにもう一つの訳である。幸村は落城のその時に降伏する段取りだと言っていた。つまりまだ大坂城内に残るのだ。己と共謀したという秘密を握ったままに、である。これは後々面倒を引き起こすかもしれない。さっさと舞台から下りて貰うに限る。

幸村は上手く己を利用しているつもりだが、又兵衛のほうが一枚上手である。伊達政宗という大物を討ち取り、豊臣家に最期まで殉じた兵《つわもの》として歴史に名を刻む。それで武士《もののふ》としての己の一生が完結するのだ。

「伊達政宗よ……」

又兵衛は眼下を通過しているだろう軍勢に向けて呼びかけた。水気の多い風をゆっくりと吸い込み、頰を緩めて続けた。

「幸村を討て」

鬨《とき》の声が上がったのはその直後のことである。

「あの馬鹿め」

第二陣が思いのほか早く進み、眼下でぶつかってしまったのだろう。これでは最後尾にいる伊達隊を狙うのは難しくなる。何とか策を立て直さねばと考えている又兵衛のもとに、副将の井上小左衛門時利が走って来た。

「敵全軍がこちらに向けて進撃！」

「何⁉　何故こちらに来る！」

「何故とは？　敵をここで押さえ、後詰めの第二陣で打ち破る算段では……」

裏の取引のことを知らねば、敵味方がそのように動くと考えるのは当然である。確かにそのように配下にも説明している。故に小左衛門からすると要領を得ないのだ。

「馬鹿な……」

又兵衛は歯を食い縛った。戦場で取り乱したと思ったのか、小左衛門は己が肩を揺する。

「後藤様らしくありませぬぞ。しかとなされよ」

「俺はしかとしておるわ」

「防戦します。よろしいな」

小左衛門はそう言うと、返事も聞かずに取って返した。筒音が霧の中にこだまする。戦端が開かれたのである。敵の喊声《かんせい》の多さから、もはや全軍がこの小松山目掛けて突入しているのは疑いない。

「謀ったな」

又兵衛は拳を握りしめた。全てが幸村の謀略だと悟った。己が邪魔で取り除きたかったのだ。だが何故、邪魔なのだ。理由として考えられるのは、幕府に寝返るつもりというのは嘘で、自らもこの戦国最後の戦で名を留めんとしているということである。

「だがあれは確かに伊豆の手蹟《て》だった」

又兵衛も愚鈍ではない。真田信之の花押、筆跡を確かめるため、豊臣家の蔵から書状を出させて確認した。幸村に見せられた書状は確かに信之のものであった。そこまで考え、又兵衛ははっと息を呑んだ。

「そもそもこれは伊豆が引いた絵図か……」

標的は端から政宗ではなく己だったとすれば全て辻褄《つじつま》が合う。だがいずれ幕府は勝つのに、ここまで手の込んだことをする意味が解らない。

「後藤様！　第二陣は未だ現れませぬ！」

再び小左衛門が報告してきた。

「姿は見せぬだろう」

「はっ……？」

「奴は見捨てるつもりだ」

何かしら理由を設けて遅参するつもりのはず。この霧などはよい言い訳になると奴は喜んでいることだろう。

又兵衛は考えるのを止めた。すでに小松山は包囲されて逃げ場はない。もはや大坂の落城まで見届けることは叶わぬ。せめて名を貶めぬためここで奮戦し、一人でも多くの敵を道づれにするしか残された道はない。

――俺がそう考えることまで見込んでいるのだな。

己の行動原理が「名」である以上、そう動くと幸村は確信しているのだ。出し抜くつもりが、見事に出し抜かれた。今となっては憤るどころか、あまりに鮮やかな手並みに清々しささえ覚えている。

「なるほど。二人掛かりか」

理由ははきとしない。だが、豊臣家のためではなく、徳川家のためでもない。真田家が全く別の思惑で動いていることは確か。

そして、幸村だけではない。信之だけでもない。兄弟二人掛かりで己は嵌められたのだ。つまり己は一対一で負けた訳ではないということ。それだけが僅かな慰めである。

そこまで思い至った時、遥か昔、故郷播州で散った兄の顔が脳裏に浮かんだ。

――兄上。見ていて下され。

「後藤様！」

小左衛門がなおも呼びかけた時、又兵衛はすでに我を取り戻していた。己にはもはやこの場しか残されていない。ならばここで最大限に名を揚げる。それこそが後藤又兵衛という男の生き方である。

「最後の一兵になるまで退《ひ》かぬ。後藤又兵衛の恐ろしさを見せてやろう‼」

又兵衛が吼《ほ》えると、小左衛門もようやく安堵の表情になって頷く。

「掛かれ！　逆落《さかお》としに崩すぞ！」

又兵衛は馬に乗って霧の中を突き進んだ。己は後世にいかにして語り継がれるのか。暴れれば暴れるほど、幸村の遅参は長引き、汚点となろう。せめて一矢報いてやろうと、又兵衛は長年愛用してきた槍を敵兵の具足に突き入れた。

天正《てんしょう》十七年（一五八九）の初夏、源三郎《げんざぶろう》は父昌幸《まさゆき》と共に大坂《おおさか》へと向かった。ここ数日は雨が続いたのだが、いざ大坂に入る今日になって、空は爽やかに晴れ渡った。

「また賑《にぎ》やかになった」

父は馬上から町を見渡しながら舌を巻いたように言った。父は二年前にも大坂に来ていたが、源三郎にはこれが初めてのことであった。

数多くの店が立ち並んでおり、焼餅《やきもち》、水団《すいとん》、菓子など、客を呼び込む者も多い。さらにまだ町は広がるらしく、あちらこちらで普請が行われている。

往来を行きかう人々の数も桁《けた》外れに多く、戦場以外でこれほど多くの人を見るのも初めてのことであった。

「どうだ？」

父は鞍《くら》に置いた尻を少しずらしてこちらを見た。

「想像よりも大きゅうございました」

源三郎は手綱を捌《さば》きながら答えた。

「冷めた奴《やつ》だ」

もっと感動を露《あら》わにすると思っていたのだろう。気に食わなかったようで父は小さく舌打ちした。

「いずれは上田《うえだ》も負けぬ町にしてみせよう」

父は再び前を向くと、しみじみとした調子で続けた。

——無理だ。

源三郎は内心で思ったものの、決して口には出さない。

父が新築した上田城は、北には太郎山《たろうやま》が聳《そび》え、南には千曲川《ちくまがわ》が流れている。さらに西側には矢出沢川《やでさわがわ》を引き込み、東側には蛭沢川《ひるさわがわ》、湿地帯が広がっており、極めて守りの堅い城になっている。

一方で町を広げるためには、川の流れを変えるか、埋め立てるかしなくてはならない。そもそも築城当時には町を広げるなどは念頭になく、天嶮《てんけん》を利用して少ない金で、いかに守りやすい城を造るかということが第一に考えられた。

だいたい天下人の本拠である大坂と、信濃《しなの》の田舎《いなか》大名の本拠である上田では、何もかもが比べ物にならない。そのようなことは父も解《わか》っているはずなのに、敢《あ》えて口にするのが源三郎は堪《たま》らなく嫌であった。

そのような虚勢を張らずとも、己は父のことを心より尊敬している。武田《たけだ》家に従っていた者のうち、一体何家が大名として命脈を保っているのか。数えるほどしかない。

——あの時は、見事に賭けに勝たれた。

武田家滅亡の後は織田《おだ》家に、織田家瓦解の後は、北条《ほうじょう》、徳川《とくがわ》、上杉《うえすぎ》と、大勢力の間を泳いできた。だが、遂に領地のことでこじれて徳川家と対峙《たいじ》することになったのは、今から四年前のことである。

父は上杉家に弟源次郎《げんじろう》を人質に送って援軍を乞いつつも、結局はほぼ真田《さなだ》独力で数倍からなる徳川の大軍を散々に打ち破ったのだ。

だが本当の戦いはここからであった。上杉家はすでに秀吉《ひでよし》と気脈を通じており、その傘下に入る条件闘争の段階に入っていた。上杉家は真田家を自らの家臣としたまま降《くだ》ろうとしたが、父はそれをよしとはしなかった。そうなってしまえば真田家は秀吉の陪臣となってしまうからである。

——庄八郎《しょうはちろう》に伝えよ。

父は己の目の前で、横谷左近幸重《よこやさこんゆきしげ》に密命を下した。左近の弟である横谷庄八郎重氏《しげうじ》は、源次郎と共に上杉家のもとにある。その内容こそが、

——源次郎を連れて大坂へ奔《はし》れ。

と、いうものであったのだ。

秀吉は百姓から成り上がったため、心を許せる譜代の家臣が少ない。そんな秀吉の弱みを、父は鋭敏に見抜いていた。秀吉にこそ従いたいと、水面下で交渉していたのである。

そしてようやく内諾を得たが、聞き届けた秀吉としても折角従うと言っている上杉家を刺激したくはない。そこまで洞察し、全ては自らが勝手にやったということにし、源次郎を豊臣《とよとみ》へ人質に出そうとしたのである。

左近から密命を伝えられた庄八郎は、源次郎を連れて見事上杉家を抜け出し、大坂へと辿《たど》り着いた。上杉家は憤慨したが、もはや後の祭りである。

こうして真田家は豊臣政権のもと、独立の大名として認められた。父が二年前に大坂に来たというのは、その謝辞を秀吉に述べ、臣従を明らかにする謁見のためであった。

「真田安房守《あわのかみ》殿、ようこそお越し下さいました」

大坂城に近づくと、迎えの使者の集団が現れた。

秀吉子飼いの武将の一人、石田治部少輔三成《いしだじぶのしょうみつなり》である。領地こそまだ近江水口《おうみみなくち》四万石であるが、中央で辣腕《らつわん》を振るう奉行たちの中でも、頭一つ抜けているらしく、将来は豊臣家の中枢を掌握するのではないかという評判である。

「うむ」

そのような「大物」の出迎えであるため、頷《うなず》く父が上機嫌なのは明らかであった。

「改めまして、この度は祝着至極に存じます」

三成は慇懃《いんぎん》に礼をした。

今回、こうして大坂に来たのは、実は源次郎が祝言を挙げるからなのだ。相手はこれまた豊臣家奉行衆の一人である大谷吉継《おおたによしつぐ》の娘である。吉継との親交が深いとのことで、三成としてもこの縁談を喜んでいると源三郎は耳にしていた。

三成に案内《あない》されたのは目を瞠《みは》るほどの大広間。千畳敷と呼ばれる謁見の間である。すでにその部屋には源次郎が座っていた。

——立派になった。

源三郎の感慨が息と化して口から漏れた。

源次郎は当年で二十歳《はたち》。あどけなさもすっかり消え、よい男ぶりになっている。人質とはいえ、源次郎は丁重に扱われているようで、豊臣家では秀吉の小姓のような待遇を受けているらしい。

――後にせよ。

源三郎は心中で呼び掛けて首を横に振ったが、思わず口元が綻《ほころ》んでしまった。源次郎は再会の喜びから頰を緩めるだけでなく、こちらに向けて軽く手を挙げたのだ。

暫《しばら》くすると衣擦《きぬず》れの音が聞こえてきて、親子ともども畳に頭を落とした。

「安房！　久しぶりじゃのう！」

快活な声が頭上に降ってくる。今や実質の天下人である秀吉である。威厳の籠もった低い声を想像していたが、思ったよりも軽いものである。

「よいよい。早《はよ》う頭を上げい！　儀礼は無用じゃ」

本来ならば一度頭を上げる振りをし、なおも許しの声が掛かったところでようやく身を起こすのが礼儀である。だが秀吉はそのようなものは好まない。一度で頭を上げろと父から聞かされていた。

――これが関白か。

聞いていたように小男である。が、得体の知れぬ凄《すご》みを感じて源三郎は細く息を吐いた。凡庸でここまで来られるはずもなく、当然といえば当然である。

「お！　そちが豆州《ずしゅう》だな！　左衛門佐《さえもんのすけ》からいつも話を聞いているぞ！」

己は伊豆守《いずのかみ》の官職を受けた。豆州はその呼称のひとつである。そして左衛門佐もまた官職。だが、それに任官している者に覚えはなく、父も己もほんの一瞬戸惑った。それを秀吉は見逃すことなく続けた。

「この度、祝言を挙げるにあたって、源次郎にも箔《はく》を付けてやろうとな。朝廷に申して貰《もら》ってやったわ」

「あり難き幸せ」

父が即座に礼を述べ、源三郎もそれに倣《なら》う。朝廷に申す。その一言で己の威厳はそれほどだと暗に示しているのだと悟った。

「で、豆州」

「はっ」

「左衛門佐いわく、そちの年頃の者では突出した男ぶりとか。一目見てなるほどと思ったわ」

「滅相もございません」

「奥州《おうしゅう》の伊達政宗《だてまさむね》などより、余程名将の器ともな」

――馬鹿者。

源三郎がちらりと見ると、源次郎は申し訳ないといったように顔を歪《ゆが》める。

秀吉を警戒させるようなことを、わざわざ言う必要はない。それに表情にこそ出さないが、父が口内の肉を軽く噛《か》んだのが解った。己が褒められることで、父の胸に複雑な感情が湧き上がるのをよく知っている。

「まさか――」

伊達政宗などには遠く及ばない。そう言いかけ、源三郎は言葉を呑《の》み込んだ。

――これはまずい。

豊臣家に降るどころか、伊達政宗は周囲の勢力を席捲《せっけん》しつつ、東北に盤踞《ばんきょ》する構えを見せている。謙遜するということは、そんな伊達を褒めることにも繋《つな》がる。

かといって己が名将の器などと認めてしまえば、不遜であるとか、真田はいずれ背いて天下を窺《うかが》うつもりかなどと言い掛かりをつけられるかもしれない。

この問答は兵法でいうところの死路。肯否いずれで答えてもまずいことが起こりかねないのだ。父もそれに気付いたようで、さっと青い顔になって不安げに源三郎を見つめる。

「如何《いかが》した。豆州」

秀吉も当然気付いている。本人からしたら揶揄《からか》っている程度のことなのかもしれないが、何処《どこ》かで気が変われば真田家など吹き飛んでしまう。

「犬と牛を比べれば、牛が大きいと皆申すでしょう」

「む……」

「しかし犬は牛と会うまでは、己こそ天下で最も大きいと思っていたかもしれませぬ。良い気になっている牛も、いずれ広い世に鯨《くじら》がいることを知るものと」

「なるほど。そちは犬、伊達は牛、儂《わし》は……と、いう訳か。儂はいずれ全てを呑み込もうと思っている。その時、そちはどうする?」

秀吉は悪戯《いたずら》っぽく口辺に皺《しわ》を浮かべた。

当然、真田も豊臣傘下の一大名として伊達と戦う。だがここで意気揚々とそれを宣言すれば、真田は領地に貪欲だという印象を与えるし、かといって断るなどということは出来るはずもない。

「主人が行けと言えば行き、待てと言えば待つ。犬とはそのようなものかと」

「ふふ……漢《かん》の高祖《こうそ》と同じか」

漢王朝を打ち立てた劉邦《りゅうほう》は、楚《そ》の項羽《こうう》から似たような質問をされ、同じように返したのだ。庶民上がりというが、その故事を知っているあたり、やはり秀吉は余程勤勉なものと窺えた。

「だがあれは自ら牛ではなく、竜だとほざいているそうな」

秀吉は鯰《なまず》を彷彿《ほうふつ》とさせる口髭《くちひげ》を指でしごきつつ続けた。

「行けと命じられれば、竜でも嚙み殺す犬もいるものと」

「左衛門佐」

「はっ……」

秀吉が脇に呼び掛け、源次郎が膝をにじらせる。

「聞いた通り。そちの兄はなかなかの傑物よ」

「そうでございましょう」

「これ、謙遜せい」

秀吉が諸手《もろて》を挙げて戯《ふざ》けたような恰好《かっこう》で大笑すると、場に漂っていた重苦しい雰囲気がぱっと霧散した。

「安房。よい息子《むすこ》を持った。そちも豆州と同じ心得と思ってよいか？」

「まさしく」

「少し話がある。竜の前に始末せねばならぬ者が……な」

秀吉は不敵に笑うと、今一度己へと目を移して言葉を継いだ。

「大儀であった。これより儂は安房と二人で話す。そちは久しぶりに、兄弟水入らず語らうがよい」

こうして謁見を終え、兄弟は源次郎の自室に向かった。

秀吉が父だけを残して人払いしたことで、所在を無くしたのか、三成もまた案内という形で付いて来る。長い廊下を行くうち、その三成がふいに口を開いた。

「大した胆力だ」

「そのようなことは……」

源三郎は首を横に振った。

「謙遜なさるな。拙者は数々の謁見に陪席してきたが、初見であれほどまで見事な受け答えをする者は数少ない」

「ありがとうございます」

「故に実に惜しい」

「惜しいとは？」

文脈が繋がらず、源三郎は首を捻《ひね》った。

「徳川の義娘《むすめ》を娶《めと》ったことよ」

三成は憚《はばか》ることなく、ずけりと言う。気の短い者相手ならば喧嘩《けんか》になってもおかしくないほどの一言である。

源三郎もまた二年前に妻を娶っていた。徳川家の重臣である本多忠勝《ほんだただかつ》の娘である。それを一度徳川家康《いえやす》の養女とした後、己のもとに嫁がせたのだ。これは先の一戦の後、徳川と真田が和議を結ぶ一環として取り進められた。加えて本多忠勝が、己の戦ぶりを見てこれはと感服し、是非ともと家康に申し出たことも理由の一つらしい。

その際、源三郎は諱《いみな》も信幸《のぶゆき》から、信之に改めた。義父にあたる家康が婚姻に際し、

——名を改めてはどうか。

と、己に提案してきたのである。

諱の「幸」は真田家の証《あかし》ともいうべき字。家康は父を腹の底から嫌っており、腹いせという思いもあったのだろう。

——余計な波風を立てる時ではない。

そう考えて、源三郎はこれを承服した。だが父は突っぱねるだろうと思っていたらしく、烈火の如《ごと》く己を叱り飛ばしたものである。

「治部少輔様は徳川様がお嫌いなのですか？」

この男には余計な取り繕《つくろ》いは無用。そう直感し、源三郎もまた真っすぐに尋ねた。

「ああ、大嫌いだ。奴の腹の内は窺い知れぬ。いずれ豊臣家に仇《あだ》を成すだろう」

「酷《ひど》いお嫌いようですな」

あまりの言葉に、源三郎は源次郎と顔を見合わせて苦笑した。

「故にお主ほどの男が、向こう側に付いたことが惜しいとな」

「それは間違いというものです」

「何……」

「私にとっての大事は真田のみ。そのためには何でもする所存」

「生き残るためなら豊臣家を裏切ることもか」

「左様」

「兄上！」

源次郎が声を上げるのを、源三郎は手で制して続けた。

「代わりに義父の家といえども攻め滅ぼす覚悟も」

「拙者も正直者と自認しているが、伊豆守殿はその上をゆくようだ。安房守殿の子とは思えぬ」

父は周囲の大勢力の間を泳ぎ、時に裏切りも辞さなかった。故に世間では、

――表裏比興《ひょうりひきょう》の者。

などと、言われているのだ。

「いえ、私には父によく似ているところも。それに相手を見て話しております」

「裏切られぬためには、豊臣家は常に強くあれということだな」

源三郎はこの問いには明答せず、微笑《ほほえ》みのみで返した。

「解りやすくて実に良い。面白き御仁だ。肝に銘じよう」

ずっと仏頂面だった三成だが、微《かす》かに口元を緩めると、源次郎の部屋まで案内して去っていった。

自室で二人きりとなり、人の気配が去ったところで源三郎が口を開いた。

「俺の自慢話をするな。何とか切り抜けられたからよいようなものの……」

「ごめん。つい……」

源次郎は片目を瞑《つむ》って拝むような恰好をする。外見はすっかり大人びたが、まだ無邪気なところも残っているらしく、何故《なぜ》か少しばかり安堵《あんど》した。

「兄上も人のことを言えるか？」

源次郎は苦笑した。先ほどの三成とのやり取りのことである。

「まあ、あの手の男だろうとな」

「まさに。えらく気に入られたらしい。笑うのを初めて見た」

「そうか。それにしても久しぶりだな。立派になった」

「結局、上杉家に行ったきり会えずじまい。四年も離れて暮らしたことなどなかったからなあ……」

ずっと兄弟で共に過ごしてきたのだ。これほど長い別れになるとは、あの時は思いもしなかったし、まさかこうして再会の地が大坂になるとも想像していなかった。

「ところで伊達政宗は、本当に豊臣家に抗《あらが》うのか？」

源次郎が声を潜めて訊《き》く。己は何でも知っているものと思っている弟なのだ。

「全ては北条次第だろう。父上が残されたのも恐らくその件に関してだ」

「何……」

「真田を餌《えさ》に……と、いったところか」

源三郎は己が考える将来を滔々《とうとう》と語り、

「ともかく真田は生き残る。遠く離れていても力を合わせねばならぬ」

と、最後に結んだ。

「ああ」

「頼りにしているぞ」

「兄上がいれば心配ない」

源次郎はにっかりと白い歯を覗《のぞ》かせた。やはり兄弟とは不思議なものである。幾ら離れていようとも、すぐにその間の時を取り戻せる。源三郎もまた頰を緩めて大きく頷いた。

政宗の夢

将兵の喊声《かんせい》、刀槍《とうそう》の打ち合う音、弓弦《ゆづる》の叫び、銃の咆哮《ほうこう》、これらが間断なく続き、一つとなって耳朶《じだ》に響く。それはまるで姿の見えぬ大きな魔物が唸《うな》っているかのようにも思える。

伊達政宗は、この「声」をこれまで、幾度となく聞いてきた。敢えて変わったことを挙げるならば、その中でも今回はやや声が大きい部類に入るということであろうか。

「後藤《ごとう》隊、小松山《こまつやま》にてなおも奮戦！　当家は一進一退なれど、他のお味方の軍勢も手こずっています！」

前線から伝令が戻ってそのように報じた。

「さらに圧を強めよ」

政宗が厳かに命じると、伝令は鋭い返事をして帷幕《いばく》から再び飛び出して行った。

現在、道明寺《どうみょうじ》付近の小松山に大坂方の後藤又兵衛《またべえ》隊二千八百余が籠もり、三万以上からなる幕府軍の猛攻を受けている。歴戦の猛将といえども、いずれは力尽きるはずである。

――後藤、悪いな。

硝煙で煙《けぶ》る小松山を見つめながら、政宗はほくそ笑んだ。

幕府が豊臣家を滅ぼさんと軍を興したのは昨年のこと。伊達家にも当然、兵を出すように命《めい》が下った。昨年の冬の攻防では、豊臣家は難攻不落の大坂城に拠《よ》り、幕府軍を大いに悩ませた。

幕府は大坂城の外濠《そとぼり》を埋めることを条件に和議を結んだ。だがこれは徳川家康の策略で、外濠以外の濠も埋め立てたのである。

その上で今夏、幕府は豊臣家に難癖をつけて再び軍勢を興した。大坂方は、丸裸となった大坂城に籠もっても勝算はないとして、野戦にて幕府軍を撃破するべく出撃してきた。

伊達家の受け持ちは大和口《やまとぐち》。対する大坂方の将は後藤又兵衛、毛利勝永《もうりかつなが》、真田幸村《ゆきむら》などで、兵は一万八千余であると伝わってきている。

国分村《こくぶ》という地があり、ここを先に押さえたほうが有利になるだろうと政宗は見た。

「大坂方も同じことを考えるでしょう。そこまでは休まず軍を進めて押さえるべきです」

と、名目の大将を務める徳川家康の六男にして、己の娘婿《むすめむこ》でもある松平忠輝《まつだいらただてる》に進言した。

政宗の予見は的中し、先陣を務める後藤又兵衛は、国分村を押さえようと突出してきた。が、その時にはすでに幕府軍が占拠を終えていたのである。

通常ならば一度退くか、あるいは味方の到着を待って決戦に臨むところである。だが又兵衛は意外とも思える行動に出た。小松山と謂《い》う小高い丘に陣を布《し》き、たった二千八、九百の軍勢で、三万を優に超える幕府軍を防がんとしたのだ。

「何を考えているのだ……」

直前に急遽《きゅうきょ》開いた軍議では、戦の経験が皆無といってよい松平忠輝でさえ首を捻ったくらいだから、他の諸将もやはり訝《いぶか》しんだ。後続が見えない今、小松山に陣取れば後藤隊は敵陣で孤立してしまうのである。

「後藤又兵衛ほどの古強者《ふるつわもの》が何も策がないはずはない。恐らくは敵の後続が颯爽《さっそう》と現れるのだろう」

そう意見したのは、生涯の殆《ほとん》どを戦場で過ごしたといっても過言ではない水野《みずの》勝成《かつなり》である。この大和口攻略軍の一番備えを務めている。

後続が姿を見せないのはわざとであり、幕府軍が小松山に包囲猛攻を仕掛けたところで、強行で軍を進め、囲いの外から攻撃を加える策だと水野は見たのだ。小松山を城と見立てた場合、籠城戦の途中、寄せ手の背後を衝《つ》くのは常套《じょうとう》手段の一つである。折しも河内《かわち》平野一帯を深い霧が覆っている。これでは敵がすぐそばに来るまで気付くことなど出来ないだろう。

「ならばいっそ後藤隊を無視し、先に後続と決戦するのは如何か。後藤隊を除いた敵は一万五千余り。こちらは倍の三万。一気に方を付けるのだ」

娘婿の松平忠輝が唾を飛ばした。

「しかし後藤隊が動くかもしれませぬ」

水野は徳川の連枝たる忠輝にも臆さず諫言《かんげん》する。

「たかだか三千弱。その折には一部の軍勢を反転させ捻り潰してやればよい」

「そのように上手《うま》くいくものでは――」

「お待ちを」

水野がなおも反論しようとするのを制止したのは、二番備えの将を務める本多忠政《ただまさ》であった。父は徳川家きっての勇将と名高かった本多忠勝。その忠勝が五年前に逝去し、本多家の家督を継いでいる。果敢さと冷静さが同居したような、父の名に恥じぬ将であると政宗は見ていた。

忠政はゆっくりと言葉を継いだ。

「小松山には後詰めを残し、本隊は様子を窺いつつ進軍するというのが最も無難かと」

両者の折衷案である。現段階ではこれが最も妥当であろう。常ならば己でもその案で進めるだろう。ただし、

――常ならば……な。

政宗は内心で呟《つぶや》いた。此度《こたび》はその常に当て嵌《は》まらないのだ。

「各々方《おのおのがた》」

これまで黙していた政宗が口を開くと、皆の耳目が一斉に集まった。

「拙者は小松山に全勢力をぶつけ揉《も》み潰すのがよいと思う」

「しかしその背後を大坂方の後続が衝くかもしれぬ故……」

ようやく口を開いたのに何てことはない、話が堂々巡りになると思ったのだろう。水野は些《いささ》か呆《あき》れたかのような表情で言う。政宗は内心では鼻を鳴らしたい心境であったが、目をすぼめて首を横に振った。

「後続が現れるまでに小松山は十分に落とせる」

大坂方の策ではなく、ただ単にこの濃霧によって後続が遅れているだけだと政宗は見立てを語った。

「確かにその線も考えられますが、やはり策という線も捨てきれぬのでは？　後藤隊が小松山に登ったのがその証左ではないでしょうか」

本多はこちらの心情を窺うように丁寧な口調で話した。

後続が単純に霧で遅れているならば、後藤隊もそのことに気が付くはず。一度退いて合流することを最優先しそうなものを、敢えて小松山に登った説明が付かないというのだ。

「この戦、敵味方で大別すると四つの考えが交錯している」

政宗は皆を見回して指を一本立てて続けた。

「まず一つ目は徳川家の考え。幕府と置き換えてもよろしい。これは至極単純で豊臣家を討ち滅ぼして泰平を築くこと」

「無論」

当然とばかり深く頷いたのは本多忠政であった。政宗はさらに指を一本立てた。

「次は豊臣家の考え。これは幕府軍を打ち倒し、再び豊臣家が天下の権を握ろうというもの」

これには水野がけっと喉を鳴らす。そのようなことが出来るはずはないとでも言いたいのだ。

政宗は指を三本とした。

「一つ目の考えに沿い、無心に奉公しようとする者だけではありません。三つ目はこの戦において自軍の兵力を損じぬよう、上手くやり過ごしたい。諸将の中にはそのような考えの者も交じっているでしょう」

「そのような者は――」

「いないと仰《おっしゃ》りたいのでしょうが、それは綺麗《きれい》ごとというもの」

本多が口を挟もうとするのを、政宗はぴしゃりと制すと、一転、口元を微かに緩めつつ続けた。

「もっとも拙者にはそのような考えは毛頭ござらぬ」

本多は渋々といったように頷く。水野は嘘《うそ》臭いといったように口をへの字に曲げた。が、政宗は本心から嘘など吐《つ》いていない。

「さて最後に四つ目。自らの名を揚げたいとだけ考える者」

名を揚げようとする者は幕府方、大坂方を問わずにいる。ある者は家の末代までの誉れとせんがため。家ではなく個の名声のためという者もいる。名を揚げて幕府から恩賞を受けようとする者、あるいは大坂方でありながら幕府に高い値で自らを売らんとする者もいるだろう。そして政宗はこれら自らのことだけを考えている者が最も多いと思っている。これは概してどの戦でも言えることだが、この戦は恐らくは、

――戦国最後。

になるであろうことから、特にその傾向が顕著なのだ。

「つまり大坂方は一枚岩ではない。特に後藤のように一癖も、二癖もある男は極めて御しがたいものです」

政宗は皆を見回し、さらに言葉を継いだ。

「国分村を押さえられずに策は崩れた。ならば十倍からなる幕府軍を相手に、小松山で華々しく散るのが最も後世に名を残せると考えたのでしょう」

「つまり？」

水野は頬を引き締め、窺うように上目遣いで政宗を見た。功名への嗅覚の鋭いこの男は、ここに手柄が転がっていると感じ始めているようだ。

「もはや策らしい策などない。お望み通り木《こ》っ端《ぱ》微塵《みじん》にしてやるべきです」

「しかしそれもあくまで仮説に過ぎませぬ。もし違ったならば……」

本多の心も揺れ動いているようだが、やはり慎重に場を収めようとする。

「全ての責は拙者が負いましょう。それで如何か」

これで総崩れにでもなれば、家康の怒りを買い、最悪の場合改易となることもあり得る。仙台六十二万石の太守が、そこまで言い切るのは尋常な覚悟ではない。

義息《むすこ》の忠輝は唾を呑み、水野は人の責で戦が出来るのは儲《もう》けものとばかり不敵に笑う。自身よりも遥かに戦場での経験が豊かな己が言うならばと、最後には本多も了承した。

こうして払暁《ふつぎょう》の寅《とら》の刻（午前四時頃）、幕府軍は後藤隊の籠もる小松山へと総攻撃を始めたのである。幕府軍の先陣は松倉重政《まつくらしげまさ》、奥田忠次《おくだただつぐ》が務めた。

後藤隊は目を瞠る奮戦を見せた。前線からの報《しら》せでは、又兵衛本人が槍《やり》を手に先頭に立ち、逆落《さかお》としに突撃しているという。その猛攻撃の前に奥田は敢え無く討ち死に。松倉隊も総崩れになりかけたが、

「又兵衛の首は俺が頂く！」

と、水野が配下を鼓舞して攻撃に参加。堀直寄《ほりなおより》もそれに続いて一進一退の様相へと移った。

「我らも行くか」

悠々と戦局を見守っていた政宗だが、そこで自身の手勢を動かして参戦した。

これで後藤隊は四方八方から攻撃を受けることになった。だがそれでも一歩も退《ひ》かずに暴れ回っており、今に至るという訳である。

すでに合戦が始まって二刻（約四時間）が過ぎているが、未《いま》だ大坂方の後続は姿を見せていない。政宗の読みは的中したことになる。

「小十郎《こじゅうろう》」

「はっ。ここに」

政宗が呼ぶと、脇に控えていた武者が応じた。名を片倉重綱《かたくらしげつな》と謂う。齢《よわい》は三十一である。

重綱の父は景綱《かげつな》と謂い、政宗の乳母《うば》の弟で幼い頃からずっと共に過ごしてきた。政宗よりも十歳上であったことから、剣術や学問でも常に一歩先を進んでおり、時に厳しく、時に優しい兄弟子のような存在でもあった。政宗が長じてからもその関係は変わらず、家臣としての一線は引きつつも、耳に痛いことを諫言するようなことも間々あった。

伊達家の重要な局面では常に傍《そば》におり、よき相談相手であった景綱だが、昨年病に臥《ふ》して大坂の陣には加われず、代わりに息子の重綱を出陣させている。

重綱は、通称は父と同じ小十郎で、智勇兼備の資質も十分に受け継いでいる。また容姿も若い頃の父に酷似しており、この「小十郎」と話していると、まるで己まで若やいだ心地になってくる。

「行くか」

伊達家の新手として、という意味である。

「お任せを」

小十郎は雄々しい眉をきゅっと寄せて頷いた。

「よし」

政宗が頷くと、小十郎は颯爽と身を翻《ひるがえ》した。

やはりその背も父の小十郎景綱に似ている。景綱があれくらいの年の頃、己は二十一歳。若くして家督を継いで三年、奥州に覇を唱えんと各地を転戦していた。

あの頃は奥州、羽州《うしゅう》を統一するのは当然で、いずれは本気で天下も窺うつもりであった。豊臣秀吉が天下の大半を手中に収め、

――即刻、戦を停止せよ。

と、関東や奥羽《おうう》の大名家に惣無事令《そうぶじ》を出したのもその年である。

政宗はそれを無視して合戦を続け、やがて蘆名《あしな》家を滅ぼして版図を広げ続けた。だが、その時には豊臣家に従わぬ大勢力は、北条家と伊達家のみになっていた。その北条家は真田家を無断で攻めた罪を問われ、豊臣家との決戦を余儀なくされた。

その報せを聞いた時、天を見上げて割れんばかりに歯を食い縛ったのをよく覚えている。政宗は伊達家存続のため、豊臣家への臣従を決めたのであった。

二十五年の歳月が流れ、己の夢、野望を打ち砕いた豊臣家と対峙しているのは、些か感慨深いものがある。

だがあの時と異なり、今の己は幕府麾下《きか》の一大名でしかない。この戦で豊臣家を滅ぼそうとも、己の手に天下が転がり込んで来る訳ではないのだ。

――生まれるのが遅かったのだ。

この二十五年間、ずっと無念の想いを胸に宿してきた。

秀吉や家康と比べ、己が劣っているとは思わない。彼らと己で違うものがあるとすれば運だけであろう。あと二十年、いや十年でも早く生まれていれば、天下の覇を争うことが出来たはずなのだ。

それは言っても詮無いことで、諦めるしかないのは解っている。ただ他の大名連中と十把一《じっぱひと》

絡《から》げにされるのだけは御免であった。豊臣政権下でも一目置かれていたし、徳川家もまた無視出来ぬ存在であるからこそ、忠輝に己の娘を娶らせて縁戚としているのだ。それだけでなく後世の人からも、

――伊達政宗は運が悪かっただけ。

と、悲運の将として語られることで、辛うじて溜飲《りゅういん》も下がろうというもの。そう思うことで、政宗は何とか己の半生に折り合いを付けてきたのだ。

「百万石だ」

戦の奏での中、政宗は蓮《はす》の花が弾《はじ》けるほどの小声で呟いた。

関ケ原《せきはら》の戦いで、家康は百万石のお墨付きを己に与えたものの、何かと屁理屈《へりくつ》をこねて反故《ほご》にしている。群を抜く手柄を立てて、今度こそ百万石の大領を認めさせる。

今更天下を奪おうなどと大それたことは考えていない。随分としぼんでしまったが、それだけが今の己の夢であった。

故に軍議の場において、諸将に向けて言ったのは嘘ではないのだ。この一戦で手柄を立てねば、その百万石さえも二度と摑《つか》めない。自軍の消耗を抑えてこの好機を逃す訳にはいかない。

しかし、他には嘘もある。いや、厳密には口にしていないことがある。実は、政宗は後藤隊が小松山に登ることも、後続の部隊が遅れて現れることも事前に知っていたのである。

伊達家にも己が黒脛巾組《くろはばきぐみ》と名付けた所謂《いわゆる》忍びの者がいる。だが黒脛巾組といえども、そこまで重要な話を仕入れることは不可能である。しかも後続が遅れるなど、そこに大坂方の意図が介入しない限り予測しようがない。

裏を返せば、自らの意志で遅れようとする者がおり、その者からのみ事前に知りえるということ。政宗は大坂方のとある将、それもかなりの大物と秘密裏に通じていた。そのことは義息の忠輝は勿論《もちろん》、家臣たちにも話していない。

ただ一人、国元で臥している父の方の小十郎、景綱にだけは話が持ち上がった時点で相談を持ち掛けた。すると景綱は熟考した後、大きな咳《しわぶき》をして、

「悪い話ではないものと」

と、静かに答えた。

それまでに考えはほぼ固まっていたが、景綱の後押しによって、政宗は腹を決めたのだ。

政宗は未だ戦場に姿を見せぬその男に向け、心中で呼び掛けた。

——左衛門佐、嘘は申していなかったか。

その通じている将こそ、大坂方で五人衆などと呼ばれている真田左衛門佐信繁《のぶしげ》であった。いや、大坂城に入った時より、何故か幸村と名を変えたらしい。

さらに厳密にいえば、政宗が直《じか》に幸村と通じているのではない。

——豆州も食えぬ男だ。

今度は江戸にいるはずの幸村の兄、真田伊豆守信之の顔を思い起こし、政宗は鼻を鳴らした。幸村のもとにいる忍びと、信之の代わりに出陣している息子の陣にいる忍びが、隠れて頻繁に連絡を取り合っており、そこから政宗は情報を得ていた。そもそも昨年、この話を持ち掛けてきたのも信之からであったのだ。

幸村は此度の戦で大きな手柄を立てたがっており、信之もまたそれを望んでいる。理由に関

しては聞いていないし、問い詰めるつもりもないが見当はついている。最大限まで自らの値を吊《つ》り上げたところで、幕府方からの寝返りの誘いを受けるつもりなのだろう。幸村は信濃か甲斐《かい》で十万石、兄信之も弟を引き抜いた功績で上手くいけば信濃一国を得ることが能《あた》うかもしれない。ただそこに届くためには、あくまで大坂で一番の将にならねばならない。

今のところ大坂方の将の中で、幸村と又兵衛の活躍が半歩勝っているという印象。だがこの戦はもう数日のうちに終わる。新たに手柄を立て、目に見える形で又兵衛に差をつけるのは難しいところである。そこで邪魔な又兵衛を排除し、堂々の一番に躍り出ようというのが真田兄弟の思惑だろうと政宗は考えていた。

小松山からどっと歓声が起こり、間を置かずして伝令が駆け込んで来た。

「片倉小十郎様より伝令！　後藤又兵衛を討ち取ったとのこと！」

報せを受け、政宗の周囲の者はどよめいた。皆の顔に喜色が浮かぶ中、政宗だけは表情を崩さずに厳かに答えた。

「よくやったと伝えよ」

「ただいま、残兵を追い散らしております」

「解った」

入れ違いに別の者が走り込んで来た。西に向けて放っていた物見の一人である。先ほどの者と異なり顔に強張《こわば》りが見られた。

「霧の向こうに甲冑《かっちゅう》の音、馬の嘶《いなな》きが。大坂方の後続が近づいている様子です。まだ遠いようですがいずれ駆け付けます」

幸村は如何なる手を使って後続部隊を遅らせたのか。ほかにも毛利勝永など実力のある将もいると聞いているため、余程上手くやらねばならなかったことだろう。

いずれにせよ結果として、事前に聞いていた通り後続部隊は遅れている。だがどのような手を使ったとしても、いつまでも軍を留めておく訳にはいかないのも確かである。この戦場に間もなく真田幸村や毛利勝永らの後続、いや本隊が現れることになる。

「誰《たれ》か。小十郎に適当なところで引き揚げろと伝えよ」

近くに待機していた伝令を、反対に小松山の小十郎のもとへ走らせた。遅れて来る大坂方の本隊との決戦に備えるためである。今の政宗の考えを知ったならば、幸村、信之のどちらがここにいたとしても、

——話が違う。

と、血相を変えることであろう。

信之からの提案は、協力して両陣営で共に手柄を立てるというもの。周囲の目を憚らねばならぬため、あからさまに敵に利する振る舞いは避けつつも、互いの不利にはならぬよう動こうというものであった。

すでに我が軍は後藤又兵衛を討ち取るという大殊勲を立てているのだ。本隊が来たときに伊達家も戦うのは仕方ないとして、後ろ備えに回って積極的に兵を出さない、あるいは幸村を避けて毛利勝永を狙うなどの行動を取るのが約束の上では妥当だろう。だが政宗は、

——真田も屠《ほふ》ってやる。

と、考えている。

大坂方で抜きん出た活躍をしている二人を、しかも一度の戦で討ち取ることになる。信之は激昂《げきこう》するかもしれぬが、弟と通じていたなどと幕府に訴えられるはずもなく、どうしようもない。端《はな》から政宗は、利用するだけ利用し、機会が巡ってくれば真田も葬り去るつもりであった。そして今、その機が迫っているのである。

「同盟は決裂だ」

霧で湿気《しけ》る頰をつるりと撫《な》で、政宗は小声で呟き片笑んだ。

まだ己の耳朶に大坂方本隊の発する音は届いていない。だが長年、戦場で培った勘で、霧の向こうからひたひたと敵が迫って来るのを感じている。

永禄《えいろく》十年（一五六七）八月三日、伊達政宗は鎌倉《かまくら》以来の名門である伊達家の嫡男として出羽《でわ》国米沢《よねざわ》で生まれた。父は伊達家十六代当主の伊達輝宗《てるむね》。母もまた清和源氏《せいわげんじ》足利《あしかが》氏の流れを汲《く》む名門、最上義守《もがみよしもり》の娘、義姫《よしひめ》である。

幼名は梵天丸《ぼんてんまる》と謂う。虫も殺せぬほどの穏やかな性格であり、後年の政宗をその頃と比べて、

――まるで別人のようだ。

などと言う者もいる。その訳を政宗自身はよく解っている。他人から見れば些細《ささい》なことによっても人は変わるもの。ましてやそれが幼年の頃ならば多大な影響を受けるものである。

政宗の場合、それは母との関わりであった。穏やかで優しく平時は武将らしくない父と比べ、母は極めて気性の激しい人で、もし男に生まれていれば優れた武将になっていただろうと政宗は思う。

母は何事にも完璧を求める人であった。そう言えば聞こえはよいが、病的なほど几帳面だとも言い換えられる。文箱《ふばこ》の中の筆が少し傾いていただけで苛立《いらだ》ち、食膳の碗《わん》の位置が一寸《ちょっと》でも違っただけで、癇癪《かんしゃく》を起こし侍女を怒鳴り散らしたこともあった。

そんな母の情緒は歪んだ愛情となって政宗に注がれた。

――完全無欠の伊達家の当主に。

と、思っていたらしい。事実、口に出しているのを耳にしたこともある。わざわざ父に武術、学問共に一流の師を付けるように頼み、その成果も逐一確かめるほどであった。

政宗もまた、母が喜んでくれるならばと懸命に文武に励んだ。

政宗には母を同じくする小次郎《こじろう》と謂う一つ年下の弟がいた。事情を知らぬ者は、母は生まれた時から弟のほうを可愛がったなどと言うが、それは違う。

繰り返すが、母は良くも悪くも几帳面な人。長兄こそ一番、次男は二番と定めてこそ収まりがよい。その順を違《たが》えて家督を継がせる気などは毛頭なく、期待や情も己に向けられたほうが遥かに大きく深いものであった。

ただ、それもあの日までの話である。

政宗は五歳の冬、突如茹《う》だるほどの高熱を発して寝込んだ。疱瘡《ほうそう》であった。この原因不明の病は、千年近く前から日《ひ》ノ本《もと》に広がり、時に一気に蔓延《まんえん》して猛威を振るってきた。その威力は、大人でも罹《かか》った者の二人に一人が死ぬほどである。

政宗も意識が混濁し、生死の境をさまよった。医師の熱心な看病もあった上、元来躰《からだ》は丈夫な方であったのだろう。発症から十日ほどでようやく小康を得て、一月《ひとつき》もする頃には床を払うことも叶《かな》った。

だがこの病は治った後にも障りがあった。痘痕《あばた》が残る程度ならばまだましで、疱瘡の毒が回って足腰が立たなくなる者、目の光を失う者などもいる。政宗も痘痕が残っただけでなく、毒が回った右目が失明し飛び出るように隆起してしまった。

心の機微を察するに敏な政宗は、周囲の反応から己の相貌が醜くなったことに気付いた。だが実際に見るのは恐ろしく、鏡を覗き込むことは出来なかった。

——よくぞ本復した。

父は顔のことなど全く意に介していないかのように、涙ぐみつつ喜んでくれた。

しかし、母は違った。流石《さすが》に面と向かって心証を口には出さないものの、己の顔を見て頬が引き攣《つ》っていた。そしてそれまで毎日のように自室を訪ねて来たのが、殆ど寄り付かなくなってしまったのだ。

ある日、政宗のほうから母を訪ねると、丁度弟の小次郎も部屋にいた。政宗が入ろうとすると、母は小次郎の肩を抱いてさっと躰を背けたのだ。疱瘡は治癒から暫く経てばうつらないことは医師の経験則により解っている。だがそれが実証された訳ではないから、必要以上に恐れ、疱瘡に罹患《りかん》した者には一切近づかないという者さえ少なからずいた。自らはともかく、小次郎にはうつすまいと考えたのか。じっと己を睨《にら》む母の目から、

——近づいてはならぬ。

という強い意志を感じ、政宗は用事を思い出したふりをしてその場を後にするしかなかった。

政宗はその日、鏡を探したが一向に見当たらない。屋敷中の鏡が消失しているのだ。恐らく

は父の命《めい》によって隠されたのだろう。

政宗はふと思いつき、盥《たらい》に水を張って恐る恐る覗き込んだ。右目は歪《いびつ》に飛び出て黒ずんでおり、まるで物の怪の如く見えて、己が身を震わせた。

それからというもの鏡は疎《おろ》か、己の姿の映る水面にも顔を近づけず、政宗は武術や学問も投げ出し、独り部屋に籠もる日が多くなった。

父はなおも優しく接してくれるものの、家臣たちは心中を慮《おもんぱか》ってか何処か余所余所《よそよそ》しい。母に至っては一月《ひとつき》も顔を合わせないことすらしばしばあった。

そのような状勢のまま半年の月日が流れ、政宗が六歳となった春のことである。政宗は再び盥に水を張って部屋に運び込み小刀を手にした。

――これのせいで母上が。

飛び出た目はさらに黒く変じ、瘤《こぶ》のようになっている。これを切り落とそうというのである。だがいざとなると勇気が出ず手が固まる。

どれくらいの時が経《た》ったであろうか。廊下を歩く音が聞こえてきて、政宗はさっと小刀を背後に隠した。

「若、入りますぞ」

こちらの返答も待たずに障子が開く。そこに立っていたのはすらりと背が高く、眉目秀麗な若武者であった。

「小十郎……」

己の傅役《もり》を務める片倉小十郎景綱であった。

「今日も武芸はお休みか」

小十郎は軽く溜息《ためいき》を零《こぼ》した。今日だけではない。これまでも三日に一度はこうして己のもとを訪ね、そのように声を掛けてきたのだ。だがそれだけで、稽古の無理強いはしない。暫く歓談して部屋を後にするのみである。

「それは」

常と違うもの――。水を張った盥を見つけて小十郎は短く問うた。

「いや……」

「切り落とすのですか」

口籠もる政宗に対し、小十郎は真っすぐに訊いてくる。

「まずいか」

「いえ、医師も切ってもよいと」

すでに右目の機能は失われている。このままでも構わぬが、切り落とすならば処置を行うと医師は言ったらしい。政宗は今しがた小十郎の口から聞いたのが初めてであった。

「恐らく血も殆ど出ないだろうとのこと。医師を手配致します」

「嫌だ」

政宗は身を翻そうとする小十郎を止め、震える声で続けた。

「これは私の仇討ちなのだ」

「なるほど……出来ますか？」

己の意を察したようで、小十郎は深く頷くと傍らに腰を下ろした。

「小十郎が言うと、女中が姿を見せる。構わないのかというようにまごついている女中に、小十郎は力強く頷いた。やがて鏡が用意された。小十郎が言うだけで、隠されていた鏡が出て来るあたり、己のことは父から一任されているのだろう。

「水面が揺れて手元が狂ってはよくありません。鏡のほうがよろしい」

小十郎は平然と言い放った。

政宗は小刀を躰の前へ持ってきて、鏡の中の己をじっと見つめた。そこにいるのは去年までの己ではない。右目がどうのというより、自信が一切消え失せている哀れな少年の顔である。

小刀を右目に添え歯を食い縛るが、やはり手が動かない。

「止《や》めましょうか」

「いや、やる」

柔らかに尋ねる小十郎に対し、政宗は即答した。

「介添え致しましょう。それならば仇討ちの妨げとはなりません」

「しかし……」

「拙者にも共に背負わせて下され」

これまで悠然としていた小十郎だったが、初めて声の奥に潤みを滲《にじ》ませた。政宗が頷くと、小十郎はそっと己が手に手を重ねる。

「若、いきますぞ」

「ああ、いこう」

政宗が凛然《りんぜん》と答える。無理やり手を動かされた訳ではない。政宗の意志であった。計ったように小十郎の手も同時に動いたに過ぎない。

不思議と痛みは少なかった。すでに右目の感覚が乏しくなっていたからか。いや、小十郎の温《ぬく》もりが心強く、痛みを彼方《かなた》へと飛ばしたのであろう。

「これを」

驚いたことに小十郎は懐から白布を取り出した。いつ、何時《なんどき》、このような事態に遭遇するかもしれないと常に準備していたのだろう。布で右目を押さえつつ政宗は頰を緩めた。

「仇を討ったぞ」

「お見事でございます」

「母上は……」

政宗の口からその言が零れると、小十郎は何かを言おうとして呑み込んだように見えた。己が最も苦しんでいる時に、救おうとするどころか、伸ばされた手を振り払ったと、恐らく小十郎は母に怒りを抱いている。その憤怒が噴き出しそうになったのだろう。

小十郎の言いたいことも解る。政宗も他の母子を見ていたなら同じような感情になったに違いない。だが我が身のこととなると、それほど単純ではない。母は何があろうと母なのだ。

「天下を獲《と》れば、顔に傷があろうと余りある。母は完璧な息子と思って下さる」

「若……」

「小十郎、共にいこう」

本日二度目の呼びかけである。己の生涯の目標が定まったからか。先ほどまでとは異なり、政宗の胸は清々《すがすが》しいもので満たされていた。それはまるで、別人に生まれ変わったかのような心地であった。

政宗は人が変わったように躍進した。

天正七年（一五七九）には田村清顕《たむらきよあき》の娘、愛姫《めごひめ》を娶ると、天正九年（一五八一）五月、領地を接する相馬《そうま》家との合戦で伊具《いぐ》郡に出陣し、初陣を飾る。これで名実ともに一人前の男、武将となったことになる。

さらに天正十二年（一五八四）十月、父の隠居にともない家督を相続し、伊達家第十七代当主となる。初めは政宗自身も時期尚早と辞退した。だが父は、

——今のお主なら何も問題はない。伊達家始まって以来の隆盛を見られるかもしれぬな。

と、優しく語りかけて呵々《かか》と笑った。

本当に認めてくれていたということもあろう。加えて、ようやく自信を取り戻した今のうちに、次の段階に進ませたいという狙いもあったのかもしれない。

さらにもう一点、母が弟小次郎への愛情をさらに深め、家督を継がせたほうがよいとまで言い出していることもあった。父は一喝、一蹴したものの、死後に禍根を残さぬため、自らの目の黒いうちに家督を継がせようという意図もあったのだろう。政宗は齢十八にして、そこまで考えられるようになっていた。

陸奥《むつ》、出羽の大名というのは一言でいえば、

──ややこしい。

ものである。各大名家間で複雑に婚姻が結ばれているのだ。それは他国でも同じことであろうが特にその傾向が顕著で、全ての大名が縁戚といっても過言ではない。争うことがあったとしても、いわば途方もなく大きな「家族喧嘩」をしているようなもので、適当な落としどころを見つけて手打ちにしてしまう。そのせいで領地拡大は遅々として進まない。

政宗はこの暗黙の慣習を打ち破ると決めた。これまでのやり方だと、頭の中で算盤《そろばん》を何度弾いてみても、陸奥出羽を統一するだけで百年の時を要してしまう。幾ら若くして家督を継いだとはいえ、このまま己一代で天下を獲るなど夢のまた夢である。

それに加えて政宗には、

──縁戚など何ほどのものか。

という想いがある。最愛の母に見捨てられ、疎まれているのに、顔を合わせたこともない縁戚のことなどどうでもよいというのが本音であった。

こうして天正十三年（一五八五）、前年に会津《あいづ》の蘆名盛隆《もりたか》が暗殺されたことをきっかけとして、伊達家は長年に亘《わた》った蘆名家との同盟を破棄すると決めた。

政宗は軍勢を率い、蘆名家に与《くみ》する大内《おおうち》家の小手森《おでもり》城へ兵を進めた。

「降るならば許して重く用いる。しかし逆らったならば鏖《みなごろし》にする」

事前にそのように通達した。これも天下を獲るまでの時を短くするための策である。こうすれば戦わずして降ろうとする者も増えることだろう。ただそれには、戦った場合、真に悲惨な末路を辿ることを示さねばならない。

大内家はこの通達を無視した。過去の陸奥の慣習から、

――たとえ敗れてもそこまではしないだろう。

と、心のどこかで考えていたに違いない。

だが政宗は自らが吐いた言葉を実行した。小手森城を陥落せしめると、城中の全ての者を撫で斬りにしたのである。男は当然のこと女子どもも、馬、牛、犬に至るまで、動くものがあれば草まで徹底的に狩れと命じた。

これには陸奥や出羽の大名も戦慄した。破竹の勢いで突き進む己を、

――陸奥の登り竜。

などと呼ぶ者もいると耳にした。一笑に付した政宗だが悪い気はしない。鯉《こい》は滝を登って竜となると言う。あの日を境に変貌を遂げた己に相応《ふさわ》しい呼称に思えたのだ。だがまだ己は滝を登っている途中。天下という瀑布《ばくふ》を駆け上って初めて真の竜になるのだ。

その後も時に苛烈な処置をする政宗に苦言を呈する者はいなかった。ただ唯一の例外が、すでに隠居していた父輝宗であった。詳しく言えば咎《とが》めたという訳ではない。政宗が天下を目指すと言っても父は決して嗤《わら》うことはなかった。残された時の中で天下を獲ろうと思えば、この方法しかないことは、父も重々承知しているのだ。ただふとした時、

「お主のために天下を目指せばよいのだ」

と、柔らかな口調で政宗に語りかけた。己が何のために壮大な夢を掲げているのか。父は全てを見通していたのである。

「解っています」

政宗が静かに答えると、父は鷹揚《おうよう》に頷くのみでそれ以上は何も言うことはなかった。

間もなくして伊達家を揺るがす事件が起こった。政宗と対峙した畠山義継《はたけやまよしつぐ》と謂う男がいる。畠山は降伏を申し入れたが、政宗は大半の領地を召し上げるという処遇を取ろうとした。そうでなくては天下は疎か、奥羽さえいつまで経っても獲れないと考えたからである。滅多に口を出さない父だが、今少し条件を緩めてはどうかと意見してきた。これにより畠山の領地は当初よりも多く残ることとなった。故に畠山は政宗との面会を終えた後、隠居の父にも挨拶に出向いたのだ。政宗はその後に予定していた鷹狩《たかが》りに向かい、そこで事態の急変を知ったのである。

「何だと……」

政宗は絶句した。畠山が父を拉致《らち》したというのである。まだ不満だったのか。それにしてもこのような凶行に及ぶとは思えなかった。もしかすると裏で蘆名家あたりが糸を引いており、当初からこれが目的だったのかもしれない。

ともかく政宗が急いで屋敷へ戻ると、すでに小十郎が今いるだけの手勢を集めていた。

「合戦になるやもしれませぬ」

槍や弓だけではなく鉄砲まで用意している。確かに支援している勢力がいるならば、畠山を迎えに来た者たちと戦に発展するかもしれないのだ。

政宗は小十郎らと共に疾駆し、懸命に逃げる畠山主従に追いついた。父は首に小刀を当てられており、引きずるように連行されている。

「父上！」

視界に捉えるなり政宗が呼び掛けると、畠山が顔を歪めて喚《わめ》いた。

「近づけば殺すぞ！」

何とか手立てはないものかと思考を巡らせるが、妙案は一向に浮かんでこない。このまま一定の距離を保ちつつ、奪還の好機を窺うしかないと考えた。だがその時、己の姿を認め一瞬安堵の顔を見せた父が、思いがけないことを叫んだ。

「俺もろとも撃て！」

「なっ――」

言葉を失う政宗に対し、父はなおも大音声《だいおんじょう》で捲《まく》し立てる。

「ここで逃せば相当の時を費やす。多くの兵も失おう。お主にはそのような時はないはずだ！」

黙れ、黙れと畠山は頬を殴打するが、父はそれでも口舌を止めなかった。

「誰のためでもない。お主の夢のためだ！　藤次郎《とうじろう》！」

己の通称を呼ぶ父に、政宗は弾かれたように叫んだ。

「鉄砲隊！」

己の声に悲嘆が滲み、ゆっくりと時が流れるような気がした。その景色の中で父と目がしかと合った。父の顔には悲愴《ひそう》の色は微塵もなく、穏やかに頬を緩めて頷いた。

「放てぇ‼」

悲痛な声を追うように轟音《ごうおん》が鳴り響く。そこから政宗の記憶は朧気《おぼろげ》である。ただ気付いた時には諸手に父を抱きかかえていた。その顔はまるで愉《たの》しい夢でも見ているようで、蒼天を思わせるほど爽やかな笑みを浮かべていた。

それから政宗はさらに領土拡張を急いだ。時がもう僅かしか残されていなかったのである。天下の大半を手中に収めていた織田信長《のぶなが》が本能寺《ほんのうじ》で横死し、暫しの猶予が得られたと思ったのも束の間のこと。織田家家臣の羽柴《はしば》秀吉が瞬く間に家中を統一し、各地の大大名を併呑《へいどん》していっているのだ。秀吉は朝廷に働きかけて関白に就任、豊臣の姓を賜り、大坂に巨城の建築を始めるなど、天下を統《す》べる意志があるのは誰の目にも明らかであった。

その豊臣家に従わぬ大きな勢力といえるのは、関東の北条家、そして己だけになっている。豊臣家から戦停止の命《めい》が来ても、政宗は無視して領土拡大を続けた。そして遂《つい》に陸奥の名門、蘆名家を滅ぼしたのである。

だが、政宗の猛進もそこまでであった。北条家は領地を巡って真田家と諍《いさか》いを起こし、豊臣家の征伐を受けることになったのである。

政宗はこれまでも、己が創設した忍びの集団、黒脛巾組を上方《かみがた》に送って情勢を窺っていた。どうもこれは北条と戦端を開きたい秀吉に真田が頼まれ、あるいは真田から持ち掛け、

――北条を罠《わな》に嵌めた。

と、いうことらしい。

そして、豊臣家は北条家を攻めるにあたり、未曽有《みぞう》の大軍勢を興した。その数、優に二十万を超えるという。そして、秀吉は己に小田原《おだわら》に参陣するように言ってきている。これが最後通《つう》牒《ちょう》であろうというのは解った。

――ここまでか……。

政宗は天を見上げて歯を食い縛った。

秀吉はどこかの戦でもう少し手間取るだろうと踏んでいた。政宗はその間に陸奥を統一し、次いで出羽をも併合する。そして北条家と手を結んで、豊臣家に対抗することに一縷《いちる》の望みを懸けていた。だがその計画は霧散したことになる。

「まだだ」

政宗は視線を下ろすと、大地を踏み締めるように歩を進めた。

天下の夢を諦めた訳ではない。ここで豊臣家とことを構えても家が滅びるだけ。秀吉と比べて己は遥かに若い。息を潜めてじっと耐えていれば、また好機が巡ってくることもあろう。

小田原への参陣を決め急いで支度を進める中、意外なことが起こった。発《た》つ前に顔を見たいと母が言ってきたのである。このような逼迫《ひっぱく》した状況にもかかわらず、政宗は嬉《うれ》しさを隠せなかった。もう少しで子どものように飛び上がってしまうところを堪《こら》えたほどである。

――ようやく認めて下さったのだ……。

政宗は震える唇を口の中に巻き込んで己を抑えた。己のような大勢力はともかく、陸奥や出羽にも小大名、豪族の中で秀吉に服さない者がいる。そのような者たちを後に続かせるために、秀吉は己を利用するだろう。故に十中八九は殺されないと読んでいる。

だが絶対とは言い切れないのも確か。母は今生の別れになるかもしれぬと考え、己に言葉を掛けてくれる。政宗はそう疑わなかった。

「母上！」

母の居室の襖《ふすま》を開ける時、政宗は思わず声が弾み、大きくなってしまった。武将として、大名として一端《いっぱし》になったと自負するが、母の前ではずっと時が止まったように子どもっぽくなってしまう。その止まっていた時もようやく動き出すと思うと感慨深いものがある。

「藤次郎、よく来てくれました」

母は口元を綻ばせた。部屋には弟の小次郎もいた。何かよからぬことかと咄嗟《とっさ》に疑念が過《よぎ》り、政宗は躰を強張らせた。どのような強敵と合戦に及んでもこのようにはならないのに、やはり母に対してだけは儘《まま》ならない。

「兄上、これまで気苦労をお掛けし、真に申し訳ありませんでした」

母が視線で促すと、小次郎は額を畳に擦るように頭を下げた。母いわく、自らの振る舞いで兄弟の間に溝が出来ていたと後悔しているという。実際は小次郎のせいではないが、何もせず手をこまねいていたという点はなくもない。母としても自らの過失を認めたからといって口には出来ず、このあたりを落としどころにしたのかもしれない。

ともかく政宗はそのようなことはどうでもよかった。これで昔のような関係を取り戻せる。亡き父にも安堵してもらえる。様々な感情が込み上げてきて、政宗は隠れてそっと目尻を指で拭った。

政宗の感動を冷ましたのは胸の痛みであった。焼け付くほどの激痛。家族水入らずで夕餉《ゆうげ》を取ることになり、その最中のことである。

──馬鹿な。

あり得ない。何度も己に言い聞かすものの胸の痛みは強くなり、躰のあちこちに伝播《でんぱ》していく。強烈な吐き気を催し、食べた物が喉を逆流して異臭が口内に広がる。政宗はそれでもなお、口に手を当て吐きだすのを懸命に耐えた。見苦しい姿を母に見せたくない。母を疑うより先に、咄嗟にそう思ってしまったのだ。

だが我慢出来ず、遂には畳の上に嘔吐《おうと》した。

「母……上……そこまで私をお嫌いなさるか」

身を捩《よじ》らせる己を、母は見下ろす。その視線に温度は感じられなかった。顔に空虚な穴が二つ開いているだけ。無と言ってもよい。

「伊達家のためです」

母は静かに、これまた感情のこもらない声で言う。

政宗はそれで全てを悟った。毒を盛ることは恐らく、母が考えたのではない。己は小田原に遅参しても秀吉に許されるという自信があったが、これに懐疑的な家臣もいる。己を殺して当主を小次郎に挿《す》げ替えた後、

——全ては政宗が独断でやったこと。

と言い逃れるほうが、許されやすいと考える家臣がいたのだ。その者は母に相談を持ち掛けた。止めるどころか協力すると思われていたということだ。それだけでも母としての異常さが解ろうというもの。朦朧《もうろう》とする意識の中、そのような絵図が政宗には見えた。

「母上……私は母上のために天下を……」

「至らなかったのを、私のせいになされるな」

母はぴしゃりと言い放つ。だが確かにそうかもしれないとも思った。己が天下を獲ることを母が望んだ訳でもない。仮に達成出来たとしても母の態度は変わらなかったかもしれないのだ。天下を獲れば誰もが己を見てくれる。到達出来ぬまでもその夢を掲げて突き進めば皆の耳目を

集められる。それで己は失った母の想いを埋め合わせるつもりだった。裏を返せば、世の全ての関心をもってして、ようやく母の慈愛と釣り合う。世の全ての子がどうかは解らないが、少なくとも己にとってはそうであったのだ。

だからこそやはり腑《ふ》に落ちない。ここまで子を憎む親がいてよいものか。政宗は奥歯を擦るように噛むと、力を振り絞り嗄《しわが》れた声で叫んだ。

「小十郎‼」

「はっ」

すぐに小十郎をはじめ多くの家臣が雪崩《なだ》れ込んで来た。母も、弟も、何事かと目を白黒させ狼狽《ろうばい》している。此度は親子、兄弟水入らず。誰も近づけないということで話が付いていたのだ。

だが小十郎はそれを承服しなかった。万が一に備え、政宗が部屋に入ったのち、声の届くところで待つと言って引かなかったのだ。これまで散々な仕打ちを受けていながら、母を疑う小十郎に一抹の憤りを覚えたのは、己がどこか麻痺《まひ》していたからだと今では痛感している。

――お聞き届け下さらぬなら、この場で手打ちにして下され。

小十郎がそこまで言ったことで、政宗は渋々許したのである。結果、全て小十郎が正しかったことになる。

「殿」

小十郎が鉛の如くなった己の躰を支えた。その目に薄《う》っすらと涙の膜が張っている。口に出さずとも、小十郎の万感の想いが胸に流れ込んで来る。狼狽する母、弟を睨み据え、政宗は呻《うめ》くように言った。

「小次郎……謀叛《むほん》。始末せよ」

「畏《かしこ》まった」

母は鶏を絞めたような奇声を発し、止《や》めろ、止めろと正気を失ったように連呼する。小次郎も完全に取り乱しており、家臣たちに両脇を抱えられて引きずられていった。肩を借りて部屋を出る時、政宗はちらと振り返った。母は天井を見上げ、魂が抜けたように茫然《ぼうぜん》自失の態《てい》である。不思議と何の感情も湧かなかった。毒が回って意識が混濁しているからか。いや、ようやく諦めがついたのだ。ゆっくりと目を閉じると、幼き頃の己が瞼《まぶた》の裏に浮かぶ。梵天丸と呼ばれた頃の己である。梵天丸は哀《かな》しそうな顔で首を横に振り、その姿は薄くなって闇の中へと溶けていった。


小次郎は謀叛の咎《とが》で切腹。母には蟄居《ちっきょ》を命じて昼夜問わずに見張りを付けた。母に死罪を申し付けなかったのはもはや情からではない。親殺しは極めて外聞が悪いため、あとは母の実家である最上家との関係悪化を恐れたためである。

毒に気付いて殆ど呑み込まなかったこと。さらにそれもすぐに吐いたことが幸いし、命に別条はなかった。それでも暫くは思う儘には躰が動かず寝込んだ。

だが降ると決めた今、一刻も早く秀吉のもとに駆け付けねばならない。まだ本復していなかったが、心配する周囲を振り切って、政宗は小田原へ向かった。

政宗は出立前に急遽、

「白装束を用意せよ」

と命じ、それを身に着けて参上した。かねてから予測しているように、秀吉は己を殺さずに利用したいはずだ。己が服属することによって天下を統べられるならば猶更《なおさら》である。ただ、遅れたのを許す「言い訳」をより多く用意してやらねば、秀吉の顔が立たないと考えたのだ。

「その覚悟やよし。だが、あと少し遅ければ首が飛んでいたぞ」

秀吉はそう言って不敵に笑った。結果、領地は大きく削られたものの家名の存続を勝ち取ったのである。

こうして己は豊臣家配下の一大名となった。その中で政宗の心境に徐々に変化が表れた。当初は次に天下を獲れる好機まで、雌伏の時を過ごすつもりだった。

しかし上方に上って人物を知るうちに、秀吉は想像の遥かに上をいく気宇壮大な男であると知った。さらに秀吉だけではなく、その傘下に入った大名なども綺羅星《きらほし》の如き才を有していると、交流を持つにつれて解った。秀吉が死んで天下が乱れようとも、己にお鉢が回ってくることはない。恐らくは徳川家康あたりが天下を継承、あるいは簒奪《さんだつ》するのだろう。なまじ賢《さか》しい性質《たち》であるだけに、将来のことがまざまざと見え、

――俺には無理だ。

と、解ってしまったのである。己は陸奥という小さな井戸から、天下という空を焦がれ見上げていた蛙《かわず》だと思い知らされたのだ。

だが伊達家が古い名家であること、大領の大名であること、さらに最後まで秀吉に抵抗したということで、皆からは一目置かれた。

何より秀吉本人が居並ぶ諸将の前で己に向け、

「儂がおらねば天下を獲れたのに残念だったのう」

などと言い放つのだ。これに対し政宗もまた、

「この越前守《えちぜんのかみ》、つくづく運のなき男にて」

と返し、秀吉は自らの膝を打って笑う。政宗はこのように返すことを秀吉が好むと解っていた。秀吉は、陸奥の竜とまで言われた男も、自分には全く歯が立たないと、周囲に示威したいのだ。

事実、諸将は秀吉のことを改めて褒め称《たた》える。このやり取りの噂《うわさ》は世間にも広まり、庶民たちも秀吉が百姓出身という親しみとも相まって尊敬の念を強める。

そして、おのずと己の評価も高まっていった。秀吉が弱者を降したのでは意味がないからである。鎌倉以来の名家で、天下を窺い陸奥に覇を唱えた英雄に膝を折らせたからこそ、このやり取りに意味があるのだ。

だが、他にも英雄と呼ぶに相応しい男はいるのに、何故己なのか。その理由さえも政宗には見えてしまっている。

――お主はどう転んでも天下は獲れぬ。

と、秀吉が思っているから。己が感じているように、秀吉も当然、徳川家康が次の天下を窺う存在だと見抜いている。このやり取りで家康の評価を高めたくないのだ。故に、天下の目が無く、それでいて「大物」と言われる己を利用している。政宗はそこまで全てを理解し、秀吉の筋書き通りに演じてやっている。

このようなやり取りは幾度となくあり、その度に諸将も己の豪胆さに舌を巻く。だが僅かな

がら例外もいた。

蒲生氏郷《がもううじさと》などは己と領地を接する会津に封じられたことで、度々諍いを起こしている。それ故に己を心底嫌っており、このやり取りの度に忌ま忌ましそうに睨んでくる。

ほかには件《くだん》の徳川家康。大きな目を紙縒《こよ》りのように細め、肯否いかようにも取れる曖昧な領きをするのみである。

他に特筆すべき反応をするのは真田昌幸か。これも氏郷のように己を睨み据え、時には小さな舌打ちまでしているのを知っているが、これは如何なる感情からか全く分からない。真田家に恨まれるようなこともしていないし、己に嫉妬するにはあまりに領地が矮小《わいしょう》過ぎる。むしろ北条攻めの戦端を真田家が開いたという意味では、小田原に参陣させられたこちらのほうが恨み言の一つでも言ってやりたいほどである。

その程度の反応では済まない事件が起こったのは、やはりこの真田家絡みであった。だが主役は昌幸ではなく、次男の信繁である。いつものようなやり取りで秀吉が、

「お主は生まれるのが遅かったな」

と豪快に笑ったのに対し、

「悔しいことです。しかしこれも私だからこそ。我と歳《とし》の近い生まれの者は、どうせ私に勝てぬのだから口惜しさもないことでしょう」

と、政宗が軽妙に返したその瞬間である。

「越前守殿。今の言葉、聞き逃せませんな」

真田信繁がそう言い放ったのだ。一応、左衛門佐の官職を得ているが、真田家の当主でもな

ければ、世継ぎでもない。豊臣家の人質という立場で、末席に座っていたのである。

またこの時、大きな宴席の場であったため、真田の当主である昌幸、世継ぎの信之もいた。最も上座の昌幸は狼狽して宥《なだ》めるように手を上下させ、二人のちょうど真ん中の辺りに席を与えられている信之は顔を歪めて眉間を摘《つ》まむ。

「左衛門佐、何が聞き逃せぬのだ？」

秀吉はよい余興になるとでも思ったのだろう。嬉々《きき》として遠くの信繁に尋ねた。

「我と歳の近い者はという件《くだり》でございます」

「確かお主は越前守の三つ年下。それで腹を立てたか」

秀吉は呵々と笑うが、ぴんと糸が張ったような雰囲気が場を支配する。政宗は首を捻りつつ睨みつけたが、信繁も怯《ひる》む様子はなく一切視線を逸《そ》らさない。

「いえ、私のことでは」

「何……」

政宗の予想も秀吉と同じだったので思わず声が漏れた。

「我が兄、伊豆守は越前守殿の一つ年上。兄は越前守殿より器量に勝るものと」

「俺を嬲《なぶ》るか」

「真《まこと》のことを申したまで」

信繁は全く引くことなく低く言い放つ。秀吉は楽しそうに、やれ、やれと盛り上げ、昌幸は深く頭を下げる。名指しされた信之は自らの額を指先で何度も叩《たた》いていた。秀吉がやれというからには、この喧嘩買わねばなるまいと政宗は言い返した。

「俺は仙台六十余万石まで領土を広げた。お主の家はどうだ？」

「伊達家がもとより領地が広かっただけのこと。それは実力ではなく、運ではござらぬか」

「だがそれも実力のうち。生まれ落ちたところまで言い出せばきりがないわ」

「それを言うなら、生まれ落ちた時も同じ」

信繁は間髪《かんはつ》を入れずに言い、政宗はぐっと押し黙った。確かに己は真田家よりは恵まれた家に生まれた。それを実力と言ってしまえば、秀吉に天下を譲ったのも実力ゆえと認めることになってしまうのだ。

「貴様、何が言いたい……」

政宗はそう言い返すのがやっとであった。

「人のせいになさるな」

政宗の胸がとくんと鳴り、耳朶に、

――私のせいになされるな。

というあの日の母の言葉が蘇《よみがえ》ったのだ。喉を鳴らす政宗に対し、信繁はなおも続ける。

「夢を果たせなかった理由を如何に考えても結構。ただし、それで他者を愚弄なさるな」

「左衛門佐!!」

そこで一喝する声が飛んだ。それまでは黙していた信之である。

「しかし――」

「黙れ」

信之は畳を這《は》うような威厳のある声で制し、こちらに向けて膝を揃《そろ》えて深々と頭を下げた。

「仰《おお》せの通り、少なくとも私は越前守殿の足下にも及ばぬと思うております。この愚弟は拙者のこととなると、見境のないところがございます。平にご容赦下さい」

流れるように言うと、信之は秀吉、次いで昌幸に目配せをし、両者が頷くのを確かめた後、信繁のもとへさささと進む。そして襟元を鷲摑《わしづか》みにし、引きずるようにして大広間から退出した。引きずられていく信繁の姿が何処か滑稽で、秀吉が吹き出したのをきっかけに、諸将からどっと笑いが起こる。それで場が白けることはなかったが、昌幸だけが終始ばつの悪そうな顔をしている。

「伊豆守殿は粗忽《そこつ》者の弟で苦労なさる」

政宗も何とか笑い飛ばしたが、己でも頰が引き攣っていると感じていた。

宴席が終わったのち、昌幸がすぐに己のもとへ来た。

「越前守殿、愚息のご無礼誠に申し訳ござらん」

昌幸は口を結んで頭を下げた。別に深い親交があった訳ではないが、このような昌幸を見るのは初めてのことであった。拳が微かに震えている。

「いや……」

「後日、共に改めて詫《わ》びに訪れます」

「……左衛門佐殿は何処《いずこ》に？」

政宗が問うたので、昌幸はまだこちらの怒りが収まらずに信繁のもとに向かうと取ったのだろう。重ねて詫びようとするのを、政宗は押しとどめた。

「いや、ちと聞きたいことがあるだけでござる」

昌幸が家臣に確かめると、どうも信繁に与えられている部屋で、信之が説教をしている最中だという。

政宗は案内《あない》を願った。手荒な真似《まね》はしないと約束したものの、昌幸はやはり不安げで廊下を行く間、時折こちらの顔を窺っていた。

「安房守殿、こちらで結構。拙者は城内で斬り合うほど阿呆《あほう》ではない」

その一室が見えてきたところで政宗は言った。もはや仕方ないと思ったのであろう。昌幸は一瞥《いちべつ》をくれてその場を後にする。

政宗は襖を静かに開けた。気配は感じていたようで、部屋の中央で向き合うように座った信之、信繁は共にこちらを見上げていた。信繁の顔色が変わり何か言いかけようとするより先、信之が口を開く。

「これは越前守殿、先ほどは……」

「いや、一つ訊きたいことがあって参上した」

「訊きたいこと？」

信之は鸚鵡《おうむ》返しに問うた。また喧嘩を吹っ掛けてくるのではないかと身構える信繁に対し、政宗は静かに話した。

「お主にはそう見えたか。俺が天下を諦めたように」

「ああ」

信之が止める間もなく、信繁は取り繕うことなく返答した。政宗は天井を見つめ細く、ゆっくりと息を吐いた。

「その通り。俺はもう天下を目指してなどいない」

素直に認めたことで信繁は訝しげな顔になる。信之はというと慎重に言葉を探しているように見えた。政宗は一度外を確かめて襖を閉める。そして声を潜めて続けた。

「太閤《たいこう》が死んでも俺にお鉢が回ることはない。群臣が支えて豊臣家を守り切るか、あるいは家康あたりが掻《か》っ攫《さら》う」

「越前守殿」

信之が首を小さく横に振る。

「独り言だ。だが、俺には真田も同じだったと見えるぞ」

昌幸のことである。天下を獲るとまで大言は吐いていない。が、俺はこの連中とは違う、運が良ければもっと世に出ていてもおかしくない、と考えているのだと今日感じた。これには信繁が些か動揺を見せたが、信之は眉一つ動かさずに答えた。

「仰せの通り」

「やはりな―」

「しかしまだ我らの夢は終わっていません」

「何……」

「父の望みは真田の勇名を今の天下のみならず万世にわたり轟《とどろ》かせ、なおかつ家も守り抜くということ。我ら兄弟はその願いを叶える所存」

「無理だ」

政宗は鼻を鳴らした。明智光秀《あけちみつひで》は織田信長を殺し、たとえ数日でも天下を手中に収めたといえる。己が、家が滅びる覚悟さえあれば、それに類することは今も可能かもしれない。そういった意味では後の世まで名を轟かすなど、天下を獲るよりも遥か難題に思える。ましてや真田ほどの小大名が、家を残しつつ、など出来るはずがないのだ。

「そうかもしれませぬ。だが最後まで諦めはしません」

信之は快活に頬を緩めた。爽やかな男ぶりである。

「親孝行なこと。親子の仲が良いようで何よりだ」

皮肉ではない。ふっと父母のことを思い出したのだ。父は己のために命を擲《なげう》ってくれた。一方の母は殺そうとした。誰が見ても父の愛情のほうが深い。それなのに己は母への想いを、執着を、何処かで捨てきれずにいる。昔、優しかった母の面影が脳裏にこびりついて離れないのである。

「仲が良い……ですか。日頃から小癪《こしゃく》だの、小賢しいだのと言われてばかりおります。私も口には出さぬものの、内心では罵《ののし》っていることもしばしば」

「では何故」

父の夢を継ごうとするのかという問いである。

「あのような父ですが、子への想いは真と知っておりますれば」

信之は苦笑しつつ少し遠くに目をやった。根拠がある訳ではない。だが己もまたそうであるように、この親子だけに解る何かがあるのだろうと感じた。

「そうか……邪魔をしたな」

「後日、改めまして――」

「安房守殿にも言われたが、詫びは無用だ」

「ありがとうございます」

慇懃に頭を下げる信之から目を逸らし、政宗は信繁のほうを見て言い放った。

「いつかお前にも、意地を通せぬ時、夢を諦める時が来る」

己も数々の武将を見てきた。天下を獲るほどの大きな夢でなくとも、皆が皆、夢を抱いていた。戦国という時代にはそのような魔力がある。だがやがて自らの無力さを知り、仕方なかったと言い訳をして我が身を欺いて生きるのだ。

「ないな」

信繁は不敵に口角を上げた。考え過ぎかもしれない。まるで己が逃げ出したことを見抜いているように思え、政宗は忌ま忌ましくなってまた鼻を鳴らした。

「ほざけ。あり得ぬ」

「いや、あり得るさ」

「あり得ないと言っておろうが」

「何と言おうがあり得る」

あり得る、ない、を繰り返すだけ。もはや子どもの喧嘩である。互いに殺気立っている訳でなく、傍《はた》からはむしろ滑稽に見えることだろう。信之さえも微かに口元を綻ばせる。

政宗は気付いていた。今、ここで得心させようとしているのは信繁ではない。かつて壮大な夢を抱き、目を輝かせていた頃の己に分別をつけさせようとしていることを。埒《らち》が明かぬと立ち去ろうとしたとき、政宗は己でも意外なことを口にした。

「では、示してみろ」

「どうやって？」

信繁はひょいと首を傾《かし》げた。

「それはお前が考えろ」

別に思惑があった訳ではない。投げやりに言ったに過ぎないが、信繁はにかりと笑った。

「解った」

「おかしな奴だ」

政宗はそう言い残して部屋を後にした。己は間違ってはいない。この歳にもなってまだ、この兄弟は青いだけなのだ。そう自分に言い聞かせて廊下を歩むが、政宗の胸は風を受けた水面の如くさざめいていた。

以降、信繁と顔を合わせるたびに喧嘩のようになった。子どもがじゃれあっているように見えるのだろう。秀吉や諸将も、

——また始まったか。

と、一種の名物のように捉えて笑うのみである。

政宗もまた不思議と嫌な感じはしなかった。秀吉とやりあっている己が演じているのに対し、信繁とやりあっている時、政宗は本来の己を取り戻しているような気がしたのである。

最後に会ったのは十六年前。関ケ原の戦いの前年である。その時も信繁は、

「機会が来たな」

と、快活な笑みを見せた。どこで誰が聞き耳を立てているか解らない。政宗はぐっと信繁に顔を近づけて返した。

「戦が長引けば、俺は天下を狙う」

久方ぶりに夢を口にした政宗に対し信繁は、

「おう、やれ。俺もやる」

と、真顔で返す。こいつはどこかおかしいのではないか。そんなことは思わなくなっている。この男を表すならば、純粋過ぎるという一言に尽きるだろう。

結果、己は夢を果たせなかった。伊達家は僅かな加増を受けたのみである。

真田家はどうか。昌幸と信繁は西軍につき、たった二千の兵で徳川三万八千を翻弄し、信之は東軍について家名を存続した。世には二股膏薬《こうやく》などと揶揄《やゆ》する者もいたが、政宗にはこれが、真田家が夢を果たそうとした策ということが解った。

——やりおったな。

政宗は自身の夢が叶わなかった悔しさも忘れ、何故か嬉しかったのをよく覚えている。

昌幸と信繁は紀州《きしゅう》九度山《くどやま》に流罪。のちに昌幸は他界したと伝わった。それから間もなく、豊臣家と徳川家の手切れが確実となった頃、真田家から国元にいた政宗のもとに使者が訪れた。使者の名を横谷左近と謂う。真田伊豆守信之の家臣である。

関ケ原以降、信之とはほぼ関わりがなかったこともあり、これはと感じた政宗は人払いを命じた。二人きりとなったところで左近は、

——主人は伊達様と手を組むことを望んでおります。

と、持ち掛けてきた。

信繁は大坂城に入り豊臣方として戦うとのこと。どういった理由かは解らないが、幸村と名も変えるという。幸村は城内の様子を、真田の忍びを通じて信之に知らせる。ただ信之は徳川家中《かちゅう》で警戒されており、自身での出馬は叶《かな》わない。息子二人を出陣させることになるが、これらは経験が乏しく、折角の情報を上手く活かせないであろう。故に伊達家と陰で同盟を結び、互いに利するように動きたい、という旨であった。

相談した小十郎景綱も、これは悪い話ではなく利用出来ると言ったことで、政宗は了承した。だがその時の政宗は、

——お前もそうか。

と、無性に虚《むな》しさを感じてしまった。推察するに幸村は大坂方として活躍した後、信之の調略という恰好で幕府方に寝返る。そしてそこそこの禄を食《は》んで生涯を終える算段である。幸村と名を変えたのも、関ケ原の戦いにおける上田城での攻防により恨みの的となっている信繁の名を捨て、幕府からの印象を少しでも和らげたいとの狙いではないか。

生涯、何があっても夢を諦めぬと言い張っていた結果がこれなのか。折角、関ケ原の戦いで、武勇を示し、家名を残すという夢を成し遂げつつあるのに、最後の最後で自らの顔に泥を塗るようなことをするのか。信之にも腹が立ったが、それ以上に幸村に苛立った。かつて「信繁」と何度も繰り広げた言い合いに、このような形で決着がつくとは。

「俺が夢を守ってやろう」

「何か仰いましたか……？」

思わず独り言が零れたので、近くにいた家臣が反応した。

「いや、何でもない」

政宗は苦笑しつつ軽く手を振った。後藤隊を壊滅させた今、幸村を含む大坂方の本隊がすぐそばまで迫っている。政宗は幸村の首《しるし》を挙げるつもりでいた。それは即ち、夢に溺れていた過去の己を葬ることにもなる。

幸村にとってもそのほうがよかろう。ここで華々しく散れば、寝返って醜い余生を晒《さら》すことなく、関ケ原で叶えつつあった夢を守ることにもなるのだ。

人馬の声が近づく。霧に薄っすらと朱が滲む。幸村は甲冑を赤一色に染めた、赤備えを率いているのだ。蠢《うごめ》くそれは赤竜の如く見えた。

一陣の風が霧を払っていく。それは、男たちが思うがままに夢を追えた時代を、遥か遠くへ吹き流していっているように思えた。

「信繁を……」

政宗は途中で言葉を呑み込み、改めて雷鳴の如く吠《ほ》えた。

「幸村を討て‼」

法螺貝《ほらがい》が吹かれ、陣太鼓が続く。伊達隊が地響きを上げて一斉に攻め懸かった。先鋒は二代目小十郎、片倉重綱。率いるのは騎馬鉄砲隊。騎馬は敵の鉄砲隊の標的になりやすい。だがその弱点を克服するため、馬上から鉄砲を放ち、崩れた敵勢を一気に打ち乱す。馬が驚いて棹立《さおだ》ちにならぬよう、何度も、何度も、耳元で銃声を聞かせて慣らし、十年掛かりで作り上げた空前絶後の部隊。いつの日か、いつの日かと思い続けた、己の夢の残り香であった。

「いけ」

政宗が呟いた時、馬上の武者が構えた鉄砲が一斉に火を噴いた。凄《すさ》まじい硝煙に一瞬視界が遮られる。先ほどまで待ち構えていた、真田の鉄砲隊は無残に崩れたに違いない。だが先刻より戦場に吹き始めた旋風が、煙を薙《な》ぎ払った時、政宗は己《おの》が目を疑った。そこにいるはずの真田の鉄砲隊が忽然《こつぜん》と姿を消していたのである。

「まずい――」

政宗が声を詰まらせた刹那、けたたましい人馬の悲鳴が巻き起こった。

真田が布陣していた箇所は、なだらかな坂道になっている。初見で騎馬鉄砲隊の運用が如何なるものかを察し、初手の鉄砲を外すため、全員を腹這いにさせたのである。馬はすぐには止まれない。発砲後そのまま突き進む伊達隊に対し、真田隊は一斉に立ち上がり槍衾《やりぶすま》で待ち構えたのである。鉄砲から槍に持ち替えるのも当初からの予定だったとしか思えない。

「立て直すぞ。一度、退かせろ」

伝令が走るが、先鋒は退こうとしない。それどころか中軍も突き進んでいる。軍令が上手く行き届いていないのだ。

「何をしている！」

前線から伝令が息を切らして戻って来た。

「左衛門佐の言葉に皆がいきり立ち、全く軍令が通りません！」

幸村は十文字の槍を小脇に抱えて最前線に出ると、崩れかけた伊達隊をぐるりと見渡し、

――関東勢百万も候《そうら》え、男は一人もいなく候《そうろう》。

と、天を衝くほどの大音声で叫んだというのである。

「貴様もだろうが……」

挑発だと解っている。解ってはいるが脳天を揺さぶられるほどの怒りが湧き上がった。これが戦国最後の戦、どうなっても構わないという思いがあったのかもしれない。政宗は歯を食い縛ると、激烈に吠えた。

「真田を生かして帰すな！　行くぞ！」

気付けば己も馬上の人となって突貫していた。異様な雰囲気に当てられたのか家臣たちも止めようとしない。こんな状況でも冷静に制止するであろう小十郎景綱はいないのだ。

乱戦である。流石に最前線までは繰り出さぬものの、流れ弾が甲高い音を発して耳朶を掠《かす》めていく。気付けばこの地での戦において、伊達と真田で最激戦を繰り広げる羽目に陥っていた。

「殿」

伝令の旗を付けた者が馬上より呼び掛けてきた。

「如何した」

そう返しながらも、政宗はぎょっと身を強張らせた。確かに当家の伝令の恰好をしているが、その顔に一切の見覚えがなかったのである。すらりと身丈が高いのに、背景に滲むように、男の存在感は妙に薄い。真田の忍びの者だと直感した。

「曲者《くせもの》――」

「我が殿、左衛門佐からの伝言でござる」

「何……」

皆が戦に集中しており、政宗のすぐ傍には誰もいない。いや、むしろこの時を狙ってこの男は近づいてきたのだろう。渦巻く喊声が遠くなり、周りの景色がぼやける。戦場にただ二人、己とこの男しか存在しないような錯覚を覚えた。

「約束と違うと」

男は絶妙な声の高さで言う。信之と事前に交わした約定の中に、

——衝突するのは互いに一利もなし。極力避けるべし。

というものがある。家康や秀忠《ひでただ》に直々に真田を攻撃しろと言われでもしない限り、伊達家としてはこれを避ける。此度も同じく後続の毛利隊に向かうことも出来たのを、政宗はわざわざ真田隊を受け持った。それを約束を違《たが》えたと言いたいのだろう。政宗は丹田に力を込めて吐き捨てた。

「見逃してやるから伝えろ。無様な姿を晒すよりここで死ねと」

「我が殿の申された通り。やはり勘違いをなさっておられるようですな」

「どういうことだ」

眉間に皺を寄せる政宗に対し、男は凛然と言い放った。

「真田は最後の時まで夢を追うと」

いつの間に取り出したのか、男の手に一通の書状が握られている。男はそれをふわりと投げると、身を翻して駆け出した。蠢く人の群れに紛れるように消える男を、政宗は暫し茫然と眺めていた。

「殿！」

はっと気が付くと、伝令が呼び掛けている。今度は確かに己の家臣である。先ほどのやり取りが夢だったかと思えたが、政宗の手にはしかと書状が握られていた。

「片倉様からの伝言です！　真田家は精強。本陣をさらに上げて雌雄を決すべし！」

「待て」

政宗は我に返って、慌てて書状を開いた。

幸村の手蹟《て》を思い出せなかった。だが筆遣いが荒々しく乱れていることから、これが合戦の最中、大急ぎで書かれたものだということだけは解った。

——あの挑発もこのためか。

戦というものは実力差がはっきりしていれば、あっという間に決着がつき、死ぬ者も存外少なくなる。

だがかつて武田信玄《しんげん》と上杉謙信《けんしん》が、川中島《かわなかじま》の地でぶつかった時などがよい例であるが、伯仲していたならば、両軍に甚大な被害がもたらされる。

伊達と真田のこの戦は後者である。政宗が解っているように、幸村もまた解っており、ずるずると戦を長引かせたくない。故に己を前線に誘《おび》き寄せ、このように書状を渡してきたのだと察した。

——勘違いするな。

そうした一文から始まっている。言葉だけなら怒っていると思うところだろう。だが政宗の脳裏には、苦笑する幸村の顔が思い浮かんだ。

この書状に書かれていることは、兄弟とその近臣しか知らぬ。他家の者に言うのはこれが初めてであると前置きされており、真田家がこの戦で何を目指しているのかが、簡潔に、それでいて熱のこもった文で綴《つづ》られていた。

「退くぞ」

先ほどまで激昂していた己が急遽撤退を命じたので、周囲の者たちは呆気《あっけ》に取られている。

「ここで退いては伊達家の名折れになります！」

頭に血が上っているあまり反論する家臣もいたが、政宗は首を横に振った。

「退くのだ」

訳が解らぬ様子ではあるが、引き鉦《がね》が鳴らされたことで、伊達家の軍勢が撤退を始めた。勝った訳ではないが、負けたというほどでもない。まさしく五分と五分の痛み分けといったところである。

その晩、政宗は独りで改めて書状に目を通した。真田兄弟の策の全貌を見て、政宗は嘆息を漏らした。この兄弟は関ケ原の戦いでは満足していなかった。今この時も、死の間際まで、あの日掲げた夢を追おうとしている。

それにしても何故、己にそれほどの秘事を打ち明けたのか。伊達隊を退かせるための苦し紛れでないのは確かであろう。その答えは結びの一文にあるように思えた。

――貴殿も欲するものが手に入ることを望む。

と、いうものである。

政宗はゆっくりと書状を畳むと、満天の星を見上げた。強かった風は夜になってすっかり凪《な》いでいる。あの男もまた星を見上げているのではないか。そのようなことを考えながら、政宗は夜の香りを思いきり鼻孔に吸い込んだ。

豊臣方は奮戦虚しく、後藤又兵衛、木村重成《きむらしげなり》などの主だった将を失ったこともあり、じりじりと追い詰められていった。

そして五月七日の払暁、豊臣方は最後の決戦に挑むべく大坂城を出立。対する幕府方も天王《てんのう》寺《じ》口と岡山《おかやま》口の二手に分かれ、大坂城を目指して進軍した。

政宗は天王寺口を担うことになった。幸村もまた天王寺口。茶臼山《ちゃうすやま》と呼ばれる小高い丘に三千五百ほどの軍勢で布陣している。

昨日、家康から政宗のもとに伝令が来た。

——真田を何としても止めよ。

というものであった。

家康は百戦錬磨の男である。この戦が何処か奇妙であると感じ、その中心に真田がいるのではないかと気付き始めているのかもしれない。そもそも家康は真田に何度も煮え湯を飲まされている。そこまで明白な何かを摑んでいなくとも、嫌な予感がしているといったところか。

今朝《けさ》、再び家康から伝令が来た。厳密には、やってきた男は伝令というほど身分の軽い者ではない。

名を神保相茂《じんぼうすけしげ》と謂う。神保家はもともと守護大名畠山家の家臣で、紀伊《きい》国有田《ありだ》郡に領地を有していた。畠山家が没落した後は豊臣秀長《ひでなが》、次いで豊臣秀吉に仕えた。

父の跡を継いだ相茂は、関ケ原の戦いで家康に味方し、大和に七千石の禄を食む小名となっ

ている。その神保相茂は政宗のもとに来ると、

「我を伊達家の先鋒に据えろと、大御所の命《めい》でござる」

と言って、ぬめりとした笑みを見せた。

——こいつ。

政宗は静かに舌を鳴らした。

家康は己を疑っている。まさか真田と通じているとまでは思っていないだろうが、この戦で傍観するくらいのことはあると考えているらしい。神保は家康の意を受け、真っ先に戦端を開いて、伊達家を後戻り出来ぬようにさせようとしている。

伊達にもしっかり働かせ、真田に何か考えがあっても未然に防ぐ一石二鳥の手。用心深い家康らしい考えである。

「必ずや真田を討ち取りまする」

神保が自信ありげに言った訳が解った。神保が率いているのは僅か三百と小勢だが、その全てが根来《ねごろ》衆であった。

根来衆は雑賀《さいか》衆と並んで、卓越した鉄砲の腕で戦国に名を馳《は》せる集団である。真田の雑兵には目もくれずに突貫し、たとえ一人でも射程に入れば、狙撃で幸村を始末するつもりらしい。根来衆ならばあながち出来ぬことではない。ただそのためには大半の者が死ぬ覚悟を決めねばならぬが、それを神保自身も承知であるという。

「神保家を大名にしとうござる。その機会は此度が最後」

神保が死んでも子がいる。あと三千石の加増のため、神保は自らの命を擲つ腹を決めている

らしい。

「左様か」

政宗は逆らわなかった。

毛利隊が鉄砲を放ったことから戦が始まった。戦場の意識がそちらに集まる中、真田隊が全軍で突撃を始めた。

その勢いは凄まじく、大軍を擁する松平忠直《ただなお》隊を見事に突き破った。そこで浅野《あさの》家が寝返ったとの報せが戦場を駆け巡った。恐らくは真田が流した虚報である。

――朝飯前であろう。

乱戦の最中、己に書状を届けるほどの忍びを陣に置いているのだ。これくらいのことは当然してのける。

諸隊が浮き足立つ中、冷静であった部隊が二つ。一つは己が率いる伊達隊、もう一つは決死の覚悟を決めた神保隊である。

神保隊は全員が目を血走らせ、真田隊の横腹に向けて突貫した。死兵となった三百は、生に執着する数千、数万より遥かに恐ろしい。真田も精強であるため易々《やすやす》とは崩れないが、この予想外の敵の出現に足止めを食らっている。この場で全て討ち死にしようとする神保、夢の道程に続きがあり余力を残さねばならない真田の差もあろう。

政宗は神保と真田がぶつかると、小十郎重綱を近く呼び寄せて己の考えを口にした。流石の小十郎も絶句している。

「大御所を討ち取らせるためですな」

小十郎は顔を近づけて囁《ささや》いた。それ以外に理由を考えられないのだろう。

「いいや、あいつは大御所を殺さぬ。

「それは……」

どういうことか。いくら聡明《そうめい》な小十郎でも意味が解らない様子である。

「殺さぬほうが名が大きくなる……よく考えたものよ。夢のためにそこまでするとはな」

神保の夢を小さいと嗤うつもりなどない。そもそも人が抱く夢というものに、大きいも小さいもないだろう。ただどちらの夢が叶うのを見たいかと言えば、

──真田の夢が見たい。

と即座に答えが出てしまう。ただそれだけである。

「よろしいのですな」

小十郎は己の覚悟を察したようで、静かに念を押した。

「ああ、討つべき敵の前に味方がいる、形はあの時に似ている。だが今の俺の想いはむしろ、死する前の父上と同じだ」

「承《うけたまわ》った」

小十郎は短く答えると、皆に向けて大声で叫んだ。

「神保相茂隊が破れれば、当家まで巻き添えで崩れる。戦場の習いにて、止む無く神保隊を討ち取る！」

家臣たちが一斉にどよめく。そのようなことをすれば、後で家康に咎められるのではないかと狼狽している。政宗は皆を見回しながら、静かに、それでいて力強く言い放った。

「我と共に天下を目指した者どもよ。何者にも飼われぬ、竜の意志を思い出せ」

皆の顔が一瞬にして引き締まり、目に闘志が宿った。竜が牙を剝《む》くが如く、八重歯を覗かせている者もいる。

「かかれ‼」

政宗の号令で解き放たれたように伊達隊は一斉に動き出す。そして神保隊の背後に攻め懸かった。神保隊は何が起こったのか解らず大混乱を引き起こす。阿鼻《あび》叫喚の嵐が巻き起こる中、馬上で吠える神保の姿が見えた。

「何故だ⁉」

「何故だろうな」

政宗は小声で呟いた。みるみる数を減らした神保隊を振り払って、真田隊は再び進撃を始めた。その中に鹿角の兜を被《かぶ》った男がいる。幸村である。

表情も見えぬほど遠いのに、視線が宙でかち合っていることがはきと判った。政宗がここまでするとは思っていなかったはずで、驚いているに違いない。己もまた驚いているのだ。

「やってみろ」

馬上の揺れがそう見えただけかもしれない。政宗が不敵に笑った時、眼前を通り過ぎる幸村が頷いたように見えた。

ここ数年の己ならば、この戦が終わった後の家康への申し開きで頭が一杯になったことだろう。だが今は、随分と休んでしまったとはいえ、己の心のままに生きることに惹《ひ》かれていた。内政で手腕を見せて百万石を目指してみるか。いっそのこと、南蛮と手を結んで今一度、天下を目指してみるのも悪くない。いや、その前に腫物のように扱ってきた母に向き合おう。そして恨み節の一つでも浴びせてやろう。それでも情が忘れられぬと、無様に泣いてしまおうか。

様々な想いが浮かんでは巡り、巡っては消える中、砂塵《さじん》の中へと消えていく紅蓮《ぐれん》の夢を見つめながら、政宗は口元を綻ばせた。

馬上の源三郎《げんざぶろう》は手綱を操りつつ空を見上げた。信濃《しなの》の空は蒼く爽やかに晴れ上がっており、燦々《さんさん》と降り注ぐ陽が眩《まぶ》しい。

目をすぼめると代わりに耳朶《じだ》に気がゆくのか、ただでさえ囂《かまびす》しい油蟬《あぶらぜみ》の鳴き声が一層高くなったような気がした。

「あまり変わらないでしょう」

横を固めるように歩く横谷左近幸重《よこやさこんゆきしげ》が言った。

源三郎が真田《さなだ》の本拠たる上田《うえだ》を訪れるのは一年半振りのことであった。今から十年前の天正《てんしょう》十八年（一五九〇）、源三郎は上野《こうずけ》国沼田《ぬまた》二万七千石を父より任せられた。その沼田の内政に忙しく、またこの二年間、父が上方《かみがた》に留まっていたことから訪れる機会がなかったのだ。

「それを父に申し上げるなよ」

源三郎は苦い笑いを零《こぼ》した。

父は確かに二年間上田を離れている。だが上方から上田に残る家臣たちに向け、細々と内政の指示を書状で出している。左近は悪気があった訳ではないが、変わらないなどと言えば機嫌を損ねるのは明白であった。

一方、沼田は大きく発展したと思う。源三郎が入った時の沼田は、そもそも町割りが悪かった。度重なる戦火で町が焼かれては造り直すというのを繰り返し、市場《いちば》や田畑が入り交じる歪《いびつ》な区割りとなっていたのである。

――百年先のことを考えれば、やるしかあるまい。

源三郎は家臣たちにそう言い、思い切って一から縄張りを張り直した。

その上で数年間税を安くするという条件で、多くの商人を城下へと招いた。他にも百姓の次男三男に銭を貸し与え、積極的に新田を開くよう奨励したのである。

さらに三年前から沼田城の整備も始め、ようやくこの春に一定程度の完成を見ている。沼田は交通の要衝であることもあって、敵が出来《しゅったい》した時には狙われやすい。それを鑑《かんが》みれば、これも必要なことだと思い定めていた。

――間に合って良かった。

馬が歩む律動に身を任せながら、信之は内心で呟《つぶや》いた。

二年前の慶長《けいちょう》三年(一五九八)八月十八日、天下人である豊臣秀吉《とよとみひでよし》が世を去った。その後、五大老筆頭の徳川家康《とくがわいえやす》が徐々に台頭していくようになる。同じく五大老で、家康に次ぐ地位にあった前田利家《まえだとしいえ》が死去したのは昨年のこと。徳川家はさらに増長した。

――豊臣家をお守りするため。

表向きにはあくまでそう掲げる家康であるが、その本心は天下を奪い取ることだというのは、己でなくとも世の流れに少しでも聡《さと》い者ならば解《わか》っている。

そして家康はまた、五大老の一角を担う上杉《うえすぎ》家が謀叛《むほん》を企てていると主張して討伐を決め、すでに関東に戻って軍勢を整えている。

故に上方にあった父も討伐軍に加わるため、二年ぶりに上田に戻って来ているのである。己もすでに軍勢の支度は命じてある。父も準備が整い次第に出立をするだろう。こうして上田を訪れたのは父の帰国を労《ねぎら》うためもあったが、合流など今後のことを相談するためでもあった。

「庄八郎《しょうはちろう》も戻ったのだな」

源三郎は左近に尋ねた。

横谷庄八郎重氏《しげうじ》は左近の弟にして、源次郎《げんじろう》の側《そば》近くに付いている者だ。この兄弟は豪族出身の家臣という表の顔のほか、優れた忍びという裏の顔も持ち合わせており、真田の忍び――草の者を取り纏《まと》めている。

「はい。昨日」

左近は答えた。

横谷兄弟はそれぞれ分かれて、己たち兄弟から片時も離れないのは昔も今も変わらない。つまり庄八郎が上田に戻っているということは、源次郎もいるということを意味するのである。

源次郎は豊臣家の人質である。秀吉は世を去ったとはいえ、いや幼君の秀頼《ひでより》が跡を継いだからこそ、豊臣家は人質を大坂《おおさか》から離そうとはしないと考えるのが普通だろう。だが父は豊臣家の奉行に、

――此度《こたび》は天下の大事。真田家を挙げて奉公したい。

と、源次郎を連れて帰ることを願い出て、許されたと聞いた。

これが何を意味するか。源三郎はよく解っているつもりである。城に入るとすぐに大広間へと通された。

「息災で何よりだ」

現れた父は上機嫌であると一目で解った。

「父上もお元気そうで何よりでございます」

近頃は鬢《びん》や髭《ひげ》に交じる白いものが増え、流石《さすが》の父も歳《とし》には勝てないと感じた。それは今も変わらないものの、肌には艶やかに脂が浮かび、目元には力が漲《みなぎ》っており、二年前に会った時よりも遥かに若やいで見える。

――やはりそうか。

源三郎はそれで確信した。

が、口には出さない。父が親子水入らずではなく、このように家臣たちの居並ぶ広間に己を通したのも、それが理由であろう。

「兄上」

「源次郎も達者のようだな」

大助《だいすけ》のことは目出度《めでた》い。そう言いそうになったが止《や》めた。

つい先日、源次郎に初めて男子が出来たのだ。その男子の名が大助である。母は大谷吉継《おおたによしつぐ》の娘。家康の専横を誰よりも憎んでいる奉行、石田治部少輔《いしだじぶのしょう》の盟友ともいうべき人である。

一方、己の妻小松《こまつ》は、徳川家の宿将本多忠勝《ほんだただかつ》の娘にして、家康の養女という立場。家臣たちの中には、今の真田父子《おやこ》、兄弟の微妙な関係を懸念している者もいるだろう。わざわざこの場で言わず、二人の時に祝うほうがよいと考えた。このようなことまで思案せねばならないのが、一々煩《わずら》わしく、また一抹の寂しさも感じた。

一頻《ひとしき》りの挨拶や雑談を経て軍の合流の打ち合わせを済ませた後、源三郎は積もる話もしたいと、源次郎を誘って別室で二人きりとなった。

「まずは目出度いな」

源三郎がようやく甥《おい》の誕生を祝うと、源次郎ははにかんだように笑った。

「変な感じさ」

源三郎にはすでに三人の男子、一人の娘がいる。だが源次郎にとって大助は初めての男子なのだ。

「すぐに慣れるものかな？」

源次郎は照れくささを紛らわせるように続けて尋ねた。

「いいや、どうだろうな。他のことと違い、父という役目は生涯慣れぬものなのかもしれぬ」

「なるほど」

源次郎は苦笑した。父も同じ気持ちなのではないかと言いたいのが、ありありと解った。

父は器用な男である。特に戦にかけては当代でも指折りの才を有している。驕《おご》る訳ではないが己もまた器量に乏しいとは思わない。だが親子のこととなると、互いに不器用になってしまうのだ。

「ゆるりと話をしていたいが、俺も沼田へ戻らねばならない」

源三郎が話を変えると、源次郎は頰を引き締めて頷《うなず》いた。

「そうだろう」

「で、やるということだな」

「ああ」

単刀直入に切り出す源三郎に対し、源次郎もまた飾ることなく即答した。

上方で石田三成《みつなり》が反徳川の兵を挙げるのではないかと、真《まこと》しやかに噂《うわさ》が流れている。

そしてそれは噂ではなく事実となるだろうと、源三郎は見ていた。そして父は、その時には三成に味方しようとしているのだ。

父は家康を嫌っている。だがそれだけで動くほど甘い男ではない。そもそも東西どちらが勝ってもおかしくない状況である。様々な状況が複雑に絡み合い決して行方《ゆくえ》は見えない。この勝敗を確実に見抜ける者がいるとすれば、それは人ならぬ神だけであろう。

ならば父は、自らがより活躍出来る陣営を選ぶ。信濃の九割は家康に付くと見てよい。その中の一武将として戦うより、信濃一国全てを敵に回し、状況によっては中山道《なかせんどう》を引き返す徳川軍も打ち破ったほうが目立てるとの考えである。決して無謀という訳ではないのは、徳川の大軍を寡兵で退けた実績の裏打ちがあるからだ。

「兄上は……」

「治部は誤解されやすいが良い男だ。とはいえ……」

源三郎が初めて上坂した時、三成は己のことが気に入ったらしい。己もまた歯に衣着《きぬ》せぬ物言いの三成を好ましく思い、以降は親しく交流を持つようになっている。

この間は特に書状の往来が増えている。もっとも三成は挙兵すると伝えてきている訳ではなく、こちらのことを気遣うような内容である。ただそれだけで、真意を察してくれという三成の想いは伝わってきた。

義父という続柄を除いたとしても、父と異なり源三郎は別に家康が嫌いという訳ではないものの、心情的にはどちらかといえば三成に力を貸してやりたいと思っていた。

だが、それだけで家の大事を決める訳にはいかないし、何より父が反徳川に付くならば、己として選ぶ道は限られてくる。

「徳川に付く」

源三郎はふわりと言った。源次郎は予想が付いていたらしく驚く様子は見せなかった。

「確実に家を残すにはそれしかないだろうな」

「父上はお怒りになるだろうが」

源三郎はこめかみを掻《か》きつつ苦笑した。

「父上も兄上の想いは解っているさ。怒るとしても、振りだろうよ」

確実に家を残すのを命題としつつ、父に思う存分暴れてもらうには、これしか道がない。父もそれは十分解っている。

だからこそ怒りを見せるといっても、それは周囲の家臣たちを納得させるための、表面上のことだと源次郎は言いたいのだ。

「いいや、真に怒る」

ぎゅっと顔を顰《しか》め源三郎は戯《おど》けてみせた。

父が己の真意に気付くのは間違いない。むしろ気付くからこそ真に怒るだろうと思う。それは心底《しんてい》を見抜かれたという恥ずかしさからか、子にそこまでお膳立てしてもらうつもりはないという誇りからか、そのせいで自らがちっぽけで他愛《たあい》もないことに拘《こだわ》っていると思い知らされるからか。己にそんなつもりは毛頭ないのに、そのように受け取ってしまうのは、それもまた親である証《あかし》なのではないか。

「兄上は真に父上に優しい」

源次郎の言葉に、そこまで考えてやる必要はないのではないかという想いが含まれていると察した。

「それはお前も同じだろう」

今、起きている混乱はさらに大きくなる。天下を二つに分かつ未曽有《みぞう》の戦になるのではないか。己は、父に思う儘《まま》生きさせるため家の保全に走り、源次郎はその父の夢を助けるために付き従う。根のところは同じだと思う。

「色々面倒なところはあるが、よい親父《おやじ》様だからな」

源次郎は悪戯《いたずら》な童《わらべ》の如《ごと》く笑った。

他人からすれば何と下らないことをと思うかもしれないが、己たちは大真面目《おおまじめ》である。概して人の一生とはそのようなものなのかもしれない。

「父上はずっと悔いておられる。それが契機で今の父上が出来たのだろうな」

久しぶりにこの話の出来る己に会えたからか、源次郎はいつになく饒舌《じょうぜつ》に語った。

「ああ」

己と源次郎の間に、本当はもう一人、源四郎《げんしろう》と謂《い》う弟がいた。あの日、乳母《うば》が連れて失踪し、二度と帰ってこなかった弟である。そのことを源次郎は指しているのだ。

「あれで俺も変わった」

己は源四郎が連れ去られる直前の姿を目撃した。だが、何も出来なかった。その後悔から源次郎だけは命を賭してでも守ろうと決めたのだ。

あのことが父にも大きな影響を与えたのは間違いない。当時の武田《たけだ》家は四方に敵を抱えており、御屋形様の手足となって動いていた父の多忙さは想像を絶する。そのような状況の中、父は草の根を分けてでも捜し出そうとしていた。あれほど狼狽《うろた》え、憔悴《しょうすい》する父の姿は、後にも先にも見たことが無かった。

やがて一年が過ぎ、捜索に一区切りをつけると決めた父の顔に、悲愴《ひそう》ともいえる覚悟の色が浮かんでいることにも気付いていた。

父とこのことについて語ったことはない。いつでも源四郎が戻れる家を守るという意味で、家名を保つことを意識したのか。天下に名を轟《とどろ》かせたいというのも、俺はここで生きているということを源四郎に伝えようとしたのかもしれない。あるいは流石に源四郎の死を覚悟し、自分一人で二人分の夢を叶《かな》えようとしたとも考えられる。

ともかく父はあの頃より、家名を守りながら、かつ天下に躍り出んと、頻繁に口にするようになったのは確かである。そして時を同じくして、己と源次郎に横谷兄弟を付け、片時も離れるなと命じている。

「故に俺の諱《いみな》も当初は……な」

源次郎が視線を外して小声で零した。

「知っていたのか」

源四郎が行方知れずになった悲劇は、源次郎も知っている。そして父の子に対する想いは強く、生まれる前から諱を決めていたことも。だが源次郎の諱である「信繁《のぶしげ》」が、如何《いか》なる経緯《いきさつ》でつけられたものか、当人には教えないでいたのだ。

「案外、漏れ聞こえてくるものさ」

話した者が咎《とが》められると思ったのだろう。源次郎はそのように濁した。

「御屋形様が……俺のためにして下さったことだ」

源三郎は唸《うな》るように話し始めた。

源四郎が連れ去られるところを見たことを、源次郎に語ったのは初めてのことであった。そしてそれを御屋形様だけに打ち明けたことも。

父は源次郎に消えた源四郎を重ねたか、もう二度とあのようなことを起こすまいという覚悟から、源四郎のために用意していた諱を三男に付けようとした。

それを止めたのは御屋形様であった。新たに生まれくる弟にその諱を用いれば、生涯に亘《わた》って己が苦しみ続けると考えたのだろう。

「俺が見たことは口が裂けても父上に言えない。そもそも家臣の子の名にまで口を出すのは、流石に御屋形様でも憚《はばか》られる。そこで一計を案じて下さったのだ」

「故に典厩《てんきゅう》様の名を」

源三郎は頷いた。

源次郎が言う典厩とは、御屋形様の弟である武田左馬助《さまのすけ》信繁のことである。左馬助の唐名を典厩と謂い、家中では通称として使われていた。

武将としての力量は申し分なく、家中でも人格者として慕われていた。御屋形様を常に傍らで支え、弟の中で最も信頼されていた人である。

だが源次郎が生まれる九年前の永禄《えいろく》四年（一五六一）、あの天下に名高き、上杉謙信《けんしん》と戦った川中島《かわなかじま》の合戦において、本陣を守り壮絶な討ち死にをしていた。御屋形様だけでなく家中の皆がその死を悼み、典厩信繁の名は武田家には特別なものとして残った。それを踏まえつつ御屋形様は父に、

――典厩の諱を使ってくれまいか。

と、切り出したのである。

この名誉に恐縮しつつも父が喜んだのは確かである。御屋形様にそこまで言われれば断ることなど出来るはずもない。謹んで受け、三男の諱は信繁とすることになったのだ。

「御屋形様という偉大な兄を支えた御方の名だ。光栄なことだし、俺は至極気に入っている」

源次郎は微笑《ほほえ》みを浮かべた。

その諱を背負った経緯に少なからず己が関わっているからこそ、心底そう思ってくれているらしいことに、源三郎は安堵《あんど》した。

「ただ……俺の名もな」

源三郎は言葉を濁した。

それだけで解ったらしく、源次郎が今度は苦々しげに頬を緩めながら言った。

「それも仕方ないさ」

父が想いを込めて付けた己の「信幸《のぶゆき》」という諱。それを徳川家と縁付くにあたって、家康に求められるがまま「信之」と改めてしまった。相談しても猛反対をされただろう。故に己の一

存で変えたが、父は烈火の如く怒った。その後、父の居室に改めて詫《わ》びに訪れると、

——勝手にしろ。

と今度は怒ることなく、興味なさげに答えて背を向けた。その背が酷《ひど》く哀《かな》しげであったことを今でもはっきりと覚えている。

名とは、親から子への初めての贈り物といえよう。幸せな一生を過ごして欲しいという禱《いの》りにも似た想いで付けたであろうことを、源三郎も子が出来た今ならばよく解る。さらにその想いが人一倍強い父であるが故に、申し訳ないことをしたとずっと思っていた。

「俺が背負おうか」

源次郎のふいの一言に、思いに耽《ふけ》っていた源三郎ははっと我に返った。

「それは……」

「俺たちの知る武田家はもうない。御屋形様も、兄上さえ構わぬならばと、むしろ喜んで許して下さるだろう」

「そうかもしれないな」

源三郎は曖昧に答えた。家を残して名を揚げると父は望んでいる。名とは何なのかと改めて考えさせられた。

「今はこんな時だ。落ち着いたらそうする」

「真田左衛門佐《さえもんのすけ》……幸村《ゆきむら》か」

「なかなか収まりが良い」

源次郎が大袈裟《おおげさ》なまでに破顔したのには、源三郎にもう自身を責めないで欲しい、という願

いが込められていると感じた。

もう己が守る存在ではない。むしろその存在を心強く感じている。この大戦、如何に転がろうが兄弟が力を合わせれば乗り越えて行けると確信し、源三郎は胸に込み上げるものを感じながら力強く頷いた。

勝永の誓い

まるで一間先に白亜の壁があるかのような深い霧の中、毛利勝永《もうりかつなが》は粛々と軍を進めていた。甲冑《かっちゅう》がじっとりと湿っているからか、擦《す》れて立つ音がやや鈍い。このような些細《ささい》な違いにまで気付くほど、己は幾度となく合戦に出てきた。だがこの戦は、これまでのどの戦とも様相が異なっている。

――お前の望むものは何も奪われまい。

馬上の勝永は心の内で呼び掛けた。

その相手は後藤又兵衛基次《ごとうまたべえもとつぐ》である。後藤の隊は先陣を務め、自軍よりも半日ほど先に発《た》った。そろそろだろうと考えていた矢先、案の定、遥か遠くから銃声が聞こえ、続いて喊声《かんせい》が耳朶に響いた。

「始まったか」

勝永は呟いた。

又兵衛が単独で戦端を開いたのだ。後藤隊の数は僅か二千八百余。敵の軍勢は優に三万を超える。己や真田隊などの後続隊約一万五千が加わらねば、流石の又兵衛といえども勝てるはずがなかった。

「庄右衛門《しょうえもん》」

勝永は傍らを行く将に呼び掛けた。名を賀古《かこ》庄右衛門と謂う。毛利家が隆盛の時も、逼塞《ひっそく》の時も、ずっと付き従ってくれた父の代からの家臣である。

「解っております」

皆まで言わずとも良い。庄右衛門の顔にはそう書いてある。暫《しばら》くすると前から武者が一騎、駆け込んで来た。

旗指物から伝令だと解る。その兜《かぶと》、甲冑に至るまで燃えるような赤。真田家からの伝令である。此度の戦に臨むにあたり、真田隊は全員が赤一色で揃《そろ》えており、

——真田の赤備え。

と、敵味方に呼称されるようになっていた。

「拙者は真田左衛門佐家臣、望月重内《もちづきじゅうない》。豊前守《ぶぜんのかみ》様に、主君より言伝《ことづて》があります」

戦場の習いにて、伝令は馬から降りずとも良いことになっている。勝永を官職で呼ぶと、望月と名乗った男は少しばかり馬を寄せた。

「近く」

刺客が真田の伝令を装っていることも考えられる。戦ではあり得ないことではなく、臆病過ぎるくらいで丁度良い。己がそれくらい慎重であることを古くからの家臣たちはよく知っている。

故に少し不用意と感じた者もいるかもしれない。だがこの場合、皆に聞かれるほうが余程不用意である。それを秤《はかり》に掛けたに過ぎない。

「よろしいので」

望月はちらりと庄右衛門を見た。

庄右衛門だけは小声で話しても聞こえるほど己のすぐ傍にいる。聞かれても良いのかという意である。

「構わぬ」

庄右衛門を含め、毛利家が大名であった時に家老を務めていた四人だけには作戦の全てを打ち明けてある。幸村もそれは構わぬと言っていたし、そうでなくては軍を思う儘には動かせない。

望月は頷きさらに馬を寄せて旋回させ、轡《くつわ》を並べる恰好《かっこう》となった。

「見事なものだな」

世辞ではなく真に巧みな馬術だと思い、勝永は軽く片眉を上げた。

「滅相もありません」

望月は真顔で答えた。真田家にはこれくらいの者は多くいるという自負が感じられた。事実、昨冬の戦では真田隊の活躍は群を抜いていた。

「して」

勝永が短く尋ねると、望月は霧さえ震えぬほど一層声を落とした。

「目算よりも合戦の始まりが遅《おそ》うございます。今少し足を落としましょう」

「解った。庄右衛門」

勝永が呼びかけると、庄右衛門は小さく首を縦に振った。

「霧のせいでぬかるんでいるところもあります。決戦に備えて馬に大事を取らせるため、ここは我慢……」

とでも申せばよいか、との問いである。

「うむ」

勝永が応じると、庄右衛門は今しがた唱えた通りに、大音声《だいおんじょう》で皆に命じた。

軍勢の先頭にまで徐々に指示は伝播《でんぱ》し、やがて進む速さが緩やかになっていく。

「これでよいな」

「はい」

望月は静かに答えた。

「真に奇妙な戦だ」

「何か？」

思わず口から零れ出てしまった本音に、庄右衛門が訊《き》き返した。より近くにいた望月にも聞こえたはずだが、素知らぬ顔をしてただ前を見ている。

「いや何でもない」

勝永は己も手綱を緩めて首を横に振った。

本来ならば戦が始まってしまった今、後続隊の己たちは一刻も早く小松山《こまつやま》に駆け付けねばならない。だが反対に足を緩めるのだ。これには訳がある。そもそも後続隊は、

――後藤隊を助けるつもりはない。

のである。

厳密に言えば、後続隊のうち己と真田幸村がそう考えて、示し合わせているのだ。二人が率いる軍勢は、混成たる後続隊の大半を占めるため、他の諸将としてはそれに足並みを揃えるし

かない。

何故このような行動を取るに至ったか。端的に言えば、己と幸村の利害が一致した。味方どうしで利害が相反することなどあるのか――。大坂城の内情を知らぬ者が聞けばそう思うに違いない。だが現実として諸将の目指すものが食い違っているのだ。

幾つかの派閥に分かれているどころではなく、銘々がそれぞれ微妙に、あるいは大きく、違う目的のもとに動いている。これほどまでに集まった者たちの思惑が異なる戦を勝永はかつて経験したことがなかった。

それは己とて例外ではない。決して他の諸将とは重ならぬ、ある想いを胸に戦に加わっている。

これは家臣たちも知らない。庄右衛門でさえも、

――豊臣家の旧恩に報いるため。

だとか、

――最後に華々しく散るため。

だと思っている。

それも別に間違いという訳ではないのだが、勝永にとって最も大きな参戦理由はやはり別にあった。

ただ数人の例外がいる。身内では亡き妻安津《あつ》、共に大坂に来た息子《むすこ》、それから国元に残してきた妻の波留《はる》である。安津が他界した後、幽閉先で娶《めと》った。波留にも全てを打ち明けて大坂へ向かった。

身内以外では一人だけ。それが此度共謀している、真田左衛門佐幸村であった。そもそも勝永は、城中での幸村に違和感を持っていた。何か訳があるということはなく、勘働きといって良いだろう。

ただ他の諸将とは何かが違うと感じたのだ。己が異例な想いで参戦したからこそ、同様の異質さを感じ取ったということかもしれない。

その幸村に己の想いを見抜かれた。誰にも気付かれぬと思っていたから驚いたものである。些細な目の動き、言葉の端々から感じ取り、これはと思って配下を使って己の過去を探らせたというのだ。幸村は此度の戦に優れた忍びを多く連れてきている。その者たちを使ったのだろう。そして己の居室を訪ねて来て、

「毛利殿は――」

と、切り出したのだ。

脅されるかとも思ったが、幸村にそのつもりはないようだった。他の者よりも余程信用出来ると言い、引き換えに自らも大坂城に入った真意を勝永に語った。

己の入城理由は人が聞けば奇天烈《きてれつ》なだけだろうが、幸村の構想には誰もが絶句するほかないだろう。啞然《あぜん》とする勝永に幸村は、

「互いのため力を合わせませぬか」

そう持ち掛けてきたのだ。勝永は了承した。断れば一転、脅されるのが怖かったからという訳ではない。己と幸村、大坂に来た理由の根にあるものが似ているように感じられたからである。

こうして入城から間もなく、それぞれの目的を達するため、己と幸村は秘密の同盟を結んだ。そしてそれが今、このような形で表れているのだ。此度の戦、二人ともに、

——たった一度の戦いで雌雄を決する。

ほうが良いと考えている。

冬の陣で和議が結ばれた後、大坂城の外濠《そとぼり》は幕府に埋められてしまった。ただでさえ勝ち目の薄い大坂方であるが、これにて九分九厘負けが間違いなくなった。

ただ一厘。辛うじて勝ち目があるとすれば、東西全ての軍勢が集まる大会戦に持ち込み、家康と秀忠《ひでただ》の首を同時に刎《は》ねること。

家康さえ討ち取れば勝てるなどとほざいている者もいるが、それはあり得ない。家康は権力の半分を秀忠に委譲しており、幕府の体制は盤石となっている。二人同時に討ち取り、天下の乱れを誘うほか、豊臣家に生き残る道は残されていない。

故に大坂城のぎりぎりまで引きつけねばならぬのに、家康も秀忠も遥か後方にいる今、進攻する幕府軍を叩《たた》くことに何の意味もないのだ。

だが迫られることに恐怖を抱いたからか、豊臣家の家臣たちは諸将へ出撃するように命じた。出撃策が危険だと考えている勝永も幸村もこれに断固として反対した。ところが後藤又兵衛が、

「拙者が関東の出鼻を圧《へ》し折ってやります」

と言い放ったものだから、評定《ひょうじょう》はそれで決してしまったのだ。

幸村が己の居室を訪ねて来たのはその晩のことであった。そこで提案されたことというのが、

「無駄な合戦は避けましょう」

というものであった。評定では出撃と決したが遂行しないということ。合戦になっても適当にあしらい、後の兵を温存しようというのだ。

「木村《きむら》殿や、長宗我部《ちょうそかべ》殿はどうする」

勝永は身を乗り出して声を落とした。大坂方は大きくは二手に分かれて迎撃する。その両人は己たちとは別方面に出撃することになっているのだ。

「流石にそちらはどうにもなりませんな……」

豊臣家の全ての力を結集し、乾坤一擲《けんこんいってき》の戦いに臨むのが上策。だがもはや出撃と決まったからには、完全な状態での決戦は望むべくもない。

この出撃策の中で討ち死にする将が出るだろうことは、口に出さずとも皆が気付いている。それでもその中に己たちが含まれぬように、少しでも多くの兵を残さねばと幸村は主張した。

「だが後藤殿は得心するまい」

後藤又兵衛とて歴戦の勇士。此度の出撃策が勝利に近づくどころか、豊臣家の勝ち目をより薄くすると解っている。

だが、又兵衛にとってそのようなことはどうでもよい。あの功名心の強い男は、如何に己が華々しく活躍出来るかということだけを考えている。出撃では奮戦し、後に行われるだろう決戦で華々しく散る。二度、名を馳《は》せる機会があるといった程度にしか考えていない。

「仕方ありませぬ」

幸村は又兵衛を切り捨てるという。具体的な方策は、後続隊を率いる己たちがわざと遅れ、幕府軍に単独で挑ませるというもの。

又兵衛は憑《つ》かれたかのように功名に焦がれている。後の決戦でも己のことだけを考え、皆の足並みを乱すことは確実であった。

「だが後藤殿が乗るか」

「すでに」

又兵衛には上手《うま》く言い含めてあるというのだ。

「いや仮にそうだとしても、幕府軍は罠《わな》だと思い手を出さぬかもしれぬぞ」

「それも心配ないかと」

ここで幸村は勝永が愕然《がくぜん》とすることを口にした。何と敵将である伊達政宗《だてまさむね》と通じており、又兵衛を屠《ほふ》ってくれと頼んであるというのだ。この手回しの良さと、冷酷とも取れる仕儀に、勝永は空恐ろしさを感じた。

「お主の真の目的は何だ。真田の家を守りつつ、天下に名を轟かせることではなかったのか……」

「左様」

「後藤の風下に立つのが嫌なのか」

「いえ、そのようなことは。ただ……後藤殿はやはり勝手が過ぎる」

幸村もまたこの戦は、これまでのものと大きく違うと考えているという。負ければ戦国最後の戦となるからであろう。各々がそれぞれの目的を達しようとしていた。それを幸村は仕方のないことだと思っているし、止める気もさらさらない。

むしろ各々がこれまで送って来た一生が凝縮されているかのようで、とても興味深いと思っているともいう。出来れば皆が皆、目的を達して欲しいと思っている。だが自身の勝手で他人の目的を邪魔する、又兵衛のような者は除かねばならないとも考えている。

「それならば、後藤の目的を邪魔するお主も――」

言いかけて勝永は口を噤《つぐ》んだ。

「後藤殿の目的は達せられるかと」

後藤又兵衛は雲霞《うんか》の如き大軍を相手に寡兵で奮戦して散る。後続隊が遅れるという悲運がなければ、勝てたかもしれぬと後世に語り継がれる。それは又兵衛の本懐を遂げることではないか。

「お主という男は……」

勝永は苦笑した。

冷酷なのか、優しいのか判《わか》らない。元来は後者ではないか。ただ幸村は己の目的を遂げるためならば、何でもやるとの覚悟を決めているのだろう。

「共に家康、秀忠の二人を討ち取ろうと申しましたな」

「ああ」

幸村の提案はそれであった。幸村はそれで名を揚げるし、勝永も想いを遂げる。いや、約束を守ることが出来る。故に密約を結んでここまで来た。

「もはや」

「難しいだろう」

勝永は細く息を吐いた。

将も兵も一切の消耗をせず、ただ一戦に懸ける。それでこそ一縷《いちる》の望みがあった。城から打って出ると決まった時点で、もはやそれは厳しいと見ている。

「話されましたか」

幸村は消え入るような声で聞いた。流石に憚られると思ったか。いや、返ってくる答えが朧《おぼろ》気《げ》に見え、己の心情を汲《く》んでのことだろう。

「いや、何も」

「よいので」

「なかなか」

開戦まではその機会も僅かにあったが、今となっては難しい。

「余計なお世話と承知しながら申し上げるが……お話しになったほうがよい。私はそう思います」

幸村は静かに、それでいて熱を込めて言った。この男はやはり優しいと確信し、勝永はふっと頬を緩めた。

「考えておく」

一際大きな銃声が霧中に鳴り響き、勝永は我に返った。

この数は恐らくは伊達政宗隊。奮闘する後藤又兵衛隊に対し、伊達家が攻め懸かったのだろう。暴れまわる手負いの虎に、竜が嚙《か》み付いたといったところか。間もなく後藤隊は崩れる。又兵衛の夢は、願いは、禱りは天に昇華する。

では己の想いはどのような結末を迎えるか。たった一つの、大昔の約束を果たすためだけに、己は今、ここに存在しているのだ。

ふと、先日の評定のことが思い出された。必死にその策が無為であることを訴えたが、結果は出撃を命じられた。その時、勝永は上座をじっと見つめていた。

主君秀頼ではない。その傍らに座る人である。その人はきゅっと口を結び、誰にも気付かれぬよう、蝶《ちょう》が止まって葉が揺れるほどの頷きを見せた。

――お前が行けというなら行くさ。

勝永は心中で呼び掛けた。幸村は奇人であるが故に受け入れただけで、己が大坂に来た理由を聞けば、やはり十人が十人笑うだろう。そのようなことを考えながら、勝永は手綱を引き絞った。


毛利勝永は永禄十一年（一五六八）、近江《おうみ》国今浜《いまはま》に生まれた。その頃の姓は毛利ではなく森《もり》と謂った。別に他家に養子に入った訳ではなく、後に秀吉により命じられて変えたものである。諱もまた当時は吉政《よしまさ》と謂った。つまりその頃は森吉政と謂うのが正しい名乗りである。

父は森吉成《よしなり》と謂い、猫の額ほどの領地を有する地侍であった。森家は南北朝の頃に新田義貞《にったよしさだ》に従って活躍したとか、尾張《おわり》国葉栗《はぐり》郡の曼陀羅寺《まんだらじ》の坊官が流れて土着したとか、酔いに任せて語る父の話は時々で変わる。さほど大した家でないということだけは、吉政も幼いなりに感じていた。ともかく吉政が生まれた頃には、すでに北近江を支配していた浅井《あざい》家の配下にあったということだけは事実である。

吉政が初めにその名を知られたのは、僅か五歳の頃の話である。幼いながらに武の片鱗を見せたとか、書をすらすらと読む聡明《そうめい》さが知れ渡ったとかではない。端的に言えば、その容姿が評判を呼んだのである。

——森の倅《せがれ》の前では美女も裸足《はだし》で逃げ出す。

などと噂された。

吉政は己では全く自覚がなかったが、五歳の幼子を摑《つか》まえてそう言われるのだから相当なものだったのだろう。

絹の如く白い肌、切れ長の目、人一倍長い睫毛《まつげ》、高く通った鼻梁《びりょう》、紅を引いたように潤いのある薄い唇、陽の当たり具合で瑠璃《るり》色に見える瞳。女子《おなご》のような相貌をしていたのは確かである。ただ躰《からだ》も娘のように華奢《きゃしゃ》で、誇張もあるが腕などは大根どころか牛蒡《ごぼう》のようだと言われていた。

そのような躰だから武芸は拙《つたな》い。初めて槍《やり》を持った時、二、三度振っただけで息が上がり、その場にへたり込んでしまったほどである。

ならば学問はどうかといえば、こちらも大したことはない。同年代の者より文字の読み書きもやや遅く、並より少し下といったところであっただろう。

そのような吉政が六歳となった元亀《げんき》四年（一五七三）の正月。吉政は父の部屋に呼ばれた。父の様子がいつもと異なり、不安と高揚の入り混じる顔をしていたのをよく覚えている。

「はあ……」

話を聞き終えた吉政の呆《ほう》けたような返事に、父は微《かす》かに苛立《いらだ》ちを覗《のぞ》かせた。童《わらわ》でもこの事の重大さは解るはずと、淡い期待を抱いていたものらしい。

「名誉なことぞ」

父は咳払いをして厳かに言った。

浅井家には三人の姫がいる。長女の茶々《ちゃちゃ》は当年で五歳。この茶々が一言でいえばかなりの、

――お転婆。

であるという。

飯事《ままごと》や貝合わせといった女子の遊びには一切興味を示さず、綺麗《きれい》な召し物を着ても露ほども喜ばない。手習いなどは何とか嫌々行うものの、隙あらば馬場や、矢場などに走っていき、侍どもが武芸に励むのを物欲しげに見つめる。庶民の男子《おのこ》のように手頃な棒を振り回し、止めようとした侍女の頭を叩いたこともあるとか。

父の浅井長政《ながまさ》は幼い頃から温厚な性質《たち》であったし、母お市《いち》の方も思慮深い幼子であったらしい。両親のいずれにも似ていないのである。お市の方も実際にその目で見た訳ではないが、聞いたところに拠《よ》ると、

――兄上。

つまり伯父織田信長《おじおだのぶなが》が、吉法師《きっぽうし》と呼ばれていた幼い頃に酷似しているという。

そのような姫であるから、殿や御方《おかた》様が同年代の女子の遊び相手を付けてやるものの、三日を経ずして音を上げてしまう。

だからといって男子をという訳にはいかない。分別も付かぬ童ならば、姫が相手でも喧嘩《けんか》に発展してしまうことがあり得る。むしろ姫のお転婆を助長してしまう恐れすらあるのだ。何とか都合の良い相手がいないかと殿が頭を悩ませていたところ、

――森の倅、婦女子の如き優しき男子との由。

と、家臣たちが話しているのを小耳に挟み、これはと思ったらしい。つまり供という名目で、茶々姫の遊び相手として吉政を召し出そうというのである。千載一遇の出世の好機なれど、もし吉政に非礼な振る舞いがあれば、地侍の森家風情など一瞬で吹き飛んでしまう。故に父としても複雑な心境なのである。

「とにかく失礼のないようにせよ。そして身命を賭して姫をお守りするのじゃ」

小谷《おだに》城下に着いてからも、父からは再三そのように念を押された。御館へと案内され、殿と御方様に拝謁した後、件《くだん》の茶々姫に引き合わされた。

――この御方が姫君。

吉政は暫《しば》し茫《ぼう》と眺めた。髪がやや茶色く、瞳は光の加減か微かに茶色を帯びて見えた。目鼻口の配置が恐ろしく整っているせいか、顔だけなら大人と見紛ってもおかしくはない。天女が舞い降りたならば、このような貌《かお》をしているのではないかとふと思った。

「森吉政と謂う。お主の身を守ってくれる。恃《たの》みにせよ」

殿は未《いま》だ元服していない己を大人扱いし、茶々に紹介してくれた。茶々はこくんと頷くのみで何も言わない。噂は事実でなく、姫とあればやはり奥ゆかしい性格なのだろう――。その考えは間違いであったとすぐに吉政は思い知らされる。

「吉政、弓の稽古に付き合え」

翌日、茶々は会うなりいきなり命じた。通常、諱を呼称として用いることはない。身分が上の者がそう呼ぶのは悪いとは言わぬが、それでも些《いささ》か憚られるものである。茶々としては父が諱で呼んだため、それに倣っただけなのかもしれない。

「はい」

面食らったものの、吉政はすぐに応じた。

殿や御方様は、茶々のお転婆ぶりを憂えているものの、別に武芸の修練をしてはならぬとは思っていない。乱世の子女ならば薙刀《なぎなた》や、弓馬の嗜《たしな》みくらいはあるものである。少し早いとは思っていたものの、茶々が望むこともあり、ほどほどにという条件で許しているという。

弓術の師を務める大人たちと矢場へ赴き、茶々は早速弓を取った。無論、弦《つる》の張りが弱い弓であるし、的までも五間（約九メートル）ほどと近い。だがそれでも十矢中、八矢《し》まで的に中《あ》てたので吉政は舌を巻いた。

「吉政もやってたもれ」

茶々は得意げに言う。内心では気鬱であったが断る訳にもいかず、吉政も弓を引いた。結果、十矢を放って中たったのは二矢のみ。それもようやく的の端のほうという散々なものであった。

「私の勝ち」

「姫」

武士の子を摑まえ、流石にその言い方はあるまいと考えたのだろう。大人たちは諫《いさ》めたが、当の吉政が、

「拙者は不調法なもので」

と苦笑したものだから、彼らも、こちらはこちらでといったように溜息《ためいき》を零す。もっともまだ若干舌足らずの幼子たちが、そのような会話をしているのを微笑ましく思ってもいるようで、

曖昧に口元を綻《ほころ》ばせている。

「じゃあ、次は薙刀。吉政は槍でよい」

「承知しました」

苦手だが吉政も逆らうつもりはない。場所を移して手合わせをする。これも茶々が三本中、三本を見事に取った。最後の一本で額を強《した》かに打たれた吉政は、

「参りました。お見事です」

と、痛さからくる涙を懸命に堪《こら》えながら言った。

「やはり弱い」

「左様です」

「男のくせに」

「姫」

今日、何度目かの諫止《かんし》に、茶々はぷいとそっぽを向いて去っていった。

「お主ももう少し悔しがりなさい」

乳母はちくりと皮肉を残し、茶々を追いかけて行った。名目上は護衛にもかかわらず、守るべき姫のほうが強いというのだから、確かにお笑い種《ぐさ》であろう。

だが吉政は不思議と悔しいという思いが湧いてこなかった。それ以上に、勝ったにもかかわらず、誇っているにもかかわらず、茶々が何故か寂しげに見えたのが気に掛かっていたからであろう。

「茶々はお主を大層気に入ったようじゃ」

主君である浅井長政にそう言われたのは、茶々と出逢って二月後《ふたつき》のことである。それまでは十日に一度ほど通っていた。だが茶々がことあるごとに、吉政が次に来るのはいつかと周囲に尋ねるようになったという。

もっとも吉政本人としては、何処《どこ》が気に入られたのか首を捻《ひね》らざるを得ない。竹で本物を模した薙刀を振り回す茶々に、無様にも槍を放り出して逃げる。悪戯をしようとする茶々を止め、意気地なしと罵《ののし》られるようなこともしばしばあった。

ともかくこのようなことは初めてであり、殿としても是非、吉政を傍に置いておきたいとのこと。己の小姓という名目で、小谷城に詰めて欲しいと命じた。

「あり難き幸せ」

父は歓喜に震えて頭《こうべ》を垂れた。

大小三百を超える豪族、地侍が浅井家の傘下に入っている。森家はその中では下の上といった程度の大きさ。息子が殿の小姓に上がり、茶々姫の覚えも目出度いとなると、家運が開けると思ったのは間違いない。

こうして吉政は、春が訪れる前には小谷城に住まうこととなった。

「何故、私を？」

ある日、どうしても気に掛かり、思い切って吉政は尋ねた。

「別に」

茶々は素っ気なく答える。

「そうですか」

吉政もそれ以上深くは訊かない。が、暫くすると、茶々は零すように言った。

「約束を守るから」

何のことかと首を捻る吉政に、茶々はぽつぽつと語り始めた。

茶々は伯父の信長から贈られた二つの「びいどろ玉」をとても気に入っており、懐に忍ばせたり、時に手の上で転がしたりと、常に肌身離さず持ち歩いている。

吉政が三度目に参上した時、茶々がそのびいどろ玉を失《な》くすということがあった。城内を散歩しているうち、手で揉《も》むようにしていたが、ふと気付くと一つが消失していたのだ。取り乱して泣き喚《わめ》く茶々を、侍女や家臣たち皆が、

「必ず捜し出します」

と宥《なだ》めた。だが実際、それは茶々を落ち着かせるための言で、大人たちが捜そうともしていないことに吉政は気付いた。贈り主である伯父の信長と、浅井家は不和となり対立している。浅井家では信長のことを口にするのも憚られる状況なのだ。いつ合戦になってもおかしくない中、信長の贈り物への執心を捨てて欲しいというのが大人たちの本音であろう。

吉政だけが独りで捜し始めた。己もまた、

――捜し出しますので泣き止んで下さい。

と、茶々を慰めていたからである。

びいどろ玉を失くしたと気付いたのが正午の頃。吉政は迎えに来た森家の家臣を、姫様との約束事があると告げて待たせ、その日姫と歩いた道を何度も辿《たど》った。そして西の空が真っ赤に

染まる頃、叢《くさむら》に光るものを見つけたのである。

「姫、見つけました」

吉政が差し出すと、茶々はあっと声を上げて近づいてきた。その小さな手にびいどろ玉を置く。茶々は珍しく、

「ありがとう……」

と、震えるようなか細い声で言った。

「それではお暇《いとま》します」

吉政は何事も無かったかのように言って辞した。約束を交わしたのだから、それを果たすのは当然と思っていたに過ぎない。

だがこれが茶々にとっては酷く新鮮であったらしい。茶々は決して愚かではない。むしろ五歳にしては賢すぎるほど。浅井家と織田家の今の状況をよく理解しており、

――争って欲しくない。

と、願っていた。口に出すことも多々あったという。侍女、家臣たちは、

「相争《あいあらそ》うようなことには相成りません」

と言うのだが、事態がどんどん深刻になっていることにも茶々は気付いていたらしい。信長から贈られたびいどろ玉を、これ見よがしに持ち歩いていたのもそれが理由であろう。

さらにはこれまでの遊び相手についてもそう。また来ますと言い、これまで何人の者が二度と姿を見せなかったことか。そのうちに相手が茶々を嫌がっていると気付くと、二度と顔も見たくないと先んじてこちらから追い払ったことすらあるという。

そうした経緯《いきさつ》から、己が約束を守ったことに謝意を示す茶々に、

「それくらいしか取り柄がないのです」

吉政は苦笑した。

己は武芸も学問も人並み以下。せめて誠意なりともないとなれば、何一つ残らない。故に出来ぬ約束は交わさない。交わしたならば全力で守ろうと心に決めていただけである。

「確かに、吉政は弱いから」

茶々はくすりと笑った。このような表情は初めの頃は見せてくれなかったから、やはり己には心を開き始めてくれているようだ。

「まあ……」

「それじゃあ、私を守れないでしょう」

「守りますよ」

「本当？」

茶々は戯《おど》けたように上目遣いに尋ねた。

「弱くても守ります」

「ありがとう」

普段は歳の割に大人びて見える茶々だがやはり子どもである。弾《はじ》けるような無邪気な笑みを直視出来ず、吉政は苦笑して俯《うつむ》いた。

吉政が小谷城に上がって三月《みつき》が経《た》った頃、天地がひっくり返るような事件が起こった。茶々

が忽然《こつぜん》と姿を消したのである。

浅井家はそもそも鷹揚《おうよう》な家風で、長政やお市の方が別々に、あるいは二人で城下や田畑を見回り気さくに声を掛けるようなことも間々あった。その仲睦まじさを民は微笑ましく思い、この殿の領内に自らがいることを誇りに思っている。

――大名の家に生まれた者は、民の暮らしをよく見ねばならぬ。

と、長政から言われており、茶々も近習《きんじゅ》や侍女と共に城下に出ることがあった。茶々を見た民はその可憐《かれん》さにすっかり魅了されただけでなく、

「これは何を売っているのです？」

などと、分け隔てなく声を掛けられるので、やはり殿と御方様の子だと好ましく思っていた。

その城下での散策の中、茶々は姿を消したのだ。あちらで面白そうなものを売っていると、込み合った市の中を駆け出した。そのようなことはこれまでにもあったため、侍女たちはお待ちをと呼びかけ、追いかけたものの、その時はまださほど深刻には思っていなかった。

だが茶々が指さして向かった店に辿り着いても、その姿が見えない。店主に聞けば脇を抜けて走り去ったという。血相を変えて皆で捜すが茶々は一向に見つからなかった。

供の家臣、侍女たちは顔面蒼白で殿に事の次第を報告した。家臣たちは腹を切ると申し出たが、

「今は見つけるのが先だ！」

と殿はそれを押しとどめ、家臣を出して城下、その近隣にまで捜索の手を伸ばした。家臣には物々しく具足に身を固めさせ、手には槍を持たせている。それには事情があった。浅井家と

織田家の関係はさらに悪化し、今にも合戦が始まってもおかしくない状況になっている。故に何者かが連れ去ったということも考えられたのだ。

そのような時に何故、茶々を城下に出すことを許したのか。それは、

——戦が始まるなら、その前に皆の顔を見ておきたい。

と、茶々が熱心に頼んだからである。戦が起こることに気付いている賢《さか》しさに驚いたうえ、その情の深さに殿も御方様も心を打たれたからである。それがこのような事態になったものだから、御方様などは自らを責めて眩暈《めまい》を起こし倒れてしまったほどであった。

「何か聞いておらぬか」

吉政も老臣から詰め寄られた。茶々が己に心を開いていることは、家中でも徐々に知れ渡っていたのだ。

「今日は些か様子が……」

普段の茶々ならば吉政にも付いて来いと言い出しそうなものだが、

——弱いんだから、たまには剣の修行でもしてなさい。

と、城に残るように言ったのだ。吉政は少し奇異に思ったが、そのようなこともあろうと深くは考えなかったのである。だがこうなってしまえば、茶々は端《はな》から姿を晦《くら》ます気でいて、己を置いていったのではないかと思える。

「左様か」

とはいえ行先を聞いている訳ではない吉政に、老臣は役立たずめとばかりに舌打ちをした。

「私も捜しても？」

「勝手にせよ」

誰も己などに構っている暇はない。人知れず戻ったかもしれないと、家臣や侍女たちが城内の隅々まで慌ただしく捜している。そのような中、吉政は独りで茶々が消えたという市へと向かった。

市に行くと人だかりが出来ている。侍、足軽たちに囲まれ、茶々を最後に見たという店主が尋問されているのだ。

「いや、だから本当なんです。こちらからあっちに、ぱあーっと、走っていったのです」

何度も同じ問いをされたのだろう。店主は飽き飽きといった様子である。

――あっち？

店主が指さす方向に進めば、間もなく市が途切れる。つまり市の外へと走っていったことになる。茶々は城下の町から出たことはないため、そちらに目的があるはずもない。故に店主が疑われているのだろう。

「あっ……」

吉政の脳裏に閃《ひらめ》くものがあった。

「もし――」

「あっちに行っていろ！」

店主の尋問を続ける侍に声を掛けたが、けんもほろろに手で払われた。次の瞬間、吉政は駆け出していた。市を抜け、城下を抜け、さらに走る。己はその場所に行ったことはないが、聞いた話からこちらの方角で間違いないはず。

――法華寺三珠院《ほっけじさんじゅいん》の大杉に願を掛けると、どんなことでも一つだけ叶うらしい。

先日、殿に拝謁しに来ていた豪族の脇坂《わきざか》某《なにがし》と、片桐《かたぎり》某が、そのように話しているのを立ち聞いた。迷信であろうとか、いや叶った者がいるらしいなどと、話しながらこちらに気付かずに歩み去っていったのである。その後に茶々が、

――本当かな？

と、妙に真剣な顔で尋ねてきた。己には判らず、どうでしょうと曖昧に答えたのを覚えている。

「古橋《ふるはし》村はこっちですか⁉」

畑を耕している遠くの百姓に向け、吉政は精一杯の声で訊いた。百姓が頷いて指をさすと、吉政はまた跳ねるように駆け出す。

件の法華寺三珠院は、伊香《いか》郡古橋村に程近いのを知っている。何故、知っているのかという と、藁《わら》にも縋《すが》る思いで、己もいつか願掛けに行こうと考えていたからである。

――姫を守れる立派な武士になれますように。

という願いである。

幸い、日が最も長い夏である。城下を出た時には陽は中天にも届いていなかったが、それでも上山田《かみやまだ》、下山田《しもやまだ》、高野《たかの》に差し掛かった頃には、西の空は淡く茜《あかね》色に染まってきていた。ここから小山《こやま》という地を越え、ようやく古橋村である。確実に日が暮れてしまう。一度戻って大人たちを呼ぼうかと思った矢先、吉政の目の端に飛び込んできたものがあった。

路傍の石に腰を掛け、茶々が項垂《うなだ》れていたのである。

「姫」

吉政が近づいて声を掛けると、茶々は勢いよく顔を上げた。そしてその目にみるみる涙が溜まっていく。

「捜しました。戻りましょう」

「でも……」

「大杉でしょう」

吉政が言うと、茶々は溢《あふ》れる涙を袖で拭った。

「誰かにお願いして、改めて連れていってもらいましょう」

「もう……お願いしたけど……」

今、浅井家では織田家との合戦の備えに皆が奔走している。城下ならばまだしも、城外に姫を連れ出すとなれば相当な支度がいる。しかも領内には織田家の間者《かんじゃ》が少なからず紛れ込んでいるかもしれないのだ。とてもではないが殿には言えないと、乳母に断られたらしい。

「では、ここから大杉に願を掛けましょう。神様なら解ってくれるはずです」

峠《とうげ》に遮られて、大杉どころか、古橋村さえ少しも見えない。だが吉政が優しくすすめると、茶々は頷いて立ち上がった。二人、手を合わせて見えない大杉に願を掛ける。

茶々が何を願っているのか。吉政には解ってしまった。織田家との合戦に勝てるように、ではない。合戦そのものが起こらないようにと願っているのだろう。お転婆ではあるが、心根の優しい姫だということを、吉政は今ではよく知っていた。

ようやく得心した顔の茶々と、二人で帰路についた。

「何故、あそこに座っておられたので？」

「思ったより遠かったから。日没に間に合わないと思って……」

「進むか戻るか迷っておられたということですね」

「うん」

行く先には家路へ誘《いざな》うように、二つの影法師が長く伸びていた。烏《からす》の鳴き声が暫しの静寂を埋める。

「ちゃんと強くなれるように願った？」

茶々はふいに尋ねた。

「いえ」

「じゃあ、何を？」

「今少し優しくなれるように……といったようなものです」

「十分優しい。吉政って名が、そもそも優しいもの。変えたほうがいい」

そのように言われて怒る者もいようが、吉政は特に何とも思わなかった。武士が諱を変えることは珍しいことではない。特に森一族には、手柄を立ててはその記念に、不幸があれば気分を一新するためにと、ころころと諱を変える者が多かったので、そのことも影響しているだろう。

「どのような名が強そうですか？」

と、むしろ吉政は元気を取り戻しつつある茶々の話に乗ってやった。

「うーん。勝家《かついえ》とか？」

「それでは柴田様《しばた》と同じです」

「あ、そうだった」

織田家の宿将、柴田勝家である。織田家の話を出すのはまずいと思ったのか、茶々は顔を強《こわ》張《ば》らせたが、吉政は全く意に介していないと伝えるように微笑んだ。

「強そうというか、とてもお強いと聞いています。鬼柴田と呼ばれているとか」

百姓の子にまで鬼柴田の名は知れ渡っている。泣く子がいれば鬼柴田が来ると言って親が泣き止ませるらしい。

「じゃあ、勝勝《かつかつ》は？　二つも入っているからもっと強そう」

「それは……流石におかしいのでは？」

吉政は可笑《おか》しくなって頬を緩める。

「じゃあ、勝永。永く勝ち続ける」

「姫はよく字を知っておられますね」

「どう？」

茶々は些か不安そうに尋ねた。

「確かに強そうです」

「変える？」

畳み掛けるように訊く茶々に、吉政はひょいと首を傾《かし》げる。

「私は弱いので。その名に見合うような武士になったなら」

「何年後のことかしら」

「何十年先かもしれません」

思わず茶々が吹き出し、つられて吉政も息を漏らして笑い合った。子ども同士の他愛もない戯《ざ》れ言《ごと》である。それは幼い吉政にもよくよく解っていた。ただこのようなことで、茶々が笑顔でいてくれることが吉政には嬉《うれ》しかった。

「あげる」

茶々が差し出したのは、あれほど大切にしていたびいどろ玉である。茶々の掌《てのひら》の上に夕陽が降り立ったかのように輝いている。

「頂けません」

「いいの。約束を守ってくれたお礼」

言い出したら梃子《てこ》でも動かない姫である。吉政はびいどろ玉をそっと指で摘《つ》まんだ。

「綺麗でしょう」

「はい」

「失くしたら怒るから」

「失くしません」

吉政が拳をぎゅっと握りしめて口元を綻ばせると、茶々も穏やかな笑みを見せて深く頷いた。

夕焼けに照らされて赤く煌《きら》めく水田の間の小道に、二つの影が並んでいる。長く伸びているからふと、己が大人になったような気がした。やや小さいほうが小突くと、もう一つの影が揺れる。影は時に一つに重なり、また二つに分かれながら、近江の夏の景色を踏み分け進んで行く。

吉政が茶々を連れて戻ると浅井家中《かちゅう》は歓喜に包まれた。父の長政も、母のお市の方も叱る気持ちより喜びの方が大きい。お市の方などは茶々を抱きしめて滂沱《ぼうだ》の涙を流していた。

――誰かに声を掛けられて怖くなって逃げた。

何故、城下の外に出たのかと訊かれ、茶々はそう答えた。

連れ去られそうになったなどと言えば、警護の者が咎められるし、織田家の間者の仕業ではないかとまた殺気立ってしまう。かといって他の答えなら城下の外にまで出る理由にならない。言い訳を考える中で、その程度がよいのではないかと吉政が助言したのだ。結果、その通りとなり警護の者が強く責められることはなかった。

「よくぞ見つけてくれた」

長政は子どもである吉政に対しても、熱の籠もった声で丁寧に礼を述べてくれた。これまで軟弱だとか陰口を叩いていた家臣も、

「森の倅はやる時はやると思っていました」

などと、掌を返して吉政を褒めそやした。これには父の吉成も、大いに面目を保ち終始得意顔であった。

陽だまりに包まれたような家中の空気もそう長くは続かなかった。織田家との間で再び戦が始まったのだ。小谷城に籠もる兵は五千であった。対して攻め寄せる織田軍は三万を超える見込みである。

「森家は野村《のむら》殿の寄騎《よりき》として戦う」

父は己にそう言った。

浅井家傘下の豪族全てが小谷城に籠もる訳ではない。すでに多くの城を織田家に奪われていたが、まだ幾つかの城や砦《とりで》は健在である。そのうちの一つ国友城《くにともじょう》を、野村直隆《なおたか》が守備することになり、森家もその旗下に列することを命じられた。故に森家一族郎党全てがそちらに移ることとなったのである。

「父と共に国友城へ移ります」

小谷城を出る日、吉政は茶々に別れを告げた。

「ご武運を」

幼いながら大名の娘である。覚えてまだ間もないであろう言葉を茶々は返した。

「では、また」

戦が終わればまた来ます。そう言えなかったのは、子どもの己でも勝ち目が薄い戦と感じていたからである。口に出さずとも大人たちの顔には悲愴の色が滲《にじ》み、敵方に寝返る者が続出しているという話も耳にしていた。来るかも分からない何時《いつ》かという意で「また」と言うのが精一杯であった。辞儀をして立ち去ろうと踵《きびす》を返した吉政の背後から声が掛かった。

「私が困ったらまた助けてくれる？」

吉政は足を止めた。

暫し無言の時が流れた。何の取り柄もない己だが嘘《うそ》だけは吐《つ》かぬようにと心に決めている。故に、出来もしないことは、正直に無理だと言い、決して約束などしないようにもしている。だがこの期に及んで、それは本当に正しいのかと、小さな頭の中を迷いが駆け巡った。吉政はぎゅっと拳を握って振り返った。

「約束します」

吉政が目一杯の笑みを向けると、茶々の顔は光が差したように明るくなり、弾むように頷いた。こうして吉政は、茶々の供という御役目を無事に終えて小谷城から出た。そして二度と戻ることはなかったのである。

天正元年（一五七三）九月一日、小谷城は陥落した。

頼りにしていた同盟者のうち、朝倉《あさくら》家は近くまで軍勢を送ってはきたものの、突如として撤退を始める。織田信長はその機を逃さずに追撃して越前《えちぜん》まで雪崩《なだ》れ込み、先に朝倉家を滅亡へと追いやったのである。

さらに、織田家打倒を掲げて上洛を始めた甲斐《かい》の武田家も進撃を止めた。後に判ったことであるが、その途中、当主武田信玄《しんげん》の病状が悪化して帰らぬ人となったからである。こうして望みを絶たれた浅井家だが、大いに奮戦して織田家を悩ませた。とはいえ、援軍のない籠城戦など、いつかは負けることが目に見えている。最後には力尽きたのである。

城が落ちる前に交渉があり、信長の妹であるお市の方、茶々を含めた三人の娘は織田家に引き取られることとなった。茶々の無事を聞いた時、吉政は胸を撫《な》でおろした。

森家の籠もる国友城はどうなったかというと、こちらも城主の野村直隆の指揮のもと、小谷城に劣らず、いや勝るほどの奮闘を見せた。小谷城が落ちてなお、城を守り抜いたほどである。

だが浅井家が滅んだ今となっては抵抗しても意味がない。城門を開け放って織田家へと降伏することとなり、森家も当然ながらそれに倣う形となった。

「やるだけのことはやった」

開城の時、父は清々《すがすが》しい面持ちで吉政に言った。

田舎《いなか》侍の父でも、朝倉家が滅び、武田家の上洛の目論見《もくろみ》が潰《つい》えたとあっては、浅井家に勝機がないと気付いていたことだろう。それでも愚直な父には寝返るという選択肢は無かった。約束を守ることへの己の傾倒には、この父からの影響が強いのだと感じた。

浅井家が滅んだ後、北近江に新たに入って来た領主は羽柴《はしば》秀吉という男であった。軽輩の出であるが、その才によってみるみる出世した。遂《つい》には大名にまでなったのだから、織田家随一の出頭人と言っても過言ではなかろう。

そのような経歴から秀吉には譜代の臣がいない。故に、北近江の本拠に今浜の地を選び、長《なが》浜《はま》と名を改めた後、たとえ浅井家の旧臣でも積極的に召し抱えた。他の豪族たちがそうであるように、父もまた羽柴秀吉に仕えることとなったのである。

その後、父は順調に出世を重ねた。決して派手なところはないが堅実な性格であること、また主家が滅んだ後も国友城で頑強に抵抗した忠義心を認められたこともある。やがて秀吉が馬《うま》廻《まわり》から選抜した、黄色の母衣指物《ほろさしもの》が許される黄母衣衆《きぼろ》にも名を連ねるようになった。

その後も秀吉の活躍は目覚ましく、信長から中国の毛利攻略を担う軍団長にまで任じられた。事件が起こったのはそれから数年後のこと。秀吉の援軍に向かうため、京の本能寺《ほんのうじ》に滞在していた信長が、明智光秀《あけちみつひで》の謀叛によって横死したのだ。

――大変なこととなった。

その報に触れた時、吉政は全身が震えた。

吉政は齢《よわい》十五となっており、元服も一年前に済ませている。そのような体質だったのだろうか、細かった躰も十歳頃から見違えるほど肉が付き、身丈も五尺七寸（約百七十センチメートル）を超えた。

腐らずに真面目に鍛錬を続けていたことで、同年代の者たちと槍を合わせても滅多なことでは負けなくなった。半年前には初陣も済ませており、敵の足軽大将の首を一つ挙《しる》げている。しかし戦というのはやはり恐ろしいものであり、出来れば無いに越したことはない。幸い織田家による天下統一はもう目前まで来ており、父の世代に比べれば戦に出ることも少なくなると思っていたのだ。

だがその予想が根底から覆《くつがえ》された。むしろこれからのほうが血で血を洗うような戦が続くことを、吉政は感じ取らざるを得なかったのである。

秀吉は神速《しんそく》で軍を退《ひ》き返し、山崎《やまざき》で逆臣明智光秀を討ち果たした。この山崎の戦いにおいては、吉政も馬上で槍を小脇に構えて突貫し、名のある侍の首を二つ挙げる活躍を遂げた。

この勝利で秀吉は織田家の後継者候補筆頭へと躍り出たが、快く思わぬ者も多くいる。その最たる人が、織田家筆頭家老の地位にある柴田勝家。五歳の童でも名を知っていた、あの「鬼柴田」である。

——不思議なものだ。

吉政は思った。

織田家の領地の分配などを決める会議で、あのお市の方が柴田勝家に嫁ぐことになったのである。つまり己が話題にしていた人が、茶々の義父になったのだ。偶然といえば単なる偶然。だが茶々から見れば敵陣営に己がいることも含め、何となしに数奇と感じたのは確かである。

秀吉と勝家は近江賤ケ岳《しずたけ》で激突した。父は首を一つ、吉政はここでは首を三つも挙げた。この武功が即座に認められ、吉政は父とは別に千石を与えられた。

羽柴軍は勢いのまま柴田領に侵入し、間もなく本拠である北ノ庄《きたしょう》城を取り囲んだ。この段になっても吉政が安心していたのは、お市の方や茶々を含む三姉妹の命は助けて欲しいとの嘆願が勝家からあり、秀吉がこれを許していたからである。

結果、その通り茶々ら三姉妹は羽柴陣営に送り届けられた。だがお市の方だけは城に残り、燃え盛る北ノ庄城に散ったのである。何故、そのような次第になったのかは若輩の吉政には解らない。

成り上がり者の秀吉に降《くだ》るのは、お市の方の誇りが許せなかったのではないかなどと噂をする者も少なくなかった。

幼い頃に見たお市の方の幸せそうな笑顔は今も脳裏に焼き付いている。その後、最愛の夫を兄が殺し、その兄も家臣の謀叛で世を去り、そしてまた夫を失うこととなった。戦国の習いとはいえ、もう生きるのに疲れたのではないか。何となくだが吉政はそう思った。

「三姉妹の警護をしろ」

秀吉に呼ばれてそう命じられたのは、落城から間もなくのことである。吉政は胸の鼓動が速くなるのを懸命に隠した。己が昔、浅井長政の小姓という名目で、茶々の遊び相手であったことを秀吉は知っているのか——。

「畏《かしこ》まりました」

吉政が答えると、秀吉は微かに片笑んだ。

――知っておられるな。

そう直感した。

この男が軽輩から身を起こし、今や織田家の筆頭、いやその先に天下まで窺《うかが》おうとするに至った大きな要因は、些細なことも含めて想像を絶するほど膨大な話に耳を傾け、その一々を記憶していることだと知っている。

己のことも何処かで耳にしていたのだろう。顔見知りの者のほうが、茶々も安心すると考えたらしい。

戦後の処理が終わるまで、掘立小屋に移されていた三姉妹のもとへと赴いた。森家の家臣たちに周囲を固めるように命じ、吉政は挨拶をするため中に入ろうとした。戸に掛けた手が微かに震える。

ゆっくりと開くと、そこには寄り添うようにして座る三人の娘がいた。最後に会ってから十年の時が流れており、息を呑《の》むほどに美しくなっていたが面影は残っている。紛れもなく茶々である。

「姫様たちの警護を務めさせて頂きます」

吉政が言うと、茶々はじっと己を見つめ無言の時が流れた。これは如何なる目つきなのか。父母を失った悲哀か、親を殺した者に与《くみ》している己への憎悪か、生き残るために従わざるを得ない小物への蔑みか、久方ぶりに知己に会えた喜びか、故郷の風を思い出した懐かしさか。それら様々な感情が入り混じっているように感じた。

「よしなにお願いいたします」

茶々は慇懃《いんぎん》に頭を下げた。

「名乗りなさい」

三姉妹の一人が声を上げる。

年の頃から見て次女のお初《はつ》であろう。囚《とら》われの身となっても誇りを失ってはならぬという覚悟が見えた。

「申し訳ございません」

無礼を働くつもりはなかったが、茶々とは知己であるからと心の何処かで思っていたのか。いや、とにかく今しがたまで茶々のことしか考えていなかった。

「森……吉政と申します」

吉政が名乗った瞬間、茶々の顔に淡い落胆の色が浮かんだ気がした。茶々は二人の妹に向けて優しく語り掛けた。

「もとは浅井の父上に仕えておられたのですよ。安心でしょう」

二人の妹の顔から強張りが取れた。姉妹にとって浅井家が如何に心安き存在かそれだけで解る。

「数日でここを出られるとのこと。不便があれば何なりと御申しつけ下さい」

吉政が頭を下げると、茶々に続いて二人の妹も辞儀をした。これもまた如何なる感情から来るものか思案した吉政は、知らぬうちに唇を嚙みしめていた。

十年ぶりの邂逅《かいこう》から数日、何事もなく時が流れた。役目以外のことを己は話さず、また茶々から声を掛けてくるのでもない。茶々の言動からして己を忘れられているという訳ではない。悲哀、憤怒があまりに大きいのか。あるいは親しくしていたとて、所詮は幼き頃の数カ月という一時期のこと。数多く出逢った中の一人といった程度の感慨しか湧かないのかもしれない。

このまま何も話すことはなかろう。そう思っていた見込みが覆されたのは、三姉妹が畿内《しら》へ移ると決まった前日のことである。夜更けにふいに、茶々が己を呼んでいると家臣が報《しら》せてきたのである。何事か起きたかと吉政が駆け付けると、

「ご安心を。何かあったという訳ではないのです」

と、囁《ささや》くように茶々は言った。

二人の妹が寝息を立てているのに対し、茶々は寝間着に着替えてもいない。窓から差し込む月明かりに照らされ、ただでさえ白い肌は雪の如く見えた。

「戸を」

締めろ、と、茶々が素振りで促す。

「しかし」

一緒に逃亡される恐れもあるため、姉妹の侍女たちは念のために別の小屋で寝起きさせているのだ。

「心配いりません」

寝ているとはいえ他に妹たちがいる。二人でいることを仮に咎められても上手く言い逃れをするということであろう。

「解りました」

外の家臣たちに警護を続けるように厳命し、吉政は戸を閉めた。小屋の中の闇がすっと深くなる。

「逞《たくま》しくなられたのですね。見違えました」

「十年経ちました」

「羽柴様は知っていて貴方《あなた》を？」

「恐らくは。姫たちのことを慮《おもんぱか》ってのことかと」

「お心遣いあり難い限りです」

寝息の合間を縫うように互いに小声で話す。茶々は静かに言葉を継ぐ。

「いずれは大名になれるかもしれませんね」

「滅相もない」

「その時には……」

茶々は言葉を濁したが、言いたいことは解った。幼き日に茶々が考えてくれた諱のことである。

「私に相応《ふさわ》しい名とは思えません」

一人前の男になれた時に名乗ると言った訳ではない。茶々を守れるほどの強い男になれればという想いで約したのだ。仮に大名になれたとしても、どう考えても己に相応しいとは思えなかった。

「そうですか」

消え入るような声で答え、茶々は膝の上で揃えた手をぎゅっと握る。そして何か口を開こう

とした が一度止め、己に言い聞かせるように頷いて続けた。

「御役目ご苦労様です。感謝します」

「そのことだけを確かめるために……？」

「ええ」

「此度のことは……」

「これも戦国の習いなれば」

静かに続ける茶々に、吉政は頭を下げた。

「申し訳ございません……」

「また、いつか」

茶々は口元を綻ばせた。あの日と違って酷く儚《はかな》げな笑みである。

これから茶々の立場がどうなるのかは判らない。それでも幾度かは目通りすることもあろう。

だがこれが真の意味では今生の別れであると感じ、吉政は口を結んで頷いた。

「お達者で」


賤ケ岳の戦いの後、吉政は着々と栄達を重ねた。

天正十五年（一五八七）、反抗する島津《しまづ》家を秀吉が降して九州を平定すると、森家は豊前国の規《き》矩《く》郡、高羽《たかはね》郡の二郡六万石を与えられ、小倉《こくら》の城主となった。

そのうち父の吉成が領したのは一万二千石。吉政が領したのは四万八千石である。すでに老境に入っていた父は、緩やかに家督の委譲を考えていたのだ。

「お主は儂《わし》なぞより余程優れておるわ」

幼い頃はひ弱であったため心配していた父も、今ではそう言って安堵してくれている。

事実、吉政は槍働きをさせても、指揮を執らせても人並み以上の働きをした。それだけでなく政《まつりごと》や、饗応《きょうおう》もそつなくこなす。そして何より、己では意識しないものの他人が言うところに拠ると、人柄が滅法よいという。出世争いをする同輩たちでさえ、

――森の倅は良き男だ。

と、悪口を言う者は皆無であった。

男だけでなく女もそうである。そもそも涼やかな顔立ちであった上に、精悍《せいかん》さも加わり、豊臣家の女中たちの間でも評判が高い。そして何より元来優しい性格であることが伝わるのか、あるいは戦国武将の大半が粗野過ぎるからなのか、

――絹のような物腰の人。

などと言われていると、小耳に挟んだこともある。

肥後国《ひごのくに》、豊前国で起こった国人一揆《いっき》を鎮圧した後、そんな吉政に、いや森家に転機があった。

「姓を毛利に変えてはどうだ」

天下人たる秀吉からそのように勧められたのである。

毛利といえば中国地方を束ねる大領の大名。秀吉の傘下に入る前から、九州北部でも威勢を誇っていた。馴染《なじ》みのない「森」と謂う姓よりは、「毛利」のほうが国人たちも畏敬しようという秀吉の計らいである。

勧めとはいうものの、天下人が言うことだから実質は命令ともいえ、断ることは出来ない。

そもそも弱小国人として生き残るために、今とは比べ物にならぬほどの苦難を経験してきた父である。姓を変えるだけで国人たちに威武を示し、秀吉の機嫌も損なわないならと、拘りなくすぐさま了承した。

こうして毛利吉政と名乗ることになったのである。その時、ふっと諱も変えることが吉政の頭の片隅を過《よぎ》った。だがすぐに、

——何を今更。

と、打ち消した。

茶々はあれから後、秀吉の側室となった。真に秀吉に心惹《ひ》かれたのか、あるいは己や妹たちの保身のためか、栄華を追い求めたのか——。その心境は己如きには解らない。

思えば己と茶々との隔たりは初めからそうであった。主家の姫と、矮小《わいしょう》な国人領主の倅。己が大名と呼ばれる身分まで上ったものの、向こうは側室とはいえ天下人の妻となっている。差が詰まるどころか、さらに遠い存在となっているのだ。今後とも差は開く一方。そのような巡り合わせなのだろう。

その証左に茶々は、秀吉の子を産んだ。それも二度もである。初めに産んだ鶴松《つるまつ》は僅か三歳で夭折《ようせつ》してしまったが、二人目の拾丸《ひろいまる》はすくすくと成長した。秀吉から貰《もら》った淀《よど》城から取って、淀の方、淀殿と呼ばれるようにもなっている。たった数年でまた差が開いたことに、吉政は自嘲すらしなくなっていた。

慶長三年（一五九八）、豊臣秀吉が世を去った。その後、五大老筆頭の徳川家康と、五奉行の

石田三成との対立が深まっていった。

そして慶長五年（一六〇〇）、両陣営は遂に激突した。吉政たちの毛利家は石田三成の西軍に参戦を表明した。父は領国に残り、吉政は千五百の兵を率いて中央で戦った。緒戦の伏見《ふしみ》城の戦いでは、目覚ましい活躍を見せ、早くも三千石の加増を受けたほどである。

その後、関ケ原《せきがはら》で行われた決戦において、吉政は安国寺恵瓊《あんこくじえけい》の指揮下に置かれた。だがその前方に陣取っていた吉川広家《きっかわひろいえ》が一向に動かない。後に判ったことであるが、吉川広家は毛利本家の安堵を条件に、東軍に内通していたのである。

安国寺恵瓊も道を開くように散々申し入れたが、吉川広家は最後まで不戦の立場を貫いた。寄親《よりおや》である安国寺でさえどうにも出来ないのに、旗下の吉政に出来ることのあろうはずがない。

――これは覚悟を決めねばなるまいな。

眼下で行われる合戦を見ながら、吉政はすでに腹を括《くく》っていた。

戦いは東軍の勝利に終わった。父も国元で戦っていたが、東軍に味方した黒田如水《くろだじょすい》に小倉城を奪われていた。親子共に完敗である。

こうして吉政は改易処分となり、土佐《とさ》国の領主になった山内一豊《やまうちかずとよ》に父と共に預けられ、領内の久万《くま》村で生活することとなった。当然、監視の目はあるものの、暮らし向きは決して悪いものではない。一豊は旧知であったこともあり、千石の堪忍領を宛てがい手厚く遇してくれたのである。

吉政にとって、一生で最も穏やかな月日が流れた。父と共に囲碁や将棋をしたり、妻と共にゆっくり酒を酌《く》み交わしたりして過ごした。

中でも妻である安津は、自身が九州の名族である龍造寺《りゅうぞうじ》家の姫という出自にもかかわらず、この境遇に愚痴の一つも零さなかった。躰が鈍《なま》ると嘆く己に対し、百姓と共に畑を耕そうなどと誘い出す。そして自身も土に塗《まみ》れながら畑仕事をするのである。それでいて、

「今が一番幸せです」

などと言ってくれることがあり難くもあり、心苦しくもあった。

「昔、淀の方のお付きをされていたのでしょう？」

二人で茶を啜《すす》って物語っている時、唐突に安津に言われた。どうも父が自慢話として話したらしい。

淀殿に懸想してはいないと心から言える。安津のことを想っているのは確かである。だがこれまで話したことがなかったからか、何故か後ろめたい気持ちが込み上げた。

「――ああ、そうだ」

「お聞かせ下さい」

安津は小倉時代より前の己のことを知らぬ。単純に昔のことが知りたいと思ったらしい。夫婦で語る時間は幾らでもある。むしろ隠すほうが安津への裏切りになるかと思い、吉政は全てを淡々と吐露した。

「やはり」

全てを聞き終えると、安津は悪戯《いたずら》っぽく笑った。

「やはりとは？」

「殿は淀の方の話が出ると顔が曇ります」

「まさか」

吉政は己の頬をつるりと撫でた。

そのようなつもりは毛頭なかったが、流石に妻だけあって些細なことに気付くのだろうか。

安津は二度、三度頷いて穏やかに尋ねた。

「お慕いしていたのですか」

「いや、どうだろう。憧れていたのは確かだ。だが今は違うぞ。仮に顔が曇っていたとしてもそれは――」

「解っています。約束が気にかかっているのでしょう」

安津は遮って言い切った。まさしくそうなのだ。己が約束を守るということを何より大切にしていると、安津は知っている。

唐入《からい》りの際、敵に包囲されていた蔚山倭城《いさんわ》の加藤清正《かとうきよまさ》から援軍の要請があり、吉政は必ず助けると応じた。しかし敵が予想以上の大軍であることから、黒田長政《ながまさ》が機を窺おうと制止する。だが吉政は、行かないならば一人でも駆け付けると逆に説得。獅子《しし》奮迅の戦いぶりを見せて敵を打ち払った。

関ケ原の戦いもまたそうである。西軍の旗色が悪くなると寝返る者が続出したが、吉政は最後まで己の立場を貫いた。国元の父も同じである。

そして何より安津の出身である龍造寺家が没落したことで、離縁してもっと九州統治に役立つ家と婚姻関係を結んでは如何《いかが》か、そうでなくともせめて側室を持つべきでは、そう豊臣家の奉行衆が勧めてきた時、

──御冗談を。

と、一笑に付すのみで頑として聞き入れなかった。安津はそれらも全て知っているのである。

「別にお主のことは約束というだけではない」

吉政は苦笑して言った。

「存じていますとも。ありがとうございます」

安津は眩《まばゆ》いほどの笑みを浮かべて頷いた。

安津が病で死んだのは、そのような会話があってから二年後。慶長十五年（一六一〇）の五月のことだった。その死に顔が穏やかであったのがせめてもの救いであった。

その翌年の五月、今度は父が世を去った。遺言めいたことは何もない。ただ、自慢の息子であったという一言。それに感謝の想いを添えただけという、父らしい素朴な言葉だった。

「大坂と関東はいつか手切れとなります。その時は……」

共に土佐に逼塞する道を選んだ家臣の中に、そのように言う者がちらほら出始めたのもその頃である。だが吉政はその都度、首を横に振った。

「余計なことを考えるな」

本心からの言葉である。

山内一豊はゆくゆくは嫡男の式部《しきぶ》を取り立てると言ってくれている。土佐を抜け大坂方に加わって己が罪を受けるのはともかくも、式部も罪を負うのは必定。それを亡き安津が望んでいるとは到底思えなかった。

慶長十九年（一六一四）。いよいよ東西手切れの機運高まり、大坂方から吉政のもとに密書が届いた。吉政は目を通すと、百姓を装った密使に唸るように尋ねた。

「皆に……御方様が?」

「いえ、豊前守様にのみです」

手が微かに震える。それが歓喜からくるものと取ったようで、密使は誇らしげに片笑んだ。届けられた密書は、淀殿自らの手によるものだったのである。他にも浪人を誘っているらしいが、これは吉政にだけ。余程、頼りにされている。これほど光栄なことはないと、密使のほうが躰を震わせる。

「一晩……一晩だけ考えさせて下され」

密使はあからさまに不満を滲ませたが、渋々承諾して去った。

子の式部が改まった様子で話があると言ってきたのはその夜のこと。おもむろに懐から取り出したのは、こちらも一通の書状である。同時に幕府方からも誘いが来ていたのかと思ったが、式部はゆっくりと首を横に振った。

「母上からです。この日がきたらお渡しするようにと、生前に預かっていました」

「何……」

吉政は書状を受け取ると貪《むさぼ》るように読んだ。やがて目が潤み、紙の上にぽつぽつと丸い滲みが出来る。

共に生きられて幸せだったこと。ほんの些細な「約束」でも果たす一途《いちず》な己に心底惚《ほ》れていたこと。子の式部もまた同じで、そのような父を心より尊敬していることが綴《つづ》られていた。感謝と愛情に彩られた文《ふみ》である。そして最後に、

――たった一つやり残した約束を、どうか果たして下さい。たとえ世の全ての人が嗤《わら》おうとも、私だけは嗤いません。

と、結ばれていたのである。

「母上と私の願いです」

「お主はどうなる……家は再興出来なくなるぞ……」

「それがどうしたというのです。元は高々近江の国人。今までが出来すぎなのです」

式部はからりと笑った。それは生前の父が口癖のように言ってきたことで、その真似《まね》だとすぐに解った。式部はなおも続けた。

「それに、どうしようもなかったのに、関ケ原での我が軍の振る舞いを悪し様に言う者もおり、口惜しく思っておりました。私は父上を当代随一の名将だと。見せつけてやりましょう」

「俺ほどの幸せ者が……いようか」

「感謝して下さい」

式部が悪童のように笑う。その顔がまた安津にそっくりで、嗚咽《おえつ》が込み上げる。吉政はそれをぐっと堪えて力強く頷いた。

翌日、吉政は密使に対し大坂城に入る旨を伝えた。何処か当然と思っている節もあり、密使は特段喜びを面《おもて》に出さなかった。

「ただ一つだけ条件が」

吉政は静かに付け加えた。

「支度金が足りませぬか。それならば……」

言いかける密使を手で制し、吉政は細く、細く、宙に向けて息を吐いた。

馬鹿な話である。約束を守る。そのために多くの者を振り回してきた。だが、死ぬまでそんな己であって欲しいと望む者たちに囲まれる僥倖《ぎょうこう》を得た。この後どうなろうと、己の一生は幸せであったと胸を張れる。そう思い定めて凛然《りんぜん》と言い放った。

「此度、入城するにあたり……諱を勝永と変え申す」


毛利吉政、いや毛利勝永が大坂の町に入ったのは、慶長十九年（一六一四）十月七日のことであった。

他に嫡男の式部、土佐で近くに侍《はべ》っていた家臣、噂を聞いて駆け付けた旧臣を合わせ、その数は五十余騎。豊臣家からの支度金で陣容を整え、堂々と大坂の町を闊歩《かっぽ》する。

往来には多くの人々が詰めかけ、口々に話す声も漏れ聞こえてきた。

「昔、遠くから拝見したことがある。あれが毛利豊前守様よ」

「元は万石の大名だけあって堂々としておる。豊臣家も百人力だろう」

「亡き太閤《たいこう》様もお喜びのはずじゃ」

などと、商人や職人たちが話す。

「ほんに凛々《りり》しいお姿」

「惚れ惚れしますな」

他に女たちのうっとりとした声も聞こえてきた。

意に介さず前を見据える勝永に、出迎えて城までの案内《あない》を務める豊臣の使者が感嘆の声を漏らした。

「流石でございますなあ」

「滅相もない。亡き太閤殿下、前右府《さきのうふ》様の御威光の賜物だ」

事実、別に己の力ではないと思っている。だが使者はそれも謙遜だと取ったようで、好ましげな眼差《まなざ》しを向けて勝永に言った。

「後に入城する御方への反応も、きっとここまでではないでしょう」

この七日から十日にかけ、名だたる将が続々と入城すると聞いている。

偶然という訳ではないだろう。そのようにすることで豊臣家中の、大坂の町衆の気分を高揚させようという目論見と見ていた。

「今日は他に誰だったかな？」

勝永はふいに尋ねた。

別段、興味がある訳ではない。だが使者に褒めそやされるのが気恥ずかしく、他の話にしたかっただけだ。

「明石全登《あかしたけのり》様でございます。先刻すでに入られました」

宇喜多《うきた》家で万石の禄を食《は》んでいた大名級の侍大将である。使者は上機嫌に続けた。

「明日は、主だった御方ですと長宗我部様、後藤又兵衛様」

「懐かしい名だ」

「ご面識が……いや愚問でしたな」

長宗我部盛親《もりちか》は前の土佐国二十二万石の太守。さほど親密な仲ではなかったものの、同じ大名として挨拶程度は交わす仲であった。何より大きな共通点は、関ケ原の戦いでは己と同じく南宮山《なんぐうさん》近くに陣を布《し》き、本戦に加われず忸怩《じくじ》たる思いをしたということである。

また後藤又兵衛の旧主、黒田長政は隣り合う筑前《ちくぜん》国の大名ということで、唐入りの際には共に動くことが多かった。そのような経緯から、黒田家の中で有数の侍大将として活躍した又兵衛とも知己である。

「その後は？」

勝永は往来から飛ぶ歓声に微笑み返した後、使者に向けて尋ねた。

「十日に薄田兼相《すすきだかねすけ》様、南条元忠《なんじょうもとただ》様。そして真田幸村様でございます」

「真田……幸村？」

勝永はひょいと首を捻った。

真田家は当然知っている。関ケ原の戦いでは家康の嫡男秀忠が率いる中山道軍三万八千を、僅か二千余の兵で翻弄して遅参せしめた。もし西軍が勝ったならば、その勲功は図抜けていたはずである。

その真田の当主は安房守昌幸《あわのかみまさゆき》。長男は東軍に付いた伊豆守《いずのかみ》信之。父と共に戦った次男もいたが、確か左衛門佐信繁と謂ったはず。他に兄弟がいたか、あるいは親類か。ともかく知らぬ名である。

「その左衛門佐信繁様のことでござる。毛利様と同様、此度の入城に際して諱を改めるとのこと」

「ほう。左衛門佐殿が……」

こちらも面識こそあるものの旧知の間柄というほどではない。信繁は人質として大坂に送られており、秀吉の近習を務め可愛がられていた。あとは伊達政宗とのお決まりの言い争いを、秀吉が甚《いた》く気に入っていたというのが唯一の印象か。

「何か……？」

こちらが考え込むのを見て、使者は訝《いぶか》しそうに勝永に訊いた。過去に因縁でもあるのか、あったならば配慮せねばといったところであろう。

「いや、何故諱を変えたのか気になっただけだ」

此度の戦、使者には口が裂けても言えぬが、

——豊臣家の勝ち目はかなり薄い。

と勝永は思っている。

集まってきている浪人衆もまた同じことを考えているはず。では何のために入城するのかといえば、その理由は二つに大別される。

一つは豊臣側として暴れて家康の目に留まり、高禄で寝返らんがため。もう一つは死に花を咲かせて天下に己の名を轟かせんがため。特に後者であれば、これまで多少なりとも名が通った諱を変えて得することはない。

己のような特殊な事情で入城を決めた者は皆無といってもよいだろう。とすれば、

——真田は寝返るつもりかもしれぬな。

兄の信之は家康の養女を娶っている。徳川父子は手酷い目に遭わされた真田を嫌っていると も聞く。名を改めることで怨嗟《えんさ》の声を和らげんとする狙いかもしれない。少しばかり心の片隅

に留めておこう。そのようなことを考えながら、勝永は天高く聳《そび》え立つ天守を見上げた。

勝永は入城から間もなく豊臣秀頼に拝謁することになった。最後に姿を見たのは己が小倉を領す大名であった頃。その時の秀頼はまだ幼子であった。

あれから十四年以上の月日が流れ、噂には聞いていたが、なかなか大きな体軀《たいく》となっている。ただ、大きいだけで締まりがなく、肥えていると言ったほうが適当か。武芸や馬術の稽古を疎《おろそ》かにしているか、あるいは殆《ほとん》どしてこなかったといった躰付きである。

日光に当たっていないのか肌も異様に白い。小さな目、高いが細い鼻梁、おちょぼ口と、相貌も意志が弱そうに見えた。

「大儀である」

秀頼は上座から太く籠もった声で呼び掛けた。

「はっ」

「豪勇の士だと常々聞き及んでいる。豊臣家を頼むぞ」

軍議は全ての将が揃ってからということだ。たったそれだけで秀頼とのやりとりは終わった。

淀殿の叔父《おじ》であり、豊臣家の重鎮でもある織田有楽斎《うらくさい》などが、この間の来し方について質問をし、勝永がそれに応じる時が続いた。その間ずっと茶々が、いや淀殿が己に視線を向けていることには気付いていた。

「浪人衆を集めるとなった時、御母堂様は並み居る諸将の中から、貴殿の名を真っ先に挙げられた」

己を喜ばせようという無邪気な心からであろう。有楽斎はそのように言い、口辺に深い皺《しわ》を浮かべて淀殿を見た。暫し無言の時が流れた後、淀殿は細く息を吐いてから己に声をかけた。

「豊前守、恃《たの》みます」

「お任せを」

この時、淀殿と交わしたのはたったそれだけの短い言葉であった。

勝永の入城後、続々と浪人衆が集まって来た。案内の使者が言っていた大物の浪人もその中にいる。誰が呼び始めたか、後藤、明石、長宗我部、真田、そしてそこに己も加えて、

――大坂五人衆。

などと言われるようになっていた。日々、行われる軍議も、浪人衆としては五人が中心となって進められる。長宗我部、明石ら多くの浪人が、出撃を献策するのだが、豊臣家の家臣の大半が反対する。太閤殿下の残した古今無双の大坂城に籠もって耐えていれば、いずれは諸大名の中からも豊臣家に味方する者が現れるだろうというのだ。

――無理だ。

勝永は心中で呟いた。徳川家康はすでに盤石な体制を築いている。これを覆すためには家康だけを討っていては足りぬ。すでに家督と将軍職を譲った息子の秀忠も同時に討ち取り、それでようやく豊臣家に味方する者が現れるか否か、といったところだと考えている。

「城の近くまで引き付け、一大決戦を。大御所、将軍の二人を同時に討ち取ります」

と己の考えに近い意見を口にする者が出た。真田幸村である。幸村は自信があるようだが、勝永はかなり難しいと感じた。議論が紛糾する中、淀殿が唐突に口を開いた。

「豊前守は如何に考える」

皆の視線が一斉に集まった。己は意見を求められれば口にするが、それ以外では殆ど黙しているのだ。

「拙者はいずれでもありませぬ」

勝永はいずれも正しいとは思っていない。後詰めのない籠城に勝機などない。だが出撃が危険なのも確か。誰かが近江の瀬田《せた》まで軍勢を繰り出し、幕府軍を食い止めて大いに苦しめるなどと言っていたが、西国から、紀伊《きい》から来る敵のことを全く考えに入れていない。今、豊臣家六十五万石は、天下を向こうにして戦っているのだ。かといって、豊臣家中が纏まりを欠いている今、決戦を行うのも危うい。小さな勝ちを積み上げ、心を一つにしてゆくのが望ましい。

「ぎりぎりまで引き付けた後に叩いて気勢を上げ、後は籠城にて趨勢《すうせい》を見るがよいと心得ます」

勝永の言に、淀殿は得心したように頷き、総大将を務める有楽斎に向けて言った。

「良き案ではないか？」

「左様」

そこから数度、幸村の反論もあったが、やんわりと退けられ、さらにそこに有楽斎の和議案が乗せられ、勝永の折衷案が採用された。

浪人衆の中には不満げな者もいる。家康を討ち取る機会を逃したなどと、後で愚痴の一つも零す者はいるだろう。

——馬鹿を言え。

勝永は内心で苦笑した。

そのようなことが容易《たやす》く出来るはずもないし、浪人衆の全員が出来るなどと思ってはいない。彼らはただ自らを高く売るため、あるいは死に花を咲かせるために華々しい戦場を求めているに過ぎない。豊臣家直臣の弱腰も考えものだが、多くの浪人衆のこの思考こそ危険だと思っている。

──和議しかない。

有楽斎と同様、勝永は思い定めている。出撃、籠城、手段は問わぬ。とにかく幕府軍を散々に苦しめ、和議の場に引き出す。これ以外に豊臣家が生き残る道はないのである。

十月十一日、大御所徳川家康が駿府《すんぷ》を発ったとの報せが入った。幕府軍の総勢は優に二十万を超えるという。粛々と軍備が整えられる中、大坂城内で一寸《ちょっと》した騒動が起こった。すでに幕府の手の者が間者として紛れ込んでいるというのだ。

──さもあらん。

それだけならば勝永はさして驚きはしなかった。浪人衆を集めた時点で間者は紛れ込んでいるものと思っている。入城した時は間者ではなくとも、幕府に誘われてすでに変心した者もいよう。さらにはもともとの豊臣家直臣の中にも、家康と誼《よしみ》を通じている者がいてもおかしくないと考えている。

にもかかわらず、これが騒動となったのには訳がある。浪人衆のうちに早川長政《はやかわながまさ》と謂う男がいる。勝永の父と同様に亡き太閤秀吉の馬廻を務め、天下統一までの数々の戦で功を挙げただけでなく、唐入りにも目付として参戦し、豊後《ぶんご》二万石の大名にまでなった男である。

この早川氏は甲斐武田家の庶流である。長政当人は武田家に仕えたことはないのだが、大名になった時にその縁を頼って、旧武田家家臣の尾山権兵衛《おやまごんべえ》と謂う者が仕官してきた。

早川は関ケ原の戦いで改易されたが、この尾山も此度の入城に際して駆け付けたのである。尾山は、

――見知った者が城内にいます。

と、早川に訴えた。尾山は「三ツ者《みつもの》」と呼ばれる甲斐武田家の忍びで、間者働きをしていた。その時の同輩で小谷甚六《こたにじんろく》と謂う男がいたというのである。甚六は頗る《すこぶる》暗殺の術に長け《た》けているらしく、武田家に仕えていた時には少なくとも七人は抹殺しているという。

その甚六、武田家が滅亡した後は徳川家に仕えたと尾山は聞いていた。それなのに甚六は名を変え、別の家の家臣だったとの触れ込みで入城しているらしいのである。

「前右府様を……」

絶句する早川に対し、尾山は頷く。

「はい。弑《しい》するつもりやもしれませぬ」

「探ってくれるか。してその甚六、今の名は？」

「それは暫しお待ちを」

尾山は渋ったらしい。その話を聞いて勝永は察した。この城にいる多くの者は手柄に魅入られている。それは後藤又兵衛のような上の者から、尾山のような下の者まで同じこと。尾山は手柄を独り占めしようとした。早川もまたそれを重々解っており、自らが手柄に相乗りするため、事が明らかになるまであえて黙っていたのだ。

しかしその結果、事件が起こってしまった。尾山の屍《しかばね》が大坂城の内濠に浮かんだのである。早川はのっぴきならぬ事態となったのを悟り、経緯《いきさつ》を織田有楽斎に報じ、次いでそれが淀殿に伝わった。淀殿は前後不覚になるほど取り乱し、

「すぐに下手人を見つけ出して捕らえてたもれ！」

と、有楽斎に厳命したという。

「――とのことじゃ」

有楽斎は勝永を自室に招き入れると、これまでの事の次第を話した。

「何故、私に？」

他にも浪人衆がいる中、何故己に打ち明けたのかということを問うたのである。

「淀殿がお主を頼ってみよと」

そもそも浪人衆を集める段になり、淀殿は真っ先に己の名を挙げたという。後藤、明石は著名といえども陪臣。長宗我部は太守なれども家督を継いですぐに改易。真田は大名の次男。それに比べて勝永は長く大名として領国を経営し、唐入りでも一手の将として活躍した。関ケ原でも西軍として伏見城攻略に手柄がある。それらが理由だと淀殿は付け加えたという。己たちの過去のことは、叔父である有楽斎にも語っていないらしい。ともかく淀殿が、手詰まりになったのならば己に相談してみろと言ったという。

――なるほどな。

その小谷甚六なる男が何処の隊に所属しているのかも不明。最悪の場合、その上司たる部将まで幕府に通じているかもしれない。その点、己だけは違うと淀殿には判っているからであろ

う。己が断ったところで、誰であろうと見つけられまい。ならば己が無い知恵を絞って間者に迫るしかない。

「手を尽くします」

そう言うと、有楽斎は勝永の手を取らんばかりに喜んだ。

さて、如何に小谷甚六を探すか。一つだけ勝永には腹案があった。

——真田殿ならば何か解るのではないか。

と頭に浮かんだのである。

真田隊には多くの真田家旧臣が集まったと聞いている。そもそも真田家は武田家滅亡の折、武田家の旧臣を多く召し抱えたという。つまり今の真田隊の中にも、武田家旧臣が含まれているのではないかと考えたのだ。だがこの勝永の思惑はあてが外れた。

「どうでしょうな……」

事の次第を告げると、幸村は難しい顔で唸った。

武田家が滅んだのは今より三十二年も前のこと。確かに真田隊には武田家出身の者はいるが、いずれも当時は子どもであったり、あるいはそれなりの歳でも陪臣であったりするため、顔を知らぬどころか、名さえ知らぬのではないかという。

事実、幸村は一人ずつ武田家旧臣を呼んで訊いてくれたが、心当たりがあるという者は一人としていなかった。

「お力になれずすまない」

幸村はまことに申し訳なさそうに詫びた。

「いや、拙者が甘かった。他の手を探りましょう」

「何か次の策が？」

「それが、正直なところとんと」

別に嘘を吐いても仕様がないので、勝永は苦々しげに口を歪《ゆが》めて本心を吐露した。

「その小谷なる男が前右府様を狙っているというのが真ならば、拙者としても看過出来ぬこと。何か手立てがないものか」

「武田家の者ならではの癖などがあれば良いのですが、そのように都合の良いものがあるはずもなし……」

特に考えなしに言った勝永の言に、幸村ははっとしたように身を乗り出した。

「ありますぞ！」

「真ですか！」

勝永もまた身を乗り出し、二人の顔が一気に近づく。

「亡き御屋形様が、家臣の耳に胼胝《たこ》が出来るほど仰《おっしゃ》っていたことです」

御屋形様とは武田信玄のこと。当時の幸村は幼かったが、父の昌幸、兄の信之は実際に耳にしていた。幸村はその信之からきつく言いつけられたことであるという。

「して、それは……」

勝永が声を潜めて尋ねると、幸村もまた周囲を確かめつつ囁くように、武田家ならではのことについて語り始めた。

勝永が幸村に相談を持ち掛けた翌々日、各隊に大樽《おおだる》が運び込まれた。運搬の物頭《ものがしら》は毛利、真田の手の者が担っている。酒が振る舞われるのかと皆沸き立ったが、樽の中身は酒ではなく水である。誰もが顔に落胆の色を浮かべたが、運搬する者の口上で再び彼らの顔に喜色が浮かんだ。

「軍神武田信玄公所縁《ゆかり》の神水で、飲めば武運長久の御利益がある」

と、いうものであったからである。

武人にとって武田信玄は絶大な存在である。それこそ此度の敵の総大将である徳川家康が、若い頃に三方《みかた》ケ原《はら》の戦いで為《な》す術《すべ》なく粉砕されているほどの猛将なのだ。

「そのような神水を何処から？」

当然、皆からそのような質問が出た。

「信玄堤という名を聞いた者もおろう。その堤が築かれている竜王川《りゅうおうがわ》の水らしい。真田様が入城の前、皆に武運を授けたいと願い、事前に馴染みのある甲斐の商人に頼んでおいて下さった。それがようやく甲斐より届いたのよ」

物頭がこのように答えると、皆は口々に感動の言葉や、幸村への謝辞を述べ、こぞって口にしようとした。

「待て、待て。同じ碗《わん》で飲んでこそ一蓮托生《いちれんたくしょう》。一人ずつだ」

物頭は皆を宥め、一列に並ばせた。樽から柄杓《ひしゃく》ですくった水を、皆がありがたがって口にしていく。中には押し戴《いただ》くようにしてから飲む者もいた。

皆に神水を配っている間、勝永は幸村と共に本丸西の米蔵の前にいた。一人、また一人と、水を配り終えた物頭たちが戻って来る。

「御宿《みしゅく》隊の全員が飲み終えてございます」

「大野道犬斎《おおのどうけんさい》様を始め、皆が感激して口に致しました」

此度の策については、浪人衆は疎か、豊臣家直臣、淀殿の信頼が篤《あつ》い大野一族にも事前に報せていない。助けを乞うてきた織田有楽斎にさえ、

——信じてお待ちを。

とだけ伝えて独断専行したのだ。

「明石隊も皆が飲みました」

「後藤隊も同じく」

そのような報告が続く中、新たに報告に戻って来た物頭が血相を変えている。

「石川康勝《いしかわやすかつ》隊の多田采女《ただうねめ》と申す者が渋っています！」

「何故、渋っておる。その者は甲斐の出か？」

勝永はすかさず矢継ぎ早に訊いた。

「昨夜より腹の調子が頗る悪いとか。元は一栗《いちくり》なる家の郎党とのこと」

「庄八郎」

幸村は傍らに侍る長身の家臣に目を向けた。

「一栗家は大崎《おおさき》家の家臣で、葛西《かさい》大崎一揆の折、主家と共に戦いました。その時に郎党の殆どは死んだと聞き及んでおります」

庄八郎と呼ばれた男はさらに早口で続けた。

「その時の将は一栗放牛《ほうぎゅう》なる老将。孫は生き残って最上《もがみ》家に仕えましたが、今年の夏に急死

した由」

「なるほど。真に一栗家の者かどうか、見知っている者は限りなく少ないということですな」

幸村は己を見て大きく頷いた。

「他にいなければ……」

「まずは決まりと見てよいかと」

全員に水を配り終えた結果、飲むのを渋った者は三人。一人は北条《ほうじょう》家旧臣、もう一人は信濃小笠原《おがさわら》家の旧臣であり、飲まぬ理由として示し合わせたように、

――甲斐の水は飲んではいかんと聞いた。

と、答えたという。両者とも甲斐武田家と領地を接した大名家に仕えていたこともあり、そのような噂を耳にしていても不自然ではない。ただ一人、一栗家に仕えたという多田采女だけが、あくまで腹の調子が悪いとの一点張りだという。

勝永と幸村は手勢を率いて、石川康勝の陣へと向かい、すぐさま件《くだん》の多田采女を取り囲んだ。

「毛利様、真田様……これは……」

多田は何事かといった顔で吃驚《びっくり》している。

「捕らえよ」

配下が殺到して取り押さえる。多田は些か取り乱したものの、さしたる抵抗はしなかった。

「これは一体いかなる仕儀でござるか！」

大人しく押さえられはしたものの、多田は声高に叫んだ。同じく何事かと驚く寄親の石川を、勝永は、この仕儀は秀頼公肝煎りだと宥めた。勝永と共に多田の眼前まで進んだ幸村は、取り

押さえる自らの手の者はともかく、石川隊の者たちには聞こえぬほどの声で訊いた。

「何故、飲まなかった」

「昨日より腹が痛いと再三申しております。なるほど、真田様は自らが調達したにもかかわらず、口にしなかったことを怒っておいでなのですな」

「よく喋《しゃべ》る男だ」

幸村は苦々しげに笑って続けた。

「仮にそうとしよう。では、今ならば飲むか？」

「某《それがし》も武士でござる。自らの振る舞いは自らで決める。御免蒙《こうむ》ります」

「なるほど。飲むのだけは嫌か」

「左様」

睨《にら》みつけて即答する多田に向け、幸村は二度、三度頷くと、冷ややかに言った。

「よかろう。では入れ」

「何を……」

「大桶《おおおけ》に水を溜めてやる故、その中に浸《つ》かるがよい。飲まずともよい」

「それは……腹が……」

「よしよし。明日でも、明後日《あさって》でも、明々後日《しあさって》までても待ってやろう」

幸村が鷹揚な口調で言うと、多田は下唇を嚙みしめて俯いた。幸村は多田の耳元にゆっくりと口を近づけた。

（はらっぱりが怖いか）

蓮《はす》の花が弾ける音のような小声でそっと囁く。その瞬間、多田ははっと顔を上げて幸村を凝視し、次いで己を見た。二人が気脈を通じていることをようやく悟ったようである。

一昨日、幸村が己に告げたのは、

——甲斐の水を飲ませるのです。

と、いう策であった。

それで何故、間者を炙《あぶ》り出せるのか。とんと判らず、勝永は眉間に皺を寄せた。すると幸村は長年に亘って甲斐の者を苦しめる、ある病について語り始めたのである。

その病は「はらっぱり」と呼ばれ、突如として腹痛が始まり、徐々に腹が張っていき、挙句は男でも身籠もった女のようになるという。そして遂には、腹の中が捻《ねじ》れるような痛みと共に死ぬ。治療の術はなく、原因も判らない。ただ隣国では一切このような病は見られず、甲斐国内でも一部の地域に多いだけで、まったく罹患《りかん》する者のいない村もあった。

——何か原因があるはずだ。

亡き武田信玄はこの病の原因究明に力を入れた。そして一部の流域にだけこの病に罹《かか》る者が多いと突き止め、そこの水が原因なのではないかと仮説を立てた。飲んだ時だけではなく、水に浸かるだけでも発症することも朧気に解った。

それでも米を作るには田に水を引き込まねばならず、新たな水路を引くのには時も金も掛かる。井戸水を使うことを推奨したもののそれだけではとても間に合わず、実際には水田に入って発症する者が後を絶たなかった。

せめてもと武田信玄は、死の二年前、名指しした川には入らぬようにと、農村に触れを出したのである。故にその頃、甲斐に暮らしていた百姓で、そのことを知らぬ者は皆無であった。

――御屋形様の間者を務めていた者ならば、それを知らぬはずがありません。

幸村はそう断言し、このような炙り出し策を己に提案したのだ。実を言えば、これは甲斐から運んだ水などではない。昨日の内に、城を出て近隣の川から汲んで運び込んだものである。

「小谷甚六だな」

勝永が顔を寄せて問うと、明らかに目が泳ぐ。間者働きに長けているとはいえ、こうも矢継ぎ早に心を揺さぶられれば耐えきれぬものらしい。もはや認めたも同然である。

「引っ立てよ」

ともかく詮議に掛けねばならない。勝永の命《めい》に、配下の者たちが甚六に縄を掛けて引きずっていった。皆を撤収させた後、幸村が己に声を掛けた。

「上手くいきましたな」

「真田殿、真に助かりました」

「あの男が幾ら間者として優れているとはいえ、前右府様を弑するなどなかなか難しかったでしょうが……御母堂様が不安で取り乱すのは無理もないこと。これで少しは安堵されることでしょう」

幸村は「少しは」と言った。確かにその通りで、古今未曽有の大軍を引き受ける戦いが始まろうとしているのだ。決して安心出来るような状況ではない。

「貴殿に詫びたいことがある」

勝永が改まった口調で言うと、幸村はやや怪訝《けげん》そうな顔つきになって、ひょいと首を捻った。

「正直なところ……拙者は貴殿を疑っていた」

この城にいるのは華々しく散って名を轟かせることを目的とする者と、手柄を挙げて幕府に自らを高値で買い取って貰おうとする者ばかり。名を残すのが目的ならば、長年親しんできた名を変えるのは意味がない。むしろ不利になってしまう。つまり幸村の目的は後者。故に、諱を変えたのは、徳川家の真田家への怒りを和らげんとするためだと考えていた。

「そう思われるのも無理はない」

幸村はこめかみを指で掻いて苦笑した。

「だが違うようだ」

勝永は続けた。もし徳川家に内通しているのならば、此度のことは放置しておいたほうがよい。仮にそうでなくとも、自身の価値を高めるためならば、己が失敗するのを見届けた後、自分のみで間者を炙り出せばよい。だが幸村は真摯《しんし》に相談に乗り、自らの策でもって己を助けてくれた。腹に一物を抱えているとすると辻褄《つじつま》が合わないのだ。

「しかし一つ、腑《ふ》に落ちぬこともあるのだ」

「それは？」

「先刻、一栗家について答えた家臣がおられたな」

「庄八郎ですな」

幸村は頷いた。その何処か少年を思わせる円《つぶ》らな瞳を見ていれば解る。こちらが何を言わんとしているのか、すでに悟っているようである。

「一栗家は決して大きくも、著名でもない。ましてや遠い陸奥《むつ》のこと。よくよく聞いてみると、そのようなこともあったなと思い出せた程度……」

勝永は幸村から目を逸《そ》らさずに言葉を継いだ。

「真田家からしても、葛西大崎一揆はさほど関係ないはず。それなのに横谷殿はすらすらと淀みなく一栗家のことを話したばかりか、生き残りの孫のその後まで熟知しておられた。これは……訝しいと思わざるを得ない」

「やはりお気付きになりましたか」

幸村は薄く笑んで勝永の耳に顔を近づけ、蚊の鳴くような小声で続けた。

「あれは当家の忍びでござる」

「やはり。では――」

「ここは人目に付く。拙者の部屋に」

幸村は依然囁くように言って、小さく顎をしゃくった。

それから間もなく、先に戻った幸村の居室を勝永は訪ねた。先ほどの話の続きとして、幸村がまず切り出す。

「真田家では忍びを用いています」

「ふむ」

勝永は相槌《あいづち》を打った。それは何処の大名とて同じで、珍しいことではない。

「その数は他家に比べても多いほうでしょう。彼《か》の者らを当家では『草の者』と呼びます」

「草の者……」

鸚鵡《おうむ》返しに呟く。多くの大名家は、伊賀《いが》などの里に金を払って忍びを雇う。だが独自に間《かん》諜《ちょう》を組織している大名もいる。真田家もまたそうらしい。

「横谷庄八郎は、彼の者らを束ねる上忍の一人で、自身もすぐれた忍びの技を有しております」

「なるほど。忍びを連れている浪人はめったにおるまい。心強いことだ」

豊臣家が勝つなど十に一つもない。伊賀などは重々それを承知しており、幕府に与している。豊臣家に力を貸す者など、里を追われた抜け忍や、余程の変わり者など少数しかいないだろう。そういった意味では、真田がすぐれた忍びを連れているのは豊臣家にとってもあり難いことである。

「いえ……庄八郎いわく、南条殿が凄《すさ》まじき腕の忍びを連れているとのこと」

「真か」

南条はそのようなことを露ほども匂わせていない。勝永だけでなく、他の浪人衆、豊臣家の家臣も知らないことであろう。やはりこの城では、多くの者の思惑が交錯していると改めて感じた。

驚く己の様子を意に介さず、幸村は俯いて畳をじっと見つめている。何か迷い黙考しているように見えた。

「……拙者からも豊前守殿に一つお尋ねしてよろしいか」

頭をゆっくりと擡《もた》げ、幸村は重々しく口を開いた。

「何でしょう」

「何故、諱を変えられた」

まさかその問いがくるとは思わず、胸の鼓動が速くなった。なるほど幸村は、己が諱のことに言及した時、

――そう思われるのも無理はない。

と、答えていた。つまり幸村にとって想定内であったということ。裏を返せば、この段になって諱を変えた己に幸村も同様の疑いを持っているのだ。その点、真田家の通字《とおりじ》である「幸」を用いることにした幸村以上に、傍《はた》から見れば何の所縁もない名に変えた己のほうが怪しいと言えるかもしれない。

「それは……」

曖昧に答えるか。いや、幸村は己が考えていた以上に賢しい。疚《やま》しいことなどないのだから真のことを話すべきか。勝永が目まぐるしく頭を巡らす中、幸村は意を決したように言った。

「不躾《ぶしつけ》ながら、御母堂様と何か関わりがあるのでは」

胸の鼓動がさらに速くなった。

「何故、そのように……」

「評議の際、貴殿をじっと見つめる目つきは、浪人衆の一人を見るそれとはちと違うように感じたのです」

幸村はさらに言葉を紡ぐ。

「そもそも御母堂様は真っ先に貴殿の招聘《しょうへい》を口にしたとか。さらに此度の件も、豊臣家の家臣ではなく貴殿を頼られた。これは、毛利豊前守が、決して間者と通じぬ男と知らねば出来ぬこと」

賢しいどころではない。幸村の父、昌幸は優れた智嚢《ちのう》の持ち主だったという。それを見事に受け継いでいる。勝永は瞑目《めいもく》して幸村の言に耳を傾け続けた。

「浅井家が滅亡する少し前、とある国人の子が姫の供を務めたとも聞きました」

「草の者というのは恐ろしいですな」

勝永はふっと息を漏らした。もう笑うほかない。

「諱の件は拙者もかなり奇異に感じました。これがなければ貴殿のことを調べようなどと思わず……申し訳ござらぬ」

人の過去を探ることを心苦しく思っている心中は、幸村の声に滲み出ていた。勝永は目をゆっくり開くと、柔らかに切り出した。

「聞いて下さるか」

己が生まれてから今に至るまでのこと。そして淀殿との関わり、大坂へは亡き妻に背を押されたこと、全てを余すことなく勝永は訥々《とつとつ》と語った。疑われるよりましと考えたのもあるが、それ以上に勝永は、この男に何故か共鳴するものを感じていた。

「嗤うならば嗤って下され」

語り終えると、勝永は自嘲気味に笑った。

「誰が嗤いましょうや」

幸村はこちらがはっとするほど凜然とした声で返した。幸村は居住まいを正すと、糸を吐くように細く息をしてから言った。

「拙者の話もお聞き下さるか」

何故、幸村と名乗りを変えたか。と、いうことである。勝永が頷くと、幸村もまた少しずつ、順を追って語り始めた。それこそ武田信玄が存命であった頃まで遡《さかのぼ》る、幸村という諱に秘められた、真田家の哀しき物語であった。

「それで……幸村と」

勝永は深々と嘆息を漏らした。

「左様」

「嗤う訳がないと言われた意味がよう解った」

毛利家と真田家、いや己と幸村は、そこに至る道程こそ違えどもよく似ている。一つの名に拘り、縛られ、時に翻弄され、そして希望を見出《みいだ》しているという点である。

「名……とは何でしょうなあ」

勝永は感慨深げにふわりと言った。

「名付けた者の願いそのものかもしれません」

微笑む幸村は何処か儚げに見えた。

「それにしても驚いた。まさか拙者と同じような御仁がいるとは」

親近感を覚え、言葉がくだけたものとなった。己のように自らの利益以外のために入城した者は他に誰一人としていないと思っていた。が、ここに確かに存在しているのである。

「此度の戦、如何にお考えか」

幸村は低く問うた。

「豊臣家が勝つか否かということでよいか？」

幸村が小さく頷くのを確かめた後、勝永は平然と言い放った。

「十の内、十が負けだろう」

家康さえ討ち取れば、再び豊臣家に天下が巡って来るなどとほざく者もいるが、何も解っていやしない。家康と秀忠を同時に討って、ようやく僅かながら希《のぞ》みが出てくる程度。それほど幕府の体制は盤石であるし、そもそもあの家康が息子と同時に討たれるような陣は絶対に布かないと断言出来る。天変地異でも起きぬ限りあり得ぬことだと悟っていた。

「では、豊前守殿は何故？」

「約束だからな」

最後までそれを守り、そして散れば良い。勝永はただそう考えていたのだが、幸村は意外なことを口にした。

「いっそ、最後まで果たされてはどうか」

「何……」

「御母堂様、前右府様を連れて落ち延びなされ」

「馬鹿な。何処に行けと――」

「この国に安寧の地がないならば、唐天竺《てんじく》、南蛮まででも」

勝永は喉を鳴らした。気がふれているのかと疑ったが、幸村の表情は真剣そのものである。射貫《いぬ》くような視線を己に向け、幸村は言葉を継いだ。

「拙者も十の内、十が負けと心得ています。その上で父の……真田の夢を叶える所存」

幸村は己が考えていることの全貌を話し、勝永はそのあまりの壮大さに絶句した。幸村は一人で戦っている訳ではない。まさしく真田家の総力戦ともいうべき策である。

「何故、拙者に……」

このようなことを話すのか。話してよいのか。勝永は混乱の中、何とかそれだけを喉から絞り出した。

「三つあります。一つは、入城して一筋縄ではいかぬと痛感したからです」

真田家は綿密な計画のもと動いている。だが全てが計画通りには進まぬもので、早くも策の綻びが出始めている。先ほど話した南条の忍びなどもその一つ。幸村の動きを訝しんだ南条は、忍びを使い周辺を探っているらしい。一人での目的達成は難しいかもしれない。幸村はそう考えて手を組める者を探していたという。

「もう一つは……貴殿とならば争う必要がないからということ」

この城の中において、この二人の目指すところは異質である。他の者とは利害が相反することもあろうが、互いがぶつかることはないだろう。

「最後は？」

少しの間が空いたので、勝永のほうから尋ねた。

「一つの約束のために城に入る。何か拙者と似ているようで嬉しかったのです」

幸村は少し気恥ずかしそうに笑った。すでに初老とも言える歳でありながら、何処か悪童を彷彿《ほうふつ》とさせる笑みに、勝永もまたつられて頰を緩ませた。

「確かに」

「……どうでしょう？」

幸村は己の顔を覗き込んだ。幸村に言われるまで、淀殿たちを連れて逃げるなど考えもしなかった。逃げることを余人を介さずに説得する。それがそもそも困難だからである。だがこの男は、それよりも遥かな難題に挑もうとしている。そして、力を合わせれば、確かに己にもその機が巡ってくるかもしれないと思われた。

「解りました。共に難題を突破しましょう」

勝永が力強く言い切ると、幸村は喜色を浮かべながら弾むように頷いてみせた。


それから間もなく豊臣家と幕府の決戦の火蓋が切られた。勝永は今橋《いまばし》を守り、鍋島《なべしま》、池田《いけだ》などの諸隊を相手取って戦った。一歩も退かぬどころか、反対に敵陣を崩す奮戦ぶりに、

――流石は歴戦の将。

と、敵味方問わずに感嘆の声を上げた。

幸村はというと、城の南側に新たに築いた真田丸《さなだまる》にて前田隊を壊滅寸前に追い込むなど、勝永に勝る活躍を見せた。

だが幕府方が大筒でもって攻撃を始め、その一弾が天守の屋根を貫いて女中を殺した。淀殿は顔を真っ青にし、暫く震えが収まらなかったという。そこに幕府から和議の提案があったものだから、淀殿は家臣たちに命じてこれを受けた。

「大筒など滅多に当たるものではない。ここで和議に乗ってはなりませぬ」

後藤又兵衛などは言い立てたが、結論が覆ることはなかった。

――仕方ない。

勝永は無言を貫いた。淀殿は小谷城、北ノ庄城と二度の落城を経験している。一度目は実父、二度目は義父と実母を喪《うしな》った。落城の恐怖が嫌というほど躰に染みついており、冷静な判断をしろというのは酷であろう。

かといって三度目の逃走はないと心に決めているようで、大坂城からの退去だけは受け入れない。幸村に言われたように連れ出すつもりでいるが、評定の場で城を捨てて逃げろなどとは間違っても言えないし、仮に二人きりとなって勧めても納得するとは思えなかった。

――人は死の間際にこそ、生きたいと願うものです。

幸村はそう己に言った。今は耳を貸さないであろう淀殿だが、落城の間際ならば、生への渇望が湧き出し聞き届けるかもしれぬというのだ。その時、己は淀殿のもとへ駆け付ければよいと。ただその時、大坂城が如何になっているか凡《およ》その想像がつく。幾千、幾万の敵兵が城内に雪崩れ込んできているかもしれぬし、紅蓮《ぐれん》の焔《ほのお》に包まれているかもしれぬ。ただその瞬間を除いて、希望がないのは確かであろう。

和議は幕府の罠であった。城の外濠だけを埋めるというのが和睦の条件だったのだが、作事の者が間違ったふりをし、内濠まで埋めてしまったのである。

そして再び、幕府方が押し寄せて来たのは慶長二十年（一六一五）の夏のことである。緒戦の道明寺《どうみょうじ》、誉田《こんだ》合戦では五人衆の一人、後藤又兵衛が討ち死にした。彼《か》の者が望んだ如く、後世にまで語り継がれる華々しい最期であった。この戦で勝永も、幸村も生き残った。いや、互いの目的のため、何としても生き残るつもりであった。

その日の夜、大坂城に戻ると、最後になるであろう軍議が開かれた。豊臣家の家臣たちはいずれも顔面蒼白。茫然《ぼうぜん》自失といった態《てい》でまともに口も開けない。

流石に浪人衆だけは平然としている。とはいえ、それは諦めもあるからであろう。この段になっては、万が一にも勝ち目がないことは明らかであった。

「布陣を決めようか」

おもむろに切り出したのは、長宗我部盛親であった。

「よしなに」

すぐに明石全登が答えた。これで長宗我部が場を仕切る流れとなる。

「まず明石殿には、別動隊を率いて三津寺《みつてら》観音の北、木津川《きづがわ》の堤防沿いに布陣して頂きたい。戦局次第では戦場を大回りし、家康本陣を衝《つ》く別動隊となる。これには百戦錬磨の貴殿が相応しいと存ずる」

長宗我部はつらつらと流暢《りゅうちょう》に語った。

「畏まった」

――これは……。

勝永は眉を顰《ひそ》めた。まず明日行われる決戦の主戦場は岡山《おかやま》口と、天王寺《てんのうじ》口になるだろう。特に天王寺口は血で血を洗う激戦が予想される。そこの配置が決まっていないのに、先に別動隊を決めるなど話の進め方がおかしい。

「長宗我部殿は本丸に陣取り、前右府様、御方様の周りを固めるがよいかと」

今度は明石が提案すると、長宗我部が深く頷いた。

「不肖ながら務めさせて頂く」

幸村もこの奇妙さに気付いているようで、こちらに視線を飛ばしながら唇を嚙んでいる。己と幸村と同様、この二人も手を結んでいる。そして二人の狙いは、

――大坂城から脱《ぬ》けること。

と見て、ほぼ間違いない。故に激戦地を避けている。明石は適当に交戦した後に逃げるつもり。長宗我部は野戦部隊が敗れた時点で、援軍に参るなどと言って城外に脱出するつもりと見えた。

「待たれよ。本丸警護は毛利殿こそ相応しいかと存ずる」

幸村がぴしゃりと言い放ったが、明石が顔を顰める。

「拙者はそうは思わん。貴殿らは今日の戦いに遅れ、そのため後藤殿は孤軍で戦うはめになった……前右府様の警護に万が一のことがあってはならぬ」

幸村の顔に露骨に怒りの色が浮かぶ。今日この日まで、これほどまでに幸村が感情を露《あら》わにするのを終《つい》ぞ見たことがなかった。

「拙者は何処を受け持っても構わぬ。しかし毛利殿は――」

「真田殿、結構でござる」

勝永が制すると、幸村は勢いよく首を振ってこちらを見る。何を言っている、それはいかぬ、と目で訴えているのが解った。

当初の予定では己を本丸警護に、幸村を天王寺口に推し合うつもりだった。だが全く同じ手を、長宗我部、明石の両人に先んじて使われてしまったのだ。

――よいのだ。

上座をちらりと見た後、勝永もまた幸村に目で想いを伝えた。上座の淀殿は激しく手が震えている。先ほどまではここまで動揺はしていなかった。賢しい人である。長宗我部、明石の魂胆が解ってしまったのであろう。勝永は幸村に向け首を横に振った。

——諦めたわけではない。

淀殿、秀頼を連れて逃げることを。ただもし己がここで黙していたとすれば、明日共に逃げることを訴えても、淀殿はもう誰も信じられず聞き届けることはないかもしれない。今の様子を見てそう考えを改めた勝永は口を開いた。

「拙者は天王寺口で戦いとうござる」

淀殿ははっと顔を上げ、こちらを見つめる。その目にみるみる涙が溜まっていった。

「毛利殿！」

幸村が語調を荒らげたが、その真意を他の誰も解っていない。天王寺口での布陣は、大きくは西の茶臼山《ちゃうすやま》、東の四天王寺《してんのうじ》南門辺りの二つになるのは、誰の目にも明らかなことである。二人の間では、幸村はこのうちどちらかに布陣し、残る一方に長宗我部か、明石を推すつもりであった。そして幸村はもう一方の部隊に自らの手の者を紛れ込ませ、将の許しを待たず敵目掛けて発砲させる。無理やり戦端を切らせようというのだ。

将は慌てて押しとどめようとするだろうが、一度動き出した戦はもう誰にも止められぬ。功名を焦る敵方の大名は、茶臼山か四天王寺に殺到するであろう。敵軍がいずれかに集まった機を見計らい、幸村は間隙を突いて徳川家康の本陣に突撃を敢行する。この策が、

——真田の大望。

を遂げるための必須条件であった。

残る一方に、長宗我部か明石を推そうと思っていたのは、並の武将ではあっという間に崩されて引き付け役にならぬから。古今未曽有の大軍の、約半数を受け持つことになるのだ。長宗我部、明石も後藤又兵衛の如く、華々しく散るのを望んでいると思っていたので、むしろ天王寺口こそ奪い合いになると踏んでいた。しかしもともとなのか、ここに来て生への執着が生まれたのか、二人とも後方への配陣を望んでいる。そこで、幸村の夢を叶えてやるためには、己以外に引き付け役を担える者はいないと考えたのである。

ただ、最激戦地を担うということは、己の望みを達するのが極めて難しくなるということを意味している。故に幸村は止めようとしているのである。

「真田殿も天王寺口でよろしいな」

勝永は厳かに言った。幸村は暫し茫然としていたが、やがてこくりと頷く。こうして二人共に天王寺口で最後の戦を迎えることが決まった。

「何を考えているのです！」

軍議の後、幸村は二人きりになるなり、顔を真っ赤にして勝永に詰め寄った。

「仕方なかろう」

「まだ長宗我部、明石を引きずり出す手立てはあったはずです」

たった半年余の間であるが、難題を共に乗り越えて来た。十年来の同志のような心地さえしてきている。幸村もまたそうであるのだろう。その言葉には情と熱が籠もっている。

「幾ら将才があれども、気のない者に引き付け役は無理というもの。あいつらでは、左衛門佐殿の本懐が達せられぬ」

「それでは貴殿の願いはどうなる……」

幸村は遂に己の襟を摑んで顔を寄せた。

「瀬戸際で退くようにする」

「いや、駄目だ。俺が戦端を開く」

予定を変えて、幸村が先に仕掛けるという。敵が波濤《はとう》のように攻め寄せて来るだろうが、その全てを打ち破って家康本陣に迫ると言ってのけた。

「そっくりそのまま返す。それでは貴殿らの――」

「表裏比興《ひょうりひきょう》とも呼ばれる真田だが……共に生きる者との誓いは決して破らぬ」

遮って幸村は強く言い切った。勝永は細い溜息を漏らした。

「そうか……解った」

「必ず遂げられよ。俺もやる」

幸村は口を真一文字に結んで頷くと、一転して八重歯を覗かせて微笑んだ。

戦場に似つかわしくない、柔らかな風が頰を撫でていく。勝永は眼前の敵を見つめながら風に吐息を溶かした。かつてこれほどの数の敵に臨んだことはない。まさしく雲霞の如き大軍であった。

勝永は四天王寺南門の前に布陣することになった。幸村は茶臼山である。より城に近いほうへの布陣を勧めてくれたのだ。

陣に一人の武者が駆け込んで来た。かつて己が大名であった頃には家老格でもあった宮田甚《みやたじん》之丞《のじょう》である。最後の最後で齟齬《そご》が生じぬよう、腹心を数人ずつ互いの陣に入れて状況を報せ合うことにしているのだ。宮田はそれらの内の一人で、幸村の陣から報告に戻って来たという訳だ。

「どうだ？」

こちらに向けて歩を進める宮田に向けて訊いた。

「真田隊の士気は凄まじく高《たこ》うござる」

「そうか」

勝永はゆっくりと天を見上げた。陽《ひ》は間もなく中天に差し掛かろうとしている。真上に昇ったのを合図に、幸村が敵陣に向けて一斉に銃撃し戦端を開く。殆どの敵がそちらに向かった時、己も部隊を前に押し出して交戦し、適当なところで引き揚げて城に向かうという段取りとなっているのだ。

「左衛門佐殿は何か仰《おお》せられたか？」

勝永は空を見つめながら訊いた。

「打ち合わせ通り、半刻《はんとき》（約一時間）ほど戦って貰えれば十分。あとはこちらで何とかする、と」

「強がりを」

勝永は陽射しに目をすぼめた。

「必ず我が軍に敵の目を集める。そのために銃撃の後、敵勢に向けて散々挑発するとも仰って、呵々《かか》と笑っておられました」

「挑発……？」

初耳のことで勝永は首を捻った。宮田がその内容を告げた時、一陣の風が吹き抜けた。勝永はこめかみを掻きつつ苦々しげに頬を緩めた。

「幸村を討て……か」

「左様」

宮田もまた苦笑して頷く。関東勢百万も候《そうら》え、男は一人もいなく候《そうろう》。悔しくば幸村を討て——。と配下の者たちに口を揃えて叫ばせるというのだ。勝永は細く息を吐くと、丹田に力を込めて高らかに命じた。

「鉄砲隊、本多隊目掛けて放て！」

「応！」

家臣たちが一斉に応じ、陣太鼓が鳴らされる。次の瞬間、戦場に銃声が鳴り響いた。

「毛利殿！」

取り乱した声を上げて駆け寄ってきたのは、真田家から繫《つな》ぎとして来ている家臣である。

「急ぎ、真田隊に戻られるがよい」

勝永が穏やかに言った時、さらに銃声が戦場を駆け巡った。馬の嘶《いなな》き、喊声もすぐに続く。合戦が始まったのである。

「約束が違います。殿は——」

「誓いを破らぬは己も同じ。そもそも拙者はそれしかない男よ」

真田の家臣の言葉を遮り、勝永は白い歯を覗かせた。

「当初約した通りだ。俺は諦めてなどいない。真田殿も願いを叶えよと」

勝永が続けると、真田の家臣は強く頷き、自陣に向けて走り去っていった。

「馬を。前線に繰り出す」

曳《ひ》かれて来た馬に颯爽《さっそう》と跨《また》がると、勝永は前へと押し出した。人馬が大地を埋め尽くし、それらが一斉に己を目掛けて駆けて来るのは圧巻である。

銃撃戦が繰り広げられた後、戦況はすでに矢戦へと移っている。通常は暫くこれが続いた後に、両軍がぶつかり槍合わせが行われるのだ。だが勝永は再度、鉄砲に弾を装塡するよう命じた。それでいて、まだ一発たりとも放つなと付け加える。

毛利隊の数は四千。昨日討ち死にした木村重成《しげなり》の隊を新たに収容して増えている。木村重成に代わって、その備《そなえ》を率いる木村宗明《むねあき》は改めて銃撃戦に戻ると取ったようで、

「ゆるりと構えては寡兵のこちらが崩されるだけ。今こそ突出しましょう！」

と、進言してきた。

「そのつもりだ」

勝永は平時と変わらぬ調子で微笑む。唐入りでは血で血を洗う激戦を経験した。人は死を身近に感じると、生き残る戦術を創意工夫するもの。その時は手探りであったが、後に完成させた戦術は関ケ原の戦いで用いようと思っていた。だが結局、その機会は訪れなかった。

「銃撃の度、木村隊はひたすら突撃を。鉦《かね》が鳴れば足を止め、次の銃撃でまた進む。それだけを守って下され」

った。

「わ、解りました」

依然として勝永は穏やかに語るが、その心中の覚悟を感じ取ったようで木村宗明はすぐに誓った。

「まずは本多を潰す」

勝永がまるで野花を摘むと述べるが如く平然と言い放つと、掛かり太鼓が鳴らされ毛利隊四千が本多隊に向けて突貫を始める。通常は騎馬が先頭、槍隊がそれに続く。だが毛利隊の備《そなえ》は異質であった。鉄砲隊が先頭を全力で疾走する。刀を抜くこともなく、手には鉄砲だけである。半町（約五十五メートル）ほどあった本多隊との距離がぐんぐんと近づく。二十間（約三十六メートル）、十五間、間もなく十間を切ろうかという矢先、馬を駆る勝永は雷鳴の如き声で叫んだ。

「崩せ‼」

先頭を疾駆していた鉄砲隊は急停止すると、本多隊の先鋒に向けて一斉射撃を加えた。鉄砲の有効な射程は半町ほど。確実に当てようと思えば、二十間まで引き付けねばならない。十間強で放った今、ほぼ全弾命中して本多隊の前衛は地に吸い込まれるように視野から消えた。

「貫《ぬ》け！」

鉄砲隊を抜き去り、喊声と共に騎馬隊、さらには槍隊が突貫する。本多隊は瞬く間に総崩れとなった。両隊が激突して間もなく、百を数えるほどもなかっただろう。毛利隊の武士が声高に叫んだ。

「本多出雲守《いずものかみ》、討ち取ったり！」

天を衝くほどの雄叫《おたけ》びが上がる。

「小笠原隊がこちらに――」

「打ち砕くぞ！」

勝永は槍を頭上で旋回させつつ下知《げじ》を飛ばす。毛利隊は再び鉄砲隊を先頭に突き進むと、敵勢の眼前でさっと筒先を向けた。今度は十間を切っての斉射であり、敵の騎馬武者が馬から吹き飛ばされるほどの威力である。あまりに至近距離のため、勇敢に向かって来る敵の槍を受け、鉄砲隊にも被害が出る。それでもまた自軍の騎馬、槍隊が鉄砲隊の隙間を縫うようにすぐに現れ、小笠原隊はあれよという間に崩壊を始めた。

「小笠原隊、総崩れ！」

伝令が馬を寄せて報告した。先代小笠原秀政《ひでまさ》は躰中に槍を受け、家臣に連れられて遁走《とんそう》。代わりにその嫡男で当主、忠脩《ただなか》の首を挙げたとのことである。

「まだまだここからよ。次だ」

戦が始まって僅かな間に、大名級が二人討たれたのだ。その動揺が幕府軍全体に伝播しているのが見えた。

続いて丹羽《にわ》長重《ながしげ》隊へ攻め込み、煙草《タバコ》を一服するほどの時で重臣の首を獲《と》って崩す。進む先には家康の本陣がある。そうはさせるかと二番備えの榊原康勝《さかきばらやすかつ》、仙石忠政《せんごくただまさ》、諏訪忠澄《すわただすみ》らの諸隊が次々に向かって来たが、毛利隊は獅子奮迅の働きを見せてその全てを蹴散らし、次の敵を求めた。

「次なるはあそこに！」

家臣の一人が東側に陣取る隊を指さす。こちらの奮戦ぶりに慄《おのの》いているのか、いや将が若いからか、動揺を抑えて陣を保つのがやっとという様が窺える。一突きすれば崩れるのは明らかであった。

「いや、今少し奥へ……あれらは見逃して家康の本陣を目指そうか」

勝永は首を横に振りつつ言った。さらに敵を引き付けるならばそのほうがよい。加えて、過ごしたのは短い時だったが、朋友と呼べる男の顔が過ったのだ。家臣が指さした隊の中で、六文銭の旗指物が風に揺れている。真田信吉《のぶよし》、あの幸村の甥が率いる隊である。

――これは礼でござる。

遥か遠くにいるはずの、幾度かしか会ったことのないもう一人の朋友に向け、勝永は心中で呼び掛けた。

毛利隊の猛進撃は止まらない。相馬利胤《そうまとしたね》、酒井家次《さかいいえつぐ》、松平忠良《まつだいらただよし》の隊を貫通し、遂には家康本陣まであと僅かというところまで迫った。が、その前衛と交戦するに留まり、勝永はそこで進撃の中止を命じた。これまで打ち砕いたうちには、態勢を立て直しつつある隊もなくはない。それらも含め全てを一手に引き受けるつもりである。

耳朶はずっと捉えている。それは恐るべき速さで近づいて来ていた。戦場を駆け巡るもう一つの喊声を――。

「さあ、行け」

勝永は白い歯を覗かせた。

「真田隊だ‼」

「何処から湧いた⁉」

「毛利にばかり気を取られているからだ！　防げ！」

家康本陣から次々と悲鳴に似た声が上がった。一番、二番備えの半数以上が毛利隊に殺到したせいで、幸村の陣取る茶臼山から家康の本陣まで、細くではあるが、確実に一本の道が開いていた。天から覗いたとすれば、戦場に線を引いた如く見えるだろう。

焔を纏ったような赤き一団が家康本陣の西に突撃する。それは火球さながらの勢いで本陣へと食い込んでいく。流石に幸村の姿までは判らない。だが幸村もまたこちらを見ており、兵馬の雑踏を越え、目が合っているはずとの確信があった。

「さらばだ」

勝永はふっと息を漏らすと、馬首を転じ、息を吹き返した諸隊を再び叩くように命じた。

舞い上がった戦塵《せんじん》が宙に留まり、黄金の霧の如く辺りに立ち込めている。そこに硝煙などが加わって酷く視界が悪い。真田隊は突撃を掛けては跳ね返され、跳ね返されては猛進するのを繰り返していたが、その姿もやがて判別が不可能になった。

天王寺口だけでなく、岡山口でも善戦しているのが窺えたが、もはや戦線を維持するのが難しい状態になっている。時を追うごとにこちらを目指す敵が増え続けた。当初採っていた、鉄砲隊を先立てる戦術も用いる間がなくなり、芋《いも》を洗うが如く人が密集する乱戦になっている。

もはや指揮を執ることも覚束《おぼつか》ない。勝永自身も、混戦を抜けた騎馬武者を二人、足軽を数人、自らの槍で馬上から屠っていた。

「これまでだ」

家康本陣を揺るがす幾度目かの喊声を聞いた時、勝永は近くで督戦する宮田に呼び掛けた。

宮田はすぐに馬を寄せて来る。その肩には幾条かの矢が突き刺さっていた。だがその痛ましい姿とは裏腹に、宮田の頬は緩んでいる。

「十分かと」

「ああ、これより撤退戦に入る」

引き鉦を打つ役目の者も流れ弾に喉を貫かれすでに死に、代わりの者が激しくそれを連打している。散り散りになっていた毛利隊が鉦の音を頼りに集まり、ある程度の塊《かたまり》となったところで退却を始めた。

追い縋る敵を叩き、その隙にまた退《さ》がる。暫くすると血霧を清めようとするかのように一陣の風が吹き、戦場の様子が露わとなった。すでに毛利隊以外は隊が消失している。僅かに他の隊の旗印が見えるものの、取り残された者であろう。隊の態を成してはいない。それなのに家康本陣も随分と下がっているという、おかしな様相を呈していた。

手柄を立てんと、ここぞとばかりに敵は毛利隊を追撃する。篠山《ささやま》の脇を抜け、冬の陣で真田丸があった地の辺りまで来ると、毛利隊は元の三分の一ほどにまで減じていた。

「殿、そろそろここで」

追手の気勢が渦巻く中、宮田が穏やかに勧めた。

「頼む。適当なところで……」

「始末をつけて逃げまする」

最後まで言わせず、勝永の兜を受け取った宮田は相好を崩した。

「世話になった」

華々しく散るだけが戦の全てではない。這《は》いつくばってでも生きるのもまた選択の一つ。銘々、好きな道を進めと、戦の前に皆に話していた。宮田が出した答えはそれなのだろう。長き乱世も間もなく終わる。幾多の優れた武士《もののふ》が生まれ落ち、鎬《しのぎ》を削り、そして過ぎ去っていった。哀しくも美しいその舞台に己が仕舞いまで残るとは、虚弱だった幼い頃には夢にも思わなかった。

舞台に残るは己も含めてあと二人。手軽な功名に妄執する敵などものの数に入っていない。

「関東勢百万も候え、男は一人もいなく候……か」

勝永はふっと頬を緩めて、馬首を転じた。続くは息子の式部など数人のみ。八丁目《はっちょうめ》口から本丸に帰還した。槍や弓を捨てて逃げ惑う者、金目の物を漁《あさ》って逃げようとする者などで、城内は混乱を極めていた。中には長宗我部隊の旗指物を差している者もいるから、すでに盛親は落ち延びたということであろう。

勝永は脇目も振らず天守に上る。止める者は誰もいない。最上階まで辿り着くと、そこには数人の近習と女中、秀頼、そして淀殿の姿があった。

「豊前守殿……」

近習の呻《うめ》くような声を無視し、勝永は真っすぐに淀殿のもとへ歩を進めた。

「御味方は敗北です」

「そうですか」

緒戦の頃の狼狽《ろうばい》はもうなかった。この間ですでに覚悟を決めていたのだろう。ただそれとは対照的に、秀頼は顔面を蒼白にしており、口辺には泡も浮いている。

「逃げましょう。お二人を連れて参る」

「ま、真か！」

秀頼は勝永に手を伸ばし、哀れなほどの懇願の目を向けた。

「この国に安寧の地がないならば、唐天竺、南蛮まででも」

「そうか。そうか。よし、それがよい。母上、豊前守がそう申しておりますぞ」

「秀頼」

淀殿は静かに愛息の名を呼んだ。

暫しの静寂が訪れた。遠くから聞こえてくる喊声を、何処か他人事《ひとごと》のように余所余所《よそよそ》しく感じているのか。秀頼は怪訝そうに眉を寄せた。淀殿は深く息を吸い込むと、

「ここで」

と、短く言った。

一瞬、啞然とした秀頼だったが、意味が解るにつれて息遣いが荒くなる。

「豊前守が連れ出してくれると申しているのですぞ！　それを無下にしては――」

「お黙りなさい」

心に決めていたであろう淀殿はぴしゃりと遮り、嚙んで含めるように続けた。

「私が二度、落ちる城から逃れたのは、そなたも知っているはず」

「ならば三度目も……」

「一度目は父上が、二度目は御義父上《おちちうえ》と母上が責を負いました。それが人の上に立つ者の唯一の務め。そして此度、その務めを果たすのはそなたです」

「そんな……」

幾ら甘やかされて育ったとはいえ、秀頼も解っていなかった訳ではなかろう。己が生き延びる道を提示したことで、その柔《やわ》い決意が揺らぎ、あっという間に砕け散ってしまったものとみえる。

「心配ありません。母も見届けた後、すぐに逝きます」

淀殿は毅然《きぜん》と言い切った。言葉に母としての慈愛の全てが籠もっている。淀殿は今、遥か昔のお市の方との別れを思い出しているのではないか。勝永にはそのように思えた。

「勝永殿、介錯《かいしゃく》をお願い出来ますか」

官名でなく初めて諱で呼んだのは、何も己を下に見てのことではない。涙の膜が張った目がその証左である。

「安息の地は今」

淀殿の声が震えた。此処《ここ》、ではなく今。つまりそういうことである。胸に込み上げ、鼻孔に広がるもの。それはいつの日かの夕べの香りである。

「承知致しました」

勝永は静かに、深々と頭を下げた。

四半刻《しはんとき》足らずで、一つずつ、一つずつ、灯が消えていく。その中には子の式部もある。誇らしげに微笑みかけてくれたことだけが救いであった。最後まで震えていた大きな灯が消えるのを手助けすると、ふっと舞台が暗転したような気がした。激しく、愚かしく、それでいて哀れなほど美しい時代は、今この瞬間に幕を下ろしたのである。

戦仕舞いに皆が奔走する中、取り残された者は二人。それぞれ肌身離さず持っていた、びいどろ玉を取り出し、微かな息を漏らす。交わされる会話を聞く者がいれば、童が二人紛れ込んだと思うかもしれない。ほんの僅かな時、暗闇の中を柔らかな言《こと》の葉《は》が泳いでいたが、いつしかそれも天へと溶けていった。

慶長《けいちょう》十八年（一六一三）の晩秋のことである。

部屋の中に一人座る源三郎《げんざぶろう》は、気を落ち着けようと深く息を吸い込んだ。だが依然、胸の鼓動が静まる気配はない。

今の感情は戦に臨む直前に酷似している。喉に引っ掛かりが出来たように息が詰まり、指先が微《かす》かに震える。それを紛らわせるように、源三郎は己が手を揉《も》んだ。

いや、戦に似ているのではない。まさしくこれは真田《さなだ》家にとって戦。間もなく訪れることになる戦国最後の戦に、誰よりも早く臨んでいるのだ。

これまで慎重の上にも慎重を期してきた。危ない橋だと直感すれば、無理をせずに策を練り直してきたのである。ここ三年ほど、その繰り返しであった。

だが戦には、時に賭けに出ねばならぬ瞬間もある。優れた将はその機を捉え、戦を勝利へと導くのだ。もっともこれは受け売りである。今より約四十年前、まだ己が幼かった頃に御屋形様から聞いたことだ。切っ掛けは何であったか忘れたが、そのような話題になった。

ただはきと覚えていることもある。その話を聞いた源三郎は、

「御屋形様には見えるのですね」

と、目を輝かせた。その頃の己は戦の機というものは、足を生やして歩いてくるように思っ

ていたのかもしれない。しかし、源三郎はえっと小さく声を上げることとなる。御屋形様はゆっくりと首を横に振ったのだ。

御屋形様の崇敬する孫子《そんし》の言葉に、

――彼《か》を知り、己を知れば、百戦殆《あやう》からず。

という一節がある。御屋形様は、確かにそれに間違いはないという。それこそが勝敗を左右する根源であるとも言った。だがどれだけ敵を、己を知ったとしても戦に完全はない。絶対に勝てると思われる戦でも、万が一、億が一の負けがあり得るというのだ。故に戦に臨む前は、

「つねづね儂《わし》も怖い」

誰にも聞こえぬよう、源三郎の耳近くで囁《ささや》いた御屋形様は、苦々しげに頬を緩めた。

だがそれを乗り越えねばならぬ局面もある。得てして戦の肝は恐ろしい顔をしており、厳《いか》めしく睨《にら》みつけ怯《ひる》ませようとしてくる。だからこそ、

「そこに至るまでの己を信じること……最後はここの強さよ」

御屋形様はそう言って、源三郎の胸のあたりを軽く叩《たた》いたのである。

今でもその感触がまざまざと蘇《よみがえ》り、胸の騒《ざわ》めきは不思議と鎮まっていった。

「殿」

それとほぼ時を同じくして、襖《ふすま》の向こうから己を呼ぶ声が聞こえた。源三郎の近くに侍《はべ》る横谷左近幸重《やさこんゆきしげ》である。

「来たか」

「はい」

「胡乱《うろん》なことは？」

「今のところは……」

左近の声も心なしか強張《こわば》っている。これまで数多くの死線を潜って来たこの男でも緊張するらしい。薄氷を踏むような心地なのであろう。

「通せ」

源三郎は低く命じた。

待っている間、自然とこの十三年の出来事が脳裏を過《よぎ》っていった。

慶長五年（一六〇〇）、後に関《せき》ケ原《はら》の戦いと呼ばれることになった内乱で、真田家は二つに分かれて戦った。父と弟は石田三成《いしだみつなり》を実質の大将とする西軍に、己は徳川家康《とくがわいえやす》の東軍に付いたのである。

大軍を動かすとなれば様々な問題が噴出する。進む速さは滞《とどこお》るし、兵糧の面でも不安がある。そこで東軍は部隊を大きく二つに分けて西進した。一手は徳川家康が率いて東海道《とうかいどう》を、もう一手は嫡男である秀忠《ひでただ》の指揮のもと中山道《なかせんどう》を進んだのである。

源三郎はこの秀忠の軍団に合流した。信濃《しなの》国の殆《ほとん》どの大名が東軍に付いた中、父昌幸《まさゆき》は西軍に付くことを表明していたため、秀忠は道中の土産《みやげ》とばかりに上田《うえだ》城を攻め潰そうとした。

信之は止めた。だが、父と弟のことを庇《かば》っていると取られたか、無駄に終わった。それほど秀忠は逸《はや》っていた。徳川家は一度父に大敗を喫している。それを降《くだ》すことで、秀忠は父親に武勇を認めて貰《もら》おうと考えていたらしい。

結果は父の圧勝。父は僅か二千余の兵で、三万八千からなる東軍を散々に翻弄し、遂《つい》には関ケ原での決戦に遅延するという大失態を秀忠に犯させた。このことにより秀忠は蛇蝎《だかつ》の如《ごと》く真田家のことを嫌っている。此度《こたび》のようなことが露見すれば、ここぞとばかりに取り潰そうとしてくるに違いない。

秀忠と比較すればまだ真田に寛容な家康も、腹の底ではあまり当家を快く思っていない。厳密には、父昌幸のことを毛嫌いしているのだ。関ケ原の時は、岳父である本多忠勝《ほんだただかつ》の取りなしもあって助命されたが、その忠勝も三年前に世を去った。このようなことが知れてしまえば、やはり家康とて取り潰しを決めるだろう。何としても露見せぬまま、危ない橋を渡り切らねばならない。

廊下を歩む跫音《あしおと》が近づいて来て、襖が滑るように静かに開いた。

「兄上……」

そこに立っていたのは、絶句する源次郎《げんじろう》であった。

「何故、此処《ここ》に」

「久しいな」

源次郎は、案内《あない》してきた左近と己を交互に見比べた。

源次郎がここを訪れることは決まっていたが、己が来ることは伝えていなかった。こちら側からは左近だけが来ると思っていたようだ。

兄と面会するとは露ほども思っていなかったのだろう。まるで夢かというように目を指で擦《こす》る。その仕草が子どもの頃から何ら変わっておらず、源三郎は思わず笑みを零《こぼ》した。

「早《はよ》う、入れ」

源三郎が促すと、暫《しば》し固まっていた源次郎は頷《うなず》いて部屋の中に足を踏み入れる。その背後から左近が目配せをして襖を閉じた。引き続きこの屋敷の周囲を警戒するという意である。

「夢ではございますまいな」

未《いま》だ半信半疑といったような顔つきで源次郎は腰を下ろす。

「驚かせてすまなんだ」

「しかし、何故またこのような危ない真似《まね》を」

久方ぶりの再会の感動よりも、家のことがまず頭を占める。祖父も、伯父《おじ》も、そして父も。真田家の男とはそのような者ばかりで、源次郎もまたそうであるし、己もやはりご多分に漏れないと感じて苦笑した。

「家を思えばこそよ。これまでも真田は如何《いか》なる困難をも乗り越えてきたが、此度ばかりはそれらと比べ物にならぬ。一つの齟齬《そご》が命取りとなる……故に一度はこうして顔を突き合わせて話しておく必要があると思ったのだ」

「確かに。今がその時かもしれませぬな」

加えて先ほど考えていたこと。かつて御屋形様から聞いた教訓を話すと、源次郎はすぐに得心した。

御屋形様のことを源次郎は殆ど覚えていない。だが、父だけでなく、己も敬愛してやまないことを知っており、源次郎もまた敬服している。いや直《じか》に知らぬ分だけ、偶像として大きくなり、崇敬とも呼べるほどの念を抱いてさえいるのだ。

二度、三度頷く源次郎を見つつ、改めて源三郎は穏やかに言った。

「源次郎、達者のようで何よりだ」

「兄上も息災で何よりです」

源次郎はそう言うと、壁や天井を見回した後に続けた。

「母上の最期に立ち会えなかった不孝をお許し下さい」

この屋敷は清華家《せいがけ》である公家《くげ》、菊亭晴季《きくていはるすえ》の持ち物である。その晴季の娘が母。つまりここは母の実家であり、己たちにとっては祖父の宅ということになる。

もっとも内情は今少しややこしい。当時、父は武田《たけだ》家の家臣に過ぎず、その身代も小さいものであった。そこに清華家から嫁が来るなど通常は有り得ない。どうも母は祖父晴季が外の身分の低い娘との間に作った子であるらしい。これが些細《ささい》なことから朝廷内での政敵に露見しそうになり、何処《どこ》でもよいので早く嫁がせたいと慌てていたところ、誼《よしみ》を通じていた御屋形様から、

――いずれは大名にも取り立てるつもりの男がおります。

と父を紹介され、急ぎの縁談が決まったようだ。このことは己たちも含め、多くの者が承知のことであるが、誰も口に出そうとはしない。乳母《うば》に勾引《かどわ》かされた源四郎《げんしろう》のことといい、真田家はそのような秘め事を幾つか抱えている。

もっともそれは真田家に限ったことではなく、人というものは大なり小なりそのようなものであろう。泰平の世では表に出てしまうことも、戦乱の世ならば慌ただしさや混迷がそれを綺麗《きれい》に流してくれる。悪いことばかりであるが、乱世に唯一の良さを見出《みいだ》すならばそのようなことかもしれない。

ともかく母が他界して三月《みつき》。百箇日という名目で源三郎はこの菊亭家を訪れたのである。一方、源次郎は影武者を九度山《くどやま》に置いて抜け出た。その姿は僧装である。そして、菊亭家で法要が行われていると耳にし、立ち寄った僧を演じて入って来たのである。

「それは俺も同じだ。父上の最期を看取《みと》れなんだ」

父が世を去ったのは今から二年前のことである。晩年、父は毒気が抜けて、人が変わったようになっていたという。

それは父から己宛ての書状でも感じられた。そもそも何か家の大事でもない限り、己に書状など認《したた》めない父だったのである。それが他愛《たあい》もない話を書いた書状を、幾度となく送ってくるようになった。

さらに己が病に臥《ふ》せ、後に快癒した時など、祝いの言葉と共に、

——此《こ》の方別儀なく候《そうろう》、御心安かるべく候、但《ただ》し此の一両年は年積り候故、気根草臥《くたび》れ候、万事此の方の儀御察しあるべく候。

などと珍しく弱音も書き綴《つづ》ってあった。それを読んだ源三郎は、

——もう長くないかもしれぬ。

と、覚悟したものである。

「死の間際まで、父上の意識ははきとしておられ、様々なことを……」

父の最期について、源次郎からの書状で凡《およ》そのことは知らされていた。だが幕府の監視の目がある中、そこには書けないこともあっただろうと察している。

「何と」

「真に様々なことです。御屋形様のこと、御祖父様《おじい》、伯父上様たちのこと。母上のこと……そして己が再び世に出られぬことを嘆いてもおられた」

「だろうな」

家を残しつつ、後世まで真田の勇名を轟《とどろ》かせることは父の悲願であった。実際、関ケ原の戦いにおいてそれを半ば成し遂げたといってもよい。父の八面六臂《はちめんろっぴ》の活躍は当初は称賛されたものの、世間の声はやがて厳しいものに変わっていった。

――時勢も読めずに無駄なことをしたものだ。

などと囁かれるようになったのである。

恐らく大恥をかかされた徳川家、特に秀忠がそのように喧伝《けんでん》したのであろう。もっともそれがなくとも、遅かれ早かれ世人はそのような認識になったに違いない。戦に敗れるとは、そういうことである。

「そもそも人は何故、名を残そうとするのだろうな……」

源三郎は天井を見上げた。

天より生まれ落ち、長くとも数十年ほどで死ぬ。太古より変わらず、これから先もまた変わらぬ定めであろう。鳥の如く、獣の如く、ただ飯を食らい、糞《くそ》をして、眠りにつく。その繰り返しでよいはずなのに、人は何故か生に意味を見出そうとする。そして父だけでなく、多くの者たちが、それを後世に何らかの形で残したいという願望を心の何処かで持っているように思う。己とてその想いが皆無な訳ではない。

「きっと寂しいのさ」

源次郎はふいに言った。

「寂しい？」

意外な答えに、源三郎は眉根を寄せて鸚鵡《おうむ》返しに問うた。

「そう、人だけが特別に。獣や鳥だって群れを成すが、人だけは群れなんてもんじゃあない。時に数千、数万の群れを作って、挙句の果てに国だなんて名乗り始める」

源次郎はこちらの顔を上目遣いに覗《のぞ》き込むようにして続けた。

「そんな生き物だから死んだ後まで、己のことを覚えていて欲しいって願ってしまうのじゃあないか。それくらいならまだ可愛いものだが、武士は……な？」

「武士はその中でも特段に寂しがりということか」

「当たり」

源次郎は膝を打ってにかりと笑った。

あまりの言いざまに、源三郎は吹き出す。勿論《もちろん》、武士以外にも当てはまる者はいよう。だが源次郎の言うように、武士だけが特段名を求めるのは、案外そのような他愛もない理由だったりするのかもしれないと、源三郎は本気で思った。

「父上は確かにそうだった」

源三郎は頰を指で掻《か》きつつ苦く笑った。

常に誰かに囲まれていたい人であった。それが父の心の安寧を生んでいると感じていた。故に、他人を中心に輪が出来ていると不安になり、妬心を抱くようにもなる。その他人がたとえ息子《むすこ》であっても変わらない。

己が沼田《ぬまた》に分家する時、父の勧めで同伴する家臣を募ることになった。その時に手を挙げた者が存外多かった。きっと父は、望む者はもっと少ないと思っていたのではないか。自ら勧めておきながら、父が至極不機嫌そうだったのを今も覚えている。

「さっき話しただろう。死の間際、父上は様々なことを話したと」

「ああ……」

「最後は兄上のことさ」

父は語っていたという。源三郎は己にも勝る智謀《ちぼう》を持っていながら、それを揮《ふる》わぬことが口惜しくてならなかった。だが、自分が無暗《むやみ》やたらに揮った結果が今の様。結果を見れば、真田の身代と相応に知恵を駆使した源三郎の方が正しかったことになる。

それに源三郎と向き合う時、恐ろしさを感じた。いや、恥ずかしかった。自分の弱さや、小ささを全て見抜かれている気がしたのだ。

さらに我に相談もせず、名を変えたのが腹立たしかった。我を捨てて、徳川なぞに尻尾《しっぽ》を振っているように思えたのだ。しかしそれも家を守るため。全て解《わか》っていながら、息子だからこそ無性に、

「悔しくて仕様がなかったと」

源次郎は訥々《とつとつ》と、病床での父の言葉を告げた。

「そうか」

信濃にいた頃の父ならば、口が裂けても言わなかっただろう。言われた源三郎当人は、嬉《うれ》しい訳ではないし、哀《かな》しい訳でもない。ただ胸の辺りがぎゅっと締め付けられた。

「散々に拗《す》ねておきながら、最後は……」

――あれはとっくに俺を超えた。

と、わざわざ目を瞑《つむ》って不愛想に言ったという。その目尻には確かに光るものがあったとも源次郎は付け加えた。

「父上らしいことだ」

源三郎は口元を綻《ほころ》ばせた。この話を人が聞いたならば、生きているうちに、会えるうちに互いに歩み寄れば良かったものをと言うだろう。だが案外、親子とはそのようなものではないか。少なくとも己たちの親子の形はこれなのだ。源次郎の話を聞かずとも、ずっと、今に至るまで、父とは心が通じていると源三郎は信じていた。それが間違いでなかったことを確かめられただけで、少し肩が軽くなったような心地がする。

「兄上」

源次郎は低く己を呼んだ。その双眸《そうぼう》がきらりと光った気がする。

「解っている」

真田の家を守りつつ、後世まで真田の名を轟かせる。父の死後、この壮大な計画を持ち掛けてきたのは源次郎であった。

先行きどうなるかはともかく、「家」を守るのは一応己がすでに成し遂げている。

源次郎は真田の「名」を残すことを担う覚悟でいる。間もなく豊臣《とよとみ》家と徳川家は手切れとなるだろう。その時、源次郎は大坂《おおさか》城に入って戦うつもりである。だが大坂城には同じように名を馳《は》せんとする者が挙《こぞ》る。群を抜いた活躍をしなければならない。

また手柄をもとに幕府に寝返らんとする輩《やから》もいるはず。それらに寝首を搔かれぬようにする必要もある。とてもではないが自分だけでは成し遂げられそうにない。

——ただ、兄上と一緒ならば。

と、源次郎は横谷庄八郎《しょうはちろう》を通じて提案してきたのだ。それが家を再び危険に晒《さら》すことは重々承知の上である。それでも二人ならばやれる。この時しかないと源次郎は庄八郎に熱弁を振るったという。

——考えておく。

源三郎は反対に左近を通じて、源次郎にそのように返答していた。此度、その返事を自ら聞きたいと、源次郎は危険を冒して九度山を抜け出してきたのだ。

源三郎は細く息を吐くと、静かに口を開いた。

「源次郎……今ならば間に合う。考え直す気はないか」

天地がひっくり返りでもしない限り豊臣家の勝ちはない。つまり、大坂城入りは即《すなわ》ち死を意味する。

関ケ原の戦い前夜、源次郎はもう己が守る必要はないほどに成長したと解った。理解はしたが、やはり死地と知りながら弟を送り出す気にはなれない。このまま大人しくしていれば、いずれ徳川家の勘気も解けるかもしれない。何も父の無念を晴らすために、源次郎が死ぬ必要はないのではないかと思い悩んできた。

「秀忠は真田を心底嫌っているぞ」

源次郎はくいと口角を上げた。

「それでもだ。いずれ——」

「そんなものに賭けてどうなる。諾々と生きて何が残る」

なおも源三郎は食い下がろうとしたが、源次郎は強い語調で遮った。己に面と向かって、源次郎が反論したのは、覚えている限り初めてのこと。互いに視線を宙でぶつけるのも束の間、源次郎は頰を柔らかくして常の顔に戻る。

「なあ、兄上……それに俺は何も父上の無念を晴らしたいだけじゃあない」

源次郎は己を諭すように穏やかに言った。

「俺は……またお主と、兄弟共に生きたいのだ。川で石を投げて遊んだあの頃のように、雄大な信濃の山野で馬を駆ったあの頃のように。国を富ませる政《まつりごと》も源次郎に手伝って欲しいと願っている」

源三郎は下唇を嚙み、引き絞るように言った。

「ありがとう。俺も同じさ」

源次郎は嬉しそうに頰を緩めた。

「では……」

「共に生きる。その望みへの俺の答えがこれだ」

源次郎は昂然《こうぜん》と言い放った。

暫し無言の時が流れた後、源次郎は静かに宣言した。

「俺は入城に際し、幸村《ゆきむら》を名乗る」

消えた弟、源四郎が背負うはずだった諱《いみな》。父はその面影を追ってか、後に生まれた源次郎にその諱を付けようとした。己を苦悩させることになると考えた御屋形様が、自らの亡き弟の諱を勧めたことで源次郎は信繁《のぶしげ》の名を得たという経緯《いきさつ》がある。

その諱を今、源次郎は名乗ると言っている。共に生きるはずだった兄源四郎への想い、その失跡から立ち直ろうとした父の苦悩、苦しみ続けていた己の葛藤、真田父子《おやこ》の悲哀と慈愛の全てが籠もったその名を、残すべき名として背負おうとしているのである。

「止めても無駄か」

源三郎は俯《うつむ》き加減で、畳に溜息《ためいき》を零した。

「ああ、兄上のお知恵を借りねばどこまでやれるかは判《わか》らないが……どうあっても大いに暴れてやる。機があれば大御所の首《しるし》を挙げるつもりだ」

源次郎は自らの膝をぴしゃりと叩いて片笑んだ。

「大御所を討つより名を揚げられる道がある」

「えっ」

源三郎はぽつんと言うと、顔をゆっくりと擡《もた》げる。源次郎は吃驚《びっくり》して首を傾《かし》げている。

「大御所を討たぬという道よ」

「意味が解らん。討ったほうが名は揚がるだろう?」

「天下を統《す》べた者を除いて、名を残した人のことを考えてみればよい。織田信長《おだのぶなが》、上杉謙信《うえすぎけんしん》……そして御屋形様もそうだ」

彼らの名は今も絢爛《けんらん》たる輝きを放っており、これは恐らく後世まで変わることはないだろう。いや、さらにその光を強めるかもしれない。

「なるほど……そういうことか」

源次郎も己の真意が解ったらしく感嘆の声を上げた。

「もし今少し生きていれば。もしあの時に討ち取っていれば……後の世に生きる者はそこに大きな夢を見る。天下を獲れぬ真田が目指すはこの道よ。この地位を無理やり創り上げる」

源三郎が断言すると、源次郎は忍び笑いを始め、やがてその声は部屋中に響くほどに大きくなる。

「声が大きい」

源三郎が唇に指を添えしっと鋭く息を吐くと、源次郎は手で覆うように口を押さえた。

「悪い、悪い。いや、途方もない悪知恵を働かすものだからな」

「こいつ」

源三郎は眉間に皺《しわ》を寄せて怒りの顔を作った。

「いや、褒めている。流石《さすが》、兄上だ。俺には考えもつかなかった」

そこで一度言葉を切ると、源次郎は童《わらべ》のような笑みを見せて続けた。

「やはり俺一人では無理だ」

「全く……」

源三郎も溜息は零したものの、口元は自然と綻ぶ。

「やろう」

「仕方あるまい」

「よし。大御所もさぞ本望だろう」

源次郎は自らの掌《てのひら》に拳を打ち付けた。

「大御所が？」

今度は源三郎が首を捻《ひね》る番であった。

「大御所は御屋形様を尊敬している。その気持ちも嘘《うそ》じゃないだろうが、そうせざるを得ないという面もあるだろう」

「気付いていたか」

家康の生涯で、最も悲惨な敗北を喫したのは三方《みかた》ケ原《はら》の戦いであった。その相手こそ御屋形様、武田信玄《しんげん》である。自らの権威を貶《おとし》められぬためには、武田信玄と謂《い》う男を数ある戦国武将の中で、別格に持ち上げ高みに据えねばならない。

「だがその反面、あの頃は若かった、今一度戦ったならば勝てた、ただそれを試す機会がないのが残念だと、周囲に漏らしているらしい」

「地獄耳め。庄八郎を使ったか」

「ふふ。まあな」

「だが……流石に大御所でも聞き捨てならぬな」

源三郎は唸《うな》るが如く言った。すでにやるとは決めていたが、さらに得体の知れぬ闘志が腹の底から湧き上がってくるのを感じている。

だが一つ、何故、己が乗ったからとて家康が喜ぶのか。その意味が解らない。

「御屋形様は父上を我が眼のような男と言った。なおかつ兄上はその父上を超える才を持つと。昔の自分に似ているとも言ったらしいじゃあないか」

「そのことも知っていたか」

源三郎は眉間を指で摘《つ》まんだ。それはかつて御屋形様が父に向けて贈った言葉である。勿論、御屋形様は父を喜ばせようとしたのだ。だが父は複雑な想いだったに違いなく、それこそが後々に親子の微妙な擦れ違いを生んだ要因の一つかもしれない。

「知らず知らずのうちとはいえ、御屋形様の衣鉢を継いだ兄上と戦うのだ。家康も本望だろうと思ったのさ」

「買いかぶり過ぎだ。それに……これは俺の戦ではない」

「では、俺の戦だと？」

源次郎は不満そうに口を尖《とが》らせる。

「いいや、違う」

源三郎は軽く首を振ると、再び天井を見上げた。その彼方《かなた》の空は、今日は生憎《あいにく》の曇天であった。だがそのような空こそ、我ら父子に相応《ふさわ》しいのではないか。如何なる苦難の雲もやがて去り、その先に蒼天《そうてん》があることを知っているのだから。天の父に向けて心中で語り掛けた後、源三郎はゆっくりと視線を下げて凛然《りんぜん》と言い放った。

「真田の戦だ」

真田の戦

慶長二十年（一六一五）五月十三日の夜半、真田信之《のぶゆき》はふいに目を覚ました。今は何時《なんどき》であろうか。子《ね》の刻（零時頃）は過ぎていないのではないかと思うがはきとしない。

今一度眠ろうと試みるが、雨音が囂《かまびす》しくてかなわない。夕刻からしとしとと降ってはいたが、急に沛然《はいぜん》たる驟雨《しゅうう》へと変じたらしい。目を覚ましたのもこの音のせいであろうか。暫し時が経《た》つうちに、すっかり目が冴《さ》えてしまった。

「升次郎《ますじろう》」

「はっ」

宿直《とのい》の小姓を呼ぶと、こちらが起きた気配をすでに察知していたのか、返事と共にすぐに襖が開いた。

「眠れそうにない。灯《ひ》を入れてくれぬか」

どれほど雨が強かろうが、信之はこれまで目を覚ますようなことはなかった。老いが始まったのか。いや、余程気が立っているのかもしれない。

「承知致しました」

升次郎はきびきびと動いて、幾つかの行灯《あんどん》に火を入れていく。

「お主は当年で幾つだったか」

部屋が仄《ほの》かに明るくなっていく中、信之は升次郎に向けて尋ねた。

「十四になります」

最後の行灯に火を灯《とも》して升次郎は答えた。

「そうか。そろそろ元服だな。諱は決まっているか？」

「いえ、特には」

「お主が良ければ儂が考えてやろう」

「それは……あり難き幸せにございます」

升次郎が平伏しようとするので、信之は微笑《ほほえ》みながら手で制した。

思えば己も十四の頃に元服をし、「信幸」の諱を用いるようになった。己が生まれる前より、父が考えてくれていた名である。父は御屋形様に、

――倅《せがれ》に一字を賜りたく存じます。

と、頼み込んだらしい。元服どころか、まだ生まれてもいないのに気の早いことだと、御屋形様は呵々《かか》と笑って許してくれた。つまり諱の「信」の字は、御屋形様の俗世での名、武田晴《はる》信《のぶ》からきているのである。

そして「幸」は、真田家累代が受け継いできた字。父が如何に己に期待を寄せてくれていたか解ろうというものである。だが己はその字を捨てた。今では己も人の親になり、父が如何に寂しく、腹立たしかったかを理解出来るつもりである。

升次郎が部屋を辞すと、信之は障子を開け放った。今宵《こよい》は凡《およ》そ満月であるため、黒雲は厚いものの月影は茫《ぼう》と滲《にじ》んでいる。やはり雨脚が強い。庭の土を撥《は》ね上げ、薄闇そのものが煙《けぶ》っているかの如く見える。

ここ数日、悶々《もんもん》としている。恐らくもうすでに幕が引かれている。だが心の何処かで舞台がまだ続いていてくれれば、いや、違う結末を迎えていてくれないかと願っていた。

「殿」

襖の向こうから升次郎の呼ぶ声がした。ここ数日の葛藤への答えが到着したのだと直感し、信之は声が震えそうになるのを懸命に耐えた。

「大坂からか」

「はい」

「通せ」

信之は短く命じた。

この雨である。報《しら》せに来た者はずぶ濡《ぬ》れだろう。着替えを済ませた後でもよかったのだが、丁度己が目を覚ましていたこともあり、至急庭へ回らせて欲しいという。

やがて水の幕を破り男が姿を現す。雨音がけたたましいということもあるが、それにしても跫音は皆無であった。男は庭がぬかるんでいるのにも一向に構わず、信之の前に拝跪《はいき》した。

「戻ったか」

「は……」

暫し続いた無言の間を、空の慟哭《どうこく》が埋める。

男の肩が震えているのは寒さからではないだろう。地に突き立てた拳は固く握られ、こちらも小刻みに揺らいでいた。男は引き絞るように口を開いた。

「六日前の五月七日、大坂にて最後の決戦が行われました……」

信之は奥歯を嚙《か》みしめて次の言葉を待った。

「茶臼山《ちゃうすやま》に陣取った真田隊は、開戦から間もなくして突撃を敢行。並み居る大名を蹴散らし、ついには徳川本陣へと雪崩《なだ》れ込みました」

「ああ」

そう相槌《あいづち》を打つのがやっとである。男はじっとこちらを見つめている。ぎゅっと結んだ口の辺りに雨が滴り、目が潤んでいるのが薄闇の中でも見て取れる。

「徳川本陣は大混乱に陥り、金扇の馬印が倒れるほど。逃げる大御所を追って、真田隊はなおも進撃。遂には大御所の間近まで迫ったものの……」

そこで男は一拍置き、強調しつつ鋭く言い放った。

「惜しくも、討つには至らず。左衛門佐《さえもんのすけ》様御討ち死に」

声に悲痛さはなく、むしろ勝ち誇るかのような堂々としたものであった。一瞬、耳朶《じだ》にその声だけが響いたが、すぐに闇を切り裂く雨音が戻ってくる。

「そうか。ご苦労であった。庄八郎」

「はっ」

報告に来たのは、横谷庄八郎。生涯、弟の傍《そば》に侍った家臣である。

一方、常に己の傍らにあったのは庄八郎の兄、横谷左近。此度の戦に際して初めてその任を解いた。大坂城に潜入した左近は、配下に大坂と江戸とを幾度も往復させ、己と弟を繫《つな》ぐ役目を担っていた。

「左近は」

信之は庄八郎に尋ねた。

「余事でございます」

「よい。聞かせろ」

「左衛門佐様と共に」

「そうか」

此度の戦は、最後まで見届ける必要があった。その時には弟の周囲は敵で満ち溢《あふ》れている。

——恐らく一人しか戻れますまい。

己のもとから発《た》つ時、左近はそのように言っていた。他の者が聞いたならば、庄八郎を連れて戻るのは難しいの意と取ったかもしれない。だが信之は、恐らく左近はそのような行動を取るのではと感じていた。それでも敢《あ》えて何も言わず、精悍《せいかん》な頬を緩める左近を送り出したのである。

「見たか」

信之は掠《かす》れた声で訊《き》いた。

「はい。全てを」

庄八郎ははきと答えた。

弟が大坂で如何に生き、如何に死んだか。その全てを庄八郎は見届けた。左近が庄八郎を戻したのは兄としての私情からだけではなく、それを己に伝えさせるためでもあると解っている。

「ゆっくりと休め。明日にでも、詳しく話を聞く」

今すぐにでも構わぬと思ったのだろう。躊躇《ためら》いを見せる庄八郎に向け、信之は重ねて言った。

「真田の戦はまだ半ば……今は大人しく休め」

庄八郎は短く応じると、濡れる闇《くら》がりへと消えていった。

このままで終われば、真田の「勝ち」は決定する。だが信之はそう上手《うま》くいくとは思っていない。己の主君であり、義父であり、真田の宿敵、百戦錬磨のあの御方は、必ずやこの戦の不思議に勘付くはずと確信している。

「源次郎」

信之は誰もいなくなった庭に向け、ぽつりと呼び掛けた。それと同時、雨脚がさらに強くなる。これなら泣き声も聞こえないだろうと、悪戯《いたずら》っぽい笑い声が聞こえてくるような気がして、信之は真田に似つかわしい暗雲を見上げた。

翌々日の十五日の夜、叔父《おじ》真田信尹《のぶただ》からも、大坂での顚末《てんまつ》を記した書状が届いた。かなり詳《つまび》らかに戦の状況が書かれてはいたが、終《しま》いまで戦場にいた庄八郎の報せとは比べものにならない。さらには、信尹は戦が終わるなり即座に書状を書き、早馬で送らせたというから、庄八郎の報告が如何に尋常でなく早かったか判ろうというものである。

信尹が何故、報せてきたかというと、

――気を引き締めよ。

という戒めが込められているのであろう。

それほど真田隊の活躍は目覚ましく、幕府軍の中でさえ早くも賞賛する者が後を絶たないらしい。信尹からすると、甥《おい》が褒め称《たた》えられるのは嬉しくもあるが、それ以上に己と同様、徳川家に仕えている身としては、真田家への風当たりがより強くなるのではないかと危惧《きぐ》しているのだ。

――真《まこと》を知れば、叔父上は卒倒するだろう。

信之は苦い気持ちと共に書状を折り畳んだ。

翌日からも、毎日のように信尹からの書状は届き、それで戦の後のこともおのずと知れた。豊臣秀頼《ひでより》、淀殿《よどどの》らが自刃したと聞くや否や、徳川家康は何かに怯《おび》えるように急いで二条《にじょう》城へと戻った。戦はすでに終わったはずなのにと家臣たちは訝《いぶか》しんでいたらしい。

五月九日には将軍徳川秀忠も伏見《ふしみ》城に入った。徳川家は残党狩りを徹底し、大坂城を脱した将兵が次々に捕らえられている。彼らは悉《ことごと》く処刑され、二条西門、東寺《とうじ》、あるいは粟田口《あわたぐち》あたりに梟首《きょうしゅ》されているという。

五月十七日、庄八郎から遅れること四日、信尹から遅れること二日にして、信之の嫡男信吉《のぶよし》からの書状が届いた。

「遅いわ」

書状を受け取ると同時に信之は苦々しげに零した。しかも特段、目新しい話は綴られてはいなかった。ただ無事を告げるだけの書状である。

豊臣方と手切れになった際、己は家康より、

――江戸におるがよい。

と、留め置かれた。

兄弟で争うことに胸を痛めたが故の配慮、思いやりだろうと徳川の家臣たちは言い合ってい

たが、実際のところは豊臣方に通じはせぬかと疑われているのだ。あとは態《てい》のいい人質である。

己には信吉、信政《のぶまさ》、信重《のぶしげ》と謂う三人の息子と、まん、まさと謂う二人の娘がいる。故に嫡男信吉、次男信政が代わりに出陣したのだ。三男信重はまだ若いという理由で残された。

信之は、息子たちには、己と弟が画策していることを伝えていない。伝えたところで力になるとは思えず、却《かえ》って足を引っ張られるのは明白であった。

加えてこのことが幕府に露見したとしても、全ては己独りがやったことで、息子たちは関係ないと、一縷《いちる》の望みを懸けて御家存続を願うつもりだったからである。

「叔父上と合戦することになったら如何《いかが》すればよろしいのでしょうか……」

出陣に先立って、信吉は恐る恐る尋ねてきた。

「是非もない」

信之は獣の唸りほどの低い調子で続けた。

「討ち取れ」

その瞬間、信吉、信政は計ったように揃《そろ》って身震いをした。このようなことを尋ねてくること自体、呆《あき》れざるを得ない。今の真田家の立場ならば、その姿勢を貫くほかないのである。ただそれと同時に、

——お主らには討てぬ。

とも思っていた。

弟は戦の経験に乏しい。だが幼い頃から父の近くでその軍法を学び続けていた。ましてや九度山での軟禁生活ならば、幾らでも時はあった。父の薫陶《くんとう》を受けてさらに高みに上っているこ

とだろう。何よりこの一戦に賭ける覚悟が桁外《けた》れに違う。

さらに幕府は弟の隊から、息子たちの隊を離して布陣させるだろう。これも、何も真田を慮《おもんばか》った訳ではなく、内通を恐れるからに過ぎない。

事実、夏の陣ではそのような布陣となった。

信吉の書状には、家老の書状も添えられていた。毛利《もうり》隊に備えることになったと知った。勝《かつ》永《なが》は獅子《しし》奮迅の働きを見せ、押し寄せる諸隊を次々と撃破した。大名、嗣子、家老級を何人も討ち取る活躍であったという。その中に信之の義理の弟、本多忠朝《ただとも》も含まれている。

本多忠朝は息子たちの後見も務めていた。それがあっさりと討ち取られたとあって、信吉は指揮も取れず唖然《あぜん》とし、信政は頭に血が上り単騎玉砕を試みて家臣たちに止められたらしい。前日に大将を失い、毛利隊の寄騎《よりき》に配されていた木村《きむら》隊が信吉隊に攻め懸かった。一斉射撃を受け、信吉を庇って家老の一人が死ぬほどの猛攻である。死を覚悟した信吉たちであったが、そこで何故か木村隊は引き上げて毛利隊に再び合流し、徳川本陣へと転進した。それで九死に一生を得ることが出来たという。

「ありがとうございます……」

信之は拝むように書状を押し戴《いただ》いた。

魑魅魍魎《ちみもうりょう》が跋扈《ばっこ》する大坂城内において、弟はこの勝永とだけは心を通じ合わせ、互いの目的を達するため共に戦ったと聞いている。状況から見るに、勝永は信吉隊を壊滅させることなど容易《たやす》かっただろう。信吉、信政を討ち取ることすら出来たかもしれない。だがそれをしなかったのは、弟との友誼《ゆうぎ》に加え、遠く距離を隔てていたとしても、己のことも戦友だと思ってくれていたからではないか。

毛利勝永とは己も何度か会って、挨拶程度ではあるが話したこともある。優しく整った相貌をしており、物腰柔らかい人物であったが、それ以外には特段印象が残っている訳ではなかった。まさかこうして共に戦う日が来るとは思ってもみなかったので、つくづく人の世とは解らぬものだと思った。

七月七日、大御所徳川家康、将軍秀忠は諸大名を二条城に集めると、

――武家諸法度十三カ条。

なる定めを出した。徳川家の天下が固まったことを宣言するようなものである。戦乱は刻一刻と過去のものとなっていく。信之は依然として江戸にいるものの、信吉、信政、二人の子はそちらに参上している。

その頃、庄八郎が、

「終えましてございます」

と、報じた。より事を大きく広めるため、とある文を大名屋敷、大商人の家に投げ込むように指示していたのだ。

「如何ほど」

「十数軒。誰にも見られてはおりません」

静かに答える庄八郎は、相貌はあまり似ていないにもかかわらず、兄の左近を強く彷彿《ほうふつ》とさせた。

七月十九日には秀忠が父に先立ち伏見城を発った。江戸に入ったのは八月四日のことである。その日のうちに信之は江戸城に登り、戦勝の祝辞を述べた。

他にも祝賀に上がった者はごまんとおり、一人当たりに与えられる時は僅かなもの。祝いを述べ、将軍が短く応じるという儀礼的なもので、信之の場合も同じである。

ただ少しばかり趣が違ったのは、信之が退席を促された時、

「伊豆守《いずのかみ》」

と一言、秀忠が呼び止めたことであろう。

「はっ……」

信之はすぐに応じたが、暫し無言の時が謁見の間に漂った。

秀忠の表情を何と表現すればよいのか。秀忠は関ケ原の戦いの折、父と弟によって散々に足止めを食らい、決戦に遅参するという大失態を演じている。そのせいで一時は廃嫡されるのではないかという噂《うわさ》さえ流れたほどで、真田家を恨んでいるのは間違いない。

此度も大御所と自らの心胆を寒からしめたことへの怒り、その真田家の弟を討ち滅ぼしてやったという誇り、小大名など所詮はこの程度だという驕《おご》り、お前は歯向かうまいなという猜疑《さいぎ》、そこへ持ってきて怯えのようなものも入り混じっているように感じる。

「いや、何もない。大儀である」

流石に大人げないと思ったのか。あるいは自分でも継ぐ言葉を捻り出せなかったのか、秀忠は愛想なく冷ややかに言い放った。

後に知ったことだが同四日の朝、家康は二条城を発していた。五日には近江水口《おうみみなくち》に入ったが、

翌日から三日に亘《わた》って大雨が続いたためそこで逗留《とうりゅう》した。

老軀《ろうく》には違いないが、雨であろうが、雪であろうが、必要とあれば突き進む家康である。自らもようやく天下が定まったという実感を覚えたのか。林道春《はやしどうしゅん》に論語の講義をさせるなどして過ごしたが、その中でも老臣の本多正信《まさのぶ》と何やら密談をしていたという。

雨が止《や》んだ九日に家康は再進発し、二十三日に自らの隠居城である駿府《すんぷ》城へと戻った。この頃には信吉、信政の軍勢も沼田に戻っていたが、依然として信之には帰国の許しが出ず、江戸に滞在したままであった。

それどころか十月に入って、秀忠の側近である土井利勝《どいとしかつ》から、

――まだ暫し江戸にいるように。

と、念を押されたほどである。

土井利勝が言うには、そのお達しの元は秀忠ではない。九月二十六日、土井利勝は駿府に向かった。大御所と将軍で相談すべきことでもあり、下打ち合わせのため派遣されたのであろう。その中で家康が思い立ったように、己が今なお江戸にいることを確かめ、まだ留め置くようにと命じたという。

その家康は九月二十九日、駿府を発って江戸を目指していた。道中はゆるりとしたもので、江戸城西の丸に入ったのは十月十日のことであった。

信之は将軍に対すると同様、すぐに祝賀に参上する旨を申し入れた。他の大名もまた同じである。

だが前回とは様相が大きく異なった。諸大名が次々に拝謁を許される中、信之にだけは何の

返事もなかったのである。信之は即座に、懇意にしている大名家を通じ、

——伊豆守が祝賀に参上いたしたく。

と、再び申し入れた。

こうして証人を立てておかねば、後々になって真田家の申し入れなど聞いていないと、怠慢を咎《とが》められて改易される恐れもあるからである。

こちらの意図を家康も察したのだろう。苦々しげに口辺を歪《ゆが》め、

——覚えている。暫し待てと伝えよ。

と、言っていたという。

信之としても、家康がそのように姑息《こそく》な真似をするとは思っていない。だがあくまで念のため。石橋を叩いて渡らねばならぬほど、今の真田家の立場は危ういものなのだ。

それと同時に、信之はひしひしと感じていた。

——大御所は来る。

ということである。天下を統べるほどの人だ。あの戦に漂っていた奇妙さに気付かぬはずはない。だが家康は極めて多忙であるのに加え、すでに老齢でもある。向こうからこのことに言及してくるか否か。その点だけは読めずにいたが、この段になって信之は確信を深めた。

五日後の十月十五日。遂にその時が来た。

——真田伊豆守登城せよ。

との命《めい》が下ったのである。

信之は裃《かみしも》に着替えて屋敷を出た。供の者の中にはあの日、宿直を務めていた升次郎もいる。

升次郎が己の顔を見てはっと息を呑《の》むのが解った。恐らく初めて見る顔つきだったのだろう。それもそのはず、升次郎は十四歳。己が最後にこの顔を見せたのは、恐らく升次郎の生まれる二年前だったからである。

「行くか」

信之は頬を緩めたものの、異様な雰囲気は消えなかったか、升次郎の顔はますます強張った。本日も真田に似つかわしい灰色の曇天。その下に悠然と聳《そび》える江戸城天守を見上げ、信之は大きく足を踏み出した。

信之が通されたのは、江戸城西の丸御殿の大広間である。案内の者からここで待つようにと命じられた。暫《しばら》くすると衣擦《きぬず》れの音が聞こえてきて、信之は頭《こうべ》を垂れた。

「面《おもて》を上げよ」

畳を見つめる信之の頭上を声が越えていく。最後に会った時より些《いささ》か掠れているように思えたが、紛《まご》うことなき家康の声である。

高貴な身分の人に拝謁する際には、頭を上げるように言われても、その振りをして止める。そして再度、声が掛かったところでようやく頭を上げねばならない。畏れ多いという気持ちを表現するための礼儀作法である。その通りの所作をしようとした信之だったが、家康から続けて声が掛かった。

「無用じゃ」

信之は所作をぴたりと止め、すうと面を上げた。

家康が上座からこちらを見下ろしている。声だけでなく、その顔にもやや疲れの色が見える。

この歳《とし》であの大戦の指揮を執ったのだから無理もなかろう。

そこからやや下座、侍るように座っているのは、家康腹心の本多正信である。こちらはさらに憔悴《しょうすい》の色が濃く、もともと瘦《や》せぎすであるが、さらに頰がこけたように見える。この男が出てくるということは、この場が己の考えていたようなものになることは、もはや疑いようもない。

「大御所におかれましては……」

信之は粛々と祝いの口上を述べた。家康は無表情でそれを聞いている。丹田の辺りが熱くなるのを感じた。戦が始まる直前のそれに酷似した感覚であった。

「大儀である」

家康は口上を聞き終えると、そう短く応じた。

「はっ」

「待たせたな」

「滅相もございません」

信之が会釈をしようとしたその時である。家康は刺すが如く強い声音で言い放った。

「お主であったか」

部屋の雰囲気が重苦しいものに一変する。だがそれを認めているのは三人だけで、侍る小姓たちは何も感じていないようである。戦場で培うほかに、この呼吸を感じる術《すべ》はない。

三人の視線が宙で交わる。陳腐に言い表すならば、そこに静かに火花が散るような錯覚を起こした。信之は口を開かなかった。十を数えるほどの時が過ぎ、二十、三十となったところで、ようやく小姓たちも異変を感じたか、あからさまに狼狽《ろうばい》を見せる。中には何か話せというように己に目配せをする者もいた。

一言、場が張り詰めているといっても、常に一定ではなく波がある。一瞬の緩みを感じた刹那、信之はふわりと答えた。

「はて」

小姓たちの焦りは極限に達している。ようやく絞り出した言葉がそれかと顔に書いてあった。

「佐渡《さど》」

家康はこちらを見据えたまま、正信を受領名で短く呼んだ。

「人払いじゃ。下がれ」

正信は小姓たちに命じた。

小姓たちは躊躇いを見せる。部屋に入った時から信之は気配を探っていたが、どうやら武者隠しに人は隠れていない。小姓たちが退室してしまえば七十四歳の家康、七十八歳の正信だけが残ることになる。一方、信之はまだ齢《よわい》五十。しかも身の丈六尺を超える長軀《ちょうく》。家康に飛び掛かって脇差で刺し殺すことはおろか、諸手《もろて》で絞め殺すことさえ出来てしまうだろう。

「これはそのような戦ではないわ。よいから下がれ」

正信は忌ま忌ましげに続けた。小姓たちは、正信が戦という言葉を使う意図さえ皆目解らないのだろう。ただこれ以上逆らう愚を悟ったようで、言われた通りに部屋を後にした。

自然、広い謁見の間に残るのは三人となった。家康は脇息《きょうそく》に身を預けつつ、ふわりとした口調で話し始めた。

「豆州《ずしゅう》、世間話をしようか」

「あり難き幸せ」

「真にそう思うか？」

「大御所はご多忙故に、どの大名も謁見は短くならざるを得ないと耳にしています。こうして話の相手に選んで下さるということは、真田家に格別の想いを掛けて下さっているということ」


信之は淀《よど》みなく返すと、微笑みを浮かべた。

「あくまでその姿勢か」

家康は呆れたように丸い息を零した後、一段低い声で続けた。

「左衛門佐には肝を冷やしたぞ」

「恐れ入りまする」

信之は両拳を畳に突き、真っすぐに辞儀をした。

本陣は真田隊の突撃を受け、家康は少数の供回りと共に脱出した。秀忠のもとへ逃げるように勧める者もいたが、すると最悪の場合、大御所、将軍の二人が枕を並べて討ち死にすることになる。

それだけは避けようと、家康はむしろ秀忠から離れるように逃げた。真田隊も秀忠のほうには一切興味を示さず、家康を追って追いつく。そして先頭を駆ける鹿角の兜《かぶと》の男が、十文字槍《やり》を振りかぶって家康目掛けて投げた。しかし槍は逸《そ》れて、地に突き刺さった。

「肝を冷やすどころではない。真ならば肝を貫かれておったという訳だ」

家康は扇子を取り出すと、それで自らの張り出した腹を指して続けた。

「だがこうして儂は生きておる。何故だと思う？」

「大御所様の采配が優れていたからでしょう」

「正直なところ儂は油断し、まともに采配を取ってはおらぬ」

「ならば……ご武運が勝っていたということです」

信之は弛《たゆ》みなく答えた。家康は扇子をぴっと開き、もう肌寒い季節だというのに自らを扇《あお》ぎ始めた。

間を取ろうというのか。いや、今の己がそうであるように、真に暑いのかもしれない。頰が微かに紅潮しており、先ほどよりも十歳は若やいで見えた。

「先に采配を褒め、それを儂が否定した後に武運を言う。お主は全く隙がない」

信之は一転、何も口を開かない。話さぬことが最善の答えであると考えたからである。家康は扇子を動かしながら、脇に控える正信に向けて訊いた。

「佐渡は如何に思う？」

「左衛門佐は目と鼻の先まで迫っていたとのこと。訝しいですな」

かねてより打ち合わせた通りの茶番である。だが時に茶番が凄《すご》みを持つ。亡き父もよく用いた手法であった。案外、家康と父は似ており、故に互いに反目したのではないか。そのようなことが頭を過った。

家康は再び視線をこちらに戻し、湿田《やちだ》を彷彿とさせる、ぬめりとした声で言った。

「儂はな……あの槍で別のものを射たのだと思っておる」

「左衛門佐が」

信之は大袈裟《おおげさ》に片眉を上げて驚いてみせた。

「左衛門佐が……か」

家康は小さく鼻を鳴らして苦笑すると、額を指先でひたひたと叩きながら続けた。

「槍のことだけではない。儂は戦の間、ずっと不思議に感じておった……まるで左衛門佐ではない誰かと戦っているかのようであったのよ」

「弟は九度山にて、父と十数年過ごしておりましたので」

「それよ、それ。儂も初めは房州《ぼうしゅう》の入れ知恵かと思うた」

家康は扇子で此方《こなた》を指し、大袈裟に頷きつつ言葉を継いだ。

「豊臣家に集まる顔ぶれや、我らの動きを予測し、緒戦の策は立てられるかもしれぬ。しかし儂が奇妙さを感じたのは緒戦のみではない。最後に左衛門佐が槍を投げた時まで……ずっとじゃ」

「なるほど」

信之はやはり一切表情を動かさない。家康の目の奥に微かな苛立《いらだ》ちが見えた。

「おかしいであろう。幾らあの曲者《くせもの》の房州とて、刻一刻と変じる戦に応じることは出来まい。無様にくたばってしまっているのだからな」

このような卑しく痛烈な言葉を吐く家康を、少なくとも己が出逢ってからは見たことがない。怒りを抑えきれないのか。いや、こうして父を侮辱することで、己の感情を炙《あぶ》り出そうとしているのだ。

「大御所様」

「何じゃ」

「父は確かに夢を叶《かな》えられませなんだ」

「分不相応な夢を見るからよ」

「私は法性院《ほうしょういん》様から直にお聞きしたことがあります」

信之がふいに話を転じたので、家康は訝しそうに目を細める。法性院とは御屋形様、武田信玄の院号である。信之は法螺貝《ほらがい》の如く低き声で続けた。

「京に武田の旗を立てるのが夢であると」

家康は厚い下唇をぐっと噛んだ。夢を叶えられぬのが無様というならば、家康が崇敬して止まぬ武田信玄もまた無様ということになると、暗に伝えたのである。

緊張は緩むどころかさらに強くなり、広い部屋であるのに所狭しといったように埋めていく。家康が自らを鎮めるように大きく息をして目配せをすると、正信が一つ、乾いた咳《しわぶき》をして口を開いた。

「伊豆守殿、織田有楽斎《うらくさい》殿はご存じか」

「勿論」

「伊達《だて》宰相は？」

正信は惚《とぼ》けるように片眉を上げた。

「彼《か》の御方を知らぬというほうが珍しいかと」

「ふむ。では、宮田甚之丞《みやたじんのじょう》と謂う男は」

「その方は存じ上げませぬ」

嘘ではなく真に聞き覚えがなく、信之は鷹揚《おうよう》に首を横に振った。

「毛利豊前守《ぶぜんのかみ》の家臣ですな。では、甚造《じんぞう》なる後藤又兵衛《ごとうまたべえ》の中間《ちゅうげん》も？」

「知りませぬ。その方々が何か――」

「まあ、よいではないか」

家康はやはり扇子で顔を扇ぎつつ、肉厚の掌を見せて制した。正信は白い口髭《くちひげ》を指でなぞって続けた。

「石見《いわみ》の戸仙《とせん》なる乱破《らっぱ》は？」

その名は頭の片隅にあった。生前、横谷左近が、

――南条《なんじょう》家で表向きに鉢屋弥之三郎《はちややのさぶろう》を名乗っているのは、石見の戸仙と謂う者。弥之三郎の正体は未だに摑《つか》めず。

と、報告してきたのを思い出したのだ。

今、正信が名を羅列した者たちの共通点が朧気《おぼろげ》に見えてきた。だが信之はこれに対しても、

「存じませぬ」

と、至極平静に答えた。

「とのことです」

正信は上座の家康に向けて言った。

「もう気付いておろう。儂は彼の者たちから、知り得る限りのことを詳らかに聞き取った。それと、そなたの叔父、隠岐守《おきのかみ》からもな」

家康はぴしゃりと扇子を膝に打ち付けて閉じた。

隠岐守とは、幕府方から弟への使者を務めた叔父真田信尹のことである。

「この戦の裏で何が起こっていたか。儂の見立てを話そう」

一層、家康の声色が低くなる。その両眼にも力が漲《みなぎ》っている。まさしく戦をする男の顔。

数百の鉄砲隊がずらりと並び、こちらの城に向けて一斉に火蓋を切る光景が脳裏を過った。

「まず有楽斎じゃ。奴《やつ》には何ら苦労することなく、こちらが訊かぬことまでぺらぺらと話してくれよったわ」

家康は憫笑《びんしょう》を浮かべると、口辺に手を添えて囁くように続けた。

「ここだけの話だが……奴は端《はな》から我らに通じておった。つまり間者《かんじゃ》ということじゃ」

「それは真で」

信之は片眉を上げて上体をやや仰《の》け反らせた。

「どうせ気付いていたのだろう」

その問いに、信之はうんともすんとも答えずに家康を直視するのみである。家康は苦々しげに頬を緩めて宙で手を振った。

「まあよい。ともかく豊臣家の連中は有楽斎を総大将に推した。奴が断ろうと考えていると言って寄越したので、儂はそのまま請けるように命じた。滑稽な話ではないか……間者が総大将を務めるなど、古今に例があるまい」

「いかさま」

正信が嘲笑を浮かべて横から合いの手を入れる。

「まずここじゃ」

家康は急に語調を強め、扇子でこちらを指した。

「ここと仰《おつしや》いますのは？」

「何故、有楽斎が大将に推されたのかということよ。当初、豊臣家では織田信雄《のぶかつ》が大将に推される見込みであった。ちなみに信雄も儂らに通じておった」

家康はさらりと重大なことを言ってのけた。その告白を待っていたかのように、正信がこちらに視線を移し、補って話し始めた。

「我らが軍を集め出した時、遅くとも大坂に進発した段階で、信雄は和議を切り出す段取りであった」

秀頼、淀殿も含め、豊臣家の者たちは、東西手切れとなれば、一つか二つの大名くらいは味方するだろうと思っていた節がある。だが実際にはそのような者が現れるはずもない。その結果を突きつけ、さらに幕府軍の数を五十万と実際より多く豊臣家の者に伝え、信雄は和議を求める。そこで幕府は、

――大将織田信雄を引き渡し、大坂城の外濠《そとぼり》を埋めるならば和議に応じる。

と、申し出るという流れであった。

織田信雄は切腹させられると誰もが思うだろう。それでも信雄は要求を受ける旨を伝える。信雄は自らを犠牲にしてでも豊臣家を守ろうとする忠臣となり、これは流石に豊臣家の者も聞き入れざるをえないだろうという訳だ。

だがこれも全て茶番である。その心意気やよしと、家康は信雄を蟄居《ちつきよ》に止《とど》める。後には小大

名に取り立てるという約束まで交わしていたという。

正信は訥々とさらに言葉を継いだ。

「亡き太閤《たいこう》が心血注いで築いた大坂城の堅さは尋常ではない。だが外濠さえ埋めれば何とかなると思っていた」

正信は尚《なお》も説き続けた。

冬の陣においては結果的に大筒による脅しで豊臣方を和議の場に引き出し、幕府は外濠を埋めることが出来た。仮に信雄の「命懸け」の和議が実現していれば、一戦も交えずそこに至るはずであった。だが豊臣家の総大将に信雄ではなく有楽斎が選ばれたことで、策は実らなかったという訳だ。

信雄に纏《まつ》わる策の全貌が明かされたここで、再び家康が口を開いた。

「信雄が儂に通じているという噂が、ある日を境に、城内に瞬く間に広がったらしい。有楽斎には儂が信雄とも通じているとは知らせていなかった。故に有楽斎は自らに大将を挿《す》げ替えんとする儂の策じゃと思うたようだが……佐渡？」

振られた正信は白い眉を下げて首を捻った。

「覚えがありませんな。有楽斎殿はああ見えて知恵が回ります。より与《くみ》しやすい信雄を外し、有楽斎殿を大将にする理由はありませぬ」

「そうよな。実際に戦の途中、有楽斎はどうも変心していた節がある。当人はこれを頑として認めようとせぬが……まあ、逃げ口上であろう。額から滝の如く汗を流しておったわ」

家康は呆れ顔になると、視線を落として扇子の要を弄《いじ》りながら続けた。

うな」
「はて……儂らでないならば、誰が信雄を貶め、有楽斎が大将に推されるように導いたのだろ

信之は細く息を吐いて沈黙を破った。

「畏れながら、内府《ないふ》殿が姑息なことは世間の者もよく存じております。内府殿の卑劣、内府殿の卑怯《ひきょう》を察した城内の何者かが、豊臣家の歴々に進言したのではないでしょうか」

「内府、内府とやたらに呼ぶものよ……まるで儂のことを言われているようで気に障るわ」

家康は憎らしげに吐き捨てた。信雄は一時内大臣の官職にあり、それを唐名で内府と呼ぶ。家康も豊臣政権の末期から、関ケ原の戦いの後まで長い間その官職にあった。故に今になってもまだ、内府と言えば家康の顔が咄嗟《とっさ》に思い浮かぶ者も多い。家康もまた己のことを言われている気がしてしまうのだろう。

「信雄を姑息、卑劣、卑怯と言うならば、策を仕掛けた我らのこともそのように見ているということで相違ないな」

家康は何とか耐えていたが、正信は怒気を抑えきれない様子で凄むように信之へ言った。

「そのような輩がいるからこそ謀《はかりごと》は意味を成すというだけのこと。仕掛ける側に何の落ち度もありますまい」

信之はきょとんと惚けた顔を作って答える。

「つまり大御所を蔑んでいる訳ではないと？」

「当然でございます。謀は武門の常かと」

信之が平然と言い放つと、家康は苦々しい顔で鼻を鳴らした。

「房州が申しそうなことだ」

「実のところは、有楽斎殿が進言したのかもしれませぬ」

「何……」

「先刻、大御所様が仰ったように、有楽斎殿は開戦後に変心した節があるのでしょう。つまり最初から内府殿を除き、自身が大将になって大御所様に牙を剝《む》こうとしていた。しかし途中でその無理を悟り、変心して降ったということが逆に考えられます」

信之は立て板に水の如く一気に捲《まく》し立てた。

「なるほど。それならば一応筋が通る。だとすると……有楽斎が儂と通じているという噂を流したのは誰なのであろうな？」

家康は惚け顔を作って首を捻った。この有楽斎も後に家康と通じているという風評が瞬く間に広がり、果ては命の危険さえ感じて逐電することになった。

「大御所、大樹《たいじゅ》への忠義で纏《まと》まっている我らと異なり、豊臣家は決して一枚岩ではなかったと見ます。足を引っ張ろうとする者が続出しても、何らおかしくないことと存じます」

「そつのないことだ」

家康は口辺の皺をなぞった。大樹とは将軍、つまり秀忠のことである。今の幕府内には大御所派、将軍派で派閥が形成されている。片方だけの名を挙げると、残る一方の反感を買う恐れがある。少なくとも家康は気にしていないが、秀忠は気にしている節があるし、そんな言葉尻さえも取り潰しの理由にして難癖をつけてくることも考えられるのだ。

二度、三度頷きつつ家康は続けた。

「確かにお主の言う通りだろう。そのような者がいたとして、どうやって城内に噂を広めたのであろうか。瞬く間というのが腑《ふ》に落ちぬ。何か心当たりがあるか？」

「さて、拙者のような凡夫には見当も付きませぬ」

信之が答えると、家康は淡い苦笑を浮かべ、再び鋭い動きで扇子を開いた。

「有楽斎は南条元忠《もとただ》より、とある報告を受けていたそうな」

ゆっくりと襟元に風を取り入れつつ、ちらりと家康が見るや、正信は目をすぼめつつ口を開く。この二人の息は見事なまでに合っている。

「南条元忠は鉢屋衆を率いて入城していた」

鉢屋衆とはかつて山陰《さんいん》の雄たる尼子《あまご》家に仕えた忍び集団で、尼子家が毛利家の侵略によって滅亡した後、その半ばが伯耆《ほうき》に移って南条家に仕えていたらしい。

南条元忠はかつて己より大領を統べていた大名、名の通った浪人たちが入城するであろうことを見越していた。加えて自身の戦の経験も乏しく、普通にしていては埋もれるだけ。故に他の者には真似の出来ぬことで手柄を立てようと目論《もくろ》んでいた。それが鉢屋衆を用いた「裏」での策動だったらしい。

「その鉢屋衆が真田の忍びに殺されていると。これを如何に思われる？」

正信は抑揚なく淡々と信之に訊いた。

「まず、当家はかつて忍びを飼っており、我らは草の者などと呼んでいました」

「かつて……いました……か」

正信は家康と顔を見合わせ、互いに苦々しげに頬を歪めた。この男は一筋縄では尻尾を出さぬと、言いたげである。

人の欲が衒《てら》いなく発散されるのが乱世ならば、泰平などそれに薄皮一枚覆いかぶせただけのものではないか。その薄皮の下でも変わらず人の欲心は蠢《うごめ》く。より見えにくくなる分、泰平のほうが彼の者らの力を借りることが増えると信之は予測している。

故に現在も真田家には草の者がいるし、今後も召し放つつもりは毛頭ない。これは何も真田家に限ったことではなく、他の大名たちも同じであろう。何より幕府が、諸大名の粗《あら》を探して改易に追い込むべく、忍びを最も活用すると見て間違いない。表向きには誰も、忍びを使っているとは言わないだけである。

「その草の者が、左衛門佐と共に入城したと思われます」

「なるほど。しかし何故、味方であるはずの鉢屋衆を殺したのか……ここで二人目の証言へと移ろう。石見の戸仙という乱破じゃ」

鉢屋衆の頭領は代々、鉢屋弥之三郎を名乗っていたという。歴代の中でも、当代の弥之三郎は別格。忍びが脅威を感じる忍び、鬼神の如き男であったらしい。

忍びが表に顔を見せないのは当然のこと、裏の者たちの間でも弥之三郎の顔を知る者は少ない。敵の忍びを欺くよう、偽の弥之三郎を立てていたという。その影武者を務めていた者こそ、件《くだん》の石見の戸仙という忍びであった。

「この戸仙を当家で雇うことになった。忍びは金で動く分、他の者より話が早い。大層、金が掛かったが……」

家康は話をそこで一度切ると、声低く信之に尋ねた。

「何か言いたげじゃな」

「いえ」

「解っている。幕府に忍びがいることを堂々と認めるのか、と申したいのであろう」

そもそも徳川家は伊賀《いが》衆との結びつきが強い。関東移封の後には、かつて北条《ほうじょう》家に仕えていた風魔《ふうま》衆を雇い入れた形跡もある。関ケ原の戦い以降は、甲賀《こうか》衆もその掌中にあるといってよい。だが先刻のやり取りでわかるように、表立って誰も言わぬのが当たり前になっているのだ。家康はぎょろりとした目を見開き、殺気の籠もった声で続けた。

「それが天下を獲るということじゃ。泰平を揺るがす者がおらぬか、しかと見張っておかねばならぬでのう」

「流石でございます。もし幕府に仇《あだ》を成す輩がおれば、是非ともこの伊豆守に先鋒をお命じ下され。必ずや不逞《ふてい》の者の首《しるし》を挙げて参りましょう」

信之が間髪《かんはつ》を入れずに答えると、家康はふっと息を漏らす。

「それは自害するということか？」

「はて」

「まあよい。話を戻す。ちなみに儂も大坂城内に忍びを放っていた」

また重要なことを、家康は茶飲み話のようにふわりと言い放つ。ここからは暫し任せると言わんばかりに家康が顎をしゃくると、正信が語り始めた。

「伊賀、甲賀、風魔の者どもを潜り込ませたが、次々に討たれてしまった。それもそのはず。風魔の忍びが申すには、あの風魔小太郎《こたろう》を討った者こそ、当代の鉢屋弥之三郎であったらしい」

信之としてもこれは初耳であり、驚きの表情を浮かべるのに苦労はしなかった。風魔小太郎といえば、北条家が健在の頃、忍びたちを震撼《しんかん》させた者である。かつて若かりし頃の横谷兄弟も遭遇したことがあったが、討つことは疎《おろ》か、逃げおおせるのがやっとだったらしく、

——あれは化け物です。

と、左近が顔を青ざめさせていたのを覚えている。

豊臣家の小田原《おだわら》征伐が行われている裏で、その風魔小太郎を討ったのがまさしく、鉢屋弥之三郎だというのだから、その尋常でない強さのほどが窺《うかが》える。幕府が送った忍びが悉く討ち果たされたのも納得出来るというものである。

「南条は本心としては、我らからの寝返りの誘いを待っていたらしい」

鉢屋衆の戸仙から聞いたと前置きし、正信は言った。

幕府は大坂方への調略は常に行っていた。特に敵として脅威になる者こそ、その対象になる。戦場で大した活躍を見込めぬ南条としては、鉢屋衆を暗躍させ、幕府の手を焼かせれば焼かせるほど、その誘いがきやすいと考えていたという。またそうなれば、寝返りに際しての己の値が高くなるという魂胆もあっただろう。

「なるほど。幕府に通じているのを左衛門佐が知ったということですか」

それならば、草の者が味方であるはずの鉢屋衆を討つ動機が出来るということである。

「いや、我らはまだ南条と通じてはいなかった」

正信はこちらを覗き込むように、にゅっと細い首を伸ばした。光の当たり方が変わって眼窩《がんか》

の翳《かげ》が濃くなり、相貌の不気味さが際立つ。

「訝しいですな」

ここは受けるに止《とど》める。すると正信は暫し身動きを止めた。先手後手、どちらが負け筋なのか慎重に探っているのであろう。

「佐渡守様のご存念を――」

「伊豆守殿は如何に思われる」

信之が口を開こうとすると、正信は遮るようにして問い返した。

なるほど。こちらが先に考えを述べようとすれば己が奪い取り、反対に尋ねようとすると語らせ、こちらの調子を乱そうという腹積もりである。

「そもそも南条の裏切りがなかったと仰せですが、私はそうは聞いておりません」

「伝令のことか」

家康はあからさまに舌を打った。

「はい。南条中務大輔《なかつかさのたいふ》が内応し、門を開くと大御所様が伝令にて加賀中納言《かがちゅうなごん》に報せたと聞いております」

戦の最中、前田家の陣に伝令が来た。南条が幕府方に内応して門を開けるという内容である。これを受けて前田家の軍勢が猛攻を開始する。ただ大坂方が察知してこれを未然に防ぎ、南条元忠は連行されて大坂城内の千畳敷で切腹。内応がなかったことで、前田家は散々に蹴散らされるという結果に終わった。

「儂は伝令など出しておらぬ。しかも乱破いわく、内応するなど身に覚えがないらしい」

「乱破が嘘を吐《つ》いているのかもしれぬし、南条が咄嗟に思い付いたことで、乱破は知らぬだけかもしれませぬ」

「これは佐渡のほうが詳しかろう」

家康が話を振ると、待っていたとばかりに正信が前のめりに語り始めた。

「前田家家老が某《それがし》の倅であることはご存じか」

「山城守《やましろのかみ》殿ですな」

名を本多政重《まさしげ》と謂い、家康の推薦で前田家の家老に収まっている。その実は、外様《とざま》の大大名である前田家を監視する役目であろう。

「倅は伝令の真偽を疑い、大御所様に攻撃の裁可を仰《あお》ぐように進言しようとしたそうじゃ。だがそれより早く、前田家の陣中から南条裏切りの声が上がったらしい」

「未熟な粗忽《そこつ》者はどこにでもいるものと」

「それが後に調べたところによると、家中に誰一人としてそのような声を上げた者がおらんということなのだ」

息子の失態に繋《つ》がりかねないことであるためか、正信の声は先ほどよりも熱を帯びていた。

「罰を恐れて口を噤んでいるのでしょう。あり得ぬことではありますまい」

「では見方を変えよう。何故、南条が内通していると大坂方は気付いたのか。如何に思われる」

正信は膝をにじらせて信之に迫った。

「矢文も複数放たれたと耳にしております。一本では相手に届かぬかもしれませぬ故。矢文が幾本かあるということは、文も同じ枚数だけあるということ。それが城内にあるうちに奪ったのでしょう」

「誰が」

「左衛門佐の草の者と聞いております」

信之は即座に答えた。素直に口にしたので、正信は淡い驚きの色を見せたが、すぐに気を取り直して尋ねた。

「南条は渡辺糺《わたなべただす》に捕縛された。鉢屋弥之三郎がその救出を試みたが、援軍が現れて弥之三郎を討ち取ったとのこと。これも……真田左衛門佐が手の者の仕業。出来すぎてはおらぬか」

正信は憫笑を浮かべ、まじまじと信之の顔を覗き込んだ。

「昔、弟が柿の実を取ろうとして、三丈（約九メートル）の高さの崖から滑り落ちたことがあります」

「何の話だ」

眉間に皺を寄せる正信に対し、信之はすうと手を挙げて制した。

「今少しお聞き下さい。しかし弟は無事。それどころか掠り傷すらなく、家中は安堵《あんど》に包まれたものの、弟は父にこっぴどく叱られました」

嘘ではなく真にあった話である。あの時の父の狼狽ぶりと、弟の泣いて謝る姿は今でもはきと覚えている。信之は柔らかな笑みを浮かべて言葉を継いだ。

「何かと運の良い男なのです」

「それで済む話か」

この件に関して家康は何か証《あかし》を掴んでいる訳ではない。ならばこちらも本気で取り合うのは愚かであろう。

「そうとしか思われませぬ。そもそも南条は何故、申し開きをしなかったのです」

「した。だが聞き入れられなかった。誼を通じていた織田有楽斎を頼ろうとしたが、その時に間が悪く……」

織田有楽斎は、毛利勝永より直に指示を仰ぎたいとの要請があり、そちらへ向かっていた。幾ら捕らえたとはいえ、南条が飼っている手練《てだ》れの忍びはまだ残っており、その者が逃がそうとするかもしれない。幸いにも内応の証は十分ということもあり、総大将の有楽斎に相談するまでもなく、秀頼の裁可を得て切腹させた。

「まさか……有楽斎を呼んだのもそうなのか。左衛門佐と豊前守の関係はすでにそこから……」

正信はぶつぶつと独り言を零した。

「もうよろしいでしょうか」

「お主の話は解った。だが信じられぬかもしれぬが、我らは真に南条とは通じていない。それに南条の忍びを、真田の忍びが襲ったのは真。これは如何に思う」

信之が微笑みながら話を打ち切ろうとすると、我に返った正信は慌てて止めた。攻め口が悪いと見て、即座に別の道から攻めるつもりなのだ。正信もやはりなかなかに手強《てごわ》い。

「左衛門佐と南条に何か、余人には解らぬ確執があったのではないでしょうか」

「そのようなものはなかったと」

「なるほど。南条が寝返りを左衛門佐に気付かれた訳でもなく、確執があった訳でもない……然《しか》らば残る答えは一つ。左衛門佐が南条に何か弱みを握られたのではないでしょうか」

「さすが伊豆守殿じゃ。実はその通りなのだ」

信之が淡々と答えると、正信は満足げに頷いた。すでにその先の何かを摑んでいることは信之も感じていた。それを敢えて己に導かせようとする正信にまんまと乗った恰好《かっこう》である。正信は惚けたような顔で続ける。

「どうも真田と我らが通じていたらしいのだ」

鉢屋衆が、真田家の忍びと、幕府方の忍びが密会しているのを見た。そこで真田の忍びが鉢屋衆を襲ってきた。これを真田が幕府と内通している事実を隠すためであろうと、鉢屋弥之三郎は見立て、主君である南条にもそう語っていたという。

「だがそのような事実はないと」

信之は静かに言った。我らが通じていたらしい。そう言うのであれば、その答えしかない。何より左衛門佐が幕府と通じていないことは己が一番知っている。

「左様。これは奇妙じゃ……だが何度尋ねても石見の戸仙は、真田の忍びが幕府方の忍びと密会していたという。幕府方の忍び……幕府方の忍び……はて、幕府の中にはどこまでが含まれるのだろうか」

正信は嫌らしい猫撫《ねこな》で声で言いながら、思案するように指先で額をとんとんと叩いた。

「徳川家が幕府を開かれ、諸大名はそれに心服しています。徳川家の忍びというならばともかく、幕府方の忍びという限りは、諸大名が飼う忍びも含まれましょう」

「なるほど。明瞭な答えだ。つまり真田家も含まれるということかな」

正信は手を打ち、不敵に口角を上げた。

「当然です。真田家も幕府にご奉公仕《つかまつ》っておりますれば」

「回りくどくなってしまった」

正信は己の癖を悔いるように溜息を零した後、鋭くこちらを睨みつけて刺すように言い放った。

「その幕府方の忍び。当方は伊豆守殿の手の者と見ている」

また暫しの間が空く。上座の家康は興味なさげに袴《はかま》の埃《ほこり》を払いながら訊いた。

「どうじゃ？」

「滅相もない」

「まあ、そう答えるわな。だが儂も佐渡と同じ考えじゃ。お主らはそうして繋ぎを取っていたと思っている」

抜け毛を摘まんだのだろう。家康の指先が細く光った。それに息をふっと吹きかけて飛ばした。家康は再び袴に視線を落として低い声を零し始めた。

「儂や大樹を討ち果たす策謀を練っていたというのが、最もあり得るかのう」

「それはあり得ぬかと」

「ほう。何故、そう言い切れる」

「大御所様は仰ったではありませんか。左衛門佐は別のものを槍で射たと」

「そうじゃ、そうじゃ。儂を討とうとしていたならば、あそこで外す道理はない。では何を話していたのか」

家康はようやく顔を上げて微笑みを見せた。

「心外でございます。拙者が左衛門佐と通じていたという態で話が進んでいるようですが」

「あくまで仮の話じゃ」

「仮の話、故に許せと」

「そうじゃ。目くじらを立てるな」

家康は鷹揚に言って信之を掌で制した。

「承知しました」

「よし。話を戻そう。儂はお主が指図していたのではないかと思っている」

「指図とは？」

信之は鸚鵡返しに問うた。

「左衛門佐はけして阿呆《あほう》ではない。だがこれほどの大仕掛けが出来る性質《たち》でもあるまい」

これほどの大仕掛けが何処までを指しているのかが判らないため、そこに触れることは得策ではない。ならば己が拾うべきは最後のところであろう。

「左衛門佐のことをそこまでご存じでしたか」

「別にそう話し込んだことはない。昔、挨拶を交わした程度よ。だが解るだろう？　儂が一体、どれほどの者たちを見てきたと思う」

家康は己に目を凝らしながら続けた。

「左衛門佐は手足となって動く時に、真価を発揮する性質であろう。大仕掛けを得手とするのはどちらかというと……」

「拙者である、と」

家康は即座に頷くと、辟易《へきえき》したような顔で溜息を零す。

「刻一刻と事態が変わる大坂の相談を受け、江戸から指示を飛ばす。一手も二手も先を読まねばならぬのに加え、一体、どれほど多くの忍びを使えばよいのか……途方もないの」

信之が黙していると、家康は天井に目を向けて続けた。

「もしそうであるならば、とっくに房州を超えておる。しかし房州は喜んでいるのか。それとも妬心から歯嚙みをしているのか」

己たち親子の微妙な関係に感づいていたらしい。家康は嬲《なぶ》るように、さらに天に向けて言葉を投げかけた。

「果たせなかった夢を息子たちに尻ぬぐいして貰う気持ちはどうだ。教えて欲しいものだ」

「応政道幹大居士《おうせいどうかんだいこじ》様は三河《みかわ》統一が夢であったと、以前大御所様が仰っておられるのをお聞き致しました」

信之が口を開くと、家康は緩々《ゆるゆる》と顔を下ろす。そのこめかみにはすでに青筋が立っていた。

応政道幹大居士とは、家康の父、松平広忠《まつだいらひろただ》のことなのだ。

「その志《こころざし》半《なか》ばで斃《たお》れられたのを、大御所様が引き継いで叶えたとも。きっとわが父と同じお気持ちではないでしょうか」

「豆州……わが父の胸の内を勝手に語るか」

「あくまで天から見られたならばの話。仮の話……でございますれば」

家康は怒りに震えていたが、信之がそう結ぶと息を吐いて躰《からだ》の力を抜いた。

「それほど弁が立ったのだな」

「父譲りでございます」

「もうよい。次じゃ」

家康は話を打ち切り、面倒臭そうに正信に話を振った。

自らを落ち着かせるように細い吐息を漏らし、正信は先ほどまでより語調を弱めて話し始めた。

「しかし残念なことです。左衛門佐の器量は確か。このような仕儀にならねば、伊豆守殿の大きな支えになったことでしょう」

「幕府に弓を引いた者に身に余るお言葉感謝致します。今となっては詮無きことです」

「いや、惜しい。もしあの時、降っていれば。十万石の大名にもなれたものを」

正信が話しているのは、冬の戦の間のこと。家康は叔父の信尹を使者に立て、

――信濃の内、十万石を与える。

との条件で、幕府方に降らせようとしたのだ。だが左衛門佐は、

――この左衛門佐、信濃一国はもとより……日《ひ》ノ本《もと》の半分を下されてもお断り申す。

と、痛烈な言葉で一蹴したのである。

「佐渡、暫し待て」

家康が再び割って入った。

何かまた仕掛けてくる。これまで苛烈に攻め寄せていた敵が退《ひ》き、動きを止めてひっそりと

佇《たたず》んでいる光景が脳裏に浮かぶ。何か謀略を巡らせている。例えば、城の水の手を切ろうとするような不穏な雰囲気である。

「何でしょうか」

「儂は十万石ではなく、信濃一国と申したはず。誤って伝えたならばこれは大事だ。左衛門佐も口ではそう言うたものの、一国四十万石ならば降ったかもしれぬ。しからば豆州がかように哀しむ必要もなかったかもしれぬ」

捲し立てる家康の声には怒気が籠もっている。正信は首を横に振った。

「いえ、大御所様は確かに十万石と」

「そのようなはずはない。確かに一国と言ったはずだ」

家康は頑として譲らない。

これは演技なのか否か。これればかりは己にも判らない。十万石でも過分なほどで、常識で考えて一国はあり得ないだろう。ただ己はこの「信濃一国」という言辞に、全く身に覚えがない訳でもなかった。

「話が入り混じっておられるのです。信濃一国という話は、後藤又兵衛が聞いたものでございます」

正信は眉尻を下げた困り顔で説明した。

「なるほど。思い出した。心得違いをしておったわ」

家康は膝を打って得心する。いや、得心したように見せる。全ては二人の筋書き通りである。

――やはりそこか。

信之は内心で舌を打った。己が身に覚えのあるのは、まさしくその男との一件であった。

「後藤又兵衛の中間、甚造の証言だ」

正信は顔を顰《しか》めるように、片目だけ細めつつ言った。

家康らが挙げた証言者は五人。もっとも五人というのは偽りで、それより少ないことも、多いこともあり得る。仮に五人が真ならば、これで折り返しとなる三人目の証言となる訳だ。

「己が名を遥か後の世まで残す。後藤又兵衛はその一事のためだけに大坂城に入ったという。故に手柄になりそうな戦場ばかりを求めており、人から手柄を横取りすることも辞さぬ構えであったそうな」

正信はそこまで滔々《とうとう》と話すと、あっと小さく声を上げて続けた。

「左衛門佐が真田丸《さなだまる》を造りたいと話した時、後藤はそれを後押ししたらしい。だがそれは砦《とりで》に籠もっていては、大した手柄も立てられぬと思ったからとのこと」

当初、出城を造ることに豊臣家中では反対の声も多かった。後藤又兵衛が賛同したことで、真田丸が誕生したというのは、夏の陣までの間に世間にも広まっていた。

「もっとも南条の裏切り……によって、左衛門佐は大手柄を立てることになったのだが」

言葉尻にはまだ未練の香りがしたが、正信はそれを振り払うように続けた。

「まあ、それはもう結構。その後藤又兵衛だが、豊臣家の評定の最中に播磨《はりま》三十万石で我らに誘われていると言い放ったらしい」

「それは」

真偽は如何に。と、いう意味である。

「真だ。誇り高い男と知っていた故な」

正信は嘲りの混じった苦笑を浮かべた。

「それを後藤がわざわざ話したのは、自らが幕府に高く評価されていると示すためということですな」

「話が早くて助かる。左衛門佐に大手柄の先を越され、後藤はかなり焦っていたようだ。だが……それで赤恥を掻くことになる」

「そこで一国の話に繋がる、と」

「左様。左衛門佐は信濃一国で誘いがきていると申したのだ」

「昔から負けず嫌いなところがあります。対抗して思わず嘘を吐いたのでしょう」

「それがな。毛利豊前守が次の間で確かに聞いたというのだ」

後藤又兵衛も嘘だと思って詰め寄った。だが左衛門佐は幕府に内通していないということを証明するため、毛利勝永に隣の部屋に潜んで聞き耳を立てて貰っていた。その勝永が信濃一国で誘われたのは真だと証言し、後藤は唖然としたらしい。

「訝しいですな」

「考えられるのは二つ。隠岐守が勝手に信濃一国を持ち出したか、あるいは豊前守が口裏を合わせたか……」

家康は脇息に躰の大半を預けつつ、吐き捨てるように口を出した。

「隠岐がそのような大それたことをするはずがないのは、お主も重々承知しているだろう。念のために問い詰めたが、全く覚えがないと狼狽《うろた》えておったわ」

正信は素早く頷いて話を再び引き取る。

「ならば豊前守が口裏を合わせたということとなる。何故そのようなことをしたのかは一度置くとして……この話にはそれよりも重大なことが潜んでいる。それは——」

「佐渡」

家康が唐突に呼んだ。正信も何故止められたのかと真に訝しんでいる様子であり、此度に限っては演技ではないように思えた。

「厠《かわや》に行ってくる」

「しかし……」

「この歳になれば厠が近くなる。それに喉も渇いた。豆州も渇かんか?」

困惑する正信をよそに、家康は軽妙な調子で信之に尋ねた。

「些か」

「水を用意させる故、一度下がって控えの間で喉を潤してくるがよい」

「恐悦至極に存じます」

「此度も間を置こう」

此度もというのは、大坂の陣の冬と夏の間のように、ということである。つまり降るならば今が最後の機会ということも暗に告げている。

「上手くいくとよいな」

家康はそう言うと頬を緩めた。この笑みをどう表現すればよいか。慈愛と恫喝《どうかつ》をこれほどまで上手く混ぜ合わせた笑みが出来るのかと感心する。湯と氷水を同時に浴びせられたかのような心地である。

「厠が限界じゃ」

家康は立ち上がると、何処か戯《おど》けたような足取りで広間から出て行った。

思いのほか攻めにくいと見れば、流れを変えるために間を置く。天下を獲った徳川家康という男は、戦の妙を心得ていると改めて痛感した。

が、信之は何故か無性に胸が躍っている。やはり己にも真田の、いやあの父の血が流れているということだろう。

忌ま忌ましそうに小姓を呼ぶ正信を横目に見つつ、そのようなことを考えながら、信之は微かに丸い息を漏らした。


半刻《はんとき》ほど間を置かれ、再び大広間に通された。家康は微笑みを浮かべながら迎え、己が腰を下ろすと同時に、

「どうだ」

と、やや弾んだ声で尋ねた。

信之は父とは異なり、別に家康を嫌悪している訳ではないと改めて思った。己も乱世に生まれた男である。こうして天下を統べたことを素直に尊敬もしていた。

家康もまた同様であろう。こうして鬩《せめ》ぎ合ってなお、己を嫌っているという風には見えなかった。

ただ真田と徳川、銘々の家で考えると水と油と言わざるを得ない。本来、家というものはそ

れ自体に意思はなく、そこに生きる者の意思が反映されるだけだろう。だがこの両家は、対峙《たいじ》すると、秘めていた意思が目を覚ますが如く反目し合う。厳密に言えば、やはり家そのものに意思はなく、そうならざるを得なかった両家の因縁の積み重ね故なのかもしれない。それらのことが疾風《はやて》の如く脳裏を駆け巡る中、信之は軽く頭を下げた。

「お心遣いはあり難いのですが、これぱかりは」

「だろうな。解ってはいたが、万が一を捨てきれぬ故な。お主とやり合うのは存外疲れる」

朗笑の息とも、嘆声ともつかぬ息を漏らすと、家康は自らの肩に手を回して揉みつつ零した。

「お褒めの言葉として受け取っておきます」

信之が慇懃《いんぎん》に礼をすると、家康は覚悟を決めたように大きく頷いた。

「始めようか。佐渡」

正信は細く息を吐いた。どだい真田家に好意を持っているとは思えぬこの男ですら、暫しの間流れた柔和な雰囲気が惜しいと思ったか、口を開くまでにやや時を要した。正信は己を鼓舞するように険しい顔を作り、錆《さ》びた声で話し始めた。

「左衛門佐が後藤又兵衛を自らの居室に密《ひそ》かに招いたという」

後藤又兵衛が、左衛門佐の活躍で自らが霞《かす》むと焦っていた頃の話である。左衛門佐は後藤に対し、昌幸の遺言に従って大坂城に入ったものの、自身はあまり戦に乗り気でなく、今後のことを迷っていると告げたという。後藤は感ずるところがあったようで、

——お主が間者か。

と、そこで単刀直入に訊いた。

左衛門佐は濁しつつも、ほぼ認めるような応答をしたらしい。だがもし間者ならば、真田丸で幕府軍を散々に打ち破ったのはおかしい。ここを後藤が衝《つ》くと、

——仮に……あくまで仮の話です。私が間者だとするならば、大御所は此度の戦でその者に何を欲するとお思いか。

と、逆に尋ねてきたらしい。

後藤には閃《ひらめ》くものがあった。幕府軍に属している「邪魔者」を、大坂方にいる間者の手で葬り去らせようとしているのではないか、と。その思い付きをぶつけると、左衛門佐はにこりと微笑んだらしい。

「その手土産への返礼が信濃一国四十万石とのこと。しかもこれは伊豆守殿が受領し、自分はその内から十万石の禄を食《は》む段取りになっていると話したとのことだ」

正信は呆れたように言った。

「まさか信じておられるので？」

馬鹿馬鹿しいとばかりに信之は苦笑したものの、正信が表情を崩すことはなかった。

「そう申したのは事実だ」

「後藤を騙《だま》すための方便でしょう」

「伊豆守殿からの書状も後藤に見せたらしい。花押《かおう》もあった」

正信は低い声音で迫った。

「全く……昔から悪戯者ではありましたが、それは悪戯では済みませぬな。きつく叱責したいところではありますが、それも今となっては叶いません。いつかあの世で叱り飛ばしておきま

しょう」

小馬鹿にされたように取ったのか、正信はむっとした表情になり、間髪を入れずに信之に訊いた。

「あの世で会えるとでも？」

短いが痛烈過ぎる一言である。徳川に弓を引き、天下を乱した左衛門佐は地獄に落ちると言いたいのだ。

「話は終わりということでよろしいか？」

信之がふわり尋ね返すと、正信は怪訝《けげん》そうに眉根に皺を作った。

「何故、そうなる」

「私が左衛門佐と同じところに行くとお思いだからこそ、このような話が行われてきたのではないでしょうか。会えぬと仰るならば即ち、私に掛けられたる疑惑はすでに晴れたものかと」

「いや……」

余計なあてこすりを差し挟まねばよかったという後悔の色が正信の目に滲むが、信之は逃さずになおも続けた。

「それに佐渡守様は、念仏を唱えれば誰でも極楽浄土に至り、そこに生前の善悪は関係ないというお考えの方かと思っておりました」

正信は湧き上がる様々な感情を押し殺すかのように手を震わせた。信之が言及したのは一向《いっこう》宗の教義の一つである。

本多正信は若い頃、鷹匠《たかじょう》という低い身分であったが、家康に才を見込まれて取り立てられた。

だが永禄《えいろく》六年（一五六三）、家康の治めていた三河で大規模な一向一揆《いっき》が起こり、熱心な一向宗徒であった正信は、家康に叛《そむ》いて一揆に加わったのである。

十年ほどの放浪の後、正信は帰参が許され、そこから今に至るまで出世を重ねている。後に家康も一揆側と和議を結び、今では一向宗に一定の理解を示してはいる。だがやはり大規模な一揆を起こし得る宗派のため、警戒を緩めている訳ではない。

正信が帰参に際して改宗したかどうかは判らない。恐らく家康も敢えて触れぬようにし、曖昧なままここまできたのではないか。仮にそうでなくとも、理由はどうあれ、家康に叛いたという苦い過去は消すことができない。

そこを衝かれるとは思ってもいなかったのだろう。しかも自ら墓穴を掘るような形となり、正信は苦虫を嚙み潰したような顔になっている。

「佐渡の嫌みが過ぎた。あまり苛《いじ》めてやるな」

家康は穏やかな調子で言った。だが目はすでに笑っていない。まだまだここから、急《せ》いてはつまらぬと顔に書いてあるようである。

「はっ」

「佐渡も寄り道が過ぎる。進めよ」

正信は、再開してから早くも滲みだしていた額の汗を、袖で拭って再び話し始めた。

「話を戻すと……伊豆守殿には覚えがないと？」

「左様」

「よろしい。左衛門佐は伊豆守殿……厳密には伊豆守殿からのものと偽った書状で後藤を信じさせ、途方もないことを持ち掛けた、と」

「先ほどの、幕府軍内の邪魔者を除くという話ですな」

「誰だと思う」

「伊達宰相殿でしょうか」

「尾を出したか」

正信は意外そうに目を見開いた。

「当たりましたか？」

信之は微笑みを浮かべて言葉を継いだ。

「話の流れから察するに外様ではないかと。さらに大御所様が聞き取りをしたという者の中に、伊達殿の名がありましたので、そうではないかと見立てたまでです」

「なるほど……」

「佐渡《さあど》」

家康は不機嫌そうな、間延びしていながら強い語調で正信を呼ぶ。

「はっ……このような話の端々では尾を出しはせぬと、よくよく解りました」

正信はもう感情を隠そうともせず、忌ま忌ましそうに舌を打って続けた。

「伊達宰相は大和口《やまと》を攻める。そして途中の小松山《こまつやま》は無視して進軍しろと、大御所様に命じられたと左衛門佐は嘯《うそぶ》いたということだ」

「中入りになります。大御所様が命ずるはずはないでしょう」

信之は眉を顰《ひそ》めて首を捻った。

中入りとは敵陣の奥深くに攻め込み攪乱《かくらん》することで、上手くいけば大きな戦果を得られるが、しくじれば全滅の恐れのある戦術である。かつて家康本人が、小牧長久手《こまきながくて》の戦いにおいて、豊臣秀吉《ひでよし》の中入りを破って大勝している。慎重な家康が好むとは思えないし、何より優位である幕府軍が、そのような一か八《ばち》かの戦術を採る必要はない。

「その通り。大御所様はそのような命《めい》は出しておられぬ」

「そうでしょうな」

「常ならば後藤も疑うだろう。だが我らが伊達宰相を始末したいと思っているという嘘を信じた故、小松山に陣取ったのだ」

「小松山に陣取ること自体は、別に悪い策とは思いませぬが」

大和口での第一の要衝は国分《こくぶ》村である。この隘路《あいろ》に陣を布《し》いて幕府の大軍を迎え撃つのが上策だ。だが幕府軍に先に国分村を取られた大坂方としては、小松山に登って幕府軍の鼻先を押さえようというのは、第二の策としては悪くはないのである。

「後詰めが来れば……な」

伊達政宗《まさむね》は小松山を無視し、後続隊である真田、毛利両隊へ向かう。その時、後藤隊が山を下りて伊達隊の背後を塞ぎ、政宗の首を挙げるというのが、左衛門佐が後藤に提案した策であった。

だが実際のところ、伊達隊は無視して進軍するどころか、小松山に攻め懸かってきた。それだけならば後藤隊は後続隊を待って十分に反撃出来るが、その後続隊が幾ら待てども一向に姿を見せなかったのだ。

「敢えて遅れた……と、拙者は見ておる」

正信は鋭い眼光を信之に向けた。

「霧のせいで遅れたと聞き及んでいますが」

合戦当日、戦場には早朝より濃霧が立ち込めていた。それが原因で後続隊は遅延したという見立てである。結果、後藤隊は小松山に孤立し、幕府の大軍を一手に引き受けることとなった。後藤隊は数倍からなる幕府軍を相手に奮戦したものの、力及ばずにやがて壊滅。後藤又兵衛も討ち取られることとなった。

「恐らく霧がなくとも、何らかの理由を付けて遅れるつもりだったのだろうが……真に悪運の強いことだ」

正信は吐き捨てるように言った。

「そもそも何故、左衛門佐が後藤を死に追いやるようなことをするのでしょうか。大坂方は贔《ひい》屓《き》目に見ても良将が豊富とは言えませんでした。そのような中、後藤を見殺しにする訳がありましょうや」

「恐らく、後藤又兵衛の動きが読めなかったことが原因だろう。あのような功名乞食《こじき》は稀《まれ》におり、確かに面倒だというのはよく解る」

後藤又兵衛は異常なまでに「名」というものに拘《こだわ》っていた。己の武人としての名が揚がるか、後世まで残るか、それだけが全てという男であったという。そのためならば味方を蹴落とすことなど何とも思わないし、豊臣家の滅亡が早まったとしても関係ない。

このような奇人が戦の中枢にいれば、幾ら綿密な絵図を描こうとも、全てぶち壊されかねなである。それを防がんがために何とか除こうとしたのではないかというのが、家康や正信の見立てである。

「想像が逞《たくま》しゅうございますな」

「違うと申すか？」

「後藤が小松山に登ったとしても、大和口の幕府軍が後詰めを気にして攻め懸かってこぬ恐れがあります」

幕府軍から見れば、後藤隊が小松山に単独で登るのは奇異にも思えるだろう。何かの罠《わな》ではないかと警戒してもおかしくはないし、霧中から後詰めが現れることも十分想定するだろう。すぐさま攻撃を始めず、じっくり構えることもあり得たのだ。

それで後藤が生き延びたならばどうなるか。左衛門佐に騙されただの、実は幕府に通じているだの、言い触らされることともなろう。そのように覚束《おぼつか》ない策を講じることはあり得ないと信之は語った。

「必ず小松山は攻められると、左衛門佐が知っていたとすればどうだ？」

正信は不気味な笑みを浮かべ、家康のほうへと目配せをした。

「伊達宰相からも聞き取りをしたと言ったな」

家康は独眼竜《どくがんりゅう》と呼ばれる政宗を模すように、片目を手で塞いだ。

「四人目……でございますな」

「彼奴《きゃつ》には手を焼いた」

家康は心底疲れたというように溜息を漏らした。

かつては奥州《おうしゅう》に覇を唱えんとしたほどの男である。たとえ家康といえども一筋縄ではいかなかったのは間違いない。

「どう切り込んでも躱《かわ》し、いなし、時には儂の痛いところを衝いてくる……ちょうど今のお主と同じようなものだ」

家康は口角を大袈裟に下げ嫌そうな顔を作って続けた。

「ただ……あのような男だったろうか、とな」

「伊達宰相が一癖ある方というのは有名な話だと思いますが」

別に信之だけの印象ではない。世間は伊達政宗という男にそのような印象を持っている。

「初めて彼奴に会ったのは、小田原の陣だったかの……どうもそれまで想像していたのとは違って見えた」

「興味がありますな」

信之はすぐに応じた。これは率直な感想である。

「伊達宰相について、少し話そうか」

家康は訥々とした調子で語り始めた。

伊達政宗は二言目には、

——天下を獲る。

と、放言していた。奥羽《おうう》の統一などは手始めに過ぎないとも。その大言壮語は遠く上方《かみがた》にまで伝わっていたのである。家康は軽く手を振って言葉を継いだ。

「結果を見て言っておる訳ではない。実はかねてより儂もあの男には一目置いていたのだ」

まだ織田信長が存命の頃より、家康は政宗の動向に注目していた。もっともその時は、天下に数ある群雄の一人といった程度の認識である。だが政宗のことを知れば知るほど、

——これはなかなかの男だ。

と、群雄の中でも一歩抜けていると見えてきた。そして何より若い。自分が同じ歳の頃より、遥かに優れているのではないかとさえ、家康には思えたという。

「伊達宰相が聞けば、お喜びになることでしょうな」

「それよ、それ」

家康は身を乗り出して続ける。

「このようなことを言われて、目尻を下げるような男とは思っておらなかった」

だが政宗が秀吉に屈した後、実際に対面する機会もあり、家康はその見方を改めた。確かに頭は切れる。が、それだけの男という印象に変わったらしい。

「伊達宰相は、生まれるのが遅かった、あと十年早く生まれれば天下が獲れたなどと、常々嘯いていただろう?」

家康は苦々しげに緩めた頬を指で掻いた。

「確かに。そのように仰っていましたな。故に太閤亡き後は、伊達宰相が天下を窺うのではないかと申す者もおりました」

「お主もそう思っていたか?」

家康は首を傾げて再び問うた。

「さて……」

「まあ、その通りだ。とっくに奴は天下など諦めておった」

かつて奥州の平定に臨んだ時などは、真に天下を夢見ていたかもしれない。だが小田原に参陣する折か、あるいはもう少し前には、その夢を諦めていたのだろうと家康は言う。

あと少し早く生まれていれば天下を獲れていたなどというのも、本人が最もあり得ないことと解っているだろう。

「故に太閤も笑って同意していた」

秀吉の前であっても、政宗は憚《はばか》らずに言う。だが秀吉も政宗の心中を見抜いており、自らの死後に天下を窺う度胸などないと解っている。解りつつ、そうだななどと合わせてやっていたに過ぎないだろうと家康は言った。

「伊達宰相の虚勢もあろうが、それだけという訳でもない」

「はい」

家康は首を横に振り、信之は頷く。

「男とはなかなかに難しいものよ。ただ……奴にとって天下統一は真に夢だったのだろう」

家康は遠くを見つめるようにして続けた。

信之としては気を緩めるわけにはいかない。だがこの話に限っては、家康は単純に誰かと語りたかったのではないか。どうも表裏がない発言のように感じる。

「その伊達宰相に左衛門佐が嚙み付いたのを覚えている」

家康は鷹揚な調子で吐露した。

「その節はご無礼を致しました」

信之は目を伏せつつ応じる。

いつか秀吉や諸大名が居並ぶ前で、生まれるのが遅かったから天下を獲れなかったなどと常の如く政宗が放言したことがある。秀吉としては場を盛り上げる余興程度に思っていたし、政宗もまたそれと知りつつ乗ったのだ。そのような政宗を屈服させたということで、殿下の株も上がりましょうぞ、という阿《おもね》りの心もあっただろう。

だがこれに対して、生まれ落ちた時も実力のうちと、左衛門佐が嚙み付いて喧嘩《けんか》になったのだった。

「あれはなかなか面白かった。安房《あわ》やお主が慌てておったのも覚えている故、真に左衛門佐の勝手な行いなのだろうな」

「いかさま」

信之はあの日の収拾のつかぬ局面を思い出して苦笑した。

「暫く昔話に耽《ふけ》っていたいが、そろそろ進めるか」

「そうですな」

やはり、出来れば戦いたくはないと互いに思っている。だがやらねばならない。戦というものは、概してそのようなものなのだろう。

「あの後、伊達宰相が真田の部屋を訪ねたと聞いた」

「左様でございます」

「そこが真田と伊達の縁の始まりだったと儂は思うておる」

正直なところ舌を巻く思いである。その予想は見事に当たっているのだ。己の内心の動揺をよそに、家康は溜息を漏らしつつ言葉を継いだ。

「あの日、伊達宰相を抱き込んだか……いや、何かを取り戻させたか。聞き取りのため召し出した時、その前に会った時とは別人のようだった。あれは奴に初めて会う前の、儂が想像していた『伊達政宗』じゃ。天下を向こうにいつでも戦わんという気概に溢れておったわ。あれは手強い、手強い」

家康は何故か嬉しそうで、口元が綻んでいた。

「真田とのことは別としても、伊達宰相に問い詰めねばならぬことがあった」

解るなというように、家康は片眉を上げた。

「神保《じんぼう》の件ですな」

「そうじゃ。彼奴は同士討ちをやりおった」

大和で七千石を領す神保相茂《すけしげ》と謂う男がいた。夏の陣の最後の戦いで、神保は三百の兵を率い伊達隊の前に陣取っていた。政宗は突如、この神保隊に鉄砲の斉射を行い壊滅させてしまったのである。

これはかなり波紋を呼ぶ事件となり、薩摩《さつま》の島津《しまづ》家などは憚ることなく、政宗の不覚を罵っているとの話も飛び込んできていた。

家康はこのことを詰問した。すると政宗は、

――神保勢は真田勢に追い立てられ、当方へ逃げて参りました。これでは共に崩れると思い、撃ち払い申した。この点、伊達の軍法に敵味方の境はござらん。

と、眉一つ動かさず弁明をした。

居直りといってもよかろう。家康は念のため、伊達家の軍法についても正信に調べさせた。すると確かに、政宗の曽祖父で、十四代当主の伊達稙宗《たねむね》が編んだ分国法の『塵芥集《じんかいしゅう》』に、そのような一文があった。第百三十二条、戦場で味方に討たれるのは、討ち死にに準ずるというものである。

あとで取って付けた言い訳ならまだしも、先に定められているとなれば家康もそれ以上の追及は出来ない。幕府に牙を剝くようなものでない限り、各家における分国法とはそれほど重んじられるべきものなのだ。

「埒《らち》が明かぬので、儂もちくと本気を出したのだがな」

「と、と仰いますと……」

「乱取りの件よ」

今回、家康と対峙する中で、信之は初めて胸の鼓動が速くなるのを感じた。この件だけは露見していないと思っていたが、家康はすでに摑んでいたのだ。

五月十三日に横谷庄八郎から左衛門佐討ち死にの報がもたらされた。嫡男信吉からの戦況報告は十七日。その間の十四日に、桜田《さくらだ》の真田屋敷に一通の書状が届いた。

運んで来た者は行商人の恰好をしていたが忍びである。先方にも黒脛巾組《くろはばきぐみ》と呼ばれる忍び集団がいるとは聞き及んでいたので、恐らくはその一人であろう。

書状の主は、伊達政宗。その内容というのが、

――忘れ形見たち、乱取り致し候。ご安心を。

と、短いものである。これで信之は全てを察した。

左衛門佐は二男八女を儲《もう》けていた。すでに嫁いだ子や、病没した子もいるが、共に大坂城に籠もった子たちもいる。

——大助《だいすけ》は分別のある年頃なれば詮方無けれども、他は何とか助けられぬかと考えております。

左衛門佐は最後に面会した時、己にそう漏らしていたのである。

流石にこの時点で信之が引き取る訳にはいかない。叔父の真田信尹を頼ろうかとも思ったが、迷惑を掛けることになるし、何よりそのような大それたことが出来る人ではない。

信之はその場では考えておくと答えることしか出来ず、左衛門佐もまた、忍びないが運命を共にすることもあり得るだろうというのみであった。

家康が推理したように、横谷左近、庄八郎兄弟を始めとする草の者たちを使って、信之は城内の左衛門佐とやり取りを続けていた。刻一刻と変わる状況を見定めつつ、それに対応する策を講じたのである。その中で予想外の出来事もあった。

その一つが、伊達政宗の変心である。後藤又兵衛を謀《たばか》って小松山に登らせ、後続が遅れることを、信之は政宗に伝えた。後藤を討ち取れば大手柄となる好機に、政宗は二つ返事で連携を承諾した。こちらからの条件として、後続隊とは戦わないように頼んだ。己たちの大望を成すためには、ここで無駄に兵を損じたくはなかったからである。

だが政宗はこれを反故《ほご》にし、猛然と真田隊に攻め懸かった。束の間口封じを狙ったかとも思ったが、違う。政宗は裏に己がいることをすでに知っていたのだから、左衛門佐の口だけを封じても意味がない。

政宗は、左衛門佐が後藤を生贄《いけにえ》に、幕府へ降ると考えていた節がある。この思い込みが何故か政宗の逆鱗《げきりん》に触れたらしい。かつての左衛門佐と政宗のやり取りを見ている己としては、何となくではあるが、その脈絡も理解出来た。

左衛門佐も同じように考えたらしく、戦場で横谷庄八郎を伊達隊に走らせ、

――勘違いするな。

と、己たちの真意を告げさせた。

城内で誰か同盟者を探すというのは己たちの段取りにあったが、幕府側の者に全てを語るのは予定になかったことである。独断で政宗に伝えたことを、左衛門佐も忍びを通じて詫びてきたが、これで伊達隊は退却を始めたのだから、結果的には功を奏したことになる。

信之はことの成り行きを詳らかに聞き、己もある賭けに出た。

――左衛門佐の子を救っては下さりませぬか。

そう政宗に向け、書状を認《したた》めたのである。

横谷左近から政宗の手に渡ったことは確かだが、何も返答は来なかった。流石に図々しかったかと思って諦めかけていた時に、届いたのがその返書である。ぼかしてはいるが、

――左衛門佐の子を捕まえて保護している。

という意味であろう。嫡男の大助は、左衛門佐と共に死んだと伝わってきている。少なくとも忘れ形見「たち」と書いてあることから、複数人を助けてくれたのだ。

それらが家康に露見したことになる。己が政宗に送った書状を摑んでいるのか。それとも、その後に左衛門佐と政宗の間で書簡の往復があり、それが見つかってしまっているのか。とも

かく政宗を巻き込む訳にはいかない。

「それは――」

信之が腹を括《くく》って話し始めるのを遮るように、家康は顔を顰めて吐き捨てた。

「どうせ知らぬと申すのだろう。彼奴もその一点張りよ」

「……その通りでございます」

信之は喉元まで出かかっていた言葉を改めた。まずは軽く様子を窺う程度に止《とど》めるつもりだったとはいえ、危うくこちらから墓穴を掘るところであった。

「ならば領内を探ってもよいなと言った時、彼奴は何とぬかしたと思う」

家康の顔つきがいよいよ苦々しいものになる。

――結構。しかし、それで見つからなかったならば御覚悟下され。独眼竜の意地がござる。

政宗は胸を張り堂々と言い放ったというのだ。

「そこまで言われれば、儂としても相当な覚悟を持って臨まねばなるまいて」

家康は重々しく言いながらも、その頰は緩んでいる。領内を探った結果がどうあれ、つまりは天下の兵で伊達家を攻めることになるのだ。だが、先般ようやく豊臣家を滅ぼしたばかり。この時期に再び兵を起こすのは、世間に動揺を生む。どうも家康にはその気がないらしい。

「だが確かに、伊達家の片倉小十郎《かたくらこじゅうろう》が、落城間際に逃げる一行を乱取りしたのを見た者がいる。中には左衛門佐の幼い次男の姿もあったらしい」

左衛門佐の次男、つまりは己の甥に当たる四歳の子である。大八《だいはち》は生き延びた。左衛門佐の娘たちも共におり、同じく片倉小十郎に保護された。

と今は信之は、

——知っている。

のである。伊達政宗は、とある方法を用いて、真田の草の者に伝えてくれていた。それは空砲。これこそが、

——全て上手くいった。

という合図であったそうだ。

ところでその「一行」を見ていたのは、大坂方として戦っていた者であろう。そうでなければ大八の存在など知らぬ。自らも城から落ち延び、そして敵であった家康に告げて恩賞に与《あずか》ろうとする。左衛門佐からは、城内には勇ましいことを言う者ばかりと聞いていたが、その成れの果てを思えば憐《あわ》れさを感じ、同時に得体の知れぬ怒りも湧いてくる。彼《あ》のような者たちよりも、左衛門佐が生き残れば、泰平の世でもずっと活躍出来る男だったのに。

「そう申したのは大坂方に加わって降った者でしょう。そのような輩は大御所様に取り入ろうと必死でございます。そのためには嘘でも吐きましょう」

「初めてだな。怒りの色が滲んでおるぞ」

「そうでしょうか」

「結局、この筋からもお主が嚙んでいたという証は出《い》でず……よ」

遂に家康は己の関与を疑っていることを、仮の話としてではなく認めた。信之は息を整えつつ尋ねた。

「あと一人ですか」

「ああ、あと一人だ」

家康も鸚鵡返しに応じた。その目に浮かぶ闘志は消えるどころか、さらに増しているように思えた。決して諦めてはいない。いや、勝負所はまだこの先、最後にあるのではないか。粘りに粘り、最後に一気に攫《さら》う。家康とはそのような戦をする男である。

「毛利豊前守……この男がかなり大きな役割を果たしたと儂は見ておる」

家康が目配《こ》せ《よ》をする。ここが正信にとっては最後の出番となるのだろう。深く息を吸い込み、そして紙縒りを咥《くわ》えているかのように細く吐く。正信はかっと目を見開き、ずいと信之に膝をにじらせた。

「先ほどから申してきたように、左衛門佐に纏わる不可思議な事柄が様々ある。だがそれらを偶然だと思わざるを得なかったのは、左衛門佐が一人で動いていると推し量っていたためである」

正信は一気に舌を回転させたが、ここで息をつき、一転してゆっくりとした口調で続けた。

「だが手を組んでいる者がいたとすれば、これらのことは一気に氷解する……それが、毛利豊前よ」

そもそも、毛利勝永の家老格である宮田甚之丞が、主君と左衛門佐が密談しているのを何度も目撃している。これまで話してきた通り、豊臣方は一枚岩ではなく、様々な派閥が存在していた。宮田は、主君は真田と協力するのだなと思っていたらしい。そんな宮田が、これは訝しいとまず思ったのは道明寺《どうみょうじ》合戦でのことである。

霧が出る前から毛利勝永は、

──真田隊と足並みを揃えよ。

と命じており、戦闘が始まった音が聞こえても、決して急がせることはなかった。これは勝永らしくない。宮田は数十年共にあって、このような判断をする勝永を初めて見たという。

「おまけに最後の決戦だ」

正信はさらに疑わしい点を挙げた。

勝永が何故、大坂城に入ったのか。その理由は勝永幼少の頃にまで遡《さかのぼ》る。宮田は毛利家が小倉《こくら》に移封された後の家臣であるため直接は知らない。だが勝永の妻が生前、そのことを息子の式部《しきぶ》、そして家老格の宮田だけに打ち明け、

──約束を果たさせてやって欲しい。

と、頼んでいたという。勝永は、宮田がそれを聞いていることも知らなかった。宮田が初めて知っている旨を主君に告げたのは、後藤又兵衛が死んだ道明寺合戦の後、最後の決戦の前のことである。

勝永は自らの目的を達するため、大坂城内の警護に配されるようにするつもりだった。ただ長宗我部《ちょうそかべ》、明石《あかし》らによって評定が思わぬ方向へ進み、毛利隊は幕府軍と対峙する最前線に出ることになってしまったという。しかも選べる場所のうち、最も激戦が予想され、最も「約束」を果たしにくい、四天王寺《してんのうじ》南門前を勝永は希望した。これに宮田は、約束の件を聞いていることを告げ、

──今からでも遅くはありませぬ。守り口を変えるように申し出ましょう。

と、訴えたのである。勝永は、そのようなことのために戦わせているのを詫びた。宮田もま

た、何が理由であろうと付き従っていたこと、そのような主君であって欲しいと望んでいることを告げ、なおも強く陣替えを迫った。それに対し勝永は微笑みを浮かべ、

——俺は諦めてなどおらぬ。二人ともに望みを叶えるつもりよ。

と、答えたらしい。この二人のうちの一人は自ら。もう一人は左衛門佐だと宮田は直感した。ただ左衛門佐の望みが何であるか、宮田は聞かされぬままであった。

そして勝永はより困難な道を選んだ。当初は真田隊が戦端を開き、毛利隊が続く段取りであった。だが勝永は配下に本多隊への先制を命じたのである。これを宮田は左衛門佐の望みを叶えるためであったのではないかと推測している。様々な理由は考えうるが、

——殿は誰よりもお優しい御方。あれ以上の方を拙者は知りませぬ。

というのが何よりの根拠であるという。どのような辛《つら》い局面でも、他人のことを慮る。毛利豊前守勝永とは、そのような男であったらしい。

「何故、毛利が左衛門佐を助けようとしたのか……そう訊かぬのか？」

正信は雪の如くに白い眉を片方上げた。

信之は何も答えない。遠くの鳥が鳴く声も聞こえるほどの無音の後、正信は唇の動きを再び解き放った。

「二人が繋がったきっかけは、秀頼の暗殺を目論む者がいるという話よ」

武田家出身の浪人の一人が、これも武田家が飼っていた忍び「三ツ者」を城内で見た。だがその者は、自らを忍びではなく、一介の浪人と称しており、名も出身も別のものを周囲に告げていたという。

「そのような者を放ったのは事実だ」

正信は今や隠そうともしない。その暗殺の成功で戦が終われば、無駄な血が流されずに済む。後の風聞など、天下を獲ってしまえばどうにでもなると考えていたという。

三ツ者を見た武田家旧臣は、事実を上役に告げて手柄にしようとした。が、軽々しく教えては手柄を上役に横取りされるかもしれない。詳細を語らず勿体《もったい》ぶっていたところ、最悪の事態を迎えた。その三ツ者を知る唯一の男が、何者かによって殺害されたのだ。上役は狼狽しつつ、このことを織田有楽斎に報告した。

有楽斎は困り果て、まずは身辺に気を付けて欲しいということもあり、淀殿に相談を持ち掛けた。激しく動揺した淀殿だったが、気を鎮めると毛利を頼るように命じたらしい。

何か良い策はないかと思案する勝永は、左衛門佐に知恵を借りた。真田家と武田家の縁が深いのは周知のこと。真田には武田家旧臣もいる。引き連れている家臣のうちに、件《くだん》の三ツ者を知る者がいるかもしれないと考えたのである。

だが、左衛門佐は当時まだ幼く、三ツ者に会ったという記憶はない。連れて来ている者にも確かめたが、これも結果は同じで芳しくなかった。

「甲州《こうしゅう》には変わった病があると聞いたことがある……これを間者の炙り出しに用いるとは、お主の知恵は恐ろしい」

舌を巻いた表情で正信は言った。

「拙者はそのようなこと、入れ知恵してはおりませぬ」

「それで通そうというのは解っている」

正信はひらりと手を宙に舞わしつつ苦笑した。

「真です」

信之の口元が微かに緩んだ。

家康や正信には何を言っても信じないだろうが、この策、真に己の考えたものではなかった。城内との繋ぎはかなり密に、やり取りの速さも尊ぶようにしたものの、秀頼が明日にでも狙われるかもしれない中では、すぐに自らで解決するに越したことはないと考え、左衛門佐としても頭を捻ったのだろう。信之は後に、このように解決したと報告を受けただけである。

――覚えていたか……。

信之は報せを聞き、思わずそう声を漏らした。

幼い頃、左衛門佐が川に入ろうとするのを止めたことがあった。それから甲州の人々を苦しめる病に対する、御屋形様の見立てを滔々と話したものである。

武田家の衰退と共に信濃に戻って以来、甲斐の地には足を踏み入れていない左衛門佐が、忘れていても無理はない。だが左衛門佐ははきと覚えていた。こうして甲州の者を炙り出す手として、真っ先に思い出すなど、むしろ余程深く心に刻み込んでいたのだろう。巧妙な策を打つ左衛門佐の成長に驚く以上に、信之は兄としての熱い想いが胸に込み上げてきた。

「この一件で左衛門佐は、毛利の信頼を得たようだ」

「そうですか」

信之は鷹揚に頷いた。

「南条が内応の疑いで捕まった時、有楽斎は天守を出て今橋《いまばし》に向かっており、弁明を聞き入れる者がおらず腹を切らされた。すっかり見落としていて先ほど気付いたが、今橋に呼び出したのは毛利だった……やはり当初からそれぞれの目的を達するため、両者は手を組んでいたのだろう」

「訊かぬのか？」

　正信は顰め面ですらすらと流暢《りゅうちょう》に話した。

　一旦、なりを潜めていた家康が、ぽんと訊いた。

「と、仰いますのは」

「毛利に何の目的があったか」

「お尋ねを返す恰好となりますが、大御所様は毛利が何のために大坂に入ったのかご存じなのですか」

「ああ、それも宮田から聞いた」

「面識はありませぬが、口の軽い御方のようで」

「豊前守には、式部の他に二人の子がいるでな」

　勝永の嫡男式部は父と共に預かり先の土佐《とさ》から脱出し、大坂で戦い抜いた後に切腹した。だが他に再婚した妻、鶴千代《つるちよ》と謂う次男と、娘も一人いるという。二人ともまだ幼いということもあり、勝永は土佐に残した。勝永が土佐を抜けた後、監視役を務めていた山内《やまうち》家は二人を捕らえ、今も軟禁し、家康に今後の対応を仰いでいるという状況であった。つまり家康は勝永の遺児二人を人質にし、宮田なる重臣に話させたということであろう。

「そういうことでしたか。しかし遠慮致します」

「それはすでに知っているということか？」

家康は穿《うが》つような目を信之に向けて訊いた。

信之は、勝永が大坂城に入った真の目的を本当に知らなかった。信之から左衛門佐に訊くこともなかったし、また左衛門佐も語ろうとはしない。

——信の置ける御仁と巡り合い候。

と、それが勝永であることを信之に告げただけである。左衛門佐がそう感じたならば、信之にとってはそれで十分であった。事実、勝永は最後の最後まで、左衛門佐と共に戦ってくれたのだ。

「存じ上げませぬ」

「真かの？」

家康は大袈裟に口をへの字に曲げた。信之は深く息を吸い込んでから話し始めた。

「誰しも一生のうちに、知られたくないことの一つや、二つほどはあるもの。そして疚《やま》しいことより、大切にしたいものこそ、概して強い想いに変わるものかと」

さらに嚙み締めるように信之は語り続けた。

「毛利殿が大坂城に入ったのも、そのようなもののためではないでしょうか……それを暴くような無粋な真似をしたくはござらぬ」

「何を——」

正信が声を荒らげようとするのを、家康はさっと手で制した。

「今、毛利『殿』と申したか。聞き間違えかのう」

「いえ、そのように」

信之は家康をはきと見据えつつ答えた。たとえ余計な疑念を生もうとも、真田家の恩人、弟の最後の友への、敬意を失いたくはなかった。

「そうか」

「はい」

短い言葉が交わされた。意味がないように思えるが意味はある。いよいよ戦の最後の局面に入った合図である。

「さて……豆州、どうだ」

家康はこれまでで最も厳かに訊いた。

幾千、幾万の言《こと》の葉《は》が宙を漂っており、それら全てが鋭利な刃《やいば》となり、己に向かって来ている錯覚を起こす。

信之は動かない。ただ確実に、戦いの場で一歩前へと踏み出した。

「身に覚えがございませぬ」

「とのことだ。佐渡」

家康は淡い落胆の色を浮かべた顔を、正信に振った。

「残念でございますな」

正信も乾いた溜息を漏らした。家康は再びこちらに視線を戻し、先ほどより幾らか強い語調で話を続けた。

「今まで儂らが問うてきたのは、あくまで推測に過ぎぬ。かなり臭いとは思っていても、確証のないことばかりである」

ここまで推理するだけでも、流石に天下を統べた家康、そしてその腹心の正信であると、信之は内心舌を巻いていた。だがまだ攻撃は終わりではないと、すでに確信を持っている。

「実は、確たる証拠を摑んでいるのだ」

家康は申し訳なさげに目を逸らしつつ零した。

「まさか……」

虚言で己に自白を促しているのかとも思った。だが次の瞬間、そうではないことが判った。

「例のものを」

正信が手を打つと、三方《さんぽう》に紙の束を載せた小姓が姿を見せた。書状のようである。信之は背筋にじわりと汗が浮かぶのを感じた。

小姓によって近くに置かれた三方から、家康は一枚を手に取ってひらりと広げた。

「冬の戦の前のものだ。房州が生前に言っていたように、まずは守りの弱い大坂城の南に砦を造ることを軍議で進言しろと書かれている。後に言うところの真田丸だな」

家康は書状を脇に放り投げると、もう一枚手にして柳葉の如く目を細めた。

「この書状は有楽斎が大坂城から逐電した時のものか。これにて早々の和議はなくなった。今後は他の浪人衆の動きをしかと見る必要がある、とな」

信之が黙然として何も語らない中、家康は積まれた書状の、底のほうから一枚抜き取ると、仰々しく顔の前に掲げて読み進めた。

「さてさて、これは何時《いつ》のものだ。儂や秀忠の布陣を予想しておる。必ず四天王寺南門前に陣取れ。毛利豊前守には重ね重ね礼を申しておいてくれ……とある」

書状で隠れていた家康の顔がにゅっと現れる。大きな二つの穴が空いているが如く、眼窩の窪《くぼ》みが深く、不気味に見えた。

「誰からの文《ふみ》じゃと思う」

地鳴りの如く低く、涎《よだれ》を垂らすかのように滑《ぬめ》りのある声で、家康は信之に訊いた。

「それは――」

ひりつく喉を開き、信之は絞り出すように言った。

「問いに答えよ。今一度言う。誰からの文だと思うかと訊いているのだ」

家康の声の大きさは変わらないのに、烈火の如く怒り叫んでいるかのように腹に響いた。信之は唾を飲み下すのみで、何も答えなかった。

「どうじゃ。見えるか」

家康は書状をひっくり返し、差出人の箇所を指さした。

「はっ……」

「これはお主の名じゃと思うのだが、儂の見間違えかのう。丁寧に花押まで印《しる》してある」

「それを何処で……」

「佐渡、教えてやれ」

家康が書状を放り投げる。ひらひらと畳の上に落ちると同時、正信は語り始めた。

「そもそも書状の存在を知ったのは、亡き後藤又兵衛の線からよ」

左衛門佐は後藤又兵衛を信用させるため、信之からの書状を見せた。豊臣家で保管されている書状と見比べてもよいとまで言われたので、その場では、そこまでする必要はないと又兵衛は納得した。

しかし又兵衛は左衛門佐との会談の後、豊臣家の者に、

——真田伊豆守殿の書状を拝見したい。

と頼んで、実際に過去の書状を見たというのだ。

権謀術数が飛び交う城内において、用心深くなっていたのか。いや、それもあろうが本意は別にあろう。あの功名に取り憑《つ》かれた男は、左衛門佐が伊達隊の攻撃から辛くも逃れたとしても、後々失脚させる種になるのではないかと考えたようである。

そして又兵衛は酒を呷《あお》りつつ、中間の甚造に、

——あれは真に伊豆守の手蹟《て》。どちらにせよ、左衛門佐は終わりだ。

と、語っていたという。

聞き取りの中で、甚造はこの時のこともつぶさに語ったらしい。

「これは伊豆守殿謀叛の証になると思ったが、すぐに考えを改めた。証となる書状など、すぐに火にくべてしまうだろうと」

正信は大袈裟に困り顔を作って続けた。

「だが、ちと気に掛かることもあった」

甚造と酒を酌み交わしながら、後藤は他にも語っていたことがあった。左衛門佐が後藤に見せた信之の書状は、鉄を嵌《は》め込んだ挟箱《はさみばこ》に後生大事にしまわれていたというのだ。横目で覗いたが、金目のものが入っているでもなく、同じく書状と思《おぼ》しき紙が収められているだけ。

——わざわざ危ない橋を渡ってまで、兄の文を残すなど気色の悪い話だ。

後藤は鼻を鳴らして、酒を喉に流し込んでいたらしい。

「その箱は何処にいったのかと考えた」

正信は眠り猫の如く目を細めた。

左衛門佐は、最後の合戦となった天王寺口での戦いで出陣し、その後は一度も大坂城内に戻らずに死んだ。真田家に宛てがわれた屋敷に箱は残されており、大坂城と共に燃え尽きたと考えるのが順当だろうと、一度は正信も考えた。

だが果たしてそうだろうか。戦に負ければ幕府軍が城内に雪崩れ込み、乱取りが行われるのは必定。その時に財宝だと勘違いされ、箱が運び出されてしまうかもしれない。ならばやはり、最後の戦に出る前、書状を自ら燃やすなどの始末を左衛門佐はしたのか。いや、そうするくらいならばもっと早く、一通来る度に始末していたはず。ここまでの経緯《いきさつ》を正信が報告したところ、家康は、

「儂は持ち出したような気がする……そう言うたのだ」

とのこと。正信の順を追った説明に、家康が分け入る形になった。信之はなおも無言。耳朶の裏を冷たい汗が流れていく。家康はさらに言葉を継いだ。

「あくまで勘だ。その訳を敢えて挙げるとすれば、知れば知るほど、真田とはそのような家であると思うたのよ」

これまで家康は、昌幸を、真田という家を、問答無用に憎悪してきた。だが今回、真田家について調べていくにつれ、親兄弟の間に存在する尋常ならざる情の深さを知った。情が深い故、

時にこじれ、時に歪《いびつ》になることもあったが、その根にあるものはやはり絆《きずな》であると感じたのである。そこから推測するに、左衛門佐は信之の書状を捨てず、自らの子たちに託すのではないかと家康は考え、僅かな可能性に賭けて捜索した。

「そして、見つけたという訳だ」

家康は三方に積まれた書状の束を、ぽんと軽く叩いた。

となると、問い合わせる先は一つ。左衛門佐の家族を乱取りしたと思しき、片倉小十郎の属する伊達家である。

幕府、伊達家の丁々発止の問答が繰り返される中、家康はとある提案をした。

──かような箱があるはず。それを渡せば話は仕舞いにしよう。

と。

左衛門佐の家族を匿《かくま》うほどの気概を見せた政宗である。これでも動かないかと思われたが、

──誓紙を書いて下さるならば。

と、譲歩の姿勢を見せた。強がってはいるものの、政宗も落としどころにさぞや困っていたのだろうと、家康は受け取った。こうして伊達家より、その「箱」が送られて来たのが二日前のこと。これをもって、勝てるという確信を得て、ようやく家康は信之との戦に腰を上げたのである。

「豆州、お主は手強かった。房州と同じ、いややはりそれ以上かもしれぬ」

家康は感慨深そうに言うと、一拍間を置いて続けた。

「だが儂が一枚上手。此度こそ徳川の勝ちだ」

天下を獲ったのだから、誰から見ても徳川の勝ちで、真田など眼中にないはず。世の誰もがそう思っているに違いない。だが今の口振りからしても、当の家康だけは、そうは思っていなかったということ。真田との戦で負け続けたことが、ずっと棘《とげ》が刺さるように心に残っていたのだろう。自らの命が尽きる前に、それに決着をつけたかったに違いないと解る。

「中務ももうおらぬ。いたとしても、今回ばかりは擁護も出来かねよう」

中務とは亡き義父、本多忠勝のこと。大層可愛がってくれ、関ケ原の後には、昌幸の助命のため己と共に謀叛するとまで言い張り守ってくれた。だがその忠勝も、すでに五年前に鬼籍に入っているのだ。

「詰みだ」

家康は誇るような、そして幾分安堵の混じったような笑みを見せた。勝利を嚙みしめているのだろう。家康は天井を見上げて息を吐く。

信之もまた天を仰いだ。見つめるは天井ではない。

――行《ゆ》くか。

天井の向こう。すでに晴天か、未だに曇天か、それとも雨天になっているかもしれぬ空へ、いや弟へ、心中で呼び掛け、信之は不敵に笑った。

もう十分と思ったか、正信がこの場を纏めるべく口を開く。

「真田家にはまたおって沙汰をする。それまで――」

「お待ちを」

信之は短く遮った。

「命乞いは聞かぬぞ」

家康は余裕綽々《しやくしやく》で口辺に皺を作る。

「するつもりもありませぬ」

「では何だ」

「その書状の山。全て偽書にございますれば」

「御託《ごおたく》を申すな」

家康は呆れ顔で、間延びしていながら強い語調で言った。

「お主はよく戦った。潔く散れ」

「何度でも申し上げる。それらの書状、拙者は書いた覚えなど一切ありませぬ」

「豆州！　往生際が悪いぞ！」

本日、初めて家康は叫んだ。怒っているというより、好敵手の醜い姿を見たくないという思いが伝わってくる。

「暫し時を頂けませぬか。それで、それらが偽書だと証明してみせましょう」

信之が怯まずに言い放つと、家康は正気かというように眉を寄せる。

「それで証明出来ねば？」

「改易は当然のこと。腹を切ります」

信之は即座に返答する。家康はじっと己を見つめながら、

「よかろう」

と、短く言った。

信之は供をしていた小姓の升次郎に、

「例のものを屋敷から持って来るように」

と、伝えて貰った。

四半刻《しはんとき》ほどして箱が運び込まれる。

それを見て、家康と正信は驚きに目を瞬《しばたた》かせた。それもそのはず、彼らが伊達家から受け取った箱と、瓜《うり》二つのものである。

「これに拙者から、左衛門佐への文が」

信之は手を横へ滑らし、脇に置かれた箱を指し示した。

「何だと……」

正信は絶句する。家康はというと眉間に大きな皺を浮かべ、唸るが如く信之に尋ねた。

「何故、送った文がお主の手元にある」

「大御所様の仰せの通り、真田は情の深き家でございます。左衛門佐も同じく拙者の文さえ、なかなか捨てられぬようで……」

本格的に合戦が始まる前。厳密にいえば道明寺の戦いに進発する前日である四月三十日のことである。左衛門佐は、これまで信之と交わした書状の入ったこの箱を、家臣二人に持たせ、信之のいる江戸真田屋敷へと向かわせた。

両人とも二十歳《はたち》にも満たぬ者たちで、そもそも共に死なせるのが忍びないと左衛門佐は考えていたらしい。説得するもなかなか聞き入れぬため、何か役目を負わせてやることで、脱出させようという意図もあったのだろう。

ともかくそのようなことで、この箱は信之の手元へと届いた。

「中を検《あらた》めても？」

正信が上擦った声で訊く。

「存分に」

信之が応じると、正信は箱を開けて書状に目を通し始める。その間、信之と家康の視線は宙で絡み合っている。

「これは……」

暫くして正信は、家康のほうへと振り返った。

「豆州が左衛門佐に降れと説得している書状……だろう？」

家康は身じろぎ一つせぬまま言った。

「いかさま。幕府にこれ以上弓を引くな。大御所様に己から取りなしてはみる。しかし決して許されぬことをしたのだから、その時は潔く腹を切れ……そのような文ばかり」

正信は困惑を隠し切れぬようで、声が微かに震えている。

「どちらかが偽書ということになるな」

「詮議するまでもありません。こちらが偽書に決まっています！」

正信は悲痛な声を上げた。

「滅相もございませぬ。そちらのほうが偽書。何者かが真田を陥れ、幕府との仲を裂かんとしているのです」

「佐渡……手蹟《て》は？」

家康は静かに訊いた。

「ど、どちらも同じように見えます」

「花押は？」

「こちらにも入っております……しかも同じものが」

「なるほど。ここまで手を打っているとは、手回しの良さに舌を巻く」

「それは……つまり」

正信は喉仏を上下させた。

「そう。儂はどちらも豆州が書いたものと見る」

信之は、左衛門佐からの相談への返答、あるいは策の指示を記した文を書く度、対のように降伏を促す文も書いた。それを予《あらかじ》め用意した同じ箱に入れ、手元に置いておく。伊達政宗は、前者を大八ら幸村の遺児と共に、

――乱取り。

したという訳である。

いや、信之のことだから、実際に二通とも送り、左衛門佐の方で二つの箱に分けさせたのではないか。家臣二人が脱出して箱を信之に届けたのが事実かどうか、家康たちが調べ上げぬとも限らないからである。家康はそう、自らの推理を述べた。

「つまりどちらも本物。偽書など存在しないのだ」

家康は肩の前で諸手を開いて言った。

「いえ、そちらが偽書にございます」

「まだ言うか」

「二つの箱の中の書状には決定的な違いがございます」

「手蹟も、花押も同じ。どちらにも真田伊豆守の名が記されているであろう」

「違いはそこではございませぬ」

「何……」

「宛名を御覧下さい」

「佐渡！」

家康ははっとした顔で正信を呼んだ。正信は書状を一枚、また一枚と、貪《むさぼ》るようにして読み、

「こちらの宛名は……」

と、声を小刻みに揺らした。

「なるほど。そういうことか」

家康は親指の爪を噛む。家康の苛立った時の癖で、これは世間にもかなり知れ渡っているが、此度の戦で信之が見るのは初めてのことである。

「左様。左衛門佐は入城後にそう名を改めました。故に、その後の拙者からの書状の宛名は、全てそのように。叔父である真田隠岐守への書状でも、また懇意にしている大名衆への書状でも、そして大御所様への書状でも、文中で左衛門佐を記す時は……幸村と」

信之が話すにつれ、家康の顔色が青くなっていくのが判った。

一方、家康が手に入れた箱の中の書状の宛名は全て、

——真田左衛門佐信繁。

と、なっている。

そして今しがた言ったように、信之は大坂の陣が始まってから多くの書状を出したが、その全てにおいて左衛門佐の呼称は「幸村」としているのだ。

「ぬう……」

家康は唸り声を上げると、嚙み千切《ちぎ》った爪を吐き捨てた。

「これにて潔白の証とさせて頂きます」

信之は凜然と言い切った。

「待て……待て……」

家康は厚い掌を信之に向けて止める。その顔に、もう一切の余裕は見受けられない。ほんの僅かの思案の後、家康は何とか捻り出すように続けた。

「儂は幸村などという名を認めておらぬ……」

「しかし、拙者から大御所様への書状にしかと」

「見落としたのじゃ。歳を取るとは嫌なものよ」

家康は時にこのように堂々と居直る。太閤秀吉の死後、禁じられていた大名間の婚姻を勝手に行い、奉行衆に咎められた時も、忘れていたという一点張りで押し通したことがあった。苦し紛れだとしても、家康の立場ならばこれは存外驚異的な突破力を生む。

「いえ、大御所様は認めておられます」

「いい加減なことを申すな。儂は何も――」

「幸村を討て！」

家康がなおも力押ししようとしたその瞬間、信之は雷鳴の如く咆哮《ほうこう》した。

正信は驚きのあまり仰け反り、家康は信之の気がふれたのではないかというように訝しんでいる。外では、何事か起こったのかと、小姓たちが慌ただしく動く気配もした。

「これは誰のお言葉か」

信之は一転、水面に雫《しずく》を落とすが如く、静かに続けた。

「何もない。入るな！」

早くも気付いた家康が、外の小姓、家臣たちに向けて大声で呼び掛ける中、信之はさらに言葉を継いだ。

「今、早くもその言葉が巷《ちまた》に」

ようやくそこで正信も察し、わなわなと肩を震わせる。家康は拳を自らの額に打ち付け、深淵の底に届くかのような溜息を零した。

「そうか……」

「はい。大御所様の勇壮なお言葉でございます」

本陣にまで攻め込まれ、旗印が倒されたのは、武田家との三方ケ原の戦い以来の恥辱。徳川家の旗本たちは、大御所様は逃げたのではなく、陣を引いて誘い込もうとする策だったとか、大樹から引き離して自らが雌雄を決するつもりだったとか、口々に言い触らしている。その証左に大御所様は陣を引いてなお、

――幸村を討て！

と雄々しく叫び、反撃に転じられた云々《うんぬん》――。

天下を獲った今、別に家康が敢えて流したとも思えない。家臣たちが忖度《そんたく》したのか、あるいは家康を置き去りにして逃げた者の言い訳がきっかけかもしれない。だが確実に今、そのような風聞が天下を駆け巡っており、同時に「真田左衛門佐幸村」の強敵振りも喧伝されているのだ。念押しに庄八郎に流言も飛ばさせたが、そのようなものがなくとも、凄《すさ》まじい速さで広がっている。

「なるほどのう」

家康は瞑目《めいもく》して細く息を吐く。目で見えるはずがない。だがその躰から熱気が抜けていくのを、信之ははきと見た。

「三度《みたび》、負けか」

家康は苦い笑いを見せた。

「大御所様」

正信はまだ諦め切れぬようで止《とど》めようとするが、家康はゆっくりと首を横に振った。

「相性が悪すぎるようだ。いや、それでは豆州を軽んじることになる……お主のほうがさらに一枚上手だったということだな」

「ら……でございます」

信之は強調して言った。

「お主『ら』か。二人掛かりということよな」

信之は言葉を発さず、微笑みで応答とした。そこで正信がふいに気付いたようで、一気に捲し立てた。

「お待ちを。何故、策を指示した書状を残すのです。無実を証《あか》す書状を用意するほど念を入れるくらいならば、そもそも焼き捨ててしまえばよかったでしょう。左衛門佐が情に後ろ髪を引かれて残すこと、伊豆守殿はそこまで読んでいたと……?」

「いいや。まんまと嵌められたのよ。情で残したと思わされた訳だ」

「それは、何故……?」

「豆州はこれをもって、我らが動くように仕向けたのだ」

大坂の陣の後、家康らは、信之の大坂方への関与を示す何か決定的な証拠がないものかと追い求めていた。必死に探る中でこの書状を見つけ、その時点で他の証拠探しを止《や》めてしまった。つまりこの書状は、時期尚早にして戦を始めさせるために、信之が仕掛けた餌《えさ》だった。その餌に喜色満面で食い付いてしまった訳だと、家康は自身の読みを語った。

「そうであろう?」

推理を披露した後、家康は苦々しげに尋ねた。

「さて」

信之は軽く首を捻る。

「そ、そこまで……ならば我らは掌の上で踊らされていたことに……」

正信は強く拳を握り、下唇を噛みしめる。

「佐渡守様、それは心得違いというものです」

「何だと」

「薄氷の上を歩むが如し。真田唯一の強敵との戦は常にそうでございます」

褒めた訳でも、慰めた訳でもない。ただ事実である。真田が存亡の秋《とき》を迎えるのは、いつもこの家と対峙する時であった。正信は悔恨、観念、悲喜の全てが入り混じったような面持ちとなり、か細い嘆声と共に項垂《うなだ》れた。

「もう、よかろう」

家康はそう言って小姓を呼び、酒肴《しゅこう》を与えるように命じた。暫しの後、用意を終えた小姓が運んで来る。

一つ、信之の前に置かれる。そして今一つの置き場所が何処か解らぬようで、狼狽えた小姓は目で指示を欲する。酒肴の用意は二つあった。

「豆州の前に二つ、置いてやれ。ゆるりとやるがよい」

「あり難き幸せ」

「佐渡」

家康は正信を呼ぶと同時に、腰を上げた。正信も立ち上がって先に広間を後にした。家康は少し歩んだところで、ふいに足を止めて振り返った。

「沼田と上田、どちらがよい？」

真田本家の居城である上田城は、関ケ原の戦いの後に破却され、今は陣屋があるのみである。

「命《めい》じられるままに」

「ふむ」

家康は暫し黙考した後、

「上田が都合よかろう」

と、ぽつりと言った。

「はっ……承知致しました」

「より雪深い地に閉じ込めておかねばな」

　ふと見上げると、家康は悪戯っぽい笑みをこちらに向けていた。信之の頬もまた緩む。

「信濃の侍は、雪を割って咲く華こそ美しいと知っておりますれば」

「それは」

家康は口をへの字に曲げた。かつて父昌幸が、家康との口論の中で放ったものと一言半句違《たが》わず同じ科白《せりふ》である。

「ゆきを……割ってか。最後まで上手く纏めおって」

家康は満足げな笑みを浮かべて頷くと、再び歩を進め始めた。

己が家康に会うのは、恐らくこれが最後になるだろうと直感した。信之は奥へと消えゆく家康の背に向け、万感の想いを込めて深々と頭を下げた。


信之が控えの間に入ると、皆が一斉に振り向き慌てて立ち上がる。此度の謁見が徒《ただ》ならぬものだと、皆が勘づいていたらしい。不安げな顔をする者、ともかく再会が叶ったと安堵する者、反応は様々であった。中でも小姓の升次郎の目には、薄《う》っすらと膜が張っていた。

「帰ろうか」

信之が微笑みつつ言うと、また計ったように皆一斉に頷く。升次郎の目から遂に涙が零れ、慌てて袖でごしごしと拭った。

江戸城西の丸から出ると、やはり空は雲に覆われており、茫とした灰色の光が地に零れ落ちているのみである。

信之は馬に跨《また》がると、一行と共に進み始めた。まだ供の者たちにも上田安堵の話はしていない。真田の家に生きる全ての者が揃いし時に、皆と、この喜びを共にしたかった。

往来には多くの人々が行き交い、大工たちが発する鎚《つち》の音、威勢のよい掛け声が聞こえてくる。これから江戸の町はさらに発展することだろう。

背後には乱世が。眼前には泰平が。今、己はちょうどその境に立っているのだろう。御屋形様は遠く後ろ、父は少し手前で、幼い日に見せてくれたような笑みを浮かべ、己を見送ってくれているような気がした。そして弟は、その境の一寸《ちょっと》前に、泰平を臨む特等席を勝ち取った。

悠久の歴史に己の名を刻むために生きるのか、それとも歴史に刻み込まれて生きるのか。どちらが正しいという訳ではなく、どちらもまた人という生き物の在り方なのではないか。ただ弟は、少なくとも前者を求め、荒れ狂う時代を風の如く最後まで駆け抜けた。

「源次郎」

信之は雑踏に紛れるほどの小声で呼び掛けた。今後はもう、その名はおろか、信繁の名で呼ぶ者も、殆ど現れないのだろう。

己の袖を引き泣きじゃくった顔、共に野山を駆けた時の快活な笑み顔、初めて女に袖にされた時の落ち込んだ顔。初陣の前の強張った、祝言の前夜の照れ臭そうな、様々な顔が脳裏に浮かんでは消えてゆく。そして、最後はどんな顔であったのか。遠く信濃の方角の空を仰ぎ、満足げに微笑んでいたような気がしてならない。

「殿……」

轡《くつわ》を引く升次郎が心配そうに信之を呼んだ。

己でも知らぬ内、一筋の涙が頬を伝っていた。信之はそれをさっと指で拭うと、雄大な空を見上げた。

半ばを未だ雲が覆っているが、西の方に晴れ間が覗いており、か細くも眩《まばゆ》い光が宙を横切り煌《きら》めいている。

「美しいな」

空のことか。はたまた人の一生のことか。己でもはきと判らぬまま呟いた。

雲が一つ、叢《むれ》から離れていく。それを目で追いながら、信之は人々の活気を曳《ひ》く泰平の風に微笑を溶かした。

初　出　「読売新聞オンライン」二〇二〇年四月一日～二〇二一年六月五日
単行本　『幸村を討て』二〇二二年三月　中央公論新社刊
本書は右単行本を加筆修正したものです。

解説

大矢博子

結論から先に言ってしまおう。

本書は大坂《おおさか》の陣の謎を解くミステリであり、戦国という時代の終焉《しゅうえん》を看取《みと》る群像劇であり、そして父と子・兄と弟の物語である。


作品の背景とアウトラインを紹介しながら、ひとつずつ見ていくことにする。

今村翔吾は二〇一七年、寄せ集めの大名火消したちが活躍する『火喰鳥《ひくいどり》　羽州《うしゅう》ぼろ鳶組《とびぐみ》』（祥伝社文庫）でデビュー。たちまち人気に火がついてシリーズは巻を重ねた。二〇一八年にはミステリタッチで仕事人を描いた『くらまし屋稼業』（ハルキ文庫）のシリーズを開始した他、第一〇回角川春樹《かどかわはるき》小説賞を受賞した平安ファンタジー『童《わらべ》の神』（ハルキ文庫）で初の直木《なおき》賞候補となった。

現代を舞台にした青春小説『ひゃっか！』（ハルキ文庫）、忍者と子どもたちの活躍を描いた『てらこや青義堂　師匠、走る』（小学館文庫）を経て、それ以降は主戦場を戦国時代に移して快進撃が続く。

羽柴秀吉《はしばひでよし》子飼いの七人、いわゆる賤《しず》ケ岳七本槍《たけしちほんやり》を主人公にした連作『八本目の槍』（新潮文庫）で第四一回吉川英治《よしかわえいじ》文学新人賞を受賞、戦国三悪人と呼ばれた松永久秀《まつながひさひで》の『じんかん』（講談社文庫）で第一回山田風太郎《やまだふうたろう》賞受賞と直木賞候補、そして最強の石垣と最強の鉄砲隊の盾《たて》矛《ほこ》対決をテーマにした『塞王《さいおう》の楯《たて》』（集英社文庫）で第一六六回直木賞を受賞する。

ぐんぐんと音がするほどの見事な大躍進ぶりだ。世間の注目と期待が集まる中、二〇二二年に直木賞受賞第一作として発表されたのが本書『幸村《ゆきむら》を討て』である。著者自身が歴史小説にめざめたきっかけが池波正太郎《いけなみしょうたろう》の『真田《さなだ》太平記』であり、最も好きな歴史上の人物が真田信《のぶ》之《ゆき》だというから、これはもう満を持してと言っていいだろう。

だが一読して驚いた。これまでの今村作品とは趣向が異なる。これまではいずれも、設定や人物解釈こそ搦《から》め手《て》のものがあったにせよ、物語そのものはストレートだった。歴史のダイナミズムの中に読者を放り込み、翻弄し、ゴールに向かって強烈に引っ張る。明確なテーマで現代を照射する人間ドラマを真正面から力強く描いてきた。それが今村翔吾だったのだ。ところが、本書はどうだ。これまでの作品が豪速球のストレートだとするなら、今度はキレッキレのスライダーである。手元で鋭く曲がる。そんなところから曲がって食い込んでくるのかとバッターボックスで驚きつつ、それなのになぜか気づけばど真ん中に決まっていることに再度驚く。なんだこの変化球は。速球で押してくる剛腕投手だとばかり思っていたのに、こんな球も投げられるのか。

タイトル通り、物語の中心にいるのは真田幸村（信繁《のぶしげ》）だ。とくれば当然、舞台は大坂の陣である。だが幸村ではなく、大坂の陣にかかわる六人の視点で物語は進む。

その六人とは、徳川家康《とくがわいえやす》、織田有楽斎《おだうらくさい》、南条元忠《なんじょうもとただ》、後藤又兵衛《ごとうまたべえ》、伊達政宗《だてまさむね》、そして毛利勝《もうりかつ》永《なが》。東西の所属は違えどいずれも大坂の陣に参戦した武将である。それぞれが主人公を務める六つの章があり、最終章を幸村の兄・真田信之が担う。そしてそれぞれの章の前に、信之による真田家にまつわる回想が入るという形《スタイル》になっている。

こういった連作的な構成は珍しいものではない。特に第一章の徳川家康で語られるのは、家康の来し方と大坂の陣の顚末《てんまつ》で、これはむしろオーソドックスだ。この時代や大坂の陣自体をよく知らないという読者に対して基本的な情報を伝える役目を担っている。その必要性は充分わかるし、ストーリーテリングが巧みなのでぐいぐい読ませるが、今村翔吾にしては普通だなあ……と、途中までは思っていた。

だが違った。ぜんぜん普通じゃなかった。家康の章の終盤に、ある謎が提示されるのだ。大坂の陣のクライマックス、真田幸村が家康の本陣に突っ込み、あわやというところで家康はどうにか難を逃れる。あそこで幸村が家康を討ち取っていたらそこからの日本の歴史は変わっていただろう。真田幸村が「日本一の兵《つわもの》」と呼ばれた所以《ゆえん》だ。

だが本書で著者は、その場面を、幸村は敢《あ》えて家康を討たなかった、とした。間違いなく討てるところまで迫っていながら、わざと槍の狙いをはずしたのだと。当の家康が誰よりもそれをわかっており、なぜ幸村は自分を討たなかったのか、いったい彼は大坂の陣で何がしたかったのかと考える。そしてその謎がこの連作を通して解かれていく——というミステリなのである。

興味深いのは、そこからの五人の章にもそれぞれ謎とその謎解きがあるという構成だ。織田信長《のぶなが》の弟にして豊臣《とよとみ》方の総大将だった有楽斎はなぜ戦いの最中に大坂城を脱出したのか。旧臣とともに大坂に入城した南条元忠はなぜ城内で切腹するはめになったのか。戦巧者《いくさこうしゃ》のはずの後藤又兵衛がなぜ小松山《こまつやま》で単身戦うことになったのか。伊達政宗はなぜここぞというところで敵に攻撃をしかけなかったのか。逆に毛利勝永はなぜ撃ってはいけないとされたタイミングで発砲を命じたのか。それなりの通説が定まっている謎もあるが、そこに今村翔吾は新たな視点を加えた。一般にはこうだとされている「史実」に、まったく別の解釈を——けれどしっかりと辻褄《つじつま》の合った解釈を提示してきたのだ。それがそのまま大坂の陣における幸村のさまざまな謎めいた行動の理由にもなっている。これには唸《うな》った。そしてこれらの謎解きが最終的に、家康の提示した「なぜ幸村は家康を討たなかったのか」という謎に対する伏線になっていくのである。

なんという凝った構成だろう。五つの謎解きがひとつの謎に収斂《しゅうれん》する。章の間に挟まれる信之の回想にも実は多くの伏線が仕込まれている。そして最大の謎解き——いわば探偵対犯人の対決が最終章なのだ。これは歴史ミステリとして、そして本格ミステリとして、実に優れた一作なのである。

また、それぞれの章が、戦国時代の終焉に立ち会った武将たちの個別の物語になっていることにも留意されたい。これが冒頭にあげた群像劇としての要素だ。戦を避けてきた有楽斎、大坂で結果を出して徳川に高く買ってもらおうとした南条元忠、華々しく戦って武将としての名を後世にまで残したい後藤又兵衛、生まれる時代が十年遅かったために天下を諦めざるを得なかった伊達政宗、そしてある人物との約束を守るために豊臣方に入った毛利勝永。

この大坂の陣を最後に乱世は終わる。それを皆がわかっていた。その点で、この戦は他の戦国時代の国取り合戦と大きく意味合いが異なる。戦国武将としてこれまで戦ってきた自分を皆が振り返り、新しい世でこれからどうしたいのかを考え、自ら決めた身の振り方に従って最後の合戦に臨んだのだ。

それぞれの章で、ここに至るまでの各武将の道筋が語られる。その上で選んだ彼らの道を、どうかじっくり味わっていただきたい。参戦の動機が異なるというのは豊臣方が一枚岩になれないことを意味しており、それこそが敗戦の大きな要因だったのだが、今村翔吾は「なぜ参戦の動機が異なるのか」に注目してこれだけのドラマを紡ぎ上げたのだ。これは終わりゆく乱世への鎮魂歌であり、戦う者から為政者へと姿を変えることになる武将たちの最後の花道なのである。

そしてそれは真田家も同じだ。本書最大の謎は「なぜ幸村は家康を討たなかったのか」だが、同時に真田家そのものも多くの謎を孕《はら》んでいる。真田昌幸《まさゆき》はなぜ嫡男の信之を分家させ次男の幸村（信繁）を手元に置いたのかもそうだし、嫡男が源三郎《げんざぶろう》で次男が源次郎《げんじろう》という逆順の幼名も不思議だ。何より、天下を取ったわけでもない信濃《しなの》の小大名が江戸時代を通して最後まで生き残り、多くのファンを持つほど名を残したのも妙な話だ。そして何より最大の謎は「幸村」という名前である。本書では（そして本稿でも）幸村という名前を使っているが、実際にはこれは大坂の陣から六十年後に軍記物や講談で使われた名前であり、当時は真田信繁だった（はずである）。なのに我々は幸村と呼んでしまうのだ。どこから出てきた、幸村。

本書はこれらの謎にも答えを与えていく。それが父と子の物語であり兄弟の物語である。幸村はなぜ家康を討たなかったのか、真田家は大坂の陣で何をしたかったのか。それが明かされる最終章の、探偵対犯人の直接対決のエキサイティングなことと言ったら！　凄《すさ》まじい緊張に心拍数が爆上がりし、複雑な思いを孕んだ家族のドラマに大きく心が揺さぶられ、あれもこれも伏線だったのかというサプライズに胸が躍る。これは優れたミステリであり、群像劇であり、そして真田家の分裂と継承、崩壊と再生の物語なのである。

この家族の物語には、長男である著者と御尊父の関係が反映されているそうだが、息子《むすこ》から見た父という、愛情の対象であるとともにライバルであり越えるべき目標であるという複雑な関係を見事に描き切っている。これは母と娘、父と娘の関係とは明らかに異なる。女性である私が、実際には味わえない感情をこうして追体験できたのは小説だからこそだ。

真田家の「真相」には今村翔吾お得意のドラマチックなフィクションも加味されており、歴史の新解釈というよりは創作の部分も多い。けれど「幸村」を使っている時点で本書は創作なのだ、いわば講談なのだという宣言に他ならない。聞く者を興奮させ酔わせる講談と、確かにそこにあった史実を融合させて誕生した『幸村を討て』は今村翔吾の新機軸であるとともに、歴史小説家の出発点から自らの生い立ちまで含めた今村戦国小説の集大成でもあったのだ。

この後、著者は『茜唄《あかねうた》』（角川春樹事務所）で平安時代の平家を、『海を破る者』（文藝春秋）で鎌倉時代の元寇《げんこう》を描き、さらに物語の舞台を広げている。同時に書店の経営や数々のイベントを手掛け、出版界全体を活気づける活動にも精力的だ。今村翔吾という名前のうねりはどこまで行くのか。デビュー以来の一ファンとして、わくわくしながら見守っている。

（おおや・ひろこ　書評家）

中公文庫

幸村《ゆきむら》を討《う》て

2024年11月25日　初版発行

著　者　今《いま》村《むら》 翔《しょう》吾《ご》

発行者　安 部 順 一

発行所　中央公論新社
〒100-8152　東京都千代田区大手町1-7-1
電話　販売 03-5299-1730　編集 03-5299-1890
URL https://www.chuko.co.jp/

DTP　嵐下英治
印　刷　大日本印刷
製　本　大日本印刷

Published by CHUOKORON-SHINSHA, INC.
Printed in Japan　ISBN978-4-12-207579-5 C1193

中公文庫既刊より

各書目の下段の数字はISBNコードです。978-4-12が省略してあります。

い-143-1
今村翔吾と読む 真田風雲記
今村翔吾 編
『真田太平記』を読んで作家となり、真田愛溢れる歴史巨編『幸村を討て』を著した直木賞作家が、敬愛する泰斗の珠玉短編から選りすぐった真田家傑作選。
207544-3

う-28-15
翻弄 盛親と秀忠
上田秀人
偉大な父を持つ長宗我部盛親と徳川秀忠は、立場は違えどいずれも関ヶ原で屈辱を味わう。それから十余年、運命が二人を戦場に連れ戻す。〈解説〉本郷和人
206985-5

う-28-16
新装版 孤闘 立花宗茂
上田秀人
乱世に義を貫き、天下人に「剛勇鎮西一」と恐れられた猛将の、対島津から対徳川までの奮闘と懊悩を精緻に描いた、中山義秀文学賞受賞作。〈解説〉末國善己
207176-6

う-28-17
夢幻（上）
上田秀人
織田信長の死により危地に陥った家康は、今は亡き長男信康の不在を嘆くが……。英傑とその後継者の相克を描いた、哀切な戦国ドラマ第一部・徳川家康篇。
207387-6

う-28-18
夢幻（下）
上田秀人
織田信長の「天下」が夢でなくなり、徳川家康の価値は薄れつつあった。本能寺の変に至るまでの両家の因縁を綴った、骨太な戦国ドラマ第二部・織田信長篇。
207388-3

き-17-16
楠木正成（上） 新装版
北方謙三
乱世到来の情勢下、大志を胸に雌伏を続けた悪党・楠木正成は、倒幕の機熟するに及んで寡兵を率い強大な六波羅軍に戦いを挑む。北方「南北朝」の集大成。
207178-0

き-17-17
楠木正成（下） 新装版
北方謙三
巧みな用兵で大軍を翻弄。京を奪還し倒幕を果たした正成だが……。悲運の将の峻烈な生を迫力の筆致で描いた北方「南北朝」感涙の最終章。〈解説〉細谷正充
207179-7